정선교 장편소설

성남비타美

국립중앙도서관 출판시도서목록(CIP)

성남비타美 : 정선교 장편소설 / 지은이: 정선교. — 서울 : 한누리미디어,
2011
    p. ;   cm

ISBN 978-89-7969-391-1 03810 : ₩15000

한국 현대 소설[韓國現代小說]

813.7-KDC5
895.735-DDC21   CIP2011002107

정선교 장편소설

성숲비타美

한누리미디어

　자고 나면 하늘 높은 줄 모르고 올라가는 물가, 전세대란으로 사는 것이 고통이라고 서민들이 아우성이다. 이런 서민들의 목소리를 아무도 들어주지 않는다. 소통이 안 된다는 얘기인데, 이런 걸 소리쳐도 메아리 없는 황망한 대지를 향한 외침이라고 말한다.

　많은 이들이 작금의 현실을 삭막한 황무지처럼 느끼고 있을지도 모른다. 그래서 많은 이들에게 무력감을 느끼게 만든다. 웬만한 충격으로는 세상이 바뀌지지 않는다. 괜히 나서 봐야 손해만 본다는 생각으로 세상을 향한다.

　별 수 없이 내 마음의 문도 꼭꼭 걸어 잠가야 했다. 그러다가도 가끔은 용기를 내보지만, 어떤 변화를 기대하지 못한다. 어쨌든 여러 가지 모순과 질곡 속에서 방향성을 찾지 못함에도 불구하고 팔리지 않는 소설을 쓴다. 소설이라도 쓰고 있으면 메아리 없는 황무지에서 발악하듯 외치는 것보다는 훨씬 더 좋은 마음의 평안을 찾을 수 있기 때문이다.

　물론 당장은 상식 이하의 불량정부 때문에 가난한 이들은 고통 받고 있지만, 그 같은 현실 때문에 다른 세상을 꿈꾸는 기운과 에너지 또한 새싹처럼 자라고 있다고 여겨진다.

　이번에 출간하는 장편소설 《성남비타美》가 현시대적 상황을 나름대로 적나라하게 묘파했다고 말하고 싶다. 그렇다. 작품이 시사하는 바처럼 마음 속에서도 늘 스산한 바람이 멈추지 않는다. 그럼에도 주인공들은 절망하지 않는다.

　'성남비타美'는 우리가 알지 못하는 엄청난 음모로 우리나라를 차지하려는 일본 출신의 재벌가가 자신의 씨족을 인위적으로 생산해내는 프로젝트 사업을 벌이면서 시작된다. 난자를 사서 자신의 정자로 아이들을 마구 생산해 내는데 이런 비도덕적이며 비윤리적인 행위가 유출되자 사업을 포기한다. 그리고 이미 태어난 아이들을 비밀리에 죽이다가 살아남은 아이들은 고아원에 버리게 된다.

이런 와중에서 고아원을 건전하며 성장한 종기와 근준은 기존의 인간들이 설정해 놓은 질서와 비윤리적인 사회생활을 비관하면서 근친간에 사랑을 하게 되고, 이런 충격적인 현실을 성찰하면서 미래의 나라를 위해 그 사업에 동참했던 이들을 찾아 응징하는 내용이다.

어느덧 열두 번째 출간하는 작품인데 그보다 올해 정년퇴임을 맞아 감회가 새롭다. 직장이 고등학교로 다소 늦은 86아시안게임 때 부임했으니 25년간 근무했다는 계산이 나온다.

이제 퇴임하면 나머지 인생을 어떻게 잘 보내야 할지 고민이 앞서기도 하지만 글을 쓸 수 있기에 다소나마 위안이 된다. 그리고 보니 이 '성남비타美'가 정년퇴임을 기념하는 출간이라고 해도 의미가 있을 듯싶다. 그리고 큰 딸 해선(32세)이의 결혼식이 10월달에 예정되어 있어 이번 장편소설 《성남비타美》의 출간은 여러모로 뜻이 깊어 매우 기쁘다.

아무튼 그 어느 때보다 신경을 많이 써서 저술한 소설인 만큼 많은 독자들이 찾아주고 읽어주기를 기대해 본다.

2011년 5월, 교정에서 저자 씀

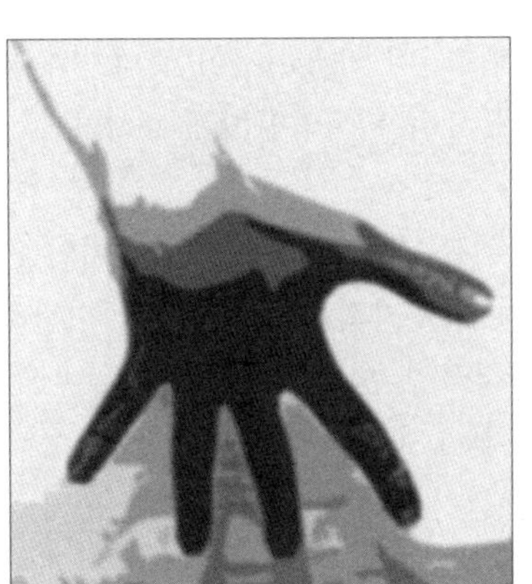

이 _하나_

고층 빌딩숲 한가운데 우뚝 서 있는, 그것도 가장 높은 건물의 가장 높은 층에 강근준 그가 앉아 있었다. 오너라 하기엔 너무나 어린 그였지만 서서히 그 생활에 익숙해지고 있었다. 강근준, 그를 이 정도의 위치에 오르게 만들어 준 사람은 바로 그의 앞에 서 있는 여성 최민지다.

"이게 내일 스케줄이야?"

"네."

근준의 물음에 살짝 고개를 끄덕이는 민지였다. 몸에 딱 붙는 정장 위로 원숙한 몸매를 과시하는 민지의 두 눈 꼬리는 섹시하게 올라가 있었다. 민지는 어릴 적부터 꿈꿔 왔던 음악을 그만두고 근준의 비서가 되었다.

"그리고 회장님, 회장님의 누님과 동생분이 귀국하셨다는데요. 호텔에 있답니다."

"아, 그렇군."

잠시 정적이 흐른 뒤 민지가 편안하게 입을 열었다.

"누님과 동생분들께 우리 결혼 발표하면 어떨까?"

비서로 일하는 민지는 공적인 일에는 존댓말을 했고, 사적인 일에는 말을 놓았다. 그런 민지의 돌발 질문에 근준의 몸이 뚝하고 멎었다. '결혼'이란 말에 그런 반응을 보이는 것은……. 근준은 누나인 수진, 동생인 수미, 수선과 결혼을 하지 않고 독신으로 살아가기로 약속이 되어 있어서 집안에 공표하기는 그리 쉬운 일이 아니었다.

그것만은 근준과 민지가 고민해 봐야 할 숙제였다.

마치 물과 기름 같던 세 자매가 이제 겨우 근준이라는 매개체로 인해 조금씩 융합되고 있던 찰나에 찬물을 끼얹을 수는 없는 노릇이었다.

"천천히 생각해 보자. 지금 몇 시쯤 됐어?"

"곧 퇴근 시간이야."

근준은 의자에서 일어나 민지의 곁으로 다가갔다. 그의 손이 민지의 허리 라인을 훑었다.

단정하게 틀어 올린 머리카락이 오히려 더 섹시하게 보였다. 그녀는 아무런 반항도 하지 않고 슬쩍 출입문 쪽을 응시했다.

"누가 올지도 몰라."

"퇴근 시간에 감히 회장실에 누가…?"

"그래도….'

민지는 저도 모르게 살짝 근준의 어깨를 잡았다. 그의 손길이 그녀의 허벅지를 마음껏 주무르고 있었기 때문이었다.

"아이 참."

민지는 애써 근준의 손길을 뿌리치며 살짝 뒤로 물러났다. 그녀의 눈에도 아쉬움은 깃들어 있었지만, 아직은 회사에서 나누는 밀회가 그녀로선 무리라 여겨졌다.

"퇴근하자."

"어디로 갈 건데?"

근준은 슬쩍 민지를 바라보더니 이내 재킷을 챙겨 들었다.

"판교소프트로 수선이 데리러 가야 해. 수진이와 수미가 귀국했다며?"

근준은 자동차를 몰고 판교를 향해 달려서 큰 건물 입구에 차를 멈추었다.

약간 기울은 듯한 산이 누워 있었고, 좀 꺼진 듯한 아늑한 계곡에 대형 건물이 채워져 있었다. 하얀 건물 속 5층에는 하얀 가운 차림의 사람들이 분주히 움직이고 있었다. 널따란 연구실 내부는 고급스런 대리석 복도가 이어져 있었고, 모두들 파일을 손에 들고 이야기를 나누거나, 혹은 각자 어디론가 이동하기 바빴다.

그 중에서도 유독 눈에 띄는 한 여성이 있었다. 그 여성에게 하얀 가운은 마치 드레스처럼 너무나 잘 어울렸다. 연구소라는 특성 때문일까? 머리칼

스타일 역시 위로 올려 질끈 묶은 수수한 타입이었지만 그녀의 몸 자체에서 발광하는 청순미까지 수수해지는 것은 아니었다.

하얀 피부에 흑진주 같은 까만 눈동자, 그리고 가운 위로 돌출되는 그녀의 가슴 둘레와 허리, 또 매끄럽게 이어진 엉덩이 선, 역시 마르지도 뚱뚱하지도 않은 적당한 몸피였다.

"강수선 씨. 커피 한 잔 할래?"

그 여인이 바로 강수선이다.

"아, 감사합니다."

잠시 휴식을 취하는 동안에도 파일을 들여다보던 수선은 누군가가 내미는 커피 잔을 받고는 싱긋 웃었다.

"그나저나, 요새 밀고 있는 그거 잘 되어가?"

"아, 그럭저럭요. 선배는요?"

"ㅓ야 뭐. 늘 똑같지."

수선에게 선배라 불린 그는 평범한 인상의 남성이다. 그는 더 이상 내화를 이끌지 못하고 괜히 커피 잔만 매만지고 있었다.

어색한 분위기가 계속 이어지려는 그때 그는 용기를 내어 수선에게 말했다.

"저기, 오늘 퇴근 몇 시야?"

"저요? 평소랑 똑같아요."

"괜찮으면 끝나고, 남한산성 닭죽촌에 가서 저녁이나 같이 할까?"

"저녁이요?"

수선은 눈을 동그랗게 뜨고는 그를 바라보았다. 그는 순간적으로 안절부절하기 시작했다.

평소 거절을 잘 못하는 수선은 고개를 끄덕이려다가 황급히 동작을 멈추었다. 몇 번이고 남자들에게 거절하기가 미안해서 마음에도 없는 저녁이나 영화를 봐줘야 했던 수선이었다. 그런 수선에게 상대가 결혼할 사람이 아니라면 쉽게 만나지 말라는 근준의 일침을 받은 적이 있었기 때문이다.

"아, 저기 어쩌죠? 저 오늘 모란에서 선약이 있어서…."

실제로 저녁에 근준을 비롯해서 미국에서 온 수진과 수미를 만나기로 약속되어 있었다.

"아, 그래? 그럼 뭐, 다음번에라도 괜찮고."

"네, 죄송해요."

"저기 수선 씨!"

"네?"

막 일어서려는 그녀에게 그는 용기를 내어 입을 열었다. 비록 오늘의 데이트 신청은 거절당했지만, 확실하게 알아야 할 것이 남아있기 때문이었다.

"남자 친구 없지?"

"……."

수선은 한참 동안이나 그를 빤히 쳐다보다가 살짝 고개를 끄덕였다. 그가 마음 속으로 환희에 가득 찬 비명을 지르려는 찰나, 수선의 반짝이는 입술이 조용히 열렸다.

"독신으로 살다 죽을 여자인데 당연히 남자 친구가 없겠죠."

판교소프트에 근무하는 수선은 퇴근 준비를 서두르고 있었다. 퇴근 시간이 되자마자 부리나케 인사를 하며 연구실을 도망치듯 빠져 나왔다. 그건 갑작스레 근준에게서 연락이 왔기 때문이었다.

연구원들은 하나같이 연구실내에서 입는 흰색 가운이 아닌 사복으로 갈아입고 있는 수선을 넋을 잃고 바라보았다.

블라우스에 치마, 수수하기만한 옷차림이었지만 그녀의 하얀 피부는 그 어떤 화려한 옷보다도 눈에 띄게 아름다웠다.

"근준아!"

회사 앞에 정차해 있는 고급 승용차를 향해 수선이 소리쳤다. 이미 근준이 와있다는 것을 알고 있는 수선은 날아가듯 그쪽으로 달려갔다.

근준은 살짝 웃으며 양팔을 벌렸다. 곧 근준의 품안 가득 향기로운 수선의 향기가 가득 찼다.

"이렇게 갑자기, 무슨 일이야?"

시기상 근준은 바빴다. 때문에 수진과 수미가 귀국했다는 연락에 수선을 데리러 왔다. 그러니 수선은 더더욱 반가워했다.

"그냥. 바쁜 일이 취소됐어."

"들어오지 남처럼 밖에서 이게 뭐야."

"네 것이니까 남의 것이지, 어떻게 내 회사야?"

"분명, 내꺼라고 했다? 그럼 나 사장으로 임명해 줘라."

"또 까분다. 사장은 죽어도 싫다고 할 때는 언제고."
"농담이에요, 강근준 회장님. 어서 가자. 직원들이 우리를 바라보고 있잖아."
퇴근하는 직원들은 수선이 근준을 만나고 있는 것을 바라보면서, '뒷구멍으로 호박씨 깠네' 하는 표정들이었다.
수선과 근준이 어떤 관계인지 전혀 알지 못하는 사원들은 당연히 그럴 것이다.
바로 그때였다. 어떻게 알았는지 회사 사장이 눈썹이 휘날릴 정도로 뛰어서 근준에게 달려가는 것이 아닌가. 더 당황하게 만든 것은 사장이 자식 같은 애송이 앞에 머리를 조아리고 허리를 접는가 싶었는데, 그대로 허리를 펴지 않고 멈춰 있었다.
"오 사장님, 쪽팔리게 왜 이래요. 허리 펴세요. 어서."
바라보던 직원들은 순간 놀라거나 의아한 표정으로 변해 버렸다.
근준의 승용차에 올라탄 두 사람은 어디론가 향해 달렸다. 자동차가 사라질 때까지 지켜보던 사원들은 근준이 판교소프트의 회장인 줄 몰랐고, 수선이 대주주이자 경영자라는 걸 모르고 있었다. 현재의 그 사장은 바지사장이라는 것도 몰랐던 것이다.

율동에서 같이 살았던 강주현 회장의 집은 팔아버렸다. 근준은 독신으로 자신의 계열사인 호텔에다 임시 거처를 정하고 있었고, 수선은 회사에서 가까운 판교아파트에 살고 있었다. 나머지 두 자매 수진과 수미는 미국 생활을 마치고 4년 만에 귀국한 것이다.
근준의 승용차는 그의 계열사인 호텔 주차장에 멈춰 섰다. 차에서 내린 두 사람은 비상승강기에 몸을 실었다.
"사장실에 먼저 들어가 있어. 난 방에 가서 옷 좀 갈아입고 내려갈게."
수선은 사장실이 있는 28층에서 내렸다. 근준은 임시 거처가 있는 30층에서 내려 방에 들어가자마자 소파에다 몸을 길게 뉘었다.
"벌써 4년이라."
중얼대던 근준은 벌써 4년이나 지난 기억에 표정이 어두워지기 시작했다.
"그럼 종기가 떠난 지도 벌써 4년!"
근준은 자신의 친구 종기를 떠나보낸 지가 4년이나 지났다는 생각이 들자, 순간 울상이 되어 버렸다. 매번 근준은 감옥에 있는 친구 종기에게 신경 써서 최대한 편의를 봐주려 애썼지만, 거대 기업의 총수를 살해한 무거운 죗 값은 형량을 줄이기가 불가능했다.

호텔 사장실에서 세 자매가 무슨 말들을 하고 있을까 하는 생각이 들자 근 준은 긴 한숨을 토해냈다.

강수진(맏이), 강수선(둘째) 그리고 강수미(막내). 세 자매 중에 두 자매를 가졌던 근준. 그 여인들이 수진과 수미였다. 강주현 회장이 죽자, 그 여인들 과 제각기 헤어졌었다. 그리고 오늘 4년 만에 그 세 자매와 함께 만나게 된 것이다.

근준은 답답하고 쓸쓸한 나머지 일단 호텔 밖으로 나왔다. 호텔 정원에 있 는 그네에 앉았다. 그리고 보니 그 그네 이름을 '성남비타美' 라고 자신이 이 름 붙인 것이 생각났다.

성남비타美, 그네는 조금씩 앞뒤로 흔들리고 있었다. 그네처럼 흔들림이 많았던 근준의 인생이 아니었던가. 이제는 조금씩 안정궤도로 들어서고 있 는 듯싶지만 앞으로 어떤 일이 어떻게 벌어질지 기대가 되기까지 했다.

근준은 굳게 결심하고 있었다. 어떤 시련이 오더라도 어렵사리 얻게 된 지 금의 행복을 절대 놓치지 않겠노라고. 그리고 출생의 비밀을 모른 채 살아가 는 수선을 비롯한 세 자매를 기필코 자신처럼 행복하게 해 주겠노라고 다짐 했다.

스마트폰에 메시지 도착 신호가 왔다.

—근준아, 보고 싶어 빨리 와. 우리 아가도 널 보고 싶어 해.

'우리 아가?'

메시지를 확인한 근준은 놀란 나머지 그네에서 뛰어내렸다.

'나 임신했어.'

근준의 귀에 생생하게 맴돌던 기억이 났다.

"우리 아가? 참 내. 그럼 4살이란 말이지."

호텔 비상승강기 쪽으로 걸음을 옮기는 근준의 발걸음이 무거워 보였다.

그런데 그네에 앉아 혼자 상념에 잠기고, 다시 호텔 건물 안으로 들어가는 근준의 모습을 멀리서 지켜보고 있는 한 여인이 있었다. 그 여인은 바로 근 준을 낳아준 아연이다.

그러니까 그녀는 돈을 받고 자궁을 빌려준 것이고, 강주현 회장의 정자로 수정된 난자를 그녀의 자궁에 착상시켜 열달만에 근준을 낳았던 것이다. 쉽게 말해 자궁을 빌려준 대리모로서 근준의 어미 아닌 어미다. 어미라고 할 수 있는 증표로는 아연의 피가 근준의 몸속에 돌고 있다는 사실인데 아연으로서는 근준이 유일한 혈육이기도 하다. 그런데 아연은 아들이라고도 할 수 있는 근준과 근친상간관계를 저지르고 말았다.

아연은 오래 전에 저지른 인간으로서 할 수 없는 일들을 떠올리며, 근준의 모습이 건물 안으로 사라질 때까지 가만히 그 자리에 시선을 고정한 채 서 있었다.

잠시 후 그녀의 육신은 그 자리에 폭삭 허물어져 버리고 말았다. 그리고 그녀는 어깨를 들썩이며 흐느껴 울면서 회한에 젖고 있었다.

 _둘

근준이 고등학교 3학년 때였다. 딩동댕동하면서 교실수업이 끝나는 종이 울렸다. 그날도 근준은 늘 그래왔듯 지루한 표정으로 창밖의 운동장을 바라보고 있었다. 모두들 분주하게 집에 갈 준비를 하고 있었다. 그는 늘 상념에 잠겨 있는 '열아홉 살' 고등학교 3학년. 모두들 대학에 갈 준비를 하고, 저마다의 꿈을 키우기 위해 학업에 박차를 가하는 시기였다. 그런데 근준은 학업에 대해 별 관심이 없었다.

'그때 내가 선택되지 않았더라면, 지금의 내 생활은 어땠을까?'

그가 요즘 들어 매일 하는 생각들이었다.

나비효과라고 했던가. 아마도 그때 그날이 없었더라면 근준은 지금처럼 부잣집 아들이 되어 있을 리가 만무했다. 하지만 뭔가 이상했다. 당연히 생활은 더욱더 나아졌지만, 왠지 모르게 자유를 구속당한 느낌이었다.

'쳇, 다시 돌아가라고 한다면 거부할 거면서.'

맞는 말이었다. 다시 고아원의 차가운 마룻바닥에서 담당 보육사에게 벌을 받는 것은 죽기보다 싫었다. 하지만 왜일까. 이상스럽게 자꾸 그때가 그리워지는 것이다.

근준은 피식 웃었다. 갑자기 평생 잊을 수 없는 그때 그날이 떠올려졌다.

"이 아이도 내 아이란 말인가?"

"네. 그렇습니다. 조금 더 일찍 데려 갔었더라면 좋으련만."

"그런 건 상관없어. 두뇌가 명석한 내 아이가 아닌가."

중년의 사내는 앞에서 또랑또랑한 눈으로 자신을 올려다보는 소년 하나를 바라보았다. 연신 차가운 눈을 하고 있던 그는 살짝 웃으며 자신의 앞에 있는 소년을 쓰다듬어 주었다.

"이 아이. 이름이?"

"아, 처음 저희 고아원에 올 때 이불 사이에 '준' 이라고 쓰여진 메모가 있었기 때문에 저희는 다들 준이라고 부릅니다."

"준이, 준이라."

나이가 중년과 말년 중간 정도의 사내. 그의 이름은 강주현이었다. 한국 최고의 건축과 토목 건설회사의 오너였다.

그는 1989년도부터 시작한 분당신도시 건설에 뛰어들었다. 시범단지를 비롯해서 수십 동의 아파트단지를 건설했던 장본인이기도 했다. 그 후 사업이 잘 되어 고급 호텔과 30층 이상 고층빌딩 2동을 소유하게 되었다. 또한 판교소프트라는 온라인 서비스연구회사, 소프트웨어개발 산업체도 소유하고 있었다. 그런 그는 철의 오너답게 냉철한 성격의 소유자였다.

강주현 그는 일본 태생이었다. 2세 교포로 1960년대 부모와 같이 사업차 한국에 들어왔다. 일본 이름으로는 쓰나기(つなき, 綱氣)로 강성 기질이라는 뜻으로 강 씨를 일본식 이름으로 만들어 썼다.

그의 가족이 한국에 들어온 계기는 일제강점기 시대에 서울에 마련했던 선대의 땅을 찾으려는 욕심에서였다. 일제강점기 시대에 강주현의 아버지는 제국주의 일본의 청장급으로 붙어 있으면서 많은 땅을 소유하게 되었다. 1945년 해방이 되자 그의 가족들은 일본으로 도망치듯 가 버렸다.

강주현의 아버지는 그야말로 친일 매국노였던 것이다. 일본의 하수인이었던 강주현의 아버지는 1960년대 박정희 정권 때, 서울의 땅을 찾겠다고 한국에 들어와서는 소송을 제기하고 법조계에 엄청난 로비를 하여 그 많은 땅을 다시 찾았다. 그리고는 강주현에게 전권을 주어 그 땅을 개발하여 건물과 아파트를 지었다. 소위 친일파 재벌로서 강주현이 이끄는 건설회사는 매번 승승장구를 거듭하여 국내 100대 기업에 드는 대기업으로 성장하였다.

재벌기업으로 올라서자 강주현 회장은 다른 욕심을 가지게 되었다. 그 욕심은 자신의 씨앗으로 많은 아이를 인공적으로 만들어내는 프로젝트였다. 자신의 장점만을 소유한 인간을 대량생산하여 유능한 인재로 만들어 20년

후에 자신의 기업에 배치할 목적으로 프로젝트 사업에 박차를 가했다.

그런데 아이들을 본격적으로 생산하고 있던 중에 그 사업 내막이 언론에 유출되자, 종교단체에서 비윤리적이며 인간이 행할 수 없는 인륜을 저버린 행위라고 들끓었다. 결국 그 사업은 슬그머니 꼬리를 내리게 되었다.

문제는 그 다음이었다. 태어난 아이들은 아무도 모르게 죽이거나 고아원에 버려졌다. 그런데 그에게는 친 가족으로 아들이 없었다. 애석하게도 딸만 셋이었다. 기업을 물려줄 자식으로서 아들이 없었던 것이다.

일본이 본가인 강주현 회장은 외지 한국에서 단신으로 일군 엄청난 기업을 딸에게 물려준다는 생각은 단 1퍼센트도 하지 않았다. 그래서 그가 선택한 것은 극단적이긴 하나 자신의 씨앗으로 생산되어 고아원에 버려진 혈육 중에서 남자아이를 찾아오기로 한 것이다.

하지만 시기적으로 이미 그 아이들은 철이 들어 중학생이 되어 버렸다. 어쨌든 많은 아이들 중에 가장 똑똑하고 잘 생긴 아이를 찾아보는 것이었다. 물론 가족들에게는 입양해 오는 걸로 해 두었다.

강주현 회장은 재력을 이용하여 큰 고아원만을 돌면서 자신이 버린 씨앗들을 하나하나 찾아 나섰다. 그리고 찾는 대로 두뇌만은 일일이 테스트했다. 무조건 머리만 좋으면 됐다.

그런데 자신의 프로젝트 사업으로 공들여 만들어 낸 씨앗 대부분은 평범하거나 혹은 그 이하였다. 그렇게 실망하고 있던 차에, 그는 남달리 두뇌능력이 월등하게 높은 준이라는 아이를 찾아냈다.

"이제 내가 너의 아버지다."

준이라는 소년은 약간은 경계하듯, 앞에 있는 그 사내를 차갑게 바라보았지만, 강주현 회장은 개의치 않는다는 듯 씨익 웃어 보였다.

"올해 몇 살이지?"

"열다섯요."

준은 여전히 마음을 열지 않았는지 여전히 주현을 경계하는 눈빛이었다.

'좋은 눈빛이구나' 하며 주현은 저도 모르게 감탄을 했다.

"열다섯. 중학교를 다닐 나이로구나. 그렇지?"

"……"

"어서 가자. 여긴 더 이상 너희 집이 아니다."

"어디로 간다는 거죠?"

"말했잖아? 이제 넌 한경종합건설그룹 강주현 회장의 외아들이 되는 거야. 걱정하지 말으렴. 가면 니 위로 누나가 두 명이나 있단다. 그리고 네가 열다섯이니까. 니 밑으로 두 살 어린 여동생도 있어."

준은 달콤해 보이는 그 유혹에 살짝 흔들렸다. 아빠, 누나, 가족이 생긴다니 꿈만 같은 일이다. 게다가 저 아저씨가 타고 온 보기 드문 외제 자가용차만 봐도 엄청 부잣집임에 틀림없다.

준은 조금씩 망설이다가 담당교사의 얼굴을 바라보았다. 40을 훌쩍 넘긴 아주머니 모습을 하고 있는 교사가 살짝 미소 지으며 고개를 끄덕였고, 그는 마지못해 준의 손을 잡았다.

햇살이 유난히 강렬하게 눈을 찌르는 그때 그의 옆에 서 있는 강주현 회장의 목소리가 들렸다.

"그리고 준이라는 이름은 별로 좋지 못하구나. 으음, 그래. '근준'이라는 이름이 좋겠다. 강근준. 이제부터 니 이름이 될 테니 잘 기억해 두어라."

이렇게 강근준이란 새 이름이 탄생하게 되었다. 준은 그 이름으로 그 집에서 살게 되었다.

'으응?'

교실에는 단 한 명도 남아있지 않았다. 4년 전의 기억에 잠겨 있던 근준은 운동장에 낯익은 얼굴이 보여서 깜짝 놀라고 말았다.

'저 녀석이 여긴 어떻게?'

웬만한 일에는 그렇게 놀라지 않던 근준은 벌떡 몸을 일으켰다.

그는 책이 얼마 들어있지 않은 상당히 가벼운 책가방을 아무렇게나 둘러 메고는 교실을 빠져 나갔다.

"쳇, 토요일이니 망정이지."

사실 근준은 야간 자율학습을 하지 않았지만, 무턱대고 자신을 찾아왔다가 그냥 갔으면 어쩌려고 하는 생각을 하며 조용히 투덜거렸다. 그래도 오래된 친구가 자신을 방문해 주자 기분이 좋았다.

복도를 달려 나가자, 햇빛이 자신의 눈을 확 찔렀다. 그는 손바닥으로 살짝 미간을 가린 다음, 주위를 둘러보았다.

"여어."

텅 빈 운동장. 그리고 텅 빈 교정 한쪽 구령대의 알루미늄 기둥에 기대어서 있던 남자 하나가 자신을 불렀다.

근준은 피식하고 웃어 버렸다. 너무나 낯익은 얼굴이었다. 입양되기 전, 자신과 유년기를 함께 했던 친구였다.

"종기야."

"이야. 준이 너 이 새끼. 완벽한 부잣집 아들내미로 바뀌었네."

"빈정대려고 오랜만에 온 거냐?"

말은 그렇게 했지만 근준은 피식 웃으며 종기의 가슴을 주먹으로 툭하고 쳐 보였다. 그러자 종기는 피식하고 웃었다.

그는 나이에 걸맞지 않게 정장을 쫙 빼입고 있었다. 신기하다는 듯이 교정을 쓰윽 둘러보았다.

"이게 말로만 듣던 학교로구먼."

"어떻게 알고 찾아온 거야? 너."

"에이. 내가 너 어디 짱 박혀 있는지 그런 것도 모를 것 같냐?"

근준은 피식하고 웃었다. 큰 키에 호남형 얼굴이었다. 입양되고 나서는 어쩌다 한 번씩 보았던 고아원시절 친구인 그가 근 1년여 만에 자신을 찾아온 것이다. 그것도 몰라볼 정도로 쫙 빼입고서 말이다.

종기는 근준보다 더 빨리 고아원에 들어온 아이였다. 사실 실제 나이는 근준보다 한 살 위였지만 둘은 곧 친구가 되었다.

늘 고아원에서 대장노릇을 서로 하겠다며 티격태격 싸우기도 했지만, 근준에게 있어서 유일하게 한 명 있는 친구는 종기라 해도 과언이 아니었다. 어쨌든 근준은 재벌회사인 한경종합건설그룹 강주현 회장의 외아들로 입양되었지만, 종기는 계속 고아원에 남아 있어야 했고, 열일곱 살이 되던 해에 고아원을 스스로 나와 버렸다.

"어때? 부잣집 도련님 생활은?"

"글쎄다. 지겹다고 하면 화낼 거 아니냐?"

"음, 그렇겠지?"

근준은 종기의 말에 픽하고 웃어 버렸다.

짧게 자른 머리의 종기는 휴대전화기 줄에 손가락을 넣고 빙빙 돌려 보았다.

"너는? 고아원 나왔다고 전화하고, 나중에 잠깐 만나고 나서는 연락두절 되더니, 뭐 하고 사는 거야?"

"뭐. 너처럼 머리가 좋지도 않은데 내가 뭘 하겠냐. 뻔하지."

"뭔데 그래?"

종기는 대답 대신 손가락으로 운동장 쪽을 살짝 가리켰다. 근준은 검정색 세단 한 대가 주차되어 있는 것을 보며 살짝 놀라고 말았다.

꽤나 고가의 고급 세단이었기 때문이다.

"너 이 자식. 무슨 돈으로?"

"뻔하잖아? 고아원 출신에. 짧은 머리에 정장차림. 그리고 저런 차."

바람이 살짝 불어왔다. 종기의 짧은 머리도 살짝 흔들렸다. 그는 근준의 놀란 표정에도 불구하고 대수롭지 않다는 표정으로 운동장 쪽을 쓰윽 바라보았다.

"지역을 지키는 뭐 그런 거냐?"

"말하자면 그렇지."

종기는 피식하고 웃으며 대답했다. 근준은 한참이나 멍하니 그를 바라보았다. 사실 종기의 말마따나 그가 건달이 된 것은 당연한 일일지도 모른다.

운동을 잘하는 데다가 고아인 그가 찾을 수 있는 삶의 돌파구는 얼마 없었을 테니까.

잠시 안색이 어두워졌던 근준은 새삼스레 피식 웃어 보였다.

"이 자식! 싸움도 못하는 주제에."

"어쭈? 준이 너 많이 컸는데? 오랜만에 함 붙어볼까?"

"나야 좋지."

종기와 근준은 서로를 바라보다가 한참이나 웃었다.

1년 만에 만났지만 말이 필요 없었다. 종기는 교복을 입고 있는 근준을 자랑스럽다는 듯이 바라보더니 살짝 손짓했다.

"가자. 집까지 바래다줄게."

근준은 앞서서 차로 향하는 종기의 뒷모습을 보며 새삼스레 반가운 감정과 함께 불안감이 엄습해 왔다.

고아원 출신이라고는 하지만 건달이라니. 그것도 자신의 친구가 그렇게 되었다는 것은 쌍수 들고 환영할 일이 전혀 아니었다.

"왜? 건달이라니까 좀 그래?"

옆자리에 탄 근준의 표정이 싱숭생숭한 걸 느꼈는지 종기가 넌지시 물었다. 근준은 뭐라고 대답하려다가 그만 피식하고 웃어 버렸다.

“아니. 그것도 니가 선택한 길이잖아.”

종기는 곁눈질로 근준을 힐끗 보았다. 인생역전이라는 말이 무색할 정도의 행운을 거머쥔 근준이지만, 왠지 자유를 속박당한 야생동물을 보는 기분 때문이었다.

“쓸데없는 소리 하지 말고 임마.”

종기는 괜스레 퉁명스럽게 쏘아붙이고는 한쪽으로 차를 세웠다. 근준이 사는 율동공원 동네는 학교에서 그렇게 멀리 떨어져 있지 않았다. 10분여의 정적 끝에 도착했기 때문이었다.

“휘유, 저수지가 내다보이고 엄청 으리으리한 동네로구먼. 하나같이 가든 이야.”

“실없긴. 어튼 태워줘서 고맙다.”

“별 소리를, 공부 열심히 해라 임마. 좋은 머리 똥 만들지 말고.”

종기는 장난스럽게 주먹으로 근준의 머리를 툭툭 쳐 보았다. 근준은 피식 웃으며 차문을 열고 내렸다.

“야, 준(근준)아.”

“왜.”

“너 보러 자주 와도 되냐?”

근준은 종기의 표정을 한참이나 뚱하게 바라보았다. 평소의 그라면 그런 질문을 할 성격이 전혀 아니었기 때문이었다.

“좋을 대로.”

근준의 말에 종기는 살짝 웃더니 여유롭게 차를 돌렸다. 멀찌감치 사라져 가는 검정 세단을 보며 근준은 복잡한 심정으로 그것을 바라보았다.

‘근데 저 자식. 면허는 있긴 한 건가.’

물론 자신보다 한 살 많으니 성인일 것이고, 면허를 딸 수 있는 나이지만, 워낙 종기의 삶이 AM적이라는 것을 잘 알고 있는 그인지라 의구심이 들었다.

‘오늘도 집으로 들어가는구나. 아무런 의미가 없이.’

근준은 자신의 집으로 들어가는 언덕길을 터덜터덜 올라갔다. 햇볕은 내리쬐었지만, 역시나 계절이 계절인지라 쌀쌀했다.

그는 습관적으로 스마트폰을 꺼내 들고 이어폰을 귀에 가져다 대었다.

응? 순간 근준의 눈에 자신보다 앞서 언덕을 오르는 한 여학생이 들어왔

다. 약간은 짧은 치마 위로 질끈 묶어 올린 귀여운 헤어스타일, 그리고 하얗
고 길게 뻗은 다리가 보였다.

"강수미."

근준의 말에 앞서가던 여학생이 살짝 뒤를 돌아보았다. 큰 눈에 오목조목
한 코와 입술을 가진 전형적인 귀염상의 여학생이었다. 그녀는 근준을 바라
보자마자 살짝 웃어 주었다.

"오빠!"

수미가 반갑게 손을 흔들었다. 근준은 피식 웃으며 그녀가 서 있는 곳까지
서둘러 걸었다. 수미가 있어 들으려 했던 스마트폰은 다시 품안에 갈무리하
였다.

"오빠 오늘은 빨리 오네?"

"아 응 주말이니까."

"칫 고3이 주말이 어딨냐?"

"이게 또 까분다."

그녀는 자신의 머리를 콩하고 쥐어박는 근준의 손짓에 배시시하고 웃었
다. 강수미는 강주현 회장의 막내딸이자 근준의 여동생이기도 한 올해 17세
가 되는 소녀였다. 언니들과는 달리 키가 약간 작은 편이지만 세상을 떠난
자신의 어머니를 닮아 몸매는 늘씬했다. 그리고 귀여웠다.

근준의 가족 중에 유일하게 편하게 대해 주는 여동생이었다. 그도 그럴 것
이, 그가 처음 이 집에 입양을 오는 그 날부터 수미는 근준을 원래 있던 친오
빠처럼 잘 따랐기 때문이었다.

"오빠 오빠! 그거 알아? 내 친구 미희 있잖아. 걔가 대학생 남자 친구가 생
겼대."

"참 내, 그 대학생 만나는 건 범죄를 저지르는 거랑 같은 거란 걸 모른다
냐?"

"그런 게 어딨냐? 사랑하면 다 그런 거지."

"쬐끄만 게 사랑은 무슨."

수미는 근준의 퉁명스런 말에 입술을 삐죽 내밀면서도, 연신 조잘거리며
근준에게 말을 붙였다. 근준도 관심 없는 뉘앙스이긴 했지만, 그녀가 하는
말에 일일이 다 대답을 하며 들어주곤 했다.

"아 참! 오빠 그거 알아? 우리 집 주방아줌마 바뀐대."

“어라? 왜?”

“짤린 거 같지는 않고, 고향으로 가야 된다더라.”

“그래?”

그 부분에 있어서는 근준도 약간 관심이 생겼다. 늘 자신의 집에 있는 가사아줌마가 관둔다는 소리였기 때문이었다.

꼼꼼한 성격 탓에 늘 가족들이 칭찬하던 그 아주머니가 바뀐다니까, 근준의 입장에서도 약간은 서운했다.

“그리고 오늘 큰언니 집에 오는 날이야.”

“아, 그러냐.”

수미는 큰 언니라는 말이 나오자, 근준의 말투가 급격하게 퉁명스러워지는 것을 느낄 수 있었다. 하지만 그녀도 그런 근준의 반응을 이해하지 못하는 것은 아니었다.

강수진. 올해 스물일곱이다. 의상 디자이너이자 강주현 회장의 장녀다. 그녀는 도시적인 외모와 큰 키를 가졌다. 그리고 완벽한 몸매만큼 성격 역시 완벽주의자인 그녀는 까칠한 성격의 소유자였다.

근준이 처음 그 집안에 들어왔을 때부터 지금까지 수진은 단 한 번도 근준을 동생이라 생각해 본 적이 없었다. 그도 그럴 것이, 여성이 무시당하는 것을 참을 수 없는 그녀이기에, 꼭 아들에게 가업을 물려줘야만 한다는 아버지 강 회장의 뜻이 죽도록 싫었다. 때문에 그녀는 디자이너란 직업을 핑계로 독립을 했다.

그리고 자주는 아니지만 종종 주말에 집에 들르곤 했다. 오늘 역시 그녀가 오는 날인 모양이었다.

‘또 귀찮아지겠군.’

근준은 경험상 수진과는 말을 섞지 않는 것이 평화의 지름길이라는 것을 잘 알고 있었다. 조금 친해져 볼까 해서 슬쩍 말을 붙이면 그녀는 늘 톡 쏘는 말로 까칠하게 대해 왔다. 또 한 성깔 있는 근준인지라 그것에 반응하면 금방 싸움이 되어 버리기 때문이었다.

하지만 먼저 건들지 않으면 그녀 쪽에서 시비를 거는 일은 없었기에 근준은 불편해도 그냥 ‘쌩까는(막가는)’ 방식을 택한 것이었다.

“저에요. 수미! 오빠도 같이 왔어요.”

수미가 초인종을 누르고 외치자, 문은 소리 없이 열렸다.

율동공원인 분당저수지를 지나 언덕 위에 커다란 2층짜리 주택. 바로 강주현 회장의 저택이자 근준이 살고 있는 곳이기도 했다.

4년이 지났음에도 불구하고, 아직도 근준은 불필요할 정도로 큰 집의 규모에 매번 질리곤 했다.

현관문이 열리고 단아한 롱스커트에 카디건을 걸친 여자 한 명이 살짝 웃으며 그들을 반겼다. 하얀 피부 그리고 너무나 청순한 얼굴이었다. 그와 대조적으로 약간 글래머 스타일이기도 한 여성이었다. 그런 그녀를 보자마자 수미는 어린아이처럼 그녀에게 안겼다.

"언니이."

"잘 갔다 왔어? 근준이도 같이 왔네."

"아, 응."

그녀는 이 집안의 둘째인 강수선이다. 매번 보는 얼굴이지만 항상 친절하고 착한 성격은 근준을 설레게 만들곤 했다.

근준은 괜히 차갑게 대답해 버리며 방으로 향했다. 수선은 그런 근순의 뒷모습을 보며 싱긋하고 웃었다.

'세 자매인데 어쩜 저렇게 다 다를 수 있을까.'

아직도 근준이 갖고 있는 의문점이자, 적응이 안 되는 부분이기도 했다.

다들 자매인지라 저마다의 다른 미모를 갖고 있는 것은 이상한 일이 아닐지 모르지만, 성격들이 모두 판이하게 다르다. 그 중에서도 수선은 곱상하고 청순한 외모의 소유자답게 늘 상냥한 모습이었다. 전형적으로 남의 부탁을 잘 거절 못하고, 배려심 깊은 그런 여성스타일이었다.

처음에 근준이 이 집안에 와서 수선을 보았을 때, 어린 마음에도 심장이 요동치는 것을 느낄 수 있었다. 자신보다 세 살 위인 그녀는 당시 고등학생이었지만, 정말 친동생처럼 자신을 아껴주었던 것이다.

근준 본인은 정작 느끼지 못하고 있었지만, 그가 이 집안에서 사는 유일무이한 낙이 바로 대학생 누나 수선 때문이라 해도 과언이 아니다.

"다들 왔구나. 어서들 씻어. 오늘 저녁은 다 같이 먹기로 했으니까 군것질들 하지 말고."

막 방문으로 들어가려던 근준은 부재중인 어머니의 자리를 대신하는 가사도우미 아줌마의 말에 살짝 고개를 끄덕였다. 뒤에서 수미가 큰 소리로 대답하는 소리가 들려왔다.

"근준이도 들어가서 씻으렴."

그녀의 상냥한 말투에 대충 대답을 한 근준은 문득 벽에 걸린 한 여자의 초상화를 바라보았다. 그녀는 바로 얼마 전에 세상을 떠난 강주현 회장의 와이프이자 이 집안 딸들 셋의 어머니 임정은이다.

임정은. 곱게 늙은 것이 저런 것일까. 비록 자신의 어머니라지만, 그것도 한 번도 보지 못했지만, 초상화 속의 그녀는 너무나 아름다웠다.

임정은이라는 저 여자를 만난 것이 아버지 강 회장에게는 행운일 거라고 근준은 생각했다.

그녀의 미모가 있었기에, 강 회장처럼 험악한 인상의 사람에게도 저런 예쁜 딸들이 태어난 것일 테니까.

근준은 문을 닫고는 교복도 벗지 않고 침대에 벌렁 드러누워 버렸다. 벌써 이 집안의 가족이 된 지도 4년이나 되었다. 큰 누나인 수진을 제외하고는 모두 자신에게 가족처럼 대해 주었지만 근준은 뭔가 답답했다. 책장에는 근준이 원하지도 않는 경영학과 경제학에 관련된 서적들이 빼곡히 채워져 있었다. 물론 그것은 강 회장이 근준을 위해 사다 준 것이었다. 그쪽에는 1퍼센트도 관심이 없는 근준은 단 한 페이지도 읽어본 적이 없었다.

'차라리 고아원에서 작곡가의 꿈을 키웠던 것이 나을지도 모르겠다.'

근준은 회상에 잠겼다. 고아원에 놓여있던 작은 피아노 한 대. 그것이 근준의 삶을 바꿨다고 해도 과언이 아니었다. 늘 보육교사를 졸라 피아노를 배웠다. 남다른 재능으로 귀가 따갑도록 칭찬을 듣기도 했다. 하지만 이 집에 입양온 뒤부터는 음악의 음자도 꺼낼 수 없었다. 완강한 강 회장이 자신이 음악가의 길을 걷겠다고 하는 것을 받아줄 리가 없었다.

'종기는 행복할까.'

부잣집으로 입양 가는 바람에 수많은 고아원 친구들의 부러움을 받은 자신이지만, 왠지 근준은 종기 쪽이 더 행복하지 않을까 하는 상상을 했다. 그건 적어도 자신이 하고 싶은 일에는 제약을 받지 않을 테니까.

'에휴! 모르겠다.'

복잡한 것이 딱 질색인 근준은 그대로 이불을 뒤집어 써 버렸다. 눈을 감으면 조금 속편해지지 않을까 하는 단순한 생각이었다. 어차피 다 같이 먹는 것은 저녁이라고 했으니, 그때까지 낮잠이나 질펀하게 자자는 생각을 한 것이 깊게 잠이 들었다.

근준은 꿈을 꾸었다. 그것은 바로 고아원에서 있을 때에, 강 회장이 아닌 자신의 친부모가 자신을 찾아오는 꿈이었다. 강 회장처럼 부잣집은 아니지만, 평범해도 화목한 그런 집안. 그리고 근준이 아름다운 선율을 뽑아낼 수 있도록 충분히 모티브가 되어주는 그런 행복한 집안의 꿈이었다.

"매번 똑같군. 레퍼토리는."

근준은 살짝 눈을 뜨며 꿈인 것을 직감하자마자 중얼거려 버렸다.

남부럽지 않게 살게 된 그이지만, 어쩌면 입양이라는 것이 은연중에 콤플렉스로 작용하고 있는지도 몰랐다. 비록 집안에서는 피우지 않지만, 고아원에서부터 종기와 몰래 담배를 피운 적이 있는 근준은 한 개비의 담배를 피우고 싶다는 생각마저 들었다.

"근준아, 아버지랑 큰누나 왔어. 얼른 내려와라."

2층에 위치한 자신의 방으로, 가사아줌마가 외치는 소리가 들려왔다. 근준은 고개를 절레절레 저었다.

이런 집안에서 담배라니. 걸리면 더더욱 피곤해질 것이다. 왠지 근준은 방에만 처박혀 있고 싶었다. 까칠한 수진까지 왔다 하니, 왠지 같이 먹는 저녁밥이 싫어졌다. 근준은 옷을 벗고 자신의 방에 딸려 있는 욕실로 들어갔다.

'쏴아아' 하고 뜨거운 물을 맞으니 정신이 노곤해지는 것이 느껴졌다.

큰누나인 수진은 너무나 도도하고 도시적으로 생겼지만 자신에게는 그저 까칠하기 그지없는 가족 아닌 가족일 뿐이었다. 그녀가 자신을 얼마나 눈엣가시로 생각하고 있는지는 말해 봐야 입 아픈 일이었다. 그래도 집안에 잘 있지 않는 데다가 식탁에서의 근준의 자리는 상냥한 수선의 옆자리였기에 그는 그것으로 대충 위안을 삼기로 마음먹었다.

"어휴. 왜 이렇게 늦게 내려왔어?"

"좀 씻느라고요. 아 참, 곧 그만 두신다면서요?"

"응 오늘까지야. 어서 앉아 근준이 학생."

근준은 물기가 살짝 남아 있는 머리를 어루만지며 가사아주머니에게 아까 하지 못한 아쉽다는 인사를 했다.

식탁은 물론 온통 옥으로 빚어진 근사한 주방에 다다르자, 자신을 빼고 모두들 모여 둥근 식탁에 둘러앉아 있는 식구들이 보였다. 근준은 언제나처럼 자신을 보며 웃는 강주현 회장에게 꾸벅 인사를 했다.

"어서 앉아. 아버지한테 무슨 그런 식의 인사를 하냐."

"아, 예."

"근준아, 얼른 먹어."

역시나 수선은 싱긋 웃으며 자신의 옆자리를 툭툭 하고 쳤다. 자리에 앉자마자 수진의 모습이 보이자, 근준은 살짝 고개를 돌려버렸다. 그녀가 성가시다는 표정으로 자신을 바라보고 있었기 때문이었다.

'마음만 곱게 쓰면 예쁠 여잔데. 쳇.'

예쁘긴 예뻤다. 이 집안 여자 아니랄까 봐, 청순한 수선, 그리고 귀여운 수미와는 다른 도도하고 도시적인 매력. 하지만 눈빛은 늘 차갑고 냉랭하기 그지없었다.

"왜 쟤 때문에 밥 먹는 거 기다려야 해요? 짜증나게."

수진의 중얼거림에 근준은 주먹을 말아 쥐고 부들부들 떨리는 것이 느껴졌다. 아무리 착한 것과는 거리가 먼 근준이지만, 그래도 굴러온 돌이 박힌 돌 눈치를 안 볼 수는 없는 것이다.

살짝 근준의 눈치를 본 수선이 근준을 거들었다.

"에이 언니, 오랜만에 와서 왜 그래. 어서 밥이나 먹자."

강 회장은 아무리 윽박지르고, 타일러 봐도 전혀 개선되지 않는 수진과 근준의 사이를 보고는 한숨을 푹하고 쉬어 버렸다. 그래도 언젠가는 나아지겠거니 하는 생각에 의지하는 수밖에 없었다.

"자. 어서들 먹자."

강 회장의 말에 모두들 수저를 들었다.

보통 사람들이면 구경도 하기 힘든 산해진미였지만 아까 꿈을 꾼 데다가 언제나 늘 한결같이 자신에게 대놓고 불편함을 표하는 수진의 태도 역시 근준의 밥맛을 딱하고 끊어 놓았다.

근준은 문득 '응?' 하고 이상한 느낌에 살짝 옆을 바라보았다. 수선이 자신의 팔을 툭툭 몰래 건드린 것이다.

'괜찮은 거야?'

그녀의 표정은 그렇게 묻고 있는 듯했다. 착한 수선은 근준의 마음에 상처를 받을까 봐 겁이 났던 것이다. 거기에 근준은 피식 웃는 것으로 답을 대신하고는 수저를 들었다.

괜찮긴 염병, 하나도 괜찮을 리가 없었다. 안 그래도 타이트하게 구속되는

듯한 느낌을 받고 있는데, 거기다 비록 어쩌다 한 번이지만 늘 이어지는 수
진의 구박이 기분 좋을 리 없지 않은가. 그래도 수선이 물어본 것이라, 근준
은 괜찮은 시늉을 했을 뿐이다.

"아줌마. 이거 너무 짜요."

수진이 지적했다.

"미안해. 이리 줘요."

가사아주머니가 애써 해준 반찬을 이렇다 저렇다 지적을 하는 수진을 보
자, 근준은 이가 갈렸다.

'지는 지 손으로 라면 하나 지대로 못 끓이는 년이.'

그는 속으로 중얼거리며 밥을 밀어 넣었다. 그런 그녀에게 한 방 먹여줄
수 있는 것이 있다면, 비상한 두뇌를 십분 발휘해서 강 회장의 후계자로 확
실히 자리매김하는 것일지도 모른다. 하지만 근준은 전혀 그쪽에는 관심이
없었다. 머릿속에 있는 것이 경영학개론이 아닌 음악뿐이니, 그녀에게 한 방
먹여줄 길이 없다는 것이 근준에겐 가장 분한 일이었다.

"벌써 일어나니? 과일이라도 좀 먹지."

저녁밥 시간이 끝나기 무섭게 자리에서 일어나는 근준을 보며 가사아주
머니가 한 마디 했지만, 근준은 솔직히 말해서 계속 있고 싶다는 생각을 단
1퍼센트도 하지 않았다.

"아 책 좀 봐야 해서요."

당연히 거짓말이었다. 고3인 그에게는 효과만점인 핑계거리였다.

뒤에서 수미가 "오빠, 화이팅!"이라며 귀엽게 속삭이는 소리가 들려왔다.

근준은 자신의 방으로 들어와서는 욕실로 들어갔다. 큰 욕실이 1층에 따
로 있는데도 욕실이 딸려 있는 이 방을 처음 봤을 때는 그저 돈지랄들 하는
구나 했는데, 가끔은 편할 때도 있다는 생각이 들었다.

답답한 마음에 근준은 그동안 꾹꾹 참고 있던 담배를 꺼내 물었다. 이 집
에서 담배를 피운 것은 오늘이 처음이었다.

생각해 보니, 욕실 안에서 환풍기를 켜고 피우면 별 탈이 없을 것만 같았
다. 강 회장이 무섭거나 해서 몰래 피우는 것이 아니었다. 단지 잔소리나 시
끄러운 것을 싫어하는 그의 성격 탓이었다.

'벌써 밤인가.'

오늘은 웬일인지 더욱더 답답했다. 이 집에서 몇 년을 지내왔으면 이젠 적

응될 만도 하거늘, 왠지 남의 집에서 살고 있는 듯한 느낌이었다. 달라진 환경 그리고 가족이라는 다소 낯선 이름의 존재들. 근준은 열아홉 살이라는 어린 나이답지 않게 세상을 다 통달한 표정으로 한숨을 쉬었다. 왠지 모르게 자유를 속박당한 채 사는 기분이었다.

'속박? 속박이라고?'

근준은 저도 모르게 그런 생각에 피식 웃었다. 자신이 너무 가증스럽게 느껴졌기 때문이었다.

뭐가 어찌 됐든 간에 자신은 강 회장이 주는 돈으로 생활을 했고, 그가 자는 방, 씻는 욕실, 그리고 먹는 밥까지 모두 강 회장의 재산이 아닌가. 그런 재산을 누릴 대로 누리면서 속박이라는 느낌이 드는 자신이 속물 같아서 싫었다. 그는 피우다 만 담배를 변기 안에 넣어 버렸다. 왠지 모르게 계속 궁상을 떠는 것 같아 불편해졌기 때문이었다.

가을이 깊어가는 계절인지라 창문을 열자마자 찬바람이 쌩하고 들어왔다. 그의 방 창문은 화려한 내부에 비해 약간은 작았지만 나름대로 밖에 분당지(율동공원 저수지)가 훤히 내다보이니 답답하진 않았다.

'전환점이 있었으면 좋겠는데 말이야.'

애초에 머리는 좋아도 공부에는 전혀 관심이 없으니, 책상에 앉아 있고 싶은 마음은 조금도 없었다. 그런 그는 눈을 껌벅거리며 국군수도병원 쪽으로 보이는 네온사인들을 바라보았다.

'내일은, 뭔가 재밌는 일이 생겼으면 좋겠는데.'

03 _셋

"**오늘**도야?"

새삼스럽게 오늘도냐고 묻는 담임선생님의 말에 근준은 무표정한 얼굴로 고개를 끄덕였다. 사실상 할 사람만 해도 되는 야간 자율학습을 빠지는 데 왜 이런 일련의 거짓말 절차가 있어야 하는지 근준은 여전히 의문이었다.

"그래 알았다. 모의고사 성적, 너 위험하니까 관리 잘해. 얼마 안 남았으니까."

근준은 건성으로 대답하고는 교무실을 나섰다.

좋은 집안에 입양된 덕택에 고아원 아이들은 꿈도 못 꾸는 고등학교에 들어오긴 했지만, 그는 여전히 자신의 두뇌를 학문에 쓸 생각이 조금도 없었다. 늘 필요할 때만 하자는 주의였다. 대신에 근준은 바로 집으로 들어가지 않았다. 공부 대신 음악을 사랑하는 그는 근처에 있는 연습실로 향한 것이다.

실용음악학원을 겸하고 있는 곳이었지만 그곳의 원장은 언제라도 근준이 와서 연습할 수 있도록 배려해 주었다.

"여어. 오늘은 야자를 떙까는 불량 청소년 필인 거냐."

근준은 자신의 귀를 의심하며 살짝 뒤를 돌아보았다. 언제 와있었는지 종기가 키홀더를 손가락으로 빙글빙글 돌리며 자신을 바라보고 있었다.

근준은 또 자신을 찾아온 고아원 친구의 모습에 피식 웃었다.

"어지간히 할 일 없구나 너. 이렇게 자주 오는 걸 보니."

“근데 너 어디 가냐?”

“아, 그냥 뭐. 음악 하는 애들 보러.”

“꼭 가야 하는 자리야?”

“뭐.”

근준이 의아한 듯이 묻자 종기는 피식하고 웃어 보였다. 고개를 갸웃하는 근준을 무시한 채로 종기는 자신의 친구를 위아래로 훑어보았다.

“흠, 일단 교복을 입으면 좀 곤란한데.”

“뭔지는 말해 주고 곤란하다고 해야지.”

“가 보면 알아. 일단 내 옷 입어라. 차에 몇 벌 넣어갖고 다니니까.”

근준은 영문도 모른 채 종기를 따라나섰다.

사실 뭣 하러 가는 건지 따져도 되는 것이지만, 왠지 종기가 자신을 찾아온 것은 이유가 있을 것만 같았기 때문에 아무 말도 하지 않았다. 물론 그의 호기심도 큰 몫을 한 것이 아니던가.

“윽, 나보고 양복 정장을 입으라는 거냐? 그것도 차 안에서?”

“정 안 내키면 차 밖에서 입어도 된다.”

“……”

근준은 뭐라 투덜거리면서도, 뒷자리에서 주섬주섬 옷을 갈아입었다. 차 자체가 워낙 넓은 데다가 선팅도 짙게 되어 있으니 큰 불편함은 없었다.

“근데, 어디로 가는 거냐?”

“너, 기억하냐? 우리 예전에 뒤뜰에서 자주 했던 짓.”

“뒤뜰? 아아…….”

종기의 말에 근준은 피식하고 웃었다. 고아원시절 어디서 구해 왔는지 고작 열여섯 밖에 안 되었던 종기는 종종 소주를 구해 왔던 것이었다. 훈육교사에게 적발되면 불호령이 떨어지는 탓에, 그 둘은 늘 고아원 뒤뜰에 있는 풀숲에 몰래 숨겨 놓곤 했었다. 그리고 모두들 잠든 밤이면 나와서 소주를 마시면서 어른 흉내를 낸 적도 있었다. 물론 지금도 어린 나이지만.

“한 마디로. 술 마시러 가자, 이거 아니냐?”

“비슷해. 그치만 그게 다는 아니지.”

종기는 피식하고 웃으며 말했다. 근준은 더 이상 뭐라고 묻지 않았다. 비록 학생으로서 하면 안 되는 나쁜 짓임에는 틀림없었지만, 왠지 모르게 짜릿하게 느껴졌다.

그에게는 야간 자율학습 대신 연습실에 가서 악기연주를 하는 것이 유일한 일탈이었으니까. 게다가 절친한 친구인 종기가 자신에게 범죄를 시킬 리도 없었다. 그는 근준에게 있어서 평생 같이 할 암묵적인 동반자라는 믿음이 있었다.

"뭐야 여기는?"

근준은 말쑥한 정장 차림으로 연신 주변을 둘러보았다. 종기는 자동차 룸미러로 살짝 근준을 바라보며 말했다.

"오피스텔. 그리고 넥타이 삐뚤어졌다. 단정하게 매."

"참 내. 뭐 선이라도 보냐?"

"그럴지도 모르지."

"엥?"

종기는 여전히 아무런 대답을 해 주지 않고 피식하고 웃었다.

자동차를 타고 학교에서 약 20분 정도를 달렸다. 그들이 들어간 곳은 어느 오피스텔의 지하주차장이었다.

"네가 사는 곳은 아닐 테고, 뭐하는 곳이냐 여기?"

"왜 내가 여기서 살지 않는다는 확신을 하는 거냐?"

종기의 말에 근준은 살짝 턱으로 앞을 가리키며 말했다.

"주차표를 뽑았잖아. 지네 집에 주차하는데 방문자용 주차카드를 왜 뽑냐? 인식기 달겠지."

"흠, 뭐, 내가 여기서 살지 않는 것은 맞는데 이유는 틀렸다."

"뭐 말이야?"

"여긴 내 일터거든. 그리고 주차권은 만일의 경우에 대비해 뽑아두는 거고."

여전히 아리송한 말이었지만 근준은 무슨 뜻이냐고 재촉하지 않았다. 왠지 모르게 곧 저절로 알게 될 것 같다는 느낌이 들어서였다.

"3층입니다"라는 기계음성과 동시에 엘리베이터가 멈추자, 문이 열리는 동시에 앞장서서 걸어가는 종기의 뒤를 근준은 조용히 따랐다. 그렇게 호화스럽지도, 그렇다고 평범하지도 않은 오피스텔이었다.

"여기가 내 담당구역이야."

"뭐가?"

뜬금없는 종기의 말에 근준은 다시 되물었다. 종기는 여전히 표정 하나 변하지 않은 채로 말을 이었다.

"보통 룸살롱 이런 걸 맡는데, 나는 요거 오피스텔 달랑 하나 맡았다고."

그제야 근준은 무슨 말인지 이해가 갔다.

건달 세계에서 말하는 '구역' 혹은 '나와바리'를 말하는 것인 모양이었다. 갓 스무 살치고는 파격적인 대우였지만, 그 세계를 모르는 근준은 그저 그런가 보다 할 뿐이었다.

"근데 왜 오피스텔을 맡는데? 여기에 건달이 뭐가 필요하다고."

"보면 알아."

종기는 짧게 대꾸하고는 초인종을 눌렀다. 한참 지나서야 문이 열렸다. 인터폰으로 세심하게 누가 왔는지 확인을 한 모양이었다.

이윽고 오피스텔 현관문이 열리고 나서의 광경에 근준은 그저 입을 쩍하고 벌려 버렸다. 화려한 인테리어와 자욱한 담배 연기. 딱 봐도 건달들로 보이는 몇몇의 인물들이 보였고, 안에는 또 여러 개의 방으로 나뉘어져 있었다. 그리고 안에는 건달들이 아닌, 일반인들이 무언가를 열심히 하고 있었다.

도박판이었다. 그랬다. 트럼프들이 쉴 새 없이 움직이는 걸로 봐서 언뜻 봐도 도박판이었다. 근준이 어리둥절한 표정으로 밖과는 전혀 다른 내부 광경들을 보고 있는 순간, 건달들 몇 명이 험악한 인상으로 근준을 쏘아보았다.

"눈 깔어. 내 친구니까."

"아, 네 네! 죄송합니다."

종기의 한 마디에 덩치가 산만한 두 녀석이 급히 고개를 숙였다. 스무 살인 종기보다 그들이 어릴 리가 없었다.

근준은 새삼스레 종기의 위치가 나이에 비해 꽤 높은 자리라는 걸 실감할 수 있었다.

'회사로 치면 뭐 낙하산 같은 건가.'

근준은 속으로 실소를 내뿜었다. 뭐가 어찌 된 것인지는 모르지만, 종기는 어린 나이에 용케도 이 정도 지위를 가지고 있었다. 물론 그것이 어둠의 세계라는 점이긴 하지만. 그에겐 그래야 했다. 자라면서 누구보다도 눈치를 먼저 알아야 했고, 나이가 어린이가 아닌 먼저 어른으로 되어야 했던 그였다.

"감이 좀 오냐?"

그건 종기뿐만 아니라 근준도 고아원에서 어린이 모르고 일찍 어른처럼 해 왔던 것이다.

"감 따윈 필요 없잖아. 누가 봐도 도박판인데."

"아, 하긴 그렇구나."

"……."

종기는 곧 근준에게 이것저것 설명해 주기 시작했다. 그의 설명을 듣던 근준은 놀라움을 감출 수 없었다. 그의 말에 의하면, 이 오피스텔 전체가 하나의 큰 도박장이었다. 즉, 여기 말고도 다른 호실도 모두 여기와 같은 도박장이라는 결론이 나왔다.

"단속을 피하려고 여기에 있는 거야. 물론 오래 해 먹을 수 있는 하우스는 아니지만."

"근데 여기에 여자들은 왜 있는 거냐?"

그러고 보니 도박장에 연신 젊은 여자들이 왔다 갔다 하고 있었다. 하나같이 쟁반 위에 마실 거리나 간식거리를 들고 나르는 것으로 보아 도우미 같은 존재인 모양이다.

"그냥 직원이야. 보다시피."

근준은 눈에 그냥 직원 치고는 상당히 묘하다고 생각했다. 어차피 음료수만 나르거나 뒤치다꺼리를 하는 이들이라면 그냥 편하게 입어도 될 것을, 그녀들은 하나같이 노출이 심한 의상을 입고 있었기 때문이었다. 그는 난생 처음 보는 광경에 호기심이 밀려 왔지만 더 이상 묻지는 않기로 했다.

"안 궁금하냐? 왜 여기까지 데려왔는지."

"술 먹자는 거잖아. 뭐 덧붙이자면 니 구역을 자랑하려는 의도도 약간은 보인다만."

"흠, 뭐 그런 건 아니야. 술을 마시고 싶은데 이곳을 벗어나면 곤란해서 온 거 뿐이지. 들어와."

몇 개의 방 중에 종기가 들어간 방은 유일하게 단 한 명도 사람이 없었다. 종기는 지나가는 한 여자를 잡더니, 자신의 방으로 술을 넣으라고 주문하고는 문을 닫았다.

"방음도 완벽하네. 신기할 정도로."

"동네방네 도박장이라고 티낼 필요는 없으니까."

"뭐, 일리는 있네."

근준은 그래도 정장차림이 영 불편했다. 거의 똑같다고 할 수 있을 만큼 비슷한 체형이었기에 종기의 양복은 몸에 꼭 맞았지만, 그래도 불편한 것까지는 어쩔 수 없었다.

"어떤 거 같냐?"

"뭐가?"

"여기 말이야. 넌 처음 볼 거 아냐?"

"흠, 확실히 이런 곳은 처음 보긴 해. 은근 재밌어 보이는데 저 카드놀이."

근준의 말에 종기는 피식 웃어 버렸다.

사실 종기는 어렸을 적부터 도박을 할 줄 알았다. 고아원시절 근준이 어디서 배웠냐고 물으면 그는 늘 대답을 회피해 버리고는, 당연한 덕목이라는 듯이 근준에게 화투를 가르쳤다. 명석한 탓에 빨리 배워 버리는 근준의 습득 능력에 놀라긴 했었다.

"배워 볼터?"

"트럼프 말이냐?"

"어."

근준은 호기심 어린 얼굴로 고개를 끄덕였고 종기는 '역시나' 라는 얼굴로 웃었다.

"아서라. 나쁜 것은 또 내가 다 가르쳤다고 하고 다니려고? 부잣집 도련님이 이런 거 하면 못쓴다."

"실없는 소리 마. 어차피 처음부터 가르쳐 줄 생각으로 데려왔으면서 뭘."

종기는 실소를 터트렸다.

근준은 정말 눈치 하나는 기막히게 빠른 아이였다. 저번에 보았던 뭔가 답답한 표정의 근준의 얼굴이 마음에 걸렸던 종기는 오늘만큼은 근준을 실컷 놀게 해 주고 싶었다. 게다가 비록 자신보다 한 살 아래이긴 하지만, 그는 늘 근준과 어울리는 것이 즐거웠다. 때문에 둘도 없는 사이가 되었다.

"잘 봐."

종기는 서랍에서 트럼프를 하나 꺼내어 테이블 위에 늘어놓았다. 그때 '똑똑똑' 하고 노크 소리가 났다.

"들어와."

막 종기가 입을 열려는 찰나, 노크소리와 함께 양주 몇 병과 간단한 과일이 놓인 쟁반을 들고 한 아가씨가 들어왔다.

"어머! 실장님! 이분 누구에요? 디게 잘 생기셨다."

늘어져 있는 트럼프만 보고 있던 근준은 그녀의 말에 살짝 고개를 들었다.

그녀는 눈 꼬리가 섹시하게 위로 올라간 여성이었다. 미인이라고는 못하지만 묘한 색기가 흘렀다. 게다가 딱 붙는 원피스 위로 보이는 그녀의 몸매 굴곡 역시 그녀의 이미지에 한몫하고 있었다.

"내 친구야. 꼬리치지 말고 가서 일해."

"칫. 재미 없으시긴."

그녀는 연신 근준에게 눈웃음을 쳐 보이더니, 술잔을 차려(세팅) 놓고는 밖으로 나갔다. 그녀가 나가자 근준은 다시 트럼프 쪽으로 고개를 돌렸다.

"잘 봐. 숫자는 2부터 10까지. 그리고 그 다음에는 JQK 에이스 순으로 간다. 무늬는 모두 네 개고."

근준은 종기의 두서없는 설명을 열심히 귀담아 들었다. 천성적으로 도박에 미치는 성격은 아니었지만, 늘 그는 이런 것에 호기심을 감추지 못했다. 종기 역시 그런 근준을 잘 알기에 그를 이곳으로 데려온 것이었다.

종기라 한들, 나쁜 쪽으로 근준을 사용하려는 의도는 아니었다. 다만 저번에 봤을 때의 근준의 표정에 뭔가 그늘이 있어 보였기 때문이라는 이유 하나 뿐이었다.

"대충 알겠냐?"

근준은 단 한 번의 설명에도 되묻지 않고 곰곰이 생각에 잠겼다. 종기가 설명한 것은 포커의 룰이었다. 그것도 룰만 설명했을 뿐, 아직 베팅에 대한 것은 설명해 주지 않았다.

"이거 섯다처럼 장난질하는 거냐?"

"장난질은 어디서나 하지."

"쳇. 그러니 호구들은 계속 벗겨 먹히겠네."

"뭐. 이 바닥이 다 그런 거 아니겠냐. 다음은 베팅하는 방법이야."

이번에 종기는 직접 실전처럼 카드를 나눠 주었다. 하면서 배우는 것이 가장 빠를 수도 있기 때문이었다.

술잔에 술을 쪼르르하고 따랐다. 근준은 아직 양주 맛을 잘 알 나이는 아니었지만, 왠지 모르게 묘하게 알딸딸해짐이 느껴졌다.

그에게 있어서 음주는 어른들의 그것처럼 하나의 문화가 아니었다. 단지 왠지 모를 답답한 반복적인 일상 속에서 잠시나마 탈출하는 일탈이자 비상구 그 자체일 뿐.

"풀하우스. 내가 이겼지?"

"이런 방식이로구만."

"대충 알겠냐? 이제?"

종기는 물어보고도 속으로 피식 웃었다.

도박이라는 것이 어디 한 번 듣고 딱 이해가 되는 것이었던가. 한 번 홀랑 털려도 보고, 따기도 해 봐야 아는 것이 게임블 아닌가. 하지만 종기의 예상과는 달리, 근준은 슬쩍 고개를 끄덕였다.

"응. 알 것 같은데 대충."

"뭐?"

종기는 본인이 가르쳐 놓고도 황당함이 느껴졌다. 한 번 설명했을 뿐인데 알다니 왠지 종기의 눈에는 그것이 근준의 허세로 보였던 것은 무리가 아니었다.

"뭐 일단 그렇다 치고, 요즘 생활은 어떠냐?"

"그냥 똑같지. 매일매일 학교 가고, 끝나면 집에 오고. 간혹 가다 연습실 가고."

"무료하구만. 부잣집 도련님 삶도 그닥 좋은 것만은 아닌 모양이군?"

"글쎄. 남들이 들으면 배부른 말이라고 하겠지. 막 답답해 죽겠거나 그렇진 않아. 다만…."

"다만?"

"가끔 회의가 들어서 그런 것일 뿐이지."

종기는 뭔가 쓸쓸해 보이는 근준의 얼굴을 보며 잔을 비웠다. 자신보다도 더 자유롭게 살 것만 같았던 그가 저런 고민을 갖고 있다니, 왠지 모르게 자신도 쓸쓸해지는 것이 느껴졌다.

"여자 친구는 있냐?"

"뭐?"

"뭘 물어봐. 니네 학교 기집애랑 머슴아 같이 다니는 학교 아니냐?"

"……보통은 그런 걸 남녀 공학이라고 한다."

"뭐 어쨌든간."

"없어 그런 거."

"입양되고 나서 한 번도?"

“어.”

“그냥 친구도 없냐?”

“귀찮아 그런 건.”

종기는 무언가를 곰곰이 생각하는 표정을 지어보였다. 고아원 시절에야 아주 어렸을 때부터 함께였고, 입양된 것은 근준이 열다섯 되던 해였다.

‘그 이후에도 여자 친구 같은 건 없었다면, 이놈은 무슨 사춘기도 없나.’

종기는 자기도 모르게 피식 웃었다.

그는 근준이 머리는 좋지만 절대 모범생이 아니란 것쯤은 잘 알고 있었다. 그런데도 불구하고 여자랑은 놀지도 않았다니. 왠지 모르게 종기는 오늘 자신의 친구에게 선물을 줘야 할 것만 같았다.

“뭘 자꾸 피식거리냐? 기분 나쁘게.”

근준은 종기의 표정에 못마땅하단 듯이 말하며 얼굴을 찌푸렸다. 종기는 아무 대꾸도 없이 한참을 근준을 바라보더니 조용히 입을 열었다.

“근준아, 너 포커 한판 쳐볼래? 저쪽 방에 다른 사람들이랑.”

“정말 장난질 안할 거냐?”

“속고만 살았냐. 내가 왜 사랑하는 친구를 선수들 틈바구니에 넣어 주냐. 여긴 타짜 없는 판이니까 껴서 한 번 쳐 보라고.”

“나 돈 없어.”

“내가 줄 테니까 써.”

“뭐하러 그러는데?”

“친구가 스트레스에 싸여 있는 거 같아서일 뿐이야.”

종기의 말에 근준은 아무 말도 하지 않고 입을 다물었다.

사실 그도 약간은 무리에 껴서 해 보고 싶었기 때문에 더 이상 튕기지는 않기로 한 것이었다. 종기는 칩을 꺼내어 근준에게 건네주었다. 그 양에 근준은 깜짝 놀라고 말았다.

“뭐야 이거? 왜 이렇게 많이 줘?”

“이 정도가 뭐가 많아. 이런 양은 두세 판이면 금방 동나는 양이야.”

“뭐?”

근준은 어안이 벙벙해졌지만, 아까의 베팅룰을 되새겨보니 무리도 아닌 거 같았다. 두세 판이 아니라, 정말 큰 판이라면 한판에 몇 억이 오가기도 하는 것이었다.

“자자자. 여기 이 분도 좀 껴 주십쇼 사장님들. 요새 막 포커 치시는 분인데, 자금 좀 있으시니까요.”

근준이 뭐라고 할 틈도 없이 종기는 넉살좋게 먼저 있던 방 인원들에게 너스레를 떨었고, 딱 봐도 초짜 티가 나는 근준을 보자, 그들은 별 불만 없이 근준을 껴 주었다.

“저 앞에 검은 안경 쓴 사람. 좀 잘 치니까 조심해라.”

종기는 살짝 근준에게 속삭이고는 방문을 열고 나가 버렸다.

“어따. 상당히 어려 보이는디?”

모두 중년의 나이뿐인 포커판에, 딱 봐도 앳되어 보이는 근준이 앉자 한 명이 호기심어린 눈으로 그를 바라봤다.

근준은 별 신경조차 쓰지 않는다는 듯 자신의 앞에 칩을 늘어놓았다.

“상관없겠죠. 도박할 나이는 될 테니까.”

“으잉? 그걸 으째 믿어. 민증을 한 번 까 봐야 쓰겠는디?”

정작 종기가 말한 ‘검은 안경’ 은 아무런 말도 하지 않았지만, 그의 양옆에 앉은 두 명이 계속 근준에게 시비를 걸었다.

근준은 천만원짜리 칩을 만지작거리며 말했다.

“미성년자가 이렇게 칩들고 하우스 올 수 있다고 생각합니까?”

단순 명쾌한 근준의 말에 그들은 피식 웃으면서도 입을 다물었다.

“총각 담배 태우는가?”

“아, 네.”

그가 언제 시비를 걸었다는 듯 피식 웃으며 담배를 건넸고, 근준은 최대한 안 어리숙하게 보이려 애쓰며 불을 붙였다.

일종의 ‘텃세’ 가 끝나자 신속하게 패는 돌아갔다.

한참 뒤에 근준은 카드를 내려놓았다. 종기를 찾아갔다. 종기는 연신 씩씩거리는 근준을 보며 웃음을 겨우 참아내었다.

“그래서 다 꼬라박았냐? 세 판만에?”

“그 사람들 무슨 그 나이 먹도록 포커만 쳤다냐?”

아무리 똑똑한 근준이라 해도, 도박에서 경험의 유무는 엄청난 차이였다. 종기도 그것을 대충 알기에 약간은 이런 결말을 예상하고 있었다.

“참아. 어차피 재밌게 맛만 봤으면 된 거지 뭐.”

천성적으로 지는 것을 좋아하는 사람은 없겠지만, 근준은 특히 더 분한 모양이었다. 하지만 종기는 왠지 처음 그의 학교를 방문했을 때 보지 못했던 근준의 신나하는 표정이 보이는 것 같아 기분이 좋았다.

"좀 더 꿔 줘. 내가 가서 다 발라줄 테니까."

"안 돼."

"왜? 갚을 테니까 줘 봐."

"갚지는 않아도 돼. 그런 문제가 아니니까."

"그럼 뭔데?"

"오늘은 따로 할 일이 있어. 사실 소개시켜 줄 사람이 있거든."

"뭐?"

"정아야. 들어와 봐."

의아해 하는 근준의 표정을 뒤로 하고 종기는 문을 향해 외쳤다. 아까 양주와 안주를 가져왔던 그 여자가 문을 열고 들어왔다.

"인사해. 여긴 내 친구 준."

"그렇구나. 안녕하세요."

"그리고 준. 이쪽은 최정아라고, 아까 봤지? 우리 직원."

근준은 도대체 왜 그녀를 소개받아야 하는지 이유도 알지 못한 채 꾸벅 인사했다. 그가 뭐라고 종기에게 물어볼 시간도 없이, 종기는 슬쩍 자리에서 일어나 버렸다.

"아, 그럼 둘이 한잔 하고 있어. 난 바쁜 일이 있어서."

종기는 살짝 정아에게 눈짓을 보냈고, 그녀는 눈웃음으로 답했다. 오직 근준만이 종기의 뒷모습을 알 수 없다는 듯이 바라볼 뿐이었다.

"오빠. 한잔 받아요."

"에? 아, 네."

정아는 싹싹하게 웃으며 근준의 잔에 양주를 채워 주었다.

여자와 단둘이 술을 마셔본 적이 없는 근준인지라, 그의 표정은 뻘쭘하기 그지없었다.

"실장님이랑 친구시라면서요?"

"예."

"어머. 근데 스물일곱치고는 되게 어려 보이신다."

"에?"

근준은 살짝 멍해졌다가 이내 어이없는 표정이 되어 버렸다.

'이 자식 나이를 속이고 건달짓 하는 건가?'

생각해 보니 윗사람이면 모를까, 부하들을 부리려면 갓 스무살은 너무 어리다는 느낌이 들기는 했다.

근준은 이제서야 실내에서 마시는 데도 정장으로 갈아입으라고 했던 종기의 속뜻을 알 수 있었다.

"저도 한잔 주세요 오빠. 그리고 말 놔요."

근준은 속으로 종기를 향해 욕설을 내뱉었지만, 내색하지 않고 정아의 잔에 술을 따라주었다. 그녀의 하얀 다리가 원피스의 옆트임 사이로 드러났다. 근준은 왠지 모르게 무언가 뜨거운 열이 확 올라오는 느낌에 고개를 돌렸다.

"근데, 몇 살이야?"

"저요? 올해 스물둘이요."

그녀의 대답에 근준은 은연중에 둘째 누나 수선과 동갑이라는 사실을 깨달아내었다. 동갑이지만 둘은 판이하게 달랐다.

수선에게 느껴지는 청순함이 정아에게는 느껴지지 않았으니까. 뭐 반대로 따지면 수선도 정아 같은 색기는 갖고 있지 않았지만 말이다.

"여기서 무슨 일 하는 거야? 그냥 서빙이야?"

"음, 서빙도 하고. 이런 저런 일해요. 왜요? 궁금해요?"

은근히 가슴골이 보이도록 고개를 숙이며 묻는 정아의 말에 근준은 살짝 당황했지만 내색하지 않으려 했다.

"뭐, 그냥. 근데 종기는 왜 안 오는 거야?"

괜스레 말을 돌리는 근준을 보며, 정아는 그가 귀엽다는 듯이 배시시 웃었다.

"오빠, 참 내 스타일이다."

"뭐?"

"막 미남은 아니지만 뭐랄까, 남자답게 생겼잖아."

몇 잔이나 오갔다고, 아니 몇 분이나 지났다고 정아는 말을 놓고 있었지만, 근준은 개의치 않았다. 아무럼 어떠랴. 어차피 그녀가 자신보다 연상이 아니던가.

근준은 계속해서 정아가 재잘재잘 말하는 탓에, 종기가 없어도 지루하지 않게 술잔을 비우고 있었다. 원래 술을 즐기며 마실 나이가 아니니, 당연히 어린 혈기로 먹는 술은 금세 취기가 확 하고 올라왔다.

집에서 알아챌 텐데 하는 걱정은 일찌감치 접은 지 오래였다. 어차피 집에서 전화를 걸어봐야, 휴대폰은 종기의 차 안에 있는 교복 주머니 속에 있으니까.

"오빠 나 옆에 앉아도 돼?"

"응? 아, 그래."

30여분 정도 술잔을 기울였을까. 근준은 자기도 모르게 살짝 꼬이는 발음으로 대답했다. 정아는 살짝 일어나 그의 옆자리로 옮겨 앉았다.

"오빠 키 꽤 크네? 몇이야?"

"180 정도. 그닥 큰 편은 아니야."

"에이, 그 정도면 크지 뭐."

"아냐 요새 애들은 한 반에 185 넘는 애들이 꽤 많아."

"응? 한 반에?"

실수였다. 고등학생, 아차 싶었다.

"아무것도 아냐."

근준의 얼버무리는 말에도 그녀는 살짝 웃으며 그의 어깨에 고개를 기대었다.

여인의 향수 내음, 그리고 술 냄새가 묘하게 또 야릇하게 섞여 근준의 코를 살짝 찔렀다. 생전 처음 느끼는 야릇한 느낌. 근준은 술기운과 함께 무언가 뜨거운 것이 올라오는 것만 같았다.

"오빠. 나 하는 일 뭐냐고 물었지?"

"아, 어."

근준은 깜짝 놀라 몸을 움찔하고 말았다. 정아의 손이 자신의 허벅지를 쓰다듬고 있었기 때문이었다.

그가 뭐라고 말하려는 찰나, 정아의 손은 이제 그의 은근한 부위를 더듬고 있었다.

"여자들은 이런 일을 해. 중요한 손님이 도박으로 스트레스를 받으면 풀어주는 역할."

근준은 그제야 여자 친구에 대해 물어봤었던 종기의 의도를 알 수 있었다. 더불어 어째서 그녀들이 아슬아슬한 복장으로 다니는지를 이제 알 것 같았다.

"하지만 아무에게나 이렇게 해 주진 않아. 특히 나는 더더욱."

정아는 능숙하게 근준의 벨트를 풀더니 이윽고 바지 지퍼를 스르르 내려 버렸다. 근준이 뭐라고 하는 찰나, 그녀는 근준의 몸으로 자신의 몸을 더욱 밀착시켰다.

"오빠, 나 맘대로 해도 좋아."

근준은 천천히 몸이 뜨거워지기 시작했다. 양주의 탓도 있을 수 있겠지만, 정아의 손길은 너무나 매혹적이었기 때문이었다. 그는 본능적으로 그녀가 꽤나 경험이 많다는 것을 알 수 있었다. 자신과는 전혀 다르게 말이다.

"내가 벗겨줄게."

정아는 근준의 귓가에 나지막이 속삭였다. 그리고는 근준의 와이셔츠 단추를 하나씩 벗겨 나갔다.

그의 눈에 정아의 아찔한 몸매가 아른거렸다. 이런 경험이 처음인 것도 있겠지만, 술기운은 근준을 급속도로 무너뜨리고 있었다.

근준의 손이 정아의 원피스 어깨끈으로 향했다. 그녀는 마치 벗겨 달라는 듯 어깨를 살짝 내밀며 열심히 근준의 옷을 벗겨 나갔고, 근준 역시 그녀의 원피스를 위에서 밑으로 내려 버렸다.

"뭘 그렇게 뚫어지게 쳐다봐?"

정아는 고양이처럼 배시시 웃었다. 원피스는 어깨끈을 풀자마자 허리까지 스르르 내려왔다.

그녀는 보라색 란제리를 입고 있었고, 그 모습에 근준은 난생 처음 느끼는 짜릿한 흥분감이 밀려오는 것이 느껴졌다.

"내가 기분 좋게 해 줄게 오빠."

근준은 어느덧 자신이 알몸이라는 사실을 알아야만 했다. 정아가 어느 틈에 근준의 바지와 속옷을 내려 버렸으니까. 물론 자신이 살짝 엉덩이를 들어 주었겠지만 기억이 나지 않는다. 계속해서 속옷 안에 감춰진 정아의 뽀얀 가슴만 바라보고 있었기 때문이었다.

윽 하는 근준은 저도 모르게 눈을 감을 뻔했다. 정아의 입술이 불끈 솟아오른 자신의 불기둥을 휘감아 들어왔기 때문이었다.

어쩌다 이렇게 되었을까 하는 생각은 조금도 하지 않았다. 그에게는 첫 경험의 순간이겠지만, 정작 본인은 그것을 인지하지 못했다.

얼마 후 정아는 배시시 웃어주고는 몸을 일으켰다. 그와 동시에 허리에 걸려 있던 그녀의 원피스는 발목으로 툭하고 떨어졌다. 근준은 아무런 말도 하지 않고 그녀의 몸매만 바라볼 뿐이었다.

그녀는 여우같은 새침한 표정으로 천천히 자신의 팬티를 벗었다. 그것은 마치 근준에게 대놓고 보여주려는 것처럼 은근하기 그지없었다. 잘 빠진 허벅지와 종아리로 마지막 한 장 남은 천 쪼가리마저 내려가자, 너무나 균형 잡혀 있는 정아의 몸매가 보였다.

가슴은 그리 크지 않았지만, 몸과 적당히 조화롭게 부풀어 오른 크기였다. 게다가 허리선이 무척이나 예쁘다.

"오빠 키스도 안 해 봤어?"

정아는 그대로 앉아 있는 근준의 무릎 위로 마주보며 걸터앉았다.

"안 해 봤어."

"어머, 그럼 실장님 말이 진짜구나."

"그 자식은 무슨 그런 쓸데없는 소리를."

"이렇게 멋진 오빠가 왜 여자가 없었을까?"

정아는 근준의 양볼을 살짝 잡더니 그대로 입을 맞췄다. 순간적으로 그 역시 움찔할 수밖에 없었다.

자신의 눈 바로 앞에 곱게 감겨져 있는 그녀의 눈과 속눈썹이 보였다. 이윽고 정아의 혀가 자신의 입 안으로 들어오고 있었다.

근준은 아무도 가르쳐 주지 않았지만 본능적으로 정아의 가슴을 움켜쥐었다. 그녀의 혓바닥은 마치 뱀처럼 근준의 혀를 계속해서 감아대기 시작했다. 근준은 한 손에 가득 잡히는 그녀의 가슴을 주무르기도 하고, 손가락으로 젖꼭지를 어루만져 보기도 했다. 무엇보다, 정아의 중앙과 맞닿아 있으니, 피가 모두 가운데로 쏠리는 것만 같았다.

정아는 교묘하게 근준을 애무하기에 바빴다. 그리고는 근준의 젖꼭지를 혀로 살짝 핥아주기도 했다. 그로서는 난생 처음 느끼는 기분에 당혹스러운 애무였지만, 그래도 기분이 좋은 것은 어쩔 수가 없었다.

'왜 이 여자가 처음 만난 나에게 몸을 줄까?' 하는 생각은 전혀 들지 않았다. 그녀로서도 이것이 일종의 '일' 일 수도 있겠구나 싶었다. 계기야 아무래도 좋다. 겜블이라는 짜릿한 일탈보다도 백배는 더 황홀한 일탈이었다.

"오빠?"

혹여나 미숙한 근준이 안에다가 사정하면 곤란했다. 원래는 콘돔을 착용하게 하지만, 급하게 분위기가 조성된 탓에 능숙한 정아도 미처 캐치하지 못한 것이었다.

근준은 순간적으로 숨이 턱 막히고 골이 울리는 것이 느껴졌다. 술기운은 이미 자신의 몸을 흠뻑 적신 땀과 함께 저 멀리 달아난 후였다.

근준은 거칠게 숨을 몰아쉬었다. 그녀가 근준의 몸에서 얼른 떨어졌다. 그러자 거침없이 분출되었다.

"잘했어. 잘했어 오빠."

정아는 기특하다는 듯이 근준을 쓰다듬어 주었다. 하지만 그는 여전히 진정이 되지 않은 듯, 정아의 가슴을 살짝 움켜쥐며 후희를 즐겼다.

"너무 잘하는데? 오빠처럼 괜찮은 사람이 왜 아직까지 총각이었을까?"

정아는 테이블 위에 놓인 담배에 불을 붙여 근준의 입에 물려주기까지 했다.

"그냥, 그런 거에 신경을 안 써서."

차마 '아직 미성년자라 그렇게 신기한 일도 아니에요' 라고 말할 수는 없었기에, 근준은 솔직히 이야기해 버렸다. 정아는 옷도 입지 않고는 알몸상태 그대로 다리를 꼬며 근준의 팔짱을 끼었다.

"해 보니까 어때?"

근준은 달콤하게 들려오는 정아의 말에 고개를 떨어뜨려 한 차례의 전투를 마치고 축 늘어진 자신의 보물을 바라보았다. 약간 붉게 상기되기까지 한 그 모습. 자신의 신체 일부였지만 정말 이질적인 모습이었다.

"좋아. 이렇게 좋은 건지 몰랐어."

그답지 않은 얼빠진 대답이지만 사실은 그의 본심이었다. 자기에게 귀띔도 안 해 주고 이런 자리를 만들고는 내빼 버린 종기가 약간은 괘씸하기도 했다. 하지만 그는 늘 그런 스타일이었기에 할 말은 없었다.

"오빠 내 이름 기억하지?"

근준은 고개를 끄덕였다. 며칠 전 일도 아니고 불과 한 시간 전에 들은 이름인데 까먹을 리가 없었다.

"여기 자주 올 거야?"

"글쎄. 그건 잘 모르겠어."

"왜? 실장님 친구잖아."

"그렇긴 하지만. 자주 올 수 있을지는 좀 의문이야."

사실 근준은 말은 그렇게 했지만, 이미 머릿속에서는 아까의 포커 생각과 정아의 알몸이 뒹굴듯이 교차하고 있었다.

"다시 오면, 나 다시 꼭 찾아야 해. 알았지?"

근준은 그곳을 나와서 대리운전 기사를 불러서 승용차를 타고 가고 있었다.

"저기. 저쪽에다가."

술을 마신 터라 대리운전 기사를 부른 종기는 자신의 옆자리에서 잠들어 있는 근준의 머리를 툭툭하고 건드렸다.

오늘의 근준을 성공시킨 것을 만족해 하는 종기였다. 물론 부하를 운전을 시켜도 되긴 했지만, 지금 근준은 교복을 입고 있었기에 조금 걸렸다.

"얌마. 일어나 다 왔어."

근준은 한쪽 눈만을 슬쩍 뜨고는 주위를 둘러보았다. 시간은 밤 11시가 조금 넘어가고 있었다. 자율학습을 한다고 해도 약간은 늦은 시간이었지만, 그는 별로 개의치 않는 듯 크게 기지개를 켜보였다.

"피곤했냐? 아주 숙면을 취하시더만."

"니가 날 피곤하게 했으면서 뭘."

"어쭈. 호강시켜 줬더니 떠미는 거여?"

근준은 아무런 대꾸도 하지 않고는 주섬주섬 가방을 챙겨 들었다. 멀리 보이는 거대한 2층짜리 주택. 아직 안 자는 사람들도 많은지 불은 환하게 켜져 있었다.

"들어갈게."

"그래. 다음에 보자. 언제든지 놀러 오고. 위치는 알지?"

"그래. 알았어."

근준이 차에서 내리자마자, 종기의 차는 몸체를 돌려 다시금 미등 불빛을 흩뿌리며 멀어져 갔다. 거기에 근준은 저번과는 달리 한참이고 그 미등을 바라보다가 그제서야 집 쪽으로 발을 돌렸다.

그제야 품 안을 뒤적거리기 시작했다. 현관문은 도어락 번호를 누르거나 지문을 대면 열리지만, 대문은 열쇠로 열어야 했기 때문이었다.

덜컹, 품안에서 대문 열쇠를 꺼내려던 근준은 살짝 놀라고 말았다. 누군가 가 집안에서 대문이 열리는 버튼을 누른 모양인지 자동으로 덜컹하고 열려 버렸기 때문이었다.

'쳇. 귀찮게 되었네. 몰래 들어가려고 했는데.'

다른 인물이면 모를까, 상대가 강 회장이라면 조금 피곤해진다. 입양아이지만 자신에게 그가 남달리 애정을 쏟고 있기 때문에, 분명 훈계로 일장연설을 늘어놓을 것이 뻔했기 때문이었다.

멋들어진 정원을 지나 현관으로 다다랐을 때 현관문이 빼꼼이 열려 있었다. 그걸 본 근준은 한숨을 푹 쉬고는 현관문을 살짝 열었다.

"왜 이제서야 와?"

근준은 그제야 안도의 한숨을 쉴 수 있었다. 다행히도 강 회장의 둔탁한 목소리가 아닌, 언제나 상냥한 그 목소리였다. 그런데 그녀의 목소리에 약간 걱정이 깃들어 있었다.

"그냥 좀 일이 있어서."

수선은 살짝 고개를 갸웃하며 근준을 바라보았다. 뭔가 분위기가 바뀐 듯한 느낌이 들었기 때문이었다.

"학교에서 지금 오는 거야? 너 데려다 준 차는 누구 차니?"

수선은 조심스레 근준에게 물었다. 그 말에 근준은 저도 모르게 수선을 바라보았다. 그녀의 화장기 없는 깨끗한 얼굴에, 위로 살짝 틀어 올린 머리칼, 파자마를 입었지만 꽤 큰 키에 잘 정돈된 몸매까지 이상했다.

늘 그녀를 잘 쳐다보지 못했는데 오늘은 자신 있게 그녀의 눈을 바라보고 있었다. 오히려 수선이 살짝 눈을 피할 정도였다.

"친구네 부모님. 그냥 어쩌다 보니 그렇게 됐어."

"그래, 피곤하겠다. 어서 들어와."

수선은 연이어 상냥하게 말을 해 주었다.

오피스텔에선 종기의 옷을 입고 있었던 탓에, 담배 냄새나 술 냄새가 전혀 나지 않아 다행이었다. 가까이서 대화하면 금세 입에서 나는 술 냄새를 알아채겠지만, 다행히 그녀는 모르는 모양이었다.

"아버지는?"

아직 근준은 아버지라는 말이 어색했다. 매일 이 집에 대한 일탈을 꿈꾸는 주제에, 아버지라고 부르는 자신이 가끔은 우습게 느껴졌기 때문이었다.

"아직. 매일 늦으시잖아 요새. 밥 먹었어? 누나가 밥 차려 줄까?"

"아니. 괜찮아. 어서 자. 늦었잖아."

"그래. 너두 공부하느라 피곤하겠다. 얼른 자. 알았지?"

"근데."

"응?"

"나 올 때까지 기다리고 있었어?"

근준의 말에 수선은 또 살짝 웃었다. 저도 모르게 심장이 흔들려 버리는 것 같은 느낌에 근준은 애써 냉랭한 표정을 지어보였다.

"응. 너무 늦길래 창문으로 내다봤어."

대수롭지 않다는 듯 수선은 피하고 웃어 보였다.

너무나 싱그러운 그녀의 미소에 근준은 살짝 찔리기도 했지만, 이내 몸을 돌려 2층으로 향했다.

"어머! 깜짝이야."

막 2층 계단으로 가려던 근준의 앞에 누군가가 소스라치게 놀라고 있었다. 앞치마를 두른 젊은 여자였다.

"누구?"

"아, 근준아! 그분 새로 오신 가사아주머니셔."

"안녕하세요."

"네, 네 안녕하세요."

근준은 수선의 목소리가 들리고 나서야 자신의 앞에 있는 여자를 뚱하게 바라보며 인사를 했다. 그가 갑자기 툭 하고 튀어나와서 놀란 듯한 그녀는 인사를 하고도 놀란 가슴을 쓸어내렸다.

근준도 살짝 놀라고 있었다. 놀란 건 예전 가사아주머니에 비하면 엄청 젊었기 때문이었다. 그녀는 기껏해야 30대 중반 정도로 보이는 여성이었다.

가사아주머니라 부르기 뭐할 정도로 미인은 아니었지만 꽤나 동안이었다. 전에 일하던 아주머니가 급히 고향에 가게 되면서, 자신의 땜빵으로 추천하고 간 여자라고 들었기에 자신의 어머니뻘을 생각했던 근준은 적잖이 놀랐다.

"죄송해요. 깜박하고 2층 청소를 안 해서 지금 하느라."

"괜찮아요."

근준은 건성으로 대답하고는 그녀를 스쳐 지나갔다. 잘 자라고 인사를 하려던 그녀는 근준이 휙 지나가자 고개를 갸웃했다.

'술 냄새?'

뭐라고 말을 하려던 그녀는, 그의 누나인 수선이 가만히 있자 그만두기로 마음먹었다. 첫날인 데다가 자신이 고용된 부잣집 외동아들이 술을 마셨다고 해서 뭐라고 할 입장도 되지 못했기 때문이었다.

근준은 샤워를 할 생각도 하지 않은 채로, 그대로 침대 위에 벌렁 드러누웠다.

'별 거 아닌데 체력 소모가 있네, 은근히.'

계속해서 정아의 모습이 눈에 아른거렸다. 그리고 포커판에서 처참히 깨졌을 때 비웃음을 머금던 상대방의 얼굴도 같이 떠올랐다.

'쳇. 갑자기 열 받네. 별거 아닌 거 같은데.'

거의 패턴을 알았다 싶었는데 그만뒀으니 열이 받을 만했다. 하지만 근준은 웃고 있었다. 왠지는 모르지만 자신은 히죽거리며 웃고 있었다.

'근래에 오늘이 가장 즐거웠던 것 같다.'

물론 도박에 미쳐서 자주 가거나 할 성격은 아니었지만, 그래도 다시 한 번 가서 꼭 포커에서 이기고 싶은 그였다.

"두고 보자. 내가 언젠가 전 재산 다 꼴고 집까지 걸어가게 만들어 줄 테니까."

근준은 다짐을 하면서도 무거운 눈꺼풀의 힘을 이기지 못하고 스르르 눈을 감아 버렸다.

오늘은 정말 별거 없는 것일지도 모르지만 너무나 행복한 날이었다고 생각하면서 잠에 들어갔다.

이틀이 지났다. 다시금 휴일이 찾아왔다. 근준은 슬슬 몸이 근질거려 죽을 것만 같았다. 오피스텔에서 정아와의 섹스 경험 이후, 여체의 맛을 알아버린 그는 학교에서도 몸매가 뛰어난 여학생이 지나갈 때마다 자연스레 그녀의 알몸을 생각하게 되어 버렸다.

게다가 머릿속에는 자꾸만 포커판의 정경이 그려지기 시작했다. 마치 처음에 피아노에 미쳐 버렸을 때 머릿속이 온통 음표들뿐이었던 것처럼, 그것과 비슷한 현상이 다시 한 번 나타나 버린 것일지도 모른다.

그래서 사회에서는 청소년기에 성(섹스)과 도박 같은 오락을 절대 금하고 있는 것이 아닌가.

"잘 먹겠습니다."

강 회장은 출장 덕에 자리에 없었다. 저녁상은 수선과 근준, 그리고 수미 세 명만이 지키고 있었다. 수진이야 그때 한 번 온 이후로 다시 돌아갔기에 당연히 자리에 없었다.

"와. 언니 너무 맛있어요!"

"정말요? 고마워요 수미 학생."

새로 들어온 가사아주머니가 젊은 덕택에 아줌마가 아닌 언니라는 칭호로 불리고 있었다. 수선도 상냥하게 늘 언니라고 불렀다. 가사도우미도 그것이 싫지 않은 표정이었다. 다만 근준 쪽이 조금 애매할 뿐이었다.

"근데, 저는 뭐라고 불러야 하죠? 아주머니라고 하기도 그렇고."

"에이, 편할 대로 불러요."

"근준아. 우리는 그냥 다 아연이 언니라고 하니까, 너도 그냥 아연이 누나라고 하면 어때?"

수선의 말에 근준은 그제야 가사도우미의 이름이 '아연'이라는 것을 알 수 있었다. 그녀의 얼굴을 힐끗 바라본 근준은 그녀에게 물었다.

"그렇게 불러도 돼요?"

"그럼요. 그렇게 하세요."

아연은 살짝 웃어 주었다. 근준은 다행이라는 생각이 들었다. 전에 있던 아주머니가 워낙 친절하고 꼼꼼해서, 다른 구린 가사도우미가 오면 짜증이 나지 않을까 하는 생각이 있었는데, 다행히 아연은 야무졌고 착해 보였다. 음식도 곧잘 했지만 이상하게도 개인적인 것들을 물어 보면 늘 싱긋 웃으며 대답을 피했다.

수선은 한참이나 근준의 뒷모습을 바라보며 고개를 갸웃거렸지만, 근준은 수선의 물음에 건성으로 대답해 버리고는 2층으로 올라갔다.

새로운 가사도우미인 아연이 깔끔하게 치워 놓은 덕에 아무렇게나 하고 나가도 늘 새로 입주한 것처럼 깨끗한 방안 상태 그대로 복원되어 있었다. 그런데 고민스러운 것은 수능이 코 앞이었다. 근준의 양부인 강 회장은 늘 경영학과에 진학하길 바라고 있었다. 근준은 그런 강 회장을 놀리기라도 하듯, 언제나 성적을 아슬아슬한 상태로 유지하고 있었다.

처음에는 달랐다. 고아원에서만 자라던 근준에게 공부는 재미있었다. 하지만 어느 순간부터, 그는 음악이 아닌 것에는 흥미를 잃어버리고 만 것이다.

'음악 못지않게 재밌는 게 있다니.'

그것은 바로 도박과 여자였다. 생각만 해도 기분이 흐뭇했다. 여자와의 관계에 전혀 관심이 없던 근준은 그 날의 경험 한 번만으로 그만 여체의 신비에 푹 빠져 버렸다. 아직도 정아와의 관계가 끝난 후 사정을 했을 때의 그 쾌감이 몸에 남아 있는 것만 같았다.

이미 관심사는 책상을 떠난 지 오래다. 머릿속에 아른거리는 것들은 모두 고3학생에게는 필요가 없는, 아니 생각해서는 안 될 것들뿐이었으니까.

근준은 벌떡 일어나 옷을 챙겨 들었다. 눈앞에 아른거리는 그것들 이외엔 관심이 뚝하고 사라졌기 때문이었다.

"근준 학생? 어디 가요?"

아까의 밥 때문에 이제 말문이 튼 듯, 부리나케 뛰어가는 근준을 보며 아연이 물어보지만, 근준은 얼굴조차 바라보지 않고는 신발을 신었다.

"독서실이요."

근준은 나가면서도 가끔은 고3이라는 신분이 편하다는 생각이 들었다. 절대적인 핑계거리가 하나 있지 않은가. 그건 그저 공부에 관련된 것들을 대면 모두들 입을 다물게 된다는 것이다.

정말 우스운 것이었다. 자신이 핑계를 대면서도 근준은 조소를 흘렸다. 물론 공부라는 절대적인 핑계 뒤에는 엄청난 책임이 기다리고 있겠지만, 적어도 근준은 자신에게 거는 기대를 단 절반만으로라도 줄여주었으면 하는 생각이 간절했다.

04 _넷

오피스텔의 종기는 조금씩 밤이 찾아오는 창밖의 밤하늘을 바라보며 길게 남배연기를 내뿜었다. 담배를 쥐고 있는 그의 손에는 무언가에 베인 적이 있는 듯 손등부터 손목까지 길게 상처자국이 남아 있다.

'잘하고 있는 건가.'

종기는 지루했다. 고아원에 있을 시절부터 그는 늘 목이 말랐다. 하위 1퍼센트 부류에서 시작했으니 상위 1퍼센트 지위로 올라가고 싶은 욕망은 불처럼 타올랐지만, 고아 출신인 그가 할 수 있는 것은 거의 전무했었다.

'준(근준)이는 어떤가.'

문득 하나뿐인 자신의 친우를 생각해 보았다. 머리 하나는 기막히게 좋았던 그 아이. 그리고 담당교사에게 음악적인 재능마저 인정받은 아이. 거기에 천운이 닿아 부유한 집안으로 입양되기까지 했다.

'하지만 행복해 보이지는 않았지.'

문득 종기는 근준의 씁쓸한 표정을 떠올려 보았다. 그 때문에 나쁜 것이라는 것을 알면서도, 근준에게 일부러 포커와 여자를 가르쳤는지도 모른다.

그는 반사적으로 근준의 위치에 자신을 대입해 보고는, 이내 절레절레 고개를 저었다.

'나라도 싫어. 그런 건 의미가 없거든.'

종기는 타고난 승부사였다. 기왕에 대한민국 상위 1퍼센트 지위가 되려면, 자신의 힘으로 얻고 싶었다. 그렇게 환경이 뒷받침해 주는 성공은 지루해 보이기 그지없었다. 그에게는 삶 자체가 게임이다. 게임에 있어서 치트키를 쓰는 것은 그 재미를 반감시키지 않는가.

그제서야 종기는 근준의 표정에 드리워진 그늘의 이유를 파악할 수 있었다. 그 역시 고아 출신. 삶의 밑바닥은 지긋지긋할 정도로 경험한 녀석이었다. 하지만 그런 그 역시 거저로 떨어지는 재벌 2세의 자리가 싫었을 것이다. 그 역시도 자신이 좋아하는 분야에서 1등이 되고 싶었을 테니까.

'뭐, 어떤 방식이든 1퍼센트면 되겠지.'

종기는 어둠의 세계에서 자신의 꿈을 찾은 행동을 그렇게 합리화시켜 버렸다. 그리고 만약 자신이 근준에게 도움이 된다면 얼마든지 근준을 밀어주고 싶은 마음도 있었다.

"똑똑."

노크소리가 들렸지만 종기는 대꾸조차 하지 않았다.

잠시 후 누군가가 문을 열고 들어왔다. 오피스텔 내부에 많이 있는 여자 직원 중 한 명이었다.

"실장님. 누가 찾아오셨는데요."

"누군데?"

"남자분이신데요. 조금 어려보이는, 성함이, 아! 강근준 씨라고……."

종기는 그제서야 담뱃불을 비벼 끄고는 뒤를 돌아보았다.

"준?"

"네. 어떻게 할까요?"

"들여보내. 정중하게 모셔. 손님이니까."

"네."

이곳의 여느 여자들처럼, 교태 어린 복장을 한 그녀가 살짝 고개를 끄덕이고는 밖으로 나갔다.

'내가 괜한 짓을 했나?'

사실 종기는 근준이 자기발로 오리라고는 상상도 하지 못했다. 그저 그에게 하루 동안의 일탈만 제공하려고 했던 것이었다.

'이 오피스텔 곧 정리해야겠군.'

자신의 호의가 왠지 독이 되어 버릴 수 있을 거 같아, 종기는 도박장을 정리하고 다른 곳으로 옮겨야겠다는 생각을 했다. 어차피 곧 그리 할 예정이었다. 다만 조금 앞당겨야 할 이유가 생긴 것뿐이다. 그렇다고 어려운 것은 없었다. 종기에게는 운영자금도 충분했고, 입주가 되지 않은 오피스텔 하나만 다시 구하면 되는 것이었다.

"왔냐?"

문을 열고 들어오는 근준의 모습에 종기는 피식 웃어 보였다.

"돈 빌려줘."

대뜸 입을 여는 근준의 말에 종기는 피식 웃으며 서랍을 열었다.

"오늘은 자신 있는 모양이지?"

"당연하지. 그때 그 자식들 오늘도 있지?"

"물론. 지 재산을 갉아먹으면서도 매일같이 출근하는 족속들이니까."

"어딘지 가르쳐 줘."

종기는 칩이 들어 있는 주머니를 서랍에서 꺼내고는 근준에게 던져 주었다.

"이걸로 가서 해 봐. 하지만 조건이 있다."

"뭔데?"

"그거 다 잃으면 이제 여기 오지 말 것."

근준은 멀뚱히 종기의 얼굴을 바라보았다. 종기는 얼굴에서 장난기를 지운 채 사뭇 진지한 표정으로 근준을 응시하고 있었다.

"알았어."

근준은 이것 저것 생각해 볼 것도 없이 대답했다. 그의 머릿속에는 오늘도 잃을 수 있다는 가능성 따윈 없었다. 지난 이틀 동안은, 어떻게 하면 이길까 하는 생각만이 머릿속에 가득했으니까.

"그 때 그 방. 거기에 그대로 있다."

문을 열고 나가는 근준을 보며, 종기는 살짝 한숨을 내쉬었다. 그의 손은 어느새 인터폰을 향해 올려져 있었다.

"나야. 지금 정아 있지? 두세 시간 후에 내 방으로 오라고 전해 줘."

근준은 지난 번 그 방에 들어섰다.

"어이고 이 젊은 총각, 한동안 안 보이더니 어디서 포카학원이라도 다니다 왔나벼?"

며칠 전 그 멤버 그대로였다. 뭔가 딱 집어 말할 수는 없지만, 한결 부드러워진 듯한 근준의 실력에 모두 살짝 놀라는 눈치였다.

근준은 대꾸조차 하지 않고는 돌아가는 패를 뚫어져라 쳐다보았다. 그리고 이내 좌중의 경악 속에 묵묵히 자신의 앞에 쌓여 있는 칩을 끌어 당겼다. 워낙 많은 양이 쌓여 있던 탓에 우두두하며 칩이 넘어지는 소리를 내었다. 그리고 근준의 앞에는 수북하게 많은 양의 칩이 작은 산을 만들 듯 쌓였다.

모두가, 아니 김 사장이 특히 멍해져 있는 모습을 보며 근준은 살짝 조소를 흘렸다.

"오늘은 운이 좋군요. 이런 낮은 패로 먹는 걸 보면, 그렇죠?"

올인했던 그 판에서 빠져 나온 근준은 종기의 방으로 돌아갔다.

"아앙!"하는 정아의 애교소리로 종기의 방안은 가득 채워졌다.

은은한 조명, 그리고 널브러진 술병. 그 앞에 있는 쇼파에서는 실오라기 하나 걸치지 않은 두 명의 남녀가 엉켜 붙어 쉴 새 없이 서로를 탐닉하고 있었다. 정아는 연신 근준의 목에 팔을 걸고 신음을 뿌려대었다. 근준의 허리가 강하게 움직일 때마다 정아는 하늘이 노래지는 것만 같았다. 며칠 전 동정을 처음 버린 사람이라고는 믿을 수 없는 정도였다.

근준은 그녀의 다리 사이에 자신을 깊숙이 파묻은 채로 온몸을 부르르 떨었다. 순간 정아는 몸속으로 무언가 뜨거운 것이 분출돼 들어오는 느낌에 눈앞이 몽롱해졌다. 그녀는 근준의 등에 손톱을 깊이 파묻으며 신음소리를 내뱉었다.

"오빠. 전보다 훨씬 는 거 같아."

근준은 몰려오는 쾌감에 부르르 떨며, 대답 대신 그녀의 몸을 살짝 밀어냈다.

"오빠. 그 사람들 상대로 엄청 땄다며?"

"응. 싹쓸이했지. 씩씩거리는 모습들이 고소해 죽겠는데."

근준은 큰 소리로 웃고 싶었다. 그때 당한 치욕을 되갚아 주었을 뿐만 아니라, 그날 이후 계속해서 몸을 뜨겁게 달구던 욕정도 해소하니 몸이 날아갈 듯 가벼웠다. 어찌 보면 한창때인지라 당연한 것일지도 몰랐다.

정아는 팬티와 원피스까지 갖춰 입고는 화장을 고치기 시작했다.

"오빠 또 언제 올 거야?"

정아의 말에 근준은 입을 다물어 버렸다. 사실 오늘은 충동적으로 온 것이고 자주 올 수는 없는 노릇이었다. 무엇보다 자신의 양부인 강 회장이 알게

되면 종기까지 무사히 버티기는 힘들 것이기 때문에, 무척이나 고민해야 했
다.

"글쎄. 자주는 못 올지도."

"정말?"

정아는 진심으로 서운하다는 표정을 지었다. 그녀의 퇴근시간은 한참이
나 지났지만, 그녀는 계속해서 근준이 심심하지 않도록 종알종알 말을 붙여
주었다.

"오빠. 핸드폰 줘 봐."

"핸드폰? 지금 없는데."

집에서 밖에는 전화가 오지 않으니, 휴대폰을 들고 나왔을 리 만무했다.

정아는 주변을 두리번거리더니 펜과 종이를 가져와서 무언가를 적었다.

"이게 뭐야?"

"뭐긴 뭐야. 내 번호지. 나중에라도 올 때 전화해. 알았지?"

그녀는 테이블 위에 올려 있는 근준의 바지 주머니에 메모지를 꾸겨 넣고
는 자리에서 일어났다.

"나 옷 갈아입고 가 봐야 할 거 같아. 곧 실장님도 오시고."

정아는 근준의 볼에 입을 맞춰 주더니 요염하게 걸어 나갔다. 근준은 테이
블 위에 놓인 담배를 집어 들었다.

"꽤 땄다며?"

문득 뒤에서 종기의 목소리가 들려 왔다. 정아가 나올 때까지 문밖에서 기
다리고 있었던 모양이었다.

"응. 꼰대들 아마 열 좀 받았을 거다."

근준은 고소하다는 듯이 킥킥거리며 웃었다. 종기는 그런 근준을 말없이
바라보더니 말을 이었다.

"여튼. 당분간 오지 않는 게 좋겠다 너."

"단속 때문이냐?"

"아니. 너 때문이지."

"뭔 소리야? 오지 말라고 했던 건 내가 다 잃었을 때라고 했잖아."

근준은 담뱃불을 끄고는 종기를 바라보았다. 언제 불을 붙였는지 종기가
길게 허공에 연기를 뿜고 있었다.

"여기를 계속 들락거리는 건 너에게 도움 될 게 하나도 없어."

“여기 처음 데려온 게 너잖아.”

“야, 준!”

근준은 대꾸도 하지 않고 종기를 바라보았다. 그는 사뭇 진지한 목소리로 말을 이었다.

“널 여기 데려온 이유는 니가 워낙 찌들어 있어 보였기 때문이야. 너 타짜 만들려고 데려온 게 아니란 말이다.”

“그건 알고 있지만.”

“그리고. 언제까지 그런 빡빡한 집 안에서 니 어설픈 행각이 먹힐 거 같냐?”

“뭐?”

“잘 생각해 임마. 독한 맘먹고 그 집안을 먹을 생각을 하던지. 아님 하고 싶은 걸 하고 살기 위해서 강하게 니 의사를 밀어 붙이던지.”

근준은 할 말을 잃고는 입을 다물어 버렸다.

종기의 말이 틀린 것은 아니었다. 어쩌면 근준은 자신과 집안 사이에서 매일 갈등하며, 어설픈 행보만을 하고 있는 것일지도 모른다.

“알았다. 어차피 자주 올 생각도 없었으니까. 오늘은 나 혼자 들어갈게.”

근준은 옷을 챙겨 입고는 종기를 스쳐 지나갔다.

종기는 근준이 나가자, 창밖으로 걸어가 창문을 열었다.

자신의 친구라는 것을 아는 탓에, 부하 몇 명이 근준을 향해 90도로 인사하는 것을 보며 종기는 담배를 비벼 껐다.

어찌 보면 자신과 같은 성격을 지닌 근준에게는 입양이 약이 아닌 독이 될지도 모른다. 자신이 했던 말처럼, 근준은 후계자로서의 입지를 굳건히 하던지, 애초에 하고 싶은 걸 할 수 있도록 강 회장을 설득하던지, 두 가지의 길 중에서 하나는 반드시 선택해야 했다.

‘넌 애초에 국권을 장악하기 위해 만들어진 녀석이라 뭐, 더 좋은 방법이 있기는 하겠지.’

종기는 혼잣말로 중얼거렸다. 이내 바람이 불어와 짧은 머리칼이 흩날렸다. 멀리서 근준이 택시를 잡아 타는 모습을 보며 종기는 또 한 개비의 담배를 꺼내 물며 중얼거렸다.

‘그 집안 여자들을 모두 네 것으로 만들란 말이다.’

05 _다섯

오피스텔에서 나와 집으로 돌아온 근준은 대문 앞에 서 있었다.

'자는 건가 다들?'

사실 누군가 자신을 기다리면 그것이 오히려 더 귀찮은 근준이었다. 독서실에 간다고 해놓고 술 냄새를 풍기고 돌아왔으니, 안 걸리는 게 차라리 편할지도 모른다.

'어라?'

몰래 현관문을 열고 소리가 안 나게 들어오는 것에 성공한 근준은 어두컴컴한 가운데 아연의 방에서만 불빛이 새어 나오자 살짝 놀랐다.

'가사누나. 아, 이름이 아연이라고 했던가.'

이 집에서 같이 숙식을 하는 아연의 방에서만 불빛이 새어 나오는 것이었다. 수선의 방도, 수미의 방도 모두 불이 꺼져 있었다. 물론 출장에서 돌아오지 않았을 강 회장의 방도 마찬가지였다.

'설마 나를 기다리는 짓을 하는 건 아니겠지?'

애석하게도 근준의 방은 2층에 있었다. 아연의 방은 층계 바로 옆에 위치해 있기에, 그녀의 방문 앞을 지나가지 않을 수 없었다.

그는 까치발로 조심조심 한 발자국씩 내딛었다. 계단 올라갈 때 삐거덕 소리만 나지 않으면 완벽한 완전범죄가 될 터였다.

'응?'

아연의 방문 앞을 지나던 근준은 새어 나오던 불빛이 형광등 불빛이 아니라는 사실에 살짝 놀랐다. 형광등은 꺼져 있었다. 그것은 텔레비전 화면에서 나오는 빛이었다.

뭘 보는 것인지 궁금했다. 더군다나 방문이 살짝 열려 있었으니 일부러 보지 않아도 볼 수밖에 없었다. 그래도 들키지 않기 위해 조심스레 방문 틈 사이로 얼굴을 갖다 대었다. 손가락 하나 드나들 정도로 살짝 열려 있을 뿐이었지만, 방안의 광경은 대충 다 보였다.

순간 근준은 '헉!' 하는 소리를 낼 뻔했으나 겨우 참아내었다. 텔레비전에서 나오는 불빛은 아니었다. 그 빛은 아연의 방안에 설치되어 있는 모니터에서 나오는 것이었고, 모니터 속에서는 살색 인영 둘이 알몸으로 서로 엉켜 있었다.

'맙소사.'

근준은 마른침을 꿀꺽 삼켜야만 했다. 가사누나로 알고 있던 아연은 이상한 화면을 바라보고 있었다. 더욱더 놀라운 것은 그녀의 손이 자신의 치마 속에서 꿈틀대고 있다는 사실이었다.

그녀는 억지로 신음을 참는 듯했다. 약간은 발그레하게 상기된 그녀의 얼굴 표정, 그리고 연신 자신의 하반신을 쓰다듬는 그녀의 모습은 근준에게 있어 가히 충격적이었다.

잠시 후 그녀는 티슈를 몇 장 뽑더니 치마를 들쳐 자신의 밑을 확인하고 있었다.

근준은 이제 더 이상 그 자리에 서 있을 수 없을 것만 같았다.

하나는 이제 그녀의 행위가 끝났으니 걸릴 수 있다는 우려였고, 하나는 근준의 몸에도 아련하게 전해져 오는 흥분 탓이었다.

살짝 2층으로 올라온 근준은 자신의 방문을 열고 침대 위에 허물어지듯 쓰러졌다.

정아와 화끈하게 논 탓에 몸은 피곤했지만, 아연의 충격적인 모습을 본 이후로는 정신은 말똥말똥해져 잠은 오지 않았다.

"여자들도 하는구나."

근준은 새삼스레 천장을 바라보며 혼잣말로 중얼거렸다. 왠지 모르게 오늘은 잊지 못할 기억이 많이 만들어진다는 쓸데없는 상상을 하며 겨우 잠이 들었다.

3일 후 저녁이었다.

"와와! 맛있겠다!"

"많이 먹어. 수미 학생."

수미는 상다리가 휘어지게 차려진 저녁밥상을 보며 박수까지 치면서 좋아했다.

아연은 그런 수미를 보며 미소를 지어 보였다.

"오빠 오빠! 이거 오빠가 좋아하는 거잖아. 그치?"

"아 응. 그래."

수미는 싹싹한 성격답게 근준의 밥 위로 생선 한 점을 얹어 주었다. 근준은 대충 대답하고는 그것을 입에 밀어 넣었다.

밥을 먹으면서도 근준의 신경은 아연에게로 가 있었다. 꽤 시간이 지났음에도 불구하고 저번에 목격한 아연의 행동이 자꾸만 머릿속에 떠올랐다.

"뭘 그리 생각하니?"

몇 분 동안 계속 씹기만 하는 근준을 보며 수신이 살짝 그의 팔을 거드렸다.

근준은 깜짝 놀라 고개를 저어보였다.

"아냐."

수선은 너무나 청순한 눈망울을 빛내며 아직도 멍해져 있는 근준을 바라보았다.

'무슨 일이 있나?' 하는 착한 수선에게는 그냥 넘겨 버릴 일이 아니었다.

늘 근준은 무슨 생각을 하고 있는지 도통 알 수 없는 아이긴 하지만, 오늘은 뭔가 달랐다. 뭐에 홀린 사람처럼 멍하니 허공만 바라보고 있지 않은가.

수선은 손으로 귀 밑으로 내려오는 머리칼을 살짝 뒤로 쓸어 넘기며 근준의 눈치를 보았다.

수선은 이 집안의 어머니나 다름없었다. 큰 언니인 수진은 도통 집에 정을 붙이지 않으니, 차녀인 그녀 자신이 동생들을 돌볼 의무가 있다고 늘 생각하고 있었다.

'요새 이 아이 좀 이상해.'

언제부터인가 근준의 눈빛이 약간 달라졌다는 생각을 하고 있는 그녀였다. 그리고 딱 집어 이유는 알 수 없지만 그런 근준을 볼 때마다 늘 묘한 감정에 휩싸이기도 했다.

“밥 더 먹고 싶으면 말들 해.”

아연은 살짝 웃으며 부엌의 여기저기를 행주로 닦기 시작했다.

근준은 밥을 먹는 둥 마는 둥하며 그런 아연을 계속해서 바라보았다.

이제 보니 정말 썩 나쁘지는 않은 몸매 같았다. 원피스 위로 앞치마를 둘러 확실히는 알 수 없지만, 윗부분이 봉긋하니 볼륨도 뛰어나 보였다. 무엇보다 원피스 밑으로 가늘게 뻗은 하얀 다리가 시선을 즐겁게 했다.

그녀는 늘 하는 집안일에 방해가 되기 때문인지, 늘 머리를 단정하게 위로 묶어 올리고 있었다. 그 점은 수선과 많이 비슷했다.

짧은 단발머리를 고수하는 수진이나, 긴 생머리를 묶지 않고 늘어뜨리는 수미와 다른 점이기도 했다. 하얀 얼굴 밑으로 보이는 가느다란 목선. 비록 가사 일을 하는 가사도우미이긴 하지만 잘만 꾸미면 미인이라는 소리도 들을 법하다고 근준은 생각했다.

‘늘 그런 걸 하는 걸까? 성욕을 주체 못해서?’

근준은 미칠 듯한 호기심 때문에 죽을 지경이었다. 아무리 그가 또래에 비해 생각이 많고, 남들이 하지 않은 경험을 많이 갖고 있다 한들, 어쩔 수 없는 한창때의 청년이 아닌가. 게다가 이제 막 여자라는 것에 대해 알게 된, 너무나 새파란 청춘이었다.

‘남자는 없는 걸까?’

이상하게도 결혼을 했냐는 수미의 질문에 그녀는 그저 싱긋 웃기만 했었다. 하기야 결혼을 했다면 굳이 이런 집에서 같이 가족들과 합숙을 할 리도 없다. 또한 남편이 있는데 굳이 이 집에서 숙식을 하면서 성적 외로움을 혼자 달랠 리는 없었다.

그날 밤에 봤던 아연의 행동을 기억해 낸 근준은 식탁 밑에서 자신의 바지가 불룩해지는 것을 느꼈다.

‘정아와 아연누나는 어떻게 다를까?’

그런 상상 속에서 아연의 알몸이 계속해서 떠오르고 있었다.

‘젠장. 이래서는 다 먹어도 일어날 수가 없겠군.’

한때 근준은 잠깐, ‘수선이 옷을 벗으면 어떤 모습일까’ 하는 생각을 했던 적이 있긴 했다. 하지만 그때는 지금처럼 이렇게 구체적으로 생각해 보진 않았다. 왠지 모르게 상냥하고 청순한 수선의 알몸을 생각한다는 것은 죄악처럼 느껴지기도 했다.

수미의 경우에는 자신보다 어렸기에 더욱더 죄를 짓는 느낌이 들었다. 수진도 예쁘긴 했지만 지랄 맞은 성격 탓에 애초부터 그런 야한 생각은 들지도 않았다.

'완전히 다르군. 마치 싸이코 패스처럼.'

그날 밤 아연의 안면에 가득했던 색기를 근준은 잊을 수가 없다. 당시만 해도 정아보다 더 색기가 철철 넘쳐 보일 정도였다. 그런데 오늘처럼 저녁을 해 줄 때는 마치 엄마처럼 상냥하지 않은가. 두 사람이 같은 인물이라고는 믿을 수 없을 정도였다.

'읔. 더 이상 이러면 안 되겠다.'

근준은 바지가 가라앉기는커녕 계속해서 불룩한 상태를 유지하자 안정될 때까지 기다리는 것을 포기하고는 쓰윽 일어나 버렸다. 물론 대각선 반대편에 앉아 있는 수미나, 맞은편에 서 있던 아연은 못 보도록 급히 몸을 돌리는 것을 잊지 않았다.

뒤에서 더 먹으라는 아연의 상냥한 말투가 들려 왔지만 근준은 그 소리가 마치 신음소리로 들리는 것만 같아 미칠 지경이었다.

하반신이 빳빳하게 당겨올 정도로 아팠다. 그는 마치 똥마려운 강아지마냥 쭈뼛거리며 겨우 자신의 방이 있는 계단을 밟고 올라갈 수 있었다.

근준은 가슴이 답답해짐이 느껴졌다. 다시는 종기가 있는 오피스텔에 가지 않기로 약속했기 때문이었다. 차라리 이럴 때에 정아를 찾아갈 수 있다면 욕구해소는 간단하게 해결될지도 모를 일이었다.

'아냐. 그건 어차피 돈을 내고 하는 거나 다름없잖아.'

생각해 보면 정아는 그곳의 직원이었고, 자주 오는 손님들을 접대하는 접대부가 아닌가. 분명 종기가 자신을 상대한 만큼 돈을 정아에게 지불했을 것이다. 그렇다고 생각하니, 그땐 그렇게 짜릿했던 정아와의 행위가 왠지 재미없게 느껴지기까지 했다.

'그렇지. 그런 건 누구라도 돈만 있으면 할 수 있을 테니.'

물론 정아는 자신이 마음에 든다고 했었지만, 그런 것 따위에 근준의 기분은 유쾌해지지 않았다.

그제서야 그는 입양되고 나서 여러 친구들과 어울리지 않았던 것을 후회했다.

당시엔 그저 다른 아이들은 온실 속에서 자란 나약한 꼬맹이들로만 보아

왔기에, 말도 통하지 않는 그들과 말을 섞고 싶지 않았을 뿐이었지만, 왠지 그때 같이 놀았더라면 여자란 존재에 대해 좀 더 빨리 알았을지도 모를 일이라 생각되었다.

'여자들 속에 파묻혀 사는 주제에 그들에 대해 아무것도 모른다니, 나도 참 웃기는군.'

사실 근준은 아직도 같이 사는 수선과 수미, 수진, 그리고 강 회장까지 친 가족이라고 생각해 보지 못했다. 그들에게 정이 없다는 의미가 아니다. 워낙 머리가 다 크고 나서 입양이 된 터일지도 모른다.

수미의 경우에는 늘 편했지만, 그렇다고 해서 친동생처럼 허물이 없는 정 도까지는 아니었다.

'독한 맘먹고 그 집을 먹을 생각을 하든지 해라.'

문득 종기가 했던 말이 떠올랐다. 당시엔 몰랐지만, 그의 말에는 뭔가 많 은 것이 내포되어 있는 것만 같았다.

'설마 그 녀석이.'

근준은 곰곰이 생각해 보았다. 경영학도의 길을 걷고, 크게 삐뚤어지지만 않는다면 근준은 안정적으로 강 회장이 일궈 놓은 것들을 마음 편하게 받아 먹을 수 있을 것이다. 하지만 늘 자유를 속박당한 새처럼 괴로울지도 모를 일이다.

그는 하고 싶은 것을 하지 못하면 미쳐 버리는 성격이었다. 덧붙여서 하기 싫은 것을 억지로 하는 것은 절대 못하는 성격이기도 했다.

'나보고 큰맘 먹고 이 집안을 콩가루로 만들라는 거였나?'

여기까지 생각한 근준은 피식 웃어 버렸다.

비약이 심하다는 생각도 들었다.

'하지만 그렇게 되면 두 마리 새를 잡을 수 있긴 하겠다.'

계속해서 그쪽으로 생각이 무럭무럭 피어오르던 근준은 고개를 저어 떨 쳐 버렸다.

가슴 속 아련한 곳에서부터 뭔가가 두근거렸다. 오늘도 왠지 늦은 밤이 되 면 아연이 저번처럼 혼자 자위를 하지 않을까 하는 생각이 들었다.

똑똑 노크소리에 가만히 누워만 있던 근준은 평소보다 지나치게 화들짝 놀라며 일어났다.

"누구야?"

"오빠, 나야."

근준은 안도의 한숨을 쉬었지만, 어째서 안심하고 있는지는 자신도 모르고 있었다.

"들어와."

근준은 살짝 몸을 일으켜 침대 끝에 걸터앉았다. 이윽고 문이 빼꼼이 열리며 수미가 고개를 들이밀었다.

"뭐해?"

"그냥 뭐 좀 생각했어."

"여자 생각했지?"

"또 까분다."

수미는 뭐가 재미있는지 쿡쿡거리며 웃었다. 그녀의 팔에는 자그마한 문제집이 하나 들려 있었다.

"근데 왜 왔어?"

"치! 동생이 오빠방도 못 와?"

"하지만 1년 만에 오빠방에 온 동생은 뭔가 목적이 있어 보이는데?"

근준의 말에 수미는 귀엽게 배시시 웃었다.

근준의 얼굴이 그렇게 나빠 보이지 않자, 그녀는 쪼르르 문을 열고 들어왔다.

"오빠. 나 이거 가르쳐 줄 수 있어?"

근준은 멀뚱히 언어영역 문제집을 내미는 수미를 뚱하니 바라보았다. 수미는 그런 근준의 표정에도 불구하고, 싱글거리며 웃기만 했다.

"…… 너. 내 석차 알고도 이런 거 물어보는 거야?"

"응. 알아. 아빠가 한숨 쉬면서 걱정하는 거 들었어. 1학기 석차 전교 384등."

"근데 이걸 나에게 물어본다고?"

아무리 봐도 수미는 장난을 치는 거 같지 않았다. 근준의 묘한 표정에도 불구하고 수미는 근준을 책상으로 잡아끌었다.

"난 다 알아. 오빠 원래 이런 거 다 아는데 일부러 공부 안 하는 거잖아."

"무슨 소리야?"

"치! 내 눈은 못 속이네요. 오빠가 우리 가족이 된 것도 머리 좋아서인 거나 다 안다고."

근준은 찔끔하며 수미를 바라보았다. 그녀는 연신 싱글거리며 멍해져 버린 근준을 책상에 앉히고는, 그 옆에 살짝 허리를 구부리고 섰다.

근준은 뭐라고 화도 내지 못하고, 그렇다고 해서 그녀의 말을 부정하지도 못하며 그저 그녀의 자그마한 손길에 저도 모르게 책상에 앉을 뿐이었다.

그녀는 아무렇지 않게 내뱉은 말일지는 몰라도, 그것은 근준에게 있어서는 약간의 쇼크가 될 수 있기에 충분했다.

집안의 막내인 수미 자신이 일부러 시험을 적당히 떨어뜨려놓고 유지하고 있는 것을 알고 있다면, 눈치 빠른 강 회장이 모를 리 없었다.

근준은 왠지 기분이 씁쓸해지는 것이 느껴졌다.

"빨리 빨리! 안 가르쳐 줄 거야?"

"둘째누나에게 가르쳐 달라고 하면 되잖아. 대학생이라고."

"언니는 물리학과인 거 몰라? 문과가 아니잖어."

"휴. 알았다. 줘 봐."

근준은 '에라 모르겠다' 하는 심정으로 수미의 책을 펼쳐 들었다. 그 와중에도 수미는 쫑알쫑알 수선의 이야기를 했다. 저번에 국어 문제를 물어봤더니 문과 쪽은 젬병이라며 절레절레 고개를 저었었다는 별 대수롭지 않은 이야기들이었다.

"이건 2번, 이건 4번, 이건 3번."

"뭐야! 그렇게 갈켜주는 선생님이 어딨어."

"난 니 선생이 아니잖아."

"칫! 그럼 어떻게 그렇게 빨리 풀었는지 요령이라도 가르쳐 줘."

근준은 이래저래 영 귀찮아지는 것 같다는 생각에 한숨을 푹하고 내쉬어 버렸다.

"자, 우선 지문이 길 때는 지문부터 읽는 게 아니라 문제부터 읽어야 해. 여기 1번 문제. 밑줄 친 부분의 의미를 가장 잘 설명한 것을 고르라고 되어 있지?"

"응응!"

"그럼 밑줄 친 부분부터 보는 거야. 그리고 다음문제도 이런 식으로 미리 머리에 넣어 놓고 나서, 지문을 읽으면서 그때그때 지문에 해당하는 문제를 풀면 불필요한 부분은 안 읽어도 되니까 시간이 절약되는 거야."

"와, 그렇구나. 이렇게 간단한 걸 왜 몰랐지? 그럼 이 문제는 답이 뭐야?"

"이거는."

문득 설명을 해 주려던 근준은 저도 모르게 침을 꼴깍 삼켰다. 수미가 허리를 숙인 탓에, 그녀의 헐렁한 티셔츠가 밑으로 내려가며 그녀의 속살을 훤히 보여주었기 때문이었다.

어린애인 줄 알았는데 근준은 적잖이 놀랄 수밖에 없었다. 자신하고 두 살밖에 차이는 안 나지만, 그래도 처음 근준이 왔을 때 수미는 갓 중학교에 들어갔으니 소녀나 다름없지 않았던가. 그런데 지금 티셔츠 안으로 보이는 앙증맞은 브라는 빵빵하게 부풀어 있었다. 게다가 이 집안 딸내미 아니랄까 봐 백옥같이 하얀 피부까지 근준을 미치게 했다.

"응? 무슨 생각해?"

"아, 미안. 그러니까 이걸……."

근준은 실명을 해 주면서도 머릿속은 온통 여자의 나체 생각만이 가득 메워져 버렸다. 안 그래도 이제 막 성에 눈을 뜬 그에게, 아연의 야릇한 모습이 지워질 리 없다. 설사 지워진다 해도 수미마저 그런 생각이 들게끔 하니, 도저히 정신이 산만해져서 견딜 수가 없었다.

"헤. 오빠 고마워! 나 간다!"

"그래 그래."

집이라서일까. 그러고 보니 수미는 너무나 편한 복장을 하고 있었다. 헐렁한 긴팔 티셔츠에 짧은 반바지. 또래들처럼 토실토실한 다리가 아닌, 정말 아가씨 다리라고 해도 믿어질 정도로 너무나 잘 빠져 있었다. 그런 그는 건성으로 대답하는 척하면서도 수미가 나갈 때까지 그녀의 뒷모습을 바라보고 있었다.

근준은 "휴우" 하고 한숨을 푹 쉬고는 창문을 열었다. 얼굴이 화끈거리고 더워졌기 때문이었다.

자신이 '왜 이러지' 생각하는 근준은 아까부터 바지가 앞부분이 불룩해져 있는 상태였다. 이제는 아랫배가 뻐근하기까지 할 정도였다. 이 집안에서 유일하게 말을 가장 많이 하는 수미를 상대로 야한 생각이 들 정도면, 적잖이 흥분을 한 모양이다.

욕실에서 담배를 피워도, 뜨거운 물로 샤워를 해도 머릿속에서 피어오르는 야릇한 생각과 혈기 속에서 들끓는 욕정은 주체할 길이 없었다. 하지만 이상하게도 정아에게 전화를 하기는 싫었다. 아니 이제 그곳에 가지 못하는 자신을 위해 정아가 몸을 줄지도 의문이었다.

정아에겐 그곳이 나름 직장일 테고, 하룻밤에 억대로 돈이 오가는 곳이니 돈도 짭짤할 것이다. 그런데 무엇 하러 그에게 나오겠는가. 그럴 바에는 그 날 밤 땄던 돈으로 유흥업소를 찾아가는 게 나을지도 모를 일이다.

그런데 근준은 돈을 내고 하기는 싫었다. 왠지 모르지만 자존심이 상했다. 처음 정아와 할 때는 첫 경험이라 신나고 설레였을 뿐이지만, 지금은 왠지 '당연한 듯이 하는 섹스'는 전혀 호기가 당기지 않았다.

'미치겠군. 벌써 몇 시간째야.'

근준은 아무리 뒤척거려도 잠이 오지 않는다는 사실을 깨달아야만 했다.

내일은 일요일이라 학교에 안 가겠지만 잠이 안 오는 것은 무척이나 괴로운 일이었다. 게다가 야한 생각 때문이라면 더더욱 그렇다.

시계는 벌써 밤 12시를 가리키고 있었다. 수미가 다녀가고 난 후, 근준은 벌써 한 갑 가까이 담배를 피웠다. 또 서너 번이나 샤워를 한 후였지만 머릿속을 잠식한 여자 생각은 좀처럼 사그라지지 않았다.

'물이라도 마셔야겠다.'

그저 계속 뒤척인 탓에 생긴 갈증일 수도 있었다. 근준은 물을 마시러 가기 위해 살짝 문을 열고 나왔다.

다들 자고 있는지 고요했다. 자신이 있는 2층에는 큰 방이 두 개나 있었다. 하나는 자신의 방이었고, 하나는 이미 집에 살지 않는 수진의 방이었다. 1층을 살짝 내려다보니, 수선의 방과 수미의 방은 불이 꺼져 있었다.

계단을 밟았다. 삐거덕대는 소리가 마치 성당의 종소리처럼 그의 귀에는 크게 들려 왔다. 그는 다시 최대한 소리가 나지 않게 천천히 층계를 밟고 내려갔다.

어째서 그렇게 주의해서 내려가야만 하는지는 정작 본인도 모르고 있었다. 꿀꺽. 또 한 번 귓속에서 천둥이 쳤다. 늘 영특하고 똑 부러졌던 그도, 이런 상황에서 만큼은 자신이 침 삼키는 소리에도 놀라고 있었다.

조금씩 층계를 내려가면서, 근준은 오늘도 그녀의 방문이 열려 있다는 것을 알 수 있었다. 그전처럼 아주 활짝 연 것도 아니고 아예 닫은 것도 아닌, 사람 주먹이 하나 들어갈 정도로 열려져 있었다.

또였다. 근준은 또 다시 눈이 휘둥그레졌다. 혹시나 해서 봤더니 역시나였다.

아연의 방 모니터에는 여전히 살색의 화면이 가득 차 있었다. 짜고 하는 것이 아닌, 진짜로 포르노였다. 한 번도 본 적이 없는 근준은 그저 놀랄 뿐이었다. 하지만 그것보다 더 놀라운 것은, 연신 자신의 가슴을 주무르며 거칠게 숨을 내쉬는 아연의 행동이었다.

근준은 그녀의 뒷모습만 어렴풋이 보자니 답답했다. 그는 영상 속에 있는 알몸보다는 옷에 감춰져 있더라도 현실로 보이는 아연의 모습이 백배는 더 궁금했다.

아연은 최대한 소리를 안 내려고 노력하는 듯 신음을 연신 참으며 거칠게 호흡했다. 근준은 멍하니 그것을 바라볼 뿐이었다. 조금만, 조금만 더 봤으면 좋겠다며 근준은 한쪽 눈을 감고 문틈으로만 보고 있자니 감질나서 죽을 지경이었다.

그는 두 눈으로 똑똑히 좀 더 자세히 보기 위해 조금 더 앞으로 다가갔다. 순간 "끼이이이." 그것은 정말 순식간에 일어난 사건이었다. 근준이 좀 더 다가가는 바람에 방문은 소리를 내며 조금 더 열려 버린 것이다. 순간 근준은 심장이 내려앉는 것만 같은 느낌이 들었다. 아연의 뒷모습이 그대로 경직되어 버렸기 때문이었다.

당황한 근준은 주방으로 도망치듯 뛰어가 버렸다. 2층으로 도망가기에는 자신이라는 게 바로 탄로 날 것 같아서였다.

왜인지는 모르지만 근준은 주방 테이블 밑으로 숨고 있었다. 문이 열리고 옷가지를 추스르며 아연이 살짝 방문으로 고개를 빼고는 주위를 둘러보는 모습이 테이블 밑에 있는 근준에게는 어둠 속이지만 똑똑히 보이고 있었다.

심장은 계속해서 콩닥콩닥 뛰었다. 등 뒤로는 계속해서 식은땀이 흘러내렸다. 다행히도 아연은 자신의 모습을 보지 못하고는 들어가서 문을 닫아 버렸다. 그는 안도의 한숨을 쉬었지만, 여전히 요동치는 심장박동은 진정되지 않고 있었다.

'제길 도대체 왜 문은 열어놓고 있는 거야.'

자위를 하면서도 문을 여는 아연이 원망스럽기까지 했다. 어쩌면 첫 경험 때보다 아연의 자위를 본 것이 더욱더 머릿속에서 떨쳐내기 힘든 것 같았다.

근준은 냉장고를 열고 냉수를 벌컥벌컥 들이켰다. 계속해서 마른 목에 냉수를 넘겨도, 이상하게 자꾸만 목이 타는 게 느껴졌다. 마치 이렇게 깜짝 놀라고도 수그러들지 않는 야릇한 생각처럼 미칠 것만 같았다.

다시 새날이 밝아 있었다.
"힝. 언니 진짜 내일 모레 오는 거야?"
"응. 과 엠티라서 어쩔 수가 없어."
"왜 엠티를 일요일에 가?"
"오늘 친구네서 같이 자고 내일 출발할 거야."
"싫은데."
"이그, 열일곱이나 되어 가지고 일곱 살처럼 구네?"
수미는 엠티를 가기 위해 가방을 멘 수선의 카디건 자락을 계속해서 잡아당겼다.
수선은 수미에게 있어서 언니 이상의 존재였다. 엄마의 사랑을 받고 자라지 못한 수미에게는 그녀가 엄마이자, 동시에 좋은 친구이기도 했다.
"언니 엠티 가는 거 처음 보니? 갔다 올게."
"알았어."
"그럼 언니 간다."
수미는 수선이 마당을 지나 대문을 나갈 때까지 손을 흔들었고, 근준은 2층 난간에서 그 모습을 턱을 괴고 지켜보고 있었다.
'참 내, 뭐 죽으러 가는 것도 아닌데 저 녀석도 참.'
그렇게 생각은 해도, 가슴 한구석에서는 근준도 수선을 2박 3일 동안 못 본다고 생각하니 조금은 섭섭했다. 뭐라고 딱 집어서 말할 수는 없지만, 수선은 근준에게 있어서도 음악 다음으로 큰 활력소나 다름없었기 때문이었다.
"수미 너는 어디 가?"
가사 도우미인 아연이 물었다.
"친구네서 놀려구요."
"너무 늦으면 안 돼요."
"네."
잠시 후 수미가 부리나케 어디론가 나가는 소리가 들려왔다. 늦지 말라고 신신당부하는 아연의 목소리가 근준의 귀에 들려왔다.

‘저 녀석은 좋겠군. 저렇게 자유로우니.’

신기할 정도로 강 회장은 딸들에게 큰 신경을 쓰지 않았다. 집에 있을 때는 오로지 자신에게만 관심을 기울이는 것같이 보일 정도였다. 하기야 그렇기 때문에 수진이 혼자 나가서 살아도 아무런 터치도 하지 않았다.

방으로 돌아온 근준은 담배나 한대 필까 해서 욕실로 들어갔다. 저번에 처음 여기서 담배를 피운 이후로, 이제 거의 상습적으로 피우게 되었다. 천정 환풍기도 틀어놓을 뿐더러, 늘 냄새를 지우기 위해 샤워를 말끔히 하기 때문에 별 걱정은 안 해도 될 것 같았다.

‘수미 녀석이 없으니 집안이 조용하겠구만.’

문득 그런 생각을 하며 비누칠을 하던 근준의 손이 뚝하고 멎었다.

‘그럼, 아연이 누나랑 나만 이 집에 있는 건가?’

갑자기 어젯밤 장면이 생각난 근준은 다시금 가슴이 뛰었다.

그녀는 모르고 있을까. 그러고 보니 아침에 아무렇지 않게 자신에게 밥을 퍼주던 것이 생각났다.

거기까지 생각한 근준은 수도꼭지를 잠가 버리고는 수건으로 몸을 닦아 내었다.

집안에 단 둘, 무엇인지는 모르지만 이 말은 뭔가 은근한 기대감을 주게 만들었다. 당연히 수선은 오지 않을 것이고, 수미도 어두워져서야 돌아올 것이다. 강 회장이야 새벽같이 나갔으니 갑작스레 들어올 리가 만무했다.

근준은 떨리는 가슴을 진정시키며 편한 트레이닝 복 차림으로 아래층으로 내려갔다. 아연을 어떻게 해 보려고 하는 막연한 기대가 있었던 것은 아니었다. 그저 그녀가 어제 자신이 훔쳐본 것을 알까 모를까 그 반응을 보고 싶었을 뿐.

아연은 주방에서 바쁘게 움직이고 있었다. 이제 막 아침 밥 시간이 끝났으니, 치우는 것도 아연의 몫이었다. 성격 좋은 수선이 있을 때에는 종종 도와주었지만, 역시나 대부분은 아연이 처리하는 과제였다.

‘흠’ 하고 근준은 괜히 헛기침을 하며 테이블 위에 놓인 물잔에 물을 따랐다. 뭔가를 하는 것인지 아연은 자신의 쪽은 바라보지도 않고 싱크대 쪽에서 등을 보이고 있었다.

“아이 참, 너무 높네.”

아연이 중얼거리는 소리에 근준은 슬쩍 그녀 쪽을 바라보았다. 안 그래도 온 신경이 그녀 쪽에 가 있으니 어찌 보면 당연한 일일지도 몰랐다.

아연은 찻잔을 다 닦고는 찬장 위로 올리려고 하는 듯했다. 하지만 찬장은 너무 높아 그녀의 팔이 닿을 듯 말 듯했다.

아연이 지나치게 작다기보다는 찬장이 보통의 그것보다 약간 높은 탓이었다.

"저기, 근준 학생 이것 좀 올려줄래?"

"예?"

근준은 살짝 놀랐다가 이내 자신을 진정시켰다. 아연은 근준 쪽으로 돌아보지도 않고 찻잔을 든 손을 계속해서 찬장 쪽으로 뻗고 있었다. 까치발까지 하고 있는 모습이 사뭇 위태로워 보여 근준은 물잔을 내려놓고 그녀의 뒤로 가서 섰다.

"이쪽이요?"

"응응 그래 그쪽."

"이제 되었나요?"

"아니 여기 몇 개 더 있는데, 잠깐만."

아연은 미안하다는 듯 배시시 웃고는, 마른 헝겊으로 찻잔을 정성스레 닦더니 머리 위로 살짝 그것을 올려들었다.

근준은 그녀의 한 발자국 뒤쯤에 서서는 그것을 찬장으로 옮겨주고 있었다.

'다행히 어제 일을 눈치 챈 거 같지는 않군.'

자신을 보며 웃는 것을 보고는 근준은 약간은 안심할 수 있었다. 그는 한결 편안한 마음으로 아연을 도와 찻잔들을 집어넣었다.

"와, 역시 키가 크니까 좋네. 이건 손님 왔을 때나 쓰는 것이니까 좀 더 위쪽으로 올려줄래요?"

"알겠어요."

근준은 찻잔을 받아 들었지만, 이번에 아연이 부탁한 위치는 그에게도 조금 높았다. 자연히 근준 역시 까치발을 들었지만 아슬아슬하게 그 찻잔은 찬장 선반 위에 닿을락 말락 하였다.

조금 높았다. 자연스레 근준은 조금씩 앞으로 나아가게 되었다. 이윽고 아연의 몸과 닿았다. "이크" 하고 근준은 저도 모르게 움찔할 뻔했다.

비록 옷 위였지만 아연의 엉덩이 부분과 자신의 바지 앞섬이 맞닿아 있었기 때문이었다.

"자자, 계속 전달해 줄게요."

근준의 마음을 아는지 모르는지, 아연은 연신 헝겊으로 닦은 잔을 위로 올려주었다. 그녀가 살짝 옆으로 비키면 되었지만, 아연은 조금도 지금의 상황에 대해 눈치 채지 못하고 있는 모양이다. 반대로 근준은 죽을 지경이었다. 그녀의 뒤에서 까치발을 하고 있으니, 그녀의 앞섶이 조금씩 보이고 있었기 때문이었다.

수미의 가슴을 보았던 것과는 또 다른 느낌이었다. 뭔지 모를 풍만함이 있었다. 게다가 어제의 기억이 또 머릿속에서 곰실곰실 올라오기 시작했다.

"음, 이거는……."

어디다가 올리라고 해야 할 터인데 아연의 말끝이 조금씩 흐려지기 시작했다. 무언가 단단한 것이 자신의 엉덩이 골 사이를 조금씩 압박하고 있는 느낌이 들었다.

'알아챈 건가?'

근준은 가슴이 뛰면서도 묘하게 기분이 야릇해졌다. 자신이 뒤로 가면 그만이지만, 그러고 싶지 않았다. 아연이 눈에 띄게 당황하는 모습이 보였기 때문이었다.

"어디다 놓을까요?"

근준의 말투는 여유로워지기까지 했다. 그는 이 상황이 설레면서도 재미있었다. 지금까지 겪어본 적이 없는 짜릿한 느낌이었다.

"으응. 그건 저쪽에."

"이쪽이요?"

근준은 한쪽 팔을 찬장 쪽으로 높게 쳐든 채로, 또 다시 반발자국 앞으로 다가갔다. 얇은 면 트레이닝 바지의 앞섶은 누가 봐도 티가 날 정도로 불룩하게 솟아 있었다. 그것은 아연의 엉덩이 부분을 교묘하게 압박하고 있었다.

"그래 그쪽에."

근준은 웃었다. 아연의 얼굴이 붉게 달아오르고 있었다.

'옆으로 가면 그만인 것을.'

근준은 어쩌면 아연도 이것을 즐기고 있을지 모른다는 생각이 들었다.

그녀는 서른 중반을 막 넘어서는 여성이었다. 미인은 아니지만 꽤 동안이었다. 밖에 잘 꾸미고 나가면 인기도 꽤 있을 것이다. 하지만 그녀는 높은 월급으로 가사 도우미를 하는 대신에, 이 집에서 먹고 자는 기숙식을 하고 있었다. 그래서일까? 그녀는 밤마다 자위로 성적 욕구를 해소하고 있었다.

근준은 결정을 내렸다. 그런 아연이 지금 이 상황에서 옆으로 피하지 않는 것은, 어찌 보면 그녀도 이것을 즐기는 것일지도 모른다. 아니 그것은 어느 의미로는 유혹이나 다름없었다. 마치 조금만 더 수위를 넘어가 보라고 도발하는 것 같기까지 했다.

"흐음."

아연의 한숨소리가 조금씩 짙어졌다. 이미 찻잔은 모두 찬장 안으로 들어간 뒤였지만, 아연은 보통 주방에서 쓰는 잔까지도 근준에게 건네고 있었다.

근준도 모른 척했다. 다만 계속해서 그녀의 하체에 자신의 앞부분을 비빌 뿐이었다. 아주 미세하지만 그녀의 팬티 끈의 감촉도 느껴지는 듯했다.

"음."

근준은 살짝 한 손을 그녀의 허리춤에 대었다. 대놓고 잡지도 않았다. 그렇다고 해서 아예 터치가 없는 것도 아니었다. 근준에게 있어서는 짜릿한 게임과도 같은 것이었다.

잘록했다. 비록 아련하게 느껴지지만 아연의 허리는 움푹 들어가 있었다. 왠지 조금 손을 올려서 가슴을 더듬어도 될 것 같기도 했다.

"그만 됐어. 고마워요 근준 학생."

근준의 손이 그녀의 브라를 툭하고 쳤다. 갑자기 아연은 몸을 돌려 도망치듯 방안으로 사라지고 있었다.

'쳇. 한창 괜찮았는데.'

근준은 살짝 고개를 내려 불쑥 솟아오른 바지 앞섶을 바라보았다. 뭔가 아쉬움과 함께 짜증이 밀려 왔지만, 그는 계속해서 웃고 있었다.

'저 여자, 알고도 피하지 않았다.'

그 정도면 충분했다. 어차피 기대도 하지 않았던 전개 아니던가. 근준은 아연과 더욱더 노골적인 스킨십을 하지 못했지만, 왠지 모르게 어려워 보였던 게임의 공략법을 찾은 것과 비슷한 종류의 쾌감을 느꼈다.

근준은 반사적으로 시계를 바라보았다. 시간은 오후 다섯 시를 향해 내달리고 있었다.

무언가 틀림이 없다고 다짐한 근준은 찬장의 문을 닫으며 아연이 들어간 방문을 바라보았다.

‘오늘 밤에도 저 여자는 분명.’

근준은 단연코 이 집에 입양되고 나서, 아니 태어나서부터 지금까지 이토록 밤이 되기를 기다려본 적이 없었다.

겨울이라 저녁이 빨리 찾아옴에도 불구하고 근준은 계속해서 방안에서 서성대며 깊은 밤이 되기만을 기다렸다. 그런데 수선이 집안에 없으니 왠지 모르게 집안은 더 썰렁하게 느껴졌다. 하지만 오히려 지금 근준에게는 그편이 훨씬 편했다.

"다녀왔습니다아."

언제나처럼 명랑한 수미의 목소리가 2층에 있는 근준의 귀에도 똑똑히 들렸다. 근준은 얼른 시계를 바라보았다. 밤 열시였다. 고등학생인 수미가 친구 집에 갔다 온 거 치고는 조금 늦은 귀가시간이었지만, 강 회장도, 수선도 없는 집인에서 군기가 바로 잡힐 리 없었다. 근준도 수미에게 뭐라고 할 마음은 조금도 없었다. 가족 공동체라는 개념을 갖고 있기에는 니구니 정이 없는 부분도 있겠지만, 그가 너무 고아생활을 오래 한 탓에 아직도 식구라는 의미 자체를 완전히 받아들이지 못하는 이유도 있었다.

‘늘 그랬듯이 곧 잠들겠지.’

근준은 오늘 낮에 아연과의 애매한 사건이 있던 후로, 방안에서 단 한 발자국도 나가지 않고 있었다. 방에서 좋아하는 노래를 들어보기도 하고, 나름 악상을 떠올려 악보 위에 펜을 끄적대기도 했지만 좀처럼 집중을 할 수가 없었다.

종기에게 전화를 해 볼까 하는 생각도 했다. 하지만 왠지 도박을 못 끊어서 징징대는 느낌을 줄 것 같아 그만두었다. 어차피 포커게임에서 김 사장으로부터 거액을 따고 난 후부터는 왠지 모르게 포커가 계속 생각나지는 않았다. 그보다 더한 것이 근준의 관심을 끌고 있었다.

‘정말 부드러운 감촉이었는데.’

비록 옷 위였지만 근준이 느꼈던 아연의 엉덩이 감촉은 매우 부드러웠다. 첫 경험을 했던 정아가 훨씬 아연보다 젊고 예쁜데도 불구하고, 이유는 알 수 없지만 왠지 아연을 벗겨보고 만져보고 싶다는 충동이 계속해서 일어났다. 게다가 아까 가만히 있었던 아연의 행동도 근준의 마음 속에 불을 확 댕기는 계기가 되었다.

‘잘 생각해 보자.’

근준은 열심히 머리를 굴리기 시작했다. 원체 좋은 머리니 논리적으로 생각하는 것 역시 어려운 일이 아니었다.

우선 근준은 아연이 밤마다 늘 자위를 하고 있던 것을 떠올렸다. 바보가 아닌 이상 아연도 섹스라는 행위가 싫은 여자가 아니라는 것을 알 수 있었다. 그리고 낮에 주방에서의 행동. 그녀는 분명 몸을 파르르 떨고 있었다. 유혹하진 않았지만 거부반응은 없었다. 하기야 자신이 고용된 집의 외아들이니 조금이라도 이성이 있다면 먼저 유혹하긴 힘들었을 것이다.

거기까지 생각한 근준은 심장이 두근거리는 게 느껴졌다. 왠진 모르지만 짜릿하고 재미있었다. 마치 하나의 게임처럼 느껴지기까지 했다. 그것은 자신이 만든 음악 선율을 듣는 것과는 또 다른 느낌의 묘한 쾌감과 아찔함이었다.

집안이 조용해졌다. 한참이나 생각에 잠겨 있던 근준은 그때서야 비로소 수미가 텔레비전을 끄고 자신의 방으로 들어갔다는 것을 느낄 수 있었다.

한창때의 10대였기에 수미는 친구들과 전화를 하거나 문자 메시지를 보내거나 하기도 했지만, 잠이 많은 탓에 늘 일찍 잠들어 버리곤 했다.

근준은 조심스레 문을 열었다. 문소리가 났지만 그것을 숨기려고 하거나 하지는 않았다. 오히려 아연이 자신이 나와 있다는 사실을 알았으면 좋겠다는 생각이 들었다.

2층에서 내려다본 1층은 어둡기가 그지없었다. 누군가 집안에 안 들어오는 사람이 있으면 늘 현관 불을 켜놓곤 했다. 하지만 수선도 오늘은 들어오지 않기 때문에 현관 조명마저 없었다.

근준은 슬쩍 곁눈질로 수미의 방에 불이 꺼져 있음을 확인했다.

“아!”

문득 계단 밑에 있는 아연의 방을 본 근준은 마음 속으로 탄성을 터뜨렸다. 어젯밤 그대로였다. 문은 약간 열려 있었다. 형광등 불빛이라고 하기엔 너무나 희미한 빛무리 한줄기가 거실에 살짝 드리워져 있었다. 틀림없었다. 그것은 그녀의 모니터에서 나오는 불빛일 것이다.

근준은 숨을 죽이고는 하나 둘씩 계단을 밟고 내려갔다. 고풍스럽기 그지없는 층계였지만, 약간 삐걱거리는 소리가 나기도 했다. 하지만 아무 상관없었다. 오늘은 어제와 차원 자체가 다른 상황이기 때문이었다.

그녀의 방에 접근한 순간, 근준은 그녀의 깊은 호흡소리를 똑똑히 들을 수 있었다. 문은 어제보다 약간 더 열려 있었다. 역시나 모니터에서는 도색적인 화면이 자리잡고 있었다.

'과감한 여자로군.'

수미가 깨서 나와 본다면 어쩔까? 하는 생각 따윈 하지 않는 모양이었다. 아니 그 생각이 있기에 그 스릴을 더욱 즐기는 것일지도 모른다.

근준은 침을 꿀꺽 삼키고는 문틈으로 얼굴을 들이밀었다. 아연의 원피스 자락 사이로 그녀의 손이 들어가 있었다.

과감하게도 그녀는 한쪽 다리를 책상 위에 올려 벌린 후, 혼자만의 유희를 즐기고 있었다. 그 탓에 원피스 자락은 허벅지까지 흘러 내려 그녀의 도톰한 하체를 모두 보여주고 있었다.

근준은 잘 빠진 다리에 비해 허벅지가 꽤 두툼하다는 생각을 했지만, 왠지 모르게 그 편이 훨씬 더 섹시해 보였다.

"제발 누가 나 좀."

아연은 대놓고 누군가의 사랑을 갈구하고 있었다. 그것은 어젯밤에 조용히 신음만 참던 그녀의 모습과는 상당히 대조되는 모습이었다. 마치 근준이 뒤에 있다는 것을 알고 있다는 듯이, 그녀는 어제보다 백배는 자극적인 모습이었다.

근준은 잔뜩 흥분하고 있었다. 온몸의 피가 하체로 쏠리는 것만 같았다. 여자를 품은 적이 있기에 지금 이것이 얼마나 자극적인 것인지 더더욱 와 닿는 것이었다.

막 샤워를 하고 들어왔는지, 아연의 젖은 머리칼이 찰랑거렸다.

근준은 조금의 망설임도 없이 방문을 살짝 더 열었다. 분명히 문이 조금 열리는 소리가 났지만 아연의 행위는 멈추지 않고 있었다.

"누가 나 좀."

그 말에 근준의 몸은 어느 틈에 반 이상이나 그녀의 방안으로 들어가 있었다. 방안에는 알 수 없는 열기로 가득 메워져 있었다.

그는 이미 들키면 어쩌나 하는 생각 자체를 지운 지 오래였다. 짜릿한 느낌. 이미 아연은 근준이 온 것을 알고 있었다.

근준은 단연코 여태껏 자위를 해 본 적이 없었다. 정아 때문에 성에 눈을 뜨기 전에는 그런 것에 아예 관심이 없었기 때문이었다.

허나 한 번도 해 본 적 없는 것이었지만 왠지 자위를 하고 싶다는 충동마
저 일어났다.

그는 여전히 충혈된 눈으로 아연의 행위를 바라보고 있었다.

"응."

근준은 아연의 다리 사이로 무언가 얇은 천 조각이 스르르 벗겨져 나가는
것을 볼 수 있었다. 팬티였다. 팬티를 스스로 벗어버린 것이다. 마치 자신을
어떻게 해 보라고 유혹하는 것과도 같았다.

그것은 정말 대놓고 근준에게 도발하는 것이었다. 아연을 바라보던 근준
은 문득 아연의 옆에 작은 거울이 놓여져 있음을 깨달았다. 그제야 근준은
아연이 자신을 관찰하고 있었다는 사실을 알아챘다.

근준이 들어온 것을 안 것은 물론, 그녀는 앙증맞게도 거울로 그것을 훤히
보며 자신을 어루만지고 있었던 것이다.

'어제도 나인 줄 알았겠군.'

저 거울을 오늘 저기다 놓았을 수도 있을 것이다. 하지만 근준은 막연하게
그녀가 어제 자신을 보았을 거라는 확신을 내리고 있었다.

아무렴 상관없었다. 지난밤 자신을 보았건 보지 않았건 그것은 중요한 문
제가 아니다. 중요한 것은 지금 현재, 그녀는 근준을 보면서 계속해서 야릇
한 행위를 지속하고 있다는 점이었다.

근준은 조용히 그녀를 향해 다가갔다. 이미 아연은 모니터에서 시선을 뗀
지 오래였다. 다가가면 다가갈수록 의자에 앉아 있는 아연의 뒷모습은 점점
더 가까워졌다. 근준은 그녀의 허벅지 안쪽까지 조금씩 훤히 볼 수 있었다.

근준은 가만히 아연의 어깨에 손을 대었다. 어쩌면 충동적으로 댄 것일지
도 모른다. 하지만 아연은 조금도 놀라지 않았다. 오히려 체온 때문에 뜨끈
해진 근준의 손이 어깨에 닿자, 오히려 더욱 몸을 배배 꼬았다. 근준은 참지
못하고 손을 내려 그녀의 가슴을 움켜쥐었다.

그에게 있어서도 그것은 아찔한 쾌감이었다. 정아와 할 때보다 백배는 더
짜릿하다고 느껴질 정도였다.

아연의 가슴은 풍만했고, 근준이 우악스럽게 주물러도 한 손에 다 잡히지
않을 정도였다. 그녀는 여전히 뒤를 돌아보지 않은 채, 근준의 손놀림에 맞
춰 신음을 뿌려댔다.

그것에 마지막 남은 이성의 끈을 놓아 버린 근준은 그녀의 겨드랑이 사이

에 팔을 끼워 그녀를 일으켜 세웠다. 그녀가 앉아있던 의자는 너무나 힘없이 옆으로 넘어져 버렸다.

근준은 아연의 원피스를 위로 끄집어 올려 버렸다. 아연은 살짝 팔을 들어 도와주었다. 그는 마치 화가 난 사람처럼 벗겨낸 그녀의 원피스를 옆에 있는 침대로 던져 버렸다. 브래지어는 하고 있지 않아 바로 말랑말랑한 그녀의 가슴이 근준의 촉감을 즐겁게 했다.

아연은 그 어떤 말도 하지 않았다. 심지어 조금만 몸을 돌리면 근준을 볼 수 있음에도 불구하고 여전히 모니터 쪽을 향해 눈을 감고 있을 뿐이었다.

근준의 청바지 벨트가 풀렸다. 이윽고 근준의 하반신은 아무것도 걸치기 않은 상태로 빠르게 변해 버렸다.

그는 잔뜩 흥분했다. 이미 팬티를 벗은 아연은 그대로 알몸인지라 근준의 가운데 느낌을 그대로 전달받고 있었다.

아연의 몸이 부르르 떨고 있는 것을 근준은 느낄 수 있었다.

그는 적지 않게 놀라고 있었다. 정아와는 비교노 되지 않을 정도였다. 그만큼 아연은 엄청 흥분해 있는 듯했다. 손에서 손을 타고 전달되어 오는 짜릿함에 근준의 머릿속은 백지장처럼 새하얘졌다.

아연은 하늘이 노래지는 듯한 착각을 받아야만 했다. 근준의 몸이 자신과 딱 밀착하는가 싶더니, 이내 자신의 몸 안으로 뭔가 뜨거운 것이 꾸역꾸역 밀려 들어오고 있다는 것을 깨달았다.

한참 후에 근준이 사정한 것을 확인한 그녀는 저도 모르게 방바닥으로 털썩 주저앉았다. 거칠게 숨을 몰아쉬던 근준은 옆에 놓인 아연의 침대 위에 드러누워 버렸다.

섹스는 끝났지만 어색하거나 부자연스럽지 않았다. 어차피 서로 누구인지 알고 시작한 일탈이었으니까.

"옆에 누워도 돼?"

땀에 흠뻑 젖은 얼굴을 비비던 근준은 옆에서 한결 달콤해진 아연의 목소리가 들려옴을 깨달았고, 그는 조용히 고개를 끄덕였다.

"언제부터 알고 있었던 거야?"

근준의 질문에 아연은 배시시 웃었다. 그건 자신이 훔쳐 보고 있었음을 언제부터 알고 있었냐는 의미였다.

"처음부터."

아연의 말에 적잖이 놀라는 근준이었다.

어제 자신을 알아챈 것뿐만이 아니라, 처음 아연의 자위를 보았던 그때도 그녀는 이미 근준이 보고 있음을 알고 있었다는 말이 된다.

"음, 난 모르는 줄 알았는데."

"그렇다고 내가 아는 척할 순 없는 거잖아. 난 여기서 일하는 사람이니까."

자연스레 둘은 말을 놓고 있었다. 아연에 의해 말문이 트인 대화는 몇 분이고 지속되었다.

근준은 대화를 나누며 아연의 몸매를 천천히 관찰할 수 있었다.

"너무 오랜만이서 흥분해 버렸어."

황홀하다는 듯 중얼거리는 아연의 목소리에 근준은 질린 표정을 지었다.

전혀 다른 사람이었다. 흥분을 했을 때의 아연과 아니 가사도우미 누나로서의 아연은 마치 자석의 N극과 S극처럼 전혀 그 성질이 달라보였다. 약간은 색기 어린 표정까지 짓는 지금은 누가 봐도 한 명의 요부나 다름없었다.

"그런데, 문은 도대체 왜 열어두는 거야?"

혹시나 자신을 유혹하려는 것이 계획된 것이 아닌가 해서 던진 근준의 질문이었다. 만약 그런 것이라면 근준도 기분이 언짢아질 것만 같았다.

열일곱 살이나 연상인 여인의 계획에 의해 몸을 섞었다는 것은 조금 불쾌했다. 그것은 정복한 것이 아니라 정복당한 것이니까.

"폐소공포증이 있어. 그래서 걸릴 위험을 무릅쓰고라도 문을 열어두지 않으면 불안해서 견딜 수 없거든. 결론적으론 근준 학생에게 들켰지만."

그제야 근준은 만족한 미소를 지어보였다.

"왜 혼자서 하고 있었던 거야?"

"당연하잖아. 남자의 몸이 그리웠으니까."

"그립다면 밖에서 만날 수도 있는 거잖아."

"훙. 그거 쉬운 거 아니야. 어느 여자가 하고 싶다고 해서 아무 남자나 꼬셔?"

"난 아무 남자가 아니라고?"

"근준 학생은 신선하잖아. 어리고, 자식또래고, 또 해서는 안 되는 상대니까 스릴 있고. 물론 오늘의 일을 예상했다는 건 아니야."

또 다시 적막이 흘렀다. 둘은 열심히 서로를 어루만지는데 열중하고 있었다. 다시금 달아오르기 시작한 근준이 아연의 젖꼭지에 살짝 혀를 대었을 때 아연이 입을 열었다.

"수선이나 수미는?"

"뭐?"

뜬금없는 아연의 말에 그녀의 가슴 사이에 얼굴을 묻던 근준이 고개를 들었다. 그녀는 왠지 모를 야릇한 표정을 지으며 근준을 바라보았다.

"그 아이들은 건드린 적 없어?"

언젠가 종기도 비슷하게 그런 말을 하지 않았던가. 좀 이상하다는 생각을 했다가 접었다.

"바보 같은 소릴."

또 근준은 혹시나 아연이 자신이 입양된 것을 알고 있나 하는 생각을 했다가 그만두었다.

그럴 리가 없지 않은가. 심지어 아연보다 전에 있던 가사도우미 아주머니도 근준이 입양된 후에 고용된 여자였다. 그처럼 근준이 입양이라는 사실은 집안에서는 암묵적인 금기사항이나 다름없었다. 정작 본인은 크게 신경 쓰지 않았지만, 그것은 강 회장의 배려이기기 했다.

"뭘 그리 놀라? 형제자매라도, 그런 일이 없지는 않잖아?"

"없지 않을지는 몰라도, 쉽게 있는 일은 아니지."

아연이 근준의 말에 뭐가 재미있는지 쿡쿡거리며 웃었다. 그녀의 풍만한 가슴이 흔들리는 것을 보니, 근준도 짜릿한 흥분이 밀려 들어왔다.

"한 명 더 있지 않아? 강 회장님의 따님."

그녀는 애무를 하면서도 근준에게 묻고 있었다.

"하나 더 있지. 강수진."

"수진? 이쁜 이름이네."

"이쁘긴 무슨."

근준이 부득 이를 갈 때도, 아연의 혀는 근준의 배 위에서 흡사 스케이팅 선수처럼 미끄러지고 있었다.

"따로 사는 거야? 사이가 안 좋은가 봐?"

"날 싫어해. 뭐, 나름의 이유는 있겠지만. 나도 싫어. 싸가지가 없거든."

"근준 학생보다 누나야?"

"응. 수선누나보다도 위야."

　근준은 저도 모르게 살짝 얼굴을 찡그리면서도 아연의 질문에 대답해 주고 있었다.
　"그럼 그 아이 역시 건드린 적 없어?"
　꼭 건드려 보라는 식의 그런 아연의 말에 근준은 뭔가가 있지 않나 싶었다.
　"아까부터 이상한 말을 하고 있는 거야? 본래 그러면 안 되잖아."
　"싸가지가 없다길래 하는 소리야."
　"뭐? 그게 무슨 상관……."
　아연의 알쏭달쏭한 말에 근준은 다시 되물었지만 이내 끄응하는 신음을 뱉을 수밖에 없었다.

06 _여섯

집안에 너무나 향긋한 내음이 풍기고 있었다. 내부는 너무나 넓은 방이었지만, 인테리어는 화려하다기보다는 수수했다. 하지만 여자의 방 특유의 아기자기함이 곳곳에 배어 있었다.

고급스러운 화장대. 그리고 그 앞에서 거울을 보며 한 여성이 긴 생머리를 묶어 올리고 있었다. 시시한 의상이 아닌 여성스럽고 수수한 의상들이었다.

하얀 피부와 대조적인, 너무나 까만 눈망울은 보는 이의 숨을 멎게 할 것만 같았다. 고운 손은 자신의 머리 결을 어루만지고 있었다. 이윽고 너무나 가늘게 뻗은 목선이 드러났다. 그녀는 이 방의 주인이자, 강 회장의 둘째딸인 수선이었다.

수선은 과제에 시달렸던 탓일까 약간은 피곤이 밀려 왔다. 뜨거운 물에 샤워를 한 탓도 있겠지만, 왠지 모르게 몸이 나른해지는 것만 같았다.

"언니이."

방을 나선 그녀는 막내인 수미가 싱글거리며 수선의 허리를 끌어안는 것을 보며 싱긋 웃어 주었다.

엄마의 사랑을 받지 못해서일까. 수미는 늘 자신에게 어리광을 부렸다. 비록 장녀는 수진이지만, 쌀쌀맞은 데다가 집에 잘 있지 않은 탓에 수미는 늘 수선을 언니 이상의 존재로 여기며 따랐다.

"언니! 오늘 아빠 온대!"

"어머 정말? 오랜만에 오시네."

늘 여기저기 있는 지사를 도느라 호텔생활을 밥 먹듯이 하는 강 회장이 집에 온다고 하니, 수선은 반갑다는 생각이 들 정도였다.

그녀는 아연에게 아버지가 좋아하는 음식들을 미리 일러줘야겠다고 생각했다.

"근데 큰언니는 안 와? 간만에 아빠 오는데."

"흠, 글쎄. 전화해 볼까?"

수선은 말은 그렇게 했지만 수진이 오지 않으리라는 것은 뻔히 잘 알고 있었다. 강 회장이 전화해서 뭐라고 잔소리를 해야 겨우겨우 마지못해 움직이는 게 수진이었다.

"안 오더라도, 반찬 같은 거 다 떨어졌을 텐데."

수선은 수진이 걱정되었다. 아무리 똑 부러지는 커리어 우먼인 그녀지만 여자 혼자 살기란 여간 어려운 것이 아니기 때문이다. 게다가 능력 있는 여성의 대부분이 그러하듯, 수진은 요리솜씨가 없었기에 혼자서 무엇을 잘 만들어 먹지 않는다는 사실을 수선은 잘 알고 있었다.

"어! 오빠. 어디 가는 거야?"

수미의 외침에 수선은 고개를 들어 층계 쪽을 바라보았다. 살짝 멋을 낸 듯한 근준이 층계를 내려오고 있었다.

"그냥 독서실."

"핏! 독서실 가는 차림이 아니잖아. 가방도 없으면서."

"안에 사물함 있어. 모르면서 까불지 마."

근준의 퉁명스런 말에 수미는 괜스레 수선 뒤에 숨어서 혀를 삐죽 내밀어 보였다.

"나갔다 올게."

근준은 누구에게 하는 말인지 알 수 없는 뉘앙스로 중얼거리고는 현관을 나섰다. 수선은 그런 근준의 뒷모습을 뚫어져라 바라보았다.

'뭐지? 저 아이, 뭔가 많이 달라졌는데.'

뭐라고 딱 집어 말할 순 없었다. 하지만 근준은 뭔가 다르긴 달라 보였다. 평소의 근준은 똑 부러지긴 했지만, 약간은 입양아 특유의 콤플렉스 같은 것이 느껴졌었다. 늘 말수도 적고 뭔지 모르게 기가 죽어 있는 듯한 느낌이었다. 하지만 언제부턴가 근준의 표정은 자신감이 넘쳐 보였다. 공부를 하는 것 같다는 느낌은 전혀 들지 않았지만, 뭔가 밝아진 듯도 했다. 왠지 활력을 잃고 있던 꽃에 듬뿍 물을 준 것 같은 느낌인 것도 같았다.

수선은 문이 닫혀 버린 현관을 바라보았다. 옆에서 계속해서 종알거리는 수미의 목소리도 웬일인지 잘 들리지 않을 정도로, 그녀는 맑은 눈으로 그가 나간 문 쪽만 바라볼 뿐이었다.

'별 일 있지는 않겠지.'

밖에 나온 근준은 거리를 걷고 있었다.

"여여! 강근준! 여기다 여기!"

모란역 부근에 들어선 근준은 몇몇의 인원이 손을 흔드는 것을 보고는 그쪽으로 발걸음을 옮겼다.

"왔냐?"

근준의 앞에는 두 명의 남학생들이 서 있었다. 근준이 자주 가는 음악 연습실에 딘 꿀처럼 매일 출근하는 성수와 정현이었다.

모두 정상적으로 학교생활을 하는 학생이 아닌, 음악에 미쳐서 집밖을 나도는 부류들이었다. 학교 친구들과 그렇게 친하지 않은 근준은 음악 연습실에 있는 이 학생들하고는 종종 어울리곤 했었다.

"야 근데 오늘 강근준이 왔으니까 양주 마실 수 있는 거 아니냐?"

근준이 부잣집의 자제인 것이야 익히 그들도 아는 사실이었다. 친구로 지내고는 있지만, 모두 근준보다 한 살 많은, 그러니까 갓 성인이 된 아이들이었기에 근준은 그저 피식 웃어 버렸다.

"근데 근준이 니가 웬일이냐? 음악은 좋아도 나이트 음악은 시끄럽다고 싫어하면서."

"아, 뭐. 한 번 쯤은 놀고 싶어서."

이들이 모란역에 나온 것은 오늘 나이트에 가기로 작당하고 모인 것이었다. 아직은 미성년자인 근준을 위해 성수는 자신의 친구 주민등록증을 빌려 오기까지 했다.

사실 근준은 정현의 말처럼 나이트클럽을 좋아하지는 않았다. 춤추는 것에 아예 관심이 없을 뿐더러 시끄러운 것이 체질적으로 싫었기 때문이었다. 하지만 오늘의 목적은 그게 아니었다.

근준도 어렴풋이 들어 알고 있었다. 대부분의 남자들은 춤추러 가려고 나이트에 가는 게 아니라는 사실을. 그들에게 있어서 나이트는 자신의 입담을

총동원해서 여자와 즉석 만남을 갖는 장이나 다름없었다.

이제 여자를 알게 된 근준에게 있어서 그것이 새롭게 관심사에 포함된 것뿐이었다. 또한 싫다고 해도 자꾸만 졸라대었던 성수의 끈질김도 한몫 했다.

"야야. 저기다 저기. 저기가 물 가장 좋은 곳이란다."

모란역에 모여 그럭저럭 소주로 시간을 때운 셋은, 밤이 깊어지자 화려한 네온사인을 따라 발길을 옮겼다. 도착한 곳은 모란역에서 좀 떨어진 나이트클럽이었다. 그런데 신이 나서 들어가는 둘과는 달리 근준은 살짝 뚱한 표정으로 그들을 뒤따랐다.

호기심에 온 것이니, 근준은 오늘 크게 기대하지는 않기로 마음먹었다.

시끄러웠다. 근준은 살짝 얼굴을 찡그렸다. 현란한 조명과 쿵쿵거리는 음악소리. 젊은 남녀들이 반짝이는 무대 아래에서 청춘을 불태우는 소리가 귀에도 들리는 듯했다.

그들은 모두 취해 있었다. 그 누구도 남을 의식하고 있지 않았다.

'뭐, 그게 음악의 힘이기도 하겠지만.'

실없는 생각의 근준은 그런 생각을 접어버리고는 성수와 정현을 따라 앉았다. 그들은 부스가 아닌 룸을 잡았다. 이유는 딱 하나, 돈이 많은 근준이 있기 때문이었다.

"부킹은 걱정 마십쇼. 제가 오늘 지치실 때까지 입장시켜 드리겠습다!"

가슴에 유명 연예인의 이름표를 단 웨이터가 넉살 좋게 90도로 허리를 접고 인사를 하더니, 테이블 위에 양주와 맥주, 그리고 안주들을 진열(세팅)해 주고는 나가 버렸다.

"야야. 일단은 우리도 나가서 놀아야 하는 거 아니냐?"

"그럴까? 야! 강근준. 너도 나와서 춤추자."

"됐어 그런 건 별로야. 술이나 마시지 뭐."

"짜식 저거 재밌게 놀 것처럼 따라오더니."

밖에서 이미 한잔을 하고 왔기에 시간은 꽤나 늦어져 있었다. 오늘 강 회장이 집에 들어온다는 사실을 모르고 있는 근준은 느긋하게 소파에 몸을 기대었다.

'가만. 그래도 구경 정도는 해도 될 것 같은데.'

성수와 정현이 나갔지만 근준은 왠지 호기심이 동했다. 불빛에 비춰진 여자들의 곡선을 몇 번 보았기 때문에, 얼마나 예쁜 여자들이 있을까 궁금하기도 했다.

근준은 앞에 놓인 맥주를 한 모금 들이키고는 룸의 문을 열고 나갔다. 쿵쿵쿵. 음악의 비트소리가 근준의 고막을 울려대었다. 흥거운 분위기를 위해서겠지만, 의도적으로 베이스와 비트를 높여놓은 음악소리에 근준은 적응되지 않는 듯 살짝 얼굴을 찌푸렸다.

그래도 눈은 좋은 편이었기에 근준은 조명 속에서 몸을 흔드는 사람들을 하나하나 구경할 수 있었다.

우선 정현과 성수가 보였다. 그들은 연신 물이 어떤지 체크를 하고 있다는 듯 주위를 두리번거리고 있었다. 그들의 주변으로 몇몇의 여성들이 춤을 추고 있었다. 초겨울임에도 불구하고 하나같이 야한 복장 일색이었다.

마치 오늘만 일탈이 허락된 죄수들처럼 그들은 이 상황을 너무나 즐기고 있는 듯했다. 그 마음을 잘 아는 근준이기에 피식하고 웃어 버렸다.

"어라?"

담배에 불을 붙이려던 근준은 담배를 문 채 눈이 휘둥그레졌다. 무대 한쪽 끝에서 춤을 추고 있는 두 여성이 보였다.

한 명은 눈 미장(화장)을 짙게 한 여성이었다. 현재의 계절이 무색하게 그녀는 짧은 치마를 입고 있었다. 물론 그 위로 코트를 걸치고 왔겠지만, 지금 그녀의 복장만 봐서는 한여름이라 해도 무방할 것 같았다. 하지만 근준이 놀란 것은 그 옆에 있는 여성 때문이었다.

더운지 머리칼을 모두 위로 올려 묶고는 즐거운 듯 웃고 있는 한 여성. 그녀는 자신의 친구처럼 노출이 심하진 않았지만 딱 붙는 청바지에 긴팔 티셔츠를 입고 있어서 몸매를 적나라하게 드러내고 있었다.

살짝 큰 눈에 시원시원한 몸매가 인상적이었다. 얼굴 미장이 진하진 않았지만 전체적으로 뿜어지는 섹시한 분위기가 듬뿍 담겨져 있었다.

강수진. 이곳에서 큰누나인 수진을 보게 된 것이었다. 물론 수진은 스테이지 밖에 있는 근준이 보일 리 만무했다.

근준은 살짝 얼굴을 찡그렸다.

'아주 신이 나셨구만.'

수진은 명문대 디자인학과를 졸업했다. 똑똑하고 똑 부러지는 여성이었다. 하지만 몸을 흔들어대는 그녀를 보면, 왠지 많이 놀던 여자처럼 보인다고 근준은 생각했다.

'집에서는 모르겠지. 강수진이 저러고 논다는 걸.'

눈에 확 띄는 수진이기에 몇몇의 남자들이 그녀에게 은근히 접근하며 밀착해 들어갔다. 얼굴을 잔뜩 찌푸리며 까칠한 태도를 보이는 수진을 기대했던 근준은 깜짝 놀라고 말았다. 오히려 그녀는 배시시 야스러운 미소를 흘리며 그들을 상대해 주는 게 아닌가.

'거참, 알다가도 모를 일인데.'

역시나 여자는 알면 알수록 신기한 존재였다.

얼마 전에 있었던 아연과의 일만을 봐도 그러하지 않은가. 근준은 쓴웃음을 지으며 다시 룸 안으로 들어가 버렸다.

"오늘 물 좋은데?"

근준이 양주를 잔에 붓고 있을 때, 간단히 몸을 푼 듯한 성수와 정현이 들어오며 호들갑을 떨었다. 적잖이 여자를 좋아하는 녀석들이었다.

"야야. 이제 곧 부킹 들어오겠다. 자리 좀 넓게 벌려."

근준은 계속해서 수진이 보여준 의외의 모습만을 생각하고 있었다. 마치 평소에는 그런 것들을 경멸이라도 하듯 이야기하더니, 아까 남자들이랑 노는 것을 보니 정말 한두 번 놀아본 것 같지가 않았다.

"야야 강근준."

"응?"

"부킹 들어오면 이 엉아들이 못 도와주니까, 니가 알아서 잘 해라."

"뭘?"

"아 새끼, 순진한 척하지 말고, 알아서 원나잇(즉흥 성행위) 잘 나가란 말이야. 물론 나이는 한 네 살 올리고."

"원나잇?"

근준은 문득 수진도 그럴까 하는 생각이 들었다. 평소에는 그저 깐깐한 커리어 우먼인 척, 도도한 척하는 수진이 그런 것을 할까. 그는 피식 웃어 버렸다.

'아까의 그 모습이 이 의문의 정답이겠지.'

근준이 생각에 잠긴 채 양주잔을 비우는 찰나, 문이 열리며 아까의 웨이터가 들어왔다. 그런데 그의 양손에는 여자 한 명씩이 잡혀져 있었다.

"자 자 자. 즐겁게들 노시구요."

성수와 정현은 눈짓으로 근준 쪽을 가리켰다. 초짜인 근준부터 여자를 붙여주자는 의미였다.

눈빛 교환을 한 성수는 손짓으로 여자 중 한 명에게 근준 옆쪽을 지시했다. 둘 다 짧은 치마를 입은 여성들이었고, 딱 봐도 근준보다 두세 살은 많아 보였다.

'이 여자 아까……'

근준은 자신의 눈을 의심했다. 어쩔 수 없이 끌려왔다는 듯한 표정을 지으며 자신의 옆에 앉는 이 여자, 틀림없이 수진의 옆에서 춤을 추던 여성이었다.

"안녕하세요?"

그녀가 어색하게 인사를 하자, 근준도 살짝 고개를 끄덕였다. 근준이 아무런 말도 하지 않자 성주는 근준에게 손짓을 하며 어서 말을 하라는 듯한 제스처를 취했다.

"몇 살이세요?"

"저요? 좀 많아요. 스물일곱."

사실 그녀가 수진과 동행한 것을 아는 근준은, 수진과 대충 동갑이라고 예측했기에 그렇게 놀라진 않았다.

"그쪽은요?"

"스물넷이요."

그녀보다 약간 위라고 할까 하다가, 아무리 봐도 9살 이상 올리는 것은 무리였기에 근준은 대충 스물넷이라고 했다.

"와, 내가 누나네? 뭐 하긴 스물일곱이면 대부분 나보다 나이가 적더라. 나이트에선."

"아, 그래?"

근준은 은근 슬쩍 말을 놓으면서도 연신 출입문 쪽에 신경을 썼다. 왠지 수진이 불쑥 들어와 버릴 것만 같았다.

수진이 저렇게 논다는 것을 본 것이 근준에게 플러스가 될 수도 있지만, 서로 봐서 좋을 게 없었다. 분명 수진은 강 회장에게 일러대며 자신을 귀찮게 할 테니까.

"혼자 온 거야?"

"어쭈, 누나에게 말 놓는 거야?… 아니 친구랑 같이 왔어."

"아, 그래?"

"응. 근데 넌 무슨 일해?"

"나는…….'"

근준은 그녀의 질문에 성수와 정현을 슬쩍 바라보았다. 아무래도 학생이라고 말할 순 없을 테니까.

"음악해."

"와, 진짜? 난 디자인해. 오늘도 디자인하는 친구랑 같이 왔거든."

근준은 그녀가 수진의 회사 동료거나, 혹은 대학동창이겠구나 하는 결론을 내렸다.

"근데 친구는 혼자 두고 와도 돼?"

"지금 걔도 남자들이랑 신나게 부킹 중일걸. 나 술 안 줄 거야?"

근준은 그녀의 잔에 양주를 따라주었다. 그녀는 그저 근준이 비싼 양주를 먹는 것을 보고 호기심을 느끼는 듯이 보였지만, 근준은 그저 수진의 치부나 캐고 싶어져서 연신 그녀에게 말을 걸었다.

대화를 하면서 자연스레 통성명도 오갔다. 근준은 고아원시절 이름인 '준'이라고 자신을 소개했다. 아무래도 실명을 쓰면 수진과 그녀가 나중에 이야기할지도 모르기 때문이었다.

수진의 친구인 그녀의 이름은 윤경이라고 했다. 웨이브 펌 머리에, 짙은 화장도 인상적이었지만, 몸매에 꽤나 자신이 있는 듯 복장 역시 과감했다.

"싸가지가 없다길래 하는 소리야."

그녀와 대화를 하던 근준은 문득 아연이 저번에 했던 말을 떠올렸다.

'가만. 그거 혹시.'

근준은 살짝 생각에 잠겼다. 아연은 수진을 건드린 적이 없냐고 물으면서, 없다고 하니까 그런 말을 했었다.

'설마. 그런 의미인가?'

늘 자신에게 까칠한 수진. 아연이 자신과 몸을 섞고 나서 교태스럽게 바뀌었듯이, 어쩌면 수진과 몸을 섞는다면 까칠한 그녀가 한결 고분고분해질지도 모를 것 같았다. 근준은 그제서야 아연이 무슨 의도로 그런 말을 했는지 알 것만 같았다.

그러나 그건 지나친 비약이었다. 근준은 계속해서 호기심이 일어났다. 과연 수진은 어떨까. 자신과 몸을 섞고 나서도 자신의 성질을 북북 긁는 짓을 계속 할까? 친누나도 아닐 뿐더러, 그 지랄 맞은 성격 때문에 남이라고만 생각했던 수진이기에 근준은 왠지 과감한 생각을 갖게 되었다.

"무슨 생각을 그리 해? 사람 앞에 놓고. 마셔."

근준은 윤경의 잔에 건배를 했다. 부킹이 잘 풀리지 않은 모양인지, 성수와 정현은 또 다시 스테이지로 나간 듯 룸 안은 둘뿐이었다.

근준은 마음의 결심을 하고는 피식 웃었다. 왠지 모르게 요새는 재미있을 것만 같은 일이 꼬리에 꼬리를 물고 일어나는 것같아 즐거웠다.

'그럼 강수진 전에, 이 여자에게서 정보를 얻어야겠다.'

시간은 점점 지나고 테이블 위에는 추가로 시킨 술병이 늘어만 갔다.

처음에 수진이 부킹에 끌려오면 어쩌나 고민했던 근준도 이제는 한결 마음을 놓을 수 있었다. 부킹 들어온 여자를 구슬르는 데에 계속 실패한 성수와 정현은 그냥 마음 편하게 스테이지에서 노는 것을 택했는지 밖으로 나갔다. 때문에 웨이터도 몇 번 들어와 보고는 다시는 여자들을 데려오지 않았다.

반대로 근준은 계속해서 윤경과 이야기를 했다. 그녀노 근준이 꽤나 마음에 드는지, 아까부터 계속 근준과 이야기를 나누고 있었다.

윤경은 술을 꽤 잘 마시는 체질인 듯 계속해서 잔을 비워냈다. 반대로 근준은 그저 건배만 해 주고는 많이 마시지 않았다.

"너 여자 친구는 없어?"

"응. 없지."

"멀쩡하게 생겨 가지고 왜 없냐?"

"그러시는 댁은?"

"난 눈이 높아서 그래."

둘은 제법 농담을 나눌 정도로 금세 친해졌다.

근준은 왠지 요새 들어 지루했던 삶이 바뀌고 있다는 착각마저 들었다. 물론 그 전환점은 종기가 오피스텔로 데려간 후겠지만, 더욱 정확히 말하면 근준이 처음으로 여자경험을 한 시기라고 할 수 있다.

'왜 이런 재밌는 걸 몰랐지?'

근준은 마냥 즐거웠다. 그러니까 여자라는 생물이 이렇게 흥미로운 것일 줄은 정말 상상조차 못했었다.

윤경은 술이 꽤 들어갔는지 계속 배시시 웃기도 하고, 은근 슬쩍 근준의 팔짱을 끼기도 했다.

"근데 친구하고 떨어졌는데 괜찮은 거야?"

"뭐야. 나 나갔으면 좋겠다는 거야?"

"그 말이 어찌 그렇게 연결돼? 그냥 단 둘이 왔다길래."

"말했잖아. 걔도 신나게 부킹중일 거라고. 은근히 그런 거 좋아하거든."

"그래?"

근준은 관심 없는 척하면서도 의외로 수진이 그런 것을 좋아한다는 말에 살짝 놀라고 있었다.

평소에 있는 도도한 척은 다 하더니만, 낯선 남자와의 즉석만남을 즐긴다는 생각이 들자, 근준은 속으로 조소를 흘려 보냈다.

"어. 그 아이 이쁘게 생겨서 인기가 많아. 근데 남자는 안 사귀지."

"왜? 눈이 높아?"

"그렇지도 않아. 그냥 도도한 척하는 걸지도 모르지. 그렇게 밝히면서."

"뭘 밝히는데?"

"얌전한 척하지 마. 다 알면서 무슨."

윤경은 고양이처럼 눈을 흘겨 보였다.

근준은 오늘 여러모로 알게 되는 수진의 새로운 점에 놀라울 따름이었다. 물론 윤경에게 그것을 내비치지는 않았다.

"근데 밝히는 건 어떻게 알아? 아무리 친구라도 그런 말은 안 하지 않나?"

"여자들은 가끔 해. 나랑 수진이. 아, 같이 온 친구 이름이 수진이거든? 암튼 수진이랑은 별로 친하진 않지만, 그 정도 이야기는 가끔 하곤 하지."

"아하. 난 남자들만 그런 말하는 줄 알았는데."

"여자들도 해. 사실 수진이처럼 원나잇 좋아하는 여자도 드물걸."

"원나잇?"

근준은 고개를 갸웃해 보이다가 이내 아 하는 탄성을 질렀다.

수진이 원나잇을 즐긴다, 가족들은 아마 상상도 못할 것이다. 직접 듣고 있는 근준마저도 거짓말인지 의심할 정도였으니까.

"재밌네. 원나잇은 하면서도 남자는 안 사귄다고?"

"왜 그런지 알아?"

윤경은 상당히 취한 듯 살짝 혀가 꼬인 목소리로 근준에게 물었다. 거기에 근준은 피식 웃으며 고개를 저었다.

"그 아이는 말야. 은근히 지배당하는 걸 좋아하거든."

"지배?"

"그래. 겉으로는 기가 센 척하지만, 사실 기센 남자가 자길 휘둘러 주길 바라는 거야. 근데 접근하는 남자들은 다 걔가 이쁘니까 맞춰주거나 잘 보이기 바쁘지. 물론 그 여자애는 그런 거에 흥미가 없고. 그런데 남자랑 자고 싶을 때는 있고. 그러니 누굴 사귀지 않고 이런 데서 놀기만 하는 거지."

근준은 속으로 피식 웃었다. 그 정도면 정보는 충분한 거 같았다. 여태까지는 그저 수진이 오면 싸우게 되니 피할 뿐이었지만, 근준은 그녀의 기를 확 죽일 수 있는 방법을 찾은 것만 같았다.

순간 수진을 피했던 지난 몇 년 간의 세월이 억울하기까지 했다.

"그럼 누나는?"

"뭐가?"

"원나잇 좋아해? 그 수진이라는 친구처럼."

근준은 살짝 윤경의 무릎 위에 손을 올려놓았다. 윤경은 전혀 거부하지 않으며 근준을 살짝 흘겨보며 대답했다.

"대상이 누구냐에 따라 다르지."

윤경의 의미심장한 말에 근준은 피식 웃었지만, 그의 손은 윤경의 허벅지를 쓰다듬고 있었다. 이미 정아와 아연을 통해, 그는 여자라는 것에 관심이 없었던 지난 사춘기 시절의 모습을 탈피한 지 이미 오래였다.

"그러는 너는 어때?"

"나? 뭐가?"

"너도 여자들하고 원나잇 즐겨?"

당돌한 말이었다. 어찌 보면 윤경의 나이또래는 슬슬 당돌해질 나이이기도 했지만, 아직 성인이 채 되지 않은 근준에게는 당돌하기 그지없는 질문이었다.

"즐긴다고 하긴 뭐한데? 한 번도 그런 적이 없으니까."

"치. 나보고 그거 믿으란 거야?"

"안 믿어도 크게 상관은 없어.

대화를 하면서도, 윤경의 짧은 치마는 근준에 의해 점점 올라가고 있었다. 허벅지 안쪽은 물론, 팬티의 끝부분까지 보일락 말락 할 정도였지만, 윤경은 크게 신경 쓰지 않았다. 오히려 즐기는 것인지 살짝 다리를 벌려주기까지 했다.

"여태까지 해 본 적이 없다면 오늘부터 즐기면 되겠네."

그녀의 약간은 술에 취한 목소리였지만, 근준은 윤경의 말의 의미를 잘 알고 있었다.

근준은 여자와의 이런 신경전이 너무나 짜릿하게 느껴졌다. 음악과는 다른 의미로 자신을 설레게 하는 그 무언가를 찾은 것이었다.

근준의 손은 더욱더 과감해졌다. 반대로 윤경은 더욱더 근준 쪽으로 밀착했다. 누가 언제 들어올지 모르는 나이트클럽의 룸은 왠지 모르게 둘을 더 짜릿하게 만들어 주고 있었다.

그녀에게 은근 슬쩍 어깨동무를 한 근준은 천천히 윤경의 봉긋한 가슴을 어루만졌다. 윤경도 가만히 있지 않았다. 연신 근준의 허벅지 안쪽을 쓰다듬으며 반응했다. 근준의 애무가 은근해질수록 그녀의 얼굴은 점점 붉어졌다.

"키스 잘 해?"

갑작스런 그녀의 질문에 윤경의 팬티 위를 어루만지던 근준은 살짝 고개를 갸웃했다.

"글쎄. 누구에게 그런 평가를 들은 적은 없는데."

사실상 근준의 첫 키스 상대는 정아였다. 하지만 키스란 행위 자체를 길게 한 적이 없는 데다가 그것에 대한 평가 역시 받아본 기억이 없었다.

"한 번 해 볼래?"

그녀의 말과 동시에 근준은 고개를 숙여 그녀의 반짝거리는 입술을 살짝 빨았다. 근준의 입술이 닿기가 무섭게 윤경의 혀가 근준의 입속으로 공격하듯 들어왔다.

'이 여자도 많이 굶주렸나 보네.'

근준은 며칠 전 아연의 모습을 잊지 않고 있었다. 아니 잊을래야 잊을 수가 없었다. 두 번째 섹스를 할 때, 정말 아연은 그 어떤 요부도 따라가지 못할 것만 같은 색기를 내뿜었었다. 물론 수선이 돌아온 이후에는 전혀 그럴 기회가 없기는 했다.

근준은 천천히 그녀의 팬티를 옆으로 젖히고 애무를 했다. 왼손으로는 연신 그녀의 티셔츠 위 가슴 부분을 주물러댔다.

키스를 하고 있는 윤경의 호흡이 근준의 입속에서 더욱더 거칠어졌다. 근준이 팔을 아래로 끌어내렸을 때, 윤경은 살짝 엉덩이를 들어주었고, 이윽고 그녀의 팬티는 발목에 걸려 버렸다.

누가 들어와도 크게 부끄러울 건 없었다. 윤경의 치마가 올라가 있고, 적나라하게 아랫도리가 드러나 있는 것은 테이블에 교묘하게 가려져 있었기 때문이었다.

근준은 이런 상황에서 한 번 해 보고 싶은 호기 어린 생각이 들었다. 지금의 상황 자체가 바로 윤경을 뒤로 넘어뜨리고 결합을 해도 전혀 이상할 거 같지 않았다.

"일단 누워 봐 봐."

윤경은 살짝 곤란한 표정으로 문 쪽을 바라보더니, 이내 주저하면서도 살짝 몸을 뒤로 기댔다.

"어머."

윤경은 지퍼를 내리는 근준을 보고 살짝 놀랐다. 손으로 만지는 것보다 그냥 눈으로 보는 것이 훨씬 더 나았다.

결코 순진한 여자는 아니었지만 윤경은 이런 장소에서 이런 경험은 처음이었다.

"빨리 해. 누가 오면 안 되잖아."

근준은 갑작스레 동작을 멈추었다. 자신의 주머니에서 무언가가 요란하게 진동했기 때문이었다.

방해가 될 거 같아서 테이블 위로 휴대폰을 올려놓으려던 근준은 문득 액정에 뜬 이름을 보고 살짝 굳어 버렸다.

'수선누나가 왜?'

윤경은 근준이 아무런 행동도 하지 않자, 고개를 갸웃하며 근준을 바라보았다. 그는 액정을 들여다보며 잠시 고민하는 모습을 보이더니, 이내 다시금 옷가지를 추스르고는 지퍼를 올렸다.

"뭐야? 왜 그래?"

윤경의 질문에 근준은 대답하지 않았다. 전화를 받지 않자, 아까 보낸 듯 수선이 남긴 문자메시지가 보였다. 아마도 그 메시지에 답장이 없어서 직접 전화를 한 모양이었다.

―근준아 어디니? 오늘 아빠 오셨으니까 빨리 와.

'쳇. 한창 재밌어지려던 참인데.'

사실 원나잇이라는 걸 하려고 해도, 학생인 근준이 외박을 할 수 있을 리 없었다. 아마 수선이 계속해서 물어볼 것이 분명했기 때문에, 룸 안에서 재미를 보려던 근준은 왠지 강 회장에게 방해를 받은 것만 같아 기분이 좋지 않았다.

'그래도 전화번호는 받았으니 뭐.'

윤경은 급히 가야 한다는 근준의 말에 약간 불만 섞인 표정이긴 했지만, 그래도 근준의 핸드폰에 자신이 먼저 번호를 찍어주기까지 했다.

근준은 혹여나 수진이 볼 수도 있다는 생각에 전화번호를 주는 대신 나중에 연락하겠다는 말만 남기고 돌아오는 참이었다.

'나쁘진 않네 뭐. 그닥 자주 가고 싶은 곳은 아니지만.'

그래도 모르는 사람, 정확히 말하자면 모르는 여자들과 즉석 만남이 자연스럽게 이뤄지는 점이 근준은 마음에 들었다.

"응?"하고 놀란 근준은 자신의 집. 아니 정확히 말하자면 강 회장의 저택으로 가는 언덕길에 들어서자 살짝 눈을 치켜떴다.

언제나 어두컴컴한 골목. 그리고 율동공원 호수를 끼고 있는 부자동네답게 으리으리한 집들은 변함이 없지만, 언덕 밑에 있는 작은 놀이터에서 근준의 귀를 잡아끄는 소리가 들려왔다.

"끼익 끼이익" 하는 소리가 들렸다. 그 소리는 그네 소리였다. 그 그네 위에 '성남비타美' 라는 글귀가 붙여져 있었다. 공기의 맛, 피로 회복제 겸 미용에도 좋은 공기가 그대로인 성남비타美였다.

공기 자체가 비타민이라 굳이 다른 비타민을 섭취하지 않아도 된다는 뜻이었다. 그만큼 공기가 좋다는 의미였다.

그런데 공기도 깨끗하지만 그네에 앉으면 산으로 감싸 안은 율동공원은 물론 분당저수지, 커다란 호수가 내다보이고 해서 너무도 아름다웠다. 그래서 성남비타美, '민' 자가 아닌 '미' 자가 아름다운 미(美)였는지도 모른다. 아무튼 마음의 비타민, 정신의 비타민, 건강의 비타민을 다 받는다고 해서 살기 좋은 성남, 성남은 비타민의 건강한 도시. 특히 이곳은 산과 호수가 있다는 점에서 더더욱 아름답고 공기가 좋고 해서 인간에게는 비타민을 주고 아름다움을 주는 곳이다. 그리하여 이 놀이터 이름은 혼성어 '성남비타美' 였다.

말도 안 되는 영어와 한자의 그런 혼성어인 이 놀이터는 깔끔했다. 그리고 노는 꼬맹이들은 거의 없었다. 모래 바닥이 아닌 푹신푹신한 바닥재로 이루

어진 이 놀이터는 언제나 공터나 다름없었다. 그리고 항상 아무도 없는 성남
비타美 놀이터에서 그네소리가 들렸던 것이다.

근준은 그쪽을 바라보다가 이내 그네에서 왜 소리가 나는지 알 수 있었다.

밤하늘과 놀이터의 가로등. 그것들과 대조되는 하얀 피부를 가진 여자가
그네에 앉아 있었다.

하늘거리는 원피스 자락 밑으로 하얀 다리가 너무나 눈이 부셨다. 날씨가
추워서일까. 그녀는 꽤 두꺼운 카디건을 걸치고 있었다.

눈이 좋은 근준이었다. 굳이 눈이 좋지 않더라도 그것이 누구인지는 금방
알 수 있었다.까만 머리칼. 그리고 그것과 똑같은 너무나 크고 까만 눈망울
을 가졌다.

"늦었네?"

근준은 수선을 보고 아무런 말도 하지 못했다. 강 회장이 있다는 말에 잔
소리를 들을 것 같아서 껌을 몇 개나 씹었지만, 왠지 그녀는 술 냄새를 단번
에 알아챌 것만 같았다.

"밖에서 뭐하는 거야?"

생각하고 있던 것과는 달리, 근준은 왠지 퉁명스럽게 말을 내뱉은 것만 같
았다. 이상하게 수선의 앞에만 서면 왠지 모르게 자신은 차분해지는 것도 같
았다.

수선은 뭐가 그리 좋은지 근준을 보며 싱긋 웃으며, 살살 그네를 타고 있
었다. 그 모습을 한참이나 바라보던 근준은 그녀의 옆에 있는 그네에 털썩
걸터앉았다.

"그냥 너 기다렸어."

"왜 위험하게 밖에서 기다려? 이런 밤에."

근준은 확 짜증이 나는 것이 느껴졌다. 수선은 너무 바보같이 착했다. 그
게 늘 고마우면서도, 이상하게 화가 났다.

조금은 수선도 수진처럼 약아빠지게 그렇게 살았으면 좋겠는데, 그녀는
늘 가족 중 한 명이라도 늦으면 잠도 안 자고 기다리고 걱정했다.

"안 위험해. 우리 동넨걸 뭐."

"우리 동네는 뭐 범죄도 없대? 그냥 집에서 있지 왜 여기에 있어?"

수선은 근준의 말에 아무런 대꾸도 하지 않고는 계속 그네에 걸터앉아 앞
뒤로 몸을 흔들 뿐이었다.

근준은 답답한 마음이 들면서도 그런 수선의 모습만을 바라보았다.

"난 여기가 좋거든."

순간 싸늘한 바람이 불며 수선의 머리카락이 살짝 흩날렸다. 근준은 말없이 그녀를 바라보았다.

근준도 잘 알고 있었다. 아무도 오지 않는 이 놀이터는 수선의 아지트였다. 마음이 답답한 일이 있을 때마다, 수선은 늘 성남비타美에서 혼자 그네에 걸터앉곤 했다. 그것은 근준이 입양되기 전부터 있었던 그녀의 습관이었다.

"나 있잖아. 처음엔 그네가 무서웠어."

"이딴 게 뭐가 무섭냐."

"그치? 바보같이 말이야."

수선은 근준의 퉁명스런 말에도 재미있다는 듯 살짝 미소를 지었다. 마치 밤하늘에 있는 별을 모두 눈동자에 담은 것처럼, 그녀는 너무나 아름다운 눈망울을 반짝였다.

"예전에 학교에서, 어떤 애들이 그네 줄을 꼬아서 빙글빙글 돌면서 타는 걸 본 적이 있었어. 나도 그게 너무나 해 보고 싶었는데 무서워서 쉽사리 하지 못했거든."

근준은 별 대꾸 없이 수선만을 바라보았다. 수선은 예전 일을 생각하는 게 재미있는지 계속해서 이야기했다.

"그래서 나도 혼자서 이 놀이터에서 연습하고 그랬었어. 무서워하지 말자라고 다짐하면서 말이야. 진짜 겁 많지?"

근준은 '왜 그런 말을 지금 하는 거야?' 라고 묻지 않았다. 왜 하필 자신이 술을 마시고 들어온 날 수선은 그런 말을 하는 걸까.

"지금은 곧잘 하긴 하지만, 지금 생각해 보면 그때 내가 참 순수했던 거 같아."

근준은 살짝 입김마저 나오는 초겨울 날 놀이터에서 그렇게 몇 분이고 수선과 함께 말없이 앉아있었다.

"성남비타美에서 비타민을 많이 받았나 보네."

얼마나 흘렀을까, 수선이 조용히 입을 열었다.

"근준아 너도, 그런 순수했던 적이 있지 않았니?"

근준은 괜스레 뜨끔해지는 것이 느껴졌지만, 이내 태연한 표정을 지어 보였다.

"그 말을 왜 하는 건데?"

"너, 처음 우리 집에 왔을 때가 생각나서 그래. 되게 영리하고 순수했었거든."

근준은 그제서야 수선이 말을 꺼낸 의도를 알 수 있었다.

그녀는 애초부터 근준이 독서실에 가지 않았다는 사실을 알고 있었던 것이다. 그리고 이미 술 냄새도 맡았을지도 모른다.

왠지 순수했던 그때로 돌아오라는 말을 하는 것 같기도 했다.

"들어갈래. 아버지도 오셨다며."

"주무셔. 너 찾으시길래 독서실 갔다고 했어."

근준은 괜히 불만 어린 표정을 지어 버렸다. 독서실 갔다고 했다라는 그 말 자체가 이미 근준이 실컷 놀다 온 것을 아는 것이었고, 자신은 또 그것을 인정하듯 아무런 말도 할 수 없었으니까.

"들어가. 이런 추운 날에 그네를 타다간 감기에 걸릴 거야."

근준은 퉁명스럽게 말해 버리고는 먼저 집 쪽으로 향했다. 수선은 그런 근준의 뒷모습을 보며 웃었다. 마치 그를 늘 돌봐주는 엄마 같은 표정을 했다.

2층으로 올라와 옷을 갈아입은 근준의 귓가에 수선이 들어오는 소리가 들렸다. 시계바늘은 벌써 심야를 향해 가고 있었다. 아마도 수선은 곧 잠들겠지 하는 생각을 하며 근준은 몸을 뒤척거렸다.

그런데 근준은 왠지 모르게 화가 났다. 내일은 주말이지만 주말이 지나면 다시 학교를 가는 지루한 일상으로 돌아갈 것이다. 그리고 또 학교로 가는 순간, 근준은 전혀 자신의 인생에서는 관계가 없을 것만 같은 입시라는 압박이 자신을 옥죄어 올 것이다.

'그래도 오늘은 나름 즐거웠어.'

비록 강 회장이 오는 바람에 윤경과 더욱더 진하게 놀진 못했다. 또 의미심장한 수선의 말에 뜨끔하기는 했지만 그는 너무나 즐거웠다. 어떻게 보면 덕분에 마음 속의 답답함을 털어 버린 느낌도 들어 좋았다.

욕실에 들어간 근준은 뜨거운 물을 맞자, 몸이 더욱 노곤해지는 게 느껴졌다. 춤을 추지 않았으니 땀은 흘리지 않았지만, 왠지 모르게 지금 하는 샤워가 너무나 상쾌하게 느껴졌다.

샤워를 하고 나오니 목이 탔다. 술을 마신 탓에 갈증이 나는 것이었지만 나이 어린 근준이 그런 심오한 음주의 세계를 알리 만무했다.

1층으로 가기 위해 파자마를 입으려던 근준은 다시 문 쪽을 바라보았다.

'어차피 다들 잘 텐데.'

늘 속옷만 입고 자는 게 습관화되어 단지 물 한 잔 마시러 내려가면서 겉옷을 입기가 귀찮았다. 집안에 늦게 오는 사람이 없는 이상 수선도 일찍 자러 갔을 게 뻔했다.

근준은 문을 살짝 열고는 고개를 갸웃거리다가 저도 모르게 피식 웃어 버리고 말았다. 살짝 열려 있는 아연의 방문을 보았기 때문이었다.

'그러고 보니, 아까 제대로 하지 못했었지?'

윤경과 아쉽게 끝나 버린 생각이 들어왔다. 그러고 보니 그 날 이후 가족들 때문에 아연과는 단 한 번도 관계가 없었다. 그리고 밥상에서 늘 그것에 대한 아쉬움을 눈빛으로 표현했던 아연이었다. 물론 근준은 괜히 그녀의 시선을 피하곤 했다.

'대놓고 이야기하지 않는 건 긴장상태를 유지하고 싶다는 건가?'

하나 둘씩 계단을 밟고 내려가면서 근준은 저번에 아연과의 팽팽했던 긴장감을 떠올렸다. 그래서 더더욱 흥분도 되었다. 어느 의미로는 게임처럼 느껴지기도 했다.

분명 아연은 그때의 긴장감을 기억하고 있는 것이다. 불과 며칠 전의 일이긴 하지만, 그녀는 그 기억을 사장해 버리고 싶지 않은 것일지도 모른다. 그래서 그녀는 대놓고 유혹하는 것이 아닌 이런 심리게임을 하는 것일지도 모른다.

근준은 그녀의 방을 지나쳐 주방으로 들어가 주전자에서 물을 따랐다. 왠지 모르게 목이 더 말랐다. 일부러 그녀의 방을 보지 않고 지나쳤지만, 왠지 방안에 있을 그녀의 모습이 눈에 보이듯 훤했다.

차라리 잘되었다는 생각이 들었다. 속옷만 입고 내려왔으니 번거로울 것도 없었다. 그리고 건너편에 보이는 수선과 수미, 그리고 강 회장의 방의 불은 이미 꺼져 있었다.

그가 아연의 방까지 가는 데는 불과 1분이 채 걸리지 않았다. 가까운 것도 있지만 일부러 성큼성큼 다가갔기 때문이었다.

그것은 아연에게 지금 갈 것이라는 것을 의미하는 것과도 같았다. 아마 그녀라면 그때의 단 한 번의 기억으로도 근준의 의도를 파악할 터였다.

이윽고 아연의 방문이 열렸다. 오늘도 모니터만 켜져 있을 뿐이었다. 그리고 그녀는 모니터 쪽만 바라보고 있었지만, 저번처럼 야한 영상이 틀어져 있지는 않았다. 마치 그를 기다리고 있었던 것처럼 의자에 앉아있던 아연은 몸을 일으켰다. 하지만 근준 쪽으로 돌아보지는 않았다.

근준도 아무 말을 하지 않았다. 어색하다고 해서 말을 꺼내면, 왠지 모를 짜릿한 지금의 기분에 찬물을 끼얹을 것만 같았다.

나이트에서 보았던 윤경보다도 나이도 많고 그녀보다 덜 미인일 수도 있지만 절대로 아연은 꿩 대신 닭 격으로 근준을 잡아끄는 것이 아니었다. 특유의 성숙미와 노련함. 그것이 17살의 나이차를 뛰어넘고 있다고 해야 옳을 것이었다.

그녀의 뒤로 다가간 근준은 뒤에서 아연을 끌어안았다. 자연스레 한 손은 그녀의 원피스를 위로 올렸다. 다른 한 손으로는 가슴을 주물렀다. 그녀는 기다렸다는 듯이 신음을 냈다. 근준은 문득 아연이 아무 것도 입지 않고 있다는 사실을 깨달았다.

'기다리고 있었나?'

하지만 근준은 아무런 말도 하지 않았다. 원피스를 허리까지 끌어 올리니 그녀의 뽀얀 엉덩이가 훤히 보였다.

근준의 손에 의해 본이 아니게 애무를 하는 소리는 방안 구석까지 묘하게 울려 퍼졌다.

아직 수선이 잠들지 않았을지도 모른다는 부담 때문인지, 아니면 그때와는 달리 강 회장이 있다는 알 수 없는 압박 때문인지 아연은 그때와는 달리 신음을 참고 또 참았다.

근준은 아까 윤경과 있을 때의 아련한 흥분이 다시금 들어왔다. 어쩌면 그 이상 흥분하고 있는 것일지도 몰랐다. 그 증거로 아연의 가슴을 계속해서 거칠게 주무르고 있었다.

그녀의 가슴 감촉은 부드러웠다. 볼륨이 워낙 있어 촉감도 좋지만, 왠지 빳빳해져 있는 젖꼭지의 감촉이 근준을 더욱 설레게 만들었다.

그는 한창때의 청춘이 아닌가. 욕구란 것은 퍼내고 퍼내도 마르지 않는 샘물과도 같았다. 그리고 그 욕구라는 샘은, 처음 한 번 물을 퍼낼 때는 어렵지만 한 번 퍼내면 절대 자제할 수 없는 마약과도 같았다.

근준은 적잖이 감탄을 했다. 물론 그는 많은 여자를 안아보지는 못했지만 정아와 비교해도 아연은 손색이 없어 보였다.

어째서 이런 여자가 가사도우미나 하고 있을까 하는 생각도 안 해 본 것은 아니지만, 아무래도 좋았다. 어차피 근준에게 있어서 나쁠 것은 없으니까 말이다.

고요한 집안이었다. 그것도 다른 식구가 셋이나 자고 있는 적막한 집안에서, 두 명의 육체가 결합하는 소리는 기이하면서도 아찔함에 그 끝의 종을 울리고 말았다.

동시에 허무함이 아닌 만족감이 밀려왔다. 완벽하게 아까의 욕구불만은 또 다시 아연을 통해 해결이 된 것이다.

"너무 오랜만이야. 절정을 느껴 보는 거."

한 마디 말도 하지 않던 아연의 입술이 열렸다. 그녀는 그렇게 온몸이 젖은 채로 근준을 올려다보며 살짝 웃고 있었다.

그렇게 그들의 검은 밤을 통과하고 새 날이 찾아왔다.

"괜찮은 거냐? 너?"

달콤했던 어젯밤과는 달리 강 회장이 있어 무거운 분위기 속에서 아침밥을 먹는 시간이었다.

근준은 예상했던 상황이 오자 속으로 투덜거렸지만 그것을 절대 밖으로 내비치지는 않았다.

"성적도 그렇고, 경영대에 갈 수 있는 거냐고 너."

그 앞에다가 대고 음악이 꿈이며, 경영에는 조금도 관심이 없다는 말을 근준은 하지 못했다. 전날 밤에는 즐거웠지만 이렇게 아침이 되면 어쩔 수 없이 강 회장과 함께 하는 밥시간이 올 수밖에 없는 것이다.

근준이 아무 말을 하지 않았다. 수선도 수미도 조용해져서는 근준의 눈치를 살폈다. 아연은 자신이 낄 자리가 아니라고 생각했던지 상을 차리고는 주방 밖으로 자리를 피해주었다.

"저는 별로, 경영에 관심이 없습니다."

"뭐?"

강 회장의 동공이 커졌다. 수미는 침을 꼴깍 삼키며 긴장했다. 막내딸로 강 회장의 귀여움을 받고 자란 수미지만, 자신의 아버지가 화가 나면 얼마나 무서운지 잘 알고 있었기 때문이었다.

정말 싫다는 표정을 짓고 있는 근준을 보니, 수미는 괜히 본인이 더 조마조마해지는 것 같았다.

"그게 무슨 소린지 말해 봐라."

"아직 그쪽으로는 꿈을 생각해 본 적이 없습니다."

강 회장의 표정이 살짝 굳어졌다. 수선은 조용히 수미에게 눈짓을 보냈다. 수미도 고개를 끄덕였다.

"저희 먼저 일어날게요."

수선은 대꾸조차 하지 않는 강 회장을 뒤로하고, 수미를 데리고는 총총히 주방을 나서버렸다.

수선으로서는 근준에 대한 배려일지도 모르지만, 그에게는 오히려 지원군이 없어지는 형상이 될 뿐이었다.

"넌, 선택된 이다. 경영인이 되고 싶어도, 아무것도 갖고 있지 않아 꿈을 접어야 하는 아이들도 있다."

하지만 근준은 수긍하기 싫었다. 어떻게 보면 자신은 강 회장의 말대로 선택받은 사람일지도 모른다. 하지만 어찌 보면 그 때문에 꿈을 접어야 하는 아이이기도 했다.

강 회장의 표정이 어두워졌다. 근준은 아들이기 이전에 경영세습을 위한 도구로써 선택된 것이다.

지금까지는 그를 관찰하기만 한 강 회장이었지만 이젠 더 이상 그것을 봐줄 수 없다. 하지만 강 회장에게 있어서도, 근준이 아닌 다른 사람을 찾는다는 대안은 마련할 수 없었다. 그건 이미 늦었을 뿐더러, 근준을 내치고 다른 아이를 들인다 해도, 당시 프로젝트사업으로 태어난 아이들은 다 커 버린 근준의 또래였다.

그 또래라면 종기도 그 사업으로 태어난 한 사람이었다. 그러니 어떻게 보면 같은 피, 근준과 종기는 형제나 다름없었다. 그렇게 살아남은 아이들이 어디서 어떻게 몇 명이나 살고 있는지는 모른다. 그래서 자신이 뿌렸다고 한 아이들을 찾지 않기로 했고, 또 들인다 해도 집안의 세 딸들에 대한 다분한 모욕이자 무시라는 것을 그는 잘 알고 있었다.

"이렇게 하자."

수저를 내린 강 회장의 말에 근준은 밥알들을 뒤적거리다 말고 그를 바라보았다.

"너를 고아원에 다시 돌려보내 버리겠다는 시시한 협박 따윈 하지 않겠다. 다만 경영대에 진학하지 않으면, 지금보다 두 배로 너는 구속되는 생활을 하게 될 거야. 지금까지는 네 책임과 자유에 맡겼지만, 애비도 더 이상 계속 지켜보고 있지만은 않겠다는 거다."

근준과 강 회장 사이에 팽팽한 긴장감이 조성되었다. 둘은 서로의 눈을 바라보고 있었고, 그것은 오히려 묘한 긴장감마저 불러 일으켰다.

구속하려는 자와 일탈하려는 자의 기 싸움은 그렇게 한동안 계속되었다.

"인생에는 기회비용이라는 게 있다."

무거운 긴장감 속에서 강 회장이 먼저 입을 열었다. 근준은 무심한 표정으로 그를 바라볼 뿐이었다.

"무언가를 선택하거나 얻는 것이 있으면, 그것에 따라 포기해야 하거나 잃는 것도 있다는 뜻이지."

근준은 강 회장의 의도를 모를 리가 없었다. 고아를 데려다가 CEO 2세를 만들어 주었으니, 그것에 대한 대가를 치르라는 의미였다.

근준은 살짝 입술을 깨물었다. 지기 싫어하는 그지만 지금은 패배를 인정하는 수밖에 없었다.

자신이 누구의 정자로 어디서 어떻게 태어났는지 모르는 근준은 강 회장에게 선택되었고, 또 이곳으로 들어온 이상 자신은 약자일 수밖에 없는 것이다. 그리고 그가 고아원생활을 그리워하지 않는 이상 계속해서 약자의 입장을 유지하는 것 외에는 별 도리가 없다는 뜻도 되었다.

"저도 조건이 있습니다."

"조건?"

강 회장의 미간이 꿈틀했다. 이제까지 자신에게 조건 따위를 제시한 사람은 없었다. 그것도 자신과 근준처럼, 절대적 우세의 입장에서 조건을 수용한 적은 더더욱 없었다. 하지만 왠지 근준의 눈빛이 마음에 든 강 회장은 살짝 고개를 끄덕였다.

"경영학과에 입학을 하면, 제가 하고 싶은 것을 하게 해 주십시오."

"뭐?"

"물론 학업에 대한 것은 만족할 만한 결과를 내겠습니다. 성적이든, 졸업이든. 낙제하는 일은 없도록 할 겁니다. 다만, 대학생활 중에 제가 다른 공부를 개인적으로 하는 것을 허락해 주세요."

강 회장은 깊게 생각할 것도 없이 고개를 끄덕였다. 경영 매니지먼트를 근준은 우습게 보고 있는 듯했다.

경제학은 물론 기본적으로 어학을 필요로 하는 것이 경영학이다. 더불어 집단의 우두머리가 된다는 것은 그리 쉬운 일이 아니다. 그런데도 불구하고 그는 다른 공부를 한다고 이야기하는 것이다. 그것이 불가능한 것이라는 것을 알고 있는 강 회장은 손쉽게 허락했다.

"어떻게 된 거야?"

대화를 마치고 강 회장보다 먼저 주방을 나온 근준은 아연이며 수선, 그리고 수미가 눈을 반짝반짝 빛내며 자신을 바라보고 있는 것을 보고는 피식 웃어 버렸다.

"별 거 없어. 그냥 결론은 공부 열심히 해야지, 그것뿐이지."

다행이라는 듯이 수선은 웃었다. 근준은 그녀들을 지나쳐 계단으로 발길을 옮겼다.

'적당히 욕구를 만족시켜 준다면.'

이건 근준의 생각이었다. 공부 까짓거 못할 거 없었다. 지금처럼 어쩌다 한 번의 일탈로 스트레스를 푸는 것보다는 약간의 대가를 치르고 보장받은 자유를 누리는 것이 훨씬 나으리라는 계산이었다.

07 _일곱

"언니! 이거 큰언니네 갖다 주러 언제 갈 거야?"

문득 수미의 쫑알거림이 들려오자, 근준은 계단을 올라가려던 발걸음을 우뚝 멈춰 섰다. 수선은 난처한 표정을 지어 보였다.

"수미 너는 오늘 시간 안 되니? 언니는 오늘 리포트 때문에 바쁠 거 같은데."

"나두 약속 있단 말이야."

근준이 뒤를 돌아보니, 수미가 말한 '이것' 이라는 것은 아연과 수선이 만든 반찬들이었다.

혼자 사느라 부실하게 먹을까 봐, 수선은 늘 이런 배려를 하곤 했다. 물론 그것을 수진의 집까지 갖다 주는 것도 늘 수선의 몫이었다.

"내가 갈게."

근준의 한 마디에 수선과 수미가 동시에 고개를 갸웃하며 의아하다는 표정을 지었다.

수진과 근준. 견원지간이라 불러도 전혀 이상스럽지 않은 사이가 아니던가. 그런데 수진의 집에 근준이 직접 가겠다고 하는 것이다.

"너 정말 괜찮아?"

늘 무뚝뚝했던 근준은 피식 웃어 보였다. 그의 미소를 오랜만에 보는 수선은 여전히 적응이 안 된다는 표정을 짓고 있었다.

"내가 가지 뭐. 뭐 어려운 거라고. 난 오늘 한가하니까 내가 갈게."

"와와! 오빠 최고!"

"옷 입고 내려올게."

근준은 모두의 시선을 뒤로하고는 성큼성큼 층계를 올라갔다. 불현듯 수진의 친구 윤경이 해줬던 말들을 떠올리며 슬그머니 미소를 물었다.

'큰누나와의 사이를 돈독하게 하러, 어디 한 번 가볼까?'

택시를 잡아탔다. 성남대로를 달려 복정동을 넘어서자 차창 밖으로 서울의 풍경이 펼쳐졌다. 아무리 대한민국에서 가장 번화한 서울이라지만 근준의 눈에 보이는 것들은 온통 호화로운 풍경뿐이었다. 중심가의 풍경들, 그리고 소위 말하는 땅값 비싼 동네만이 근준의 눈에 들어오는 전부였다.

늘 고아원의 조그만 창문 밖으로 보이는 네모난 세상이 전부인 줄 알고 살던 근준이었다. 그런 그는 어느덧 이런 풍경에 너무나 익숙해져 버렸다.

'혼자 사는 주제에….'

물론 수진의 주활농 부대가 이 근처이기에 이곳에 오피스텔을 잡은 것이겠지만, 왠지 모르게 근준은 그저 그녀의 허영심 때문에 번화가를 벗어나지 않으려는 것처럼 보였다.

'그렇게 보이는 게 아냐. 허영 투성이지.'

수진을 큰언니로서 존중해 주는 수선이나 그녀를 무서워하는 수미, 그리고 그녀를 키운 강 회장은 아마 근준이 나이트클럽에서 본 수진의 모습은 상상조차 하지 못할 것이다.

왠지 모르게 그녀를 비웃는 조소 비슷한 것이 근준의 얼굴에 가득해져 버렸다.

"다 왔어요 학생."

성남에서 여기까지 먼 거리라 꽤나 비싸게 나왔지만 근준은 신경 쓰지 않았다. 오늘은 그런 것이 문제가 아니었다. 아주 중요한 것이 있었다. 반찬이 가득 들어 있는 이 거추장스러운 쇼핑백을 들고 여기까지 온 것이니까.

"언니는 거의 저녁쯤에 오니까. 그냥 이거 놓고 와. 낮에 가면 아마 없을 거야. 아 참! 그리고 이거 현관 비밀번호."

집에서 떠나면서 수선이 해 준 말이 생각났다. 하지만 근준은 수진이 오기 전에 집으로 돌아올 생각은 조금도 없었다. 때문에 일부러 해가 뉘엿뉘엿 져 갈 무렵이 되어서야 집을 나선 것이다.

'다 비슷비슷하게 생겼잖아.'

수진의 동네는 근준이 살고 있는 동네와 약간 다른 의미의 번화가였다. 말하자면 근준의 집근처가 호화로운 개인저택이 모여 있는 부자동네라면, 여긴 비싼 주상복합아파트와 고급 오피스텔이 몰려 있는 부자동네였다.

열심히 두리번거린 근준은 수진의 집을 찾았다. 짜증은 밀려 왔지만 왠지 모르게 웃음이 나왔다.

드디어 그동안 수진에게 받았던 스트레스를 고스란히 되갚아줄 그날이 오늘이라는 느낌이 들었다.

근준은 요 며칠 전부터 이 날을 은근히 기다려오기도 했다. 부드득하고 이가 갈리는 소리가 근준의 귓가에 똑똑히 들려 왔다. 수진의 집을 찾으면서도 그의 머릿속에서는 강 회장의 집에 입양되고 난 며칠 후의 기억이 되살아나고 있었다.

그때는 무더운 삼복더위 때였다.

근준은 입양되자마자 중학교에 진학할 수 있었다. 열심히 공부를 했다. 기본적인 것은 고아원에서 배웠을 뿐더러 머리가 좋은 탓에 학교수업을 따라가는 것은 그렇게 어렵지 않았다. 또 나름대로 열심히 해야겠다는 생각도 들었다. 고아원 생활에 비하자면 공부를 하는 것쯤은 누워서 떡먹기였다.

언젠가 하루 아니, 수진이 대학교에 다니던 대학생일 때였다. 근준은 학교를 파하고 집으로 향해 가는 언덕길을 올라가고 있었다. 그곳에서 수진과 그녀의 친구 한 명과 맞닥뜨리고 만 것이다. 수진은 마치 못 볼 걸 봤다는 듯이, 벌레를 보듯이 근준을 막 대했다.

여름이라 수진도 그녀의 친구도 노출이 좀 심한 의상이었지만, 수진의 도도한 외모 덕에 더욱 섹시한 분위기를 자아내고 있었다. 문제라면 그녀의 표독스러운 표정이었다.

"얘, 수진아. 쟤 동생 아니니?"

"동생은 무슨, 주워온 자식인데. 그냥 거지 새끼 하나가 운 좋아서 우리 집 식구가 된 것뿐이야."

"얘…, 들리겠다."

근준은 그냥 그녀가 자신이 마음에 들지 않는구나 하는 생각을 했다. 하다 못해 고아원에도 텃세가 있는 법인데, 그럴 법하다고 생각했다.

하지만 수진의 구박은 거기서 끝나지 않았다. 근준만 보면 욕설을 퍼부었다. 심지어 교복을 갖다 버리거나 의자에 바늘을 뿌리기도 했다. 그러나 근준은 그저 그녀가 유치하구나 하면서 넘겨 버렸다.

이후부터 스트레스는 조금씩 쌓이고 있었다. 폭발시키고 싶었지만 아직도 자신의 친구인 종기가 차디찬 고아원 골방에서 자고 있을 생각하며 참고 또 참았다.

그러던 어느 날 집안에서도 그랬었다.

"너, 동생한테 그게 무슨 말이야?"

"뭐가 동생이에요? 그냥 고아 하나 데려와서 우리 집 밥 먹이면 그게 동생이에요?"

"너, 너 이눔아!"

"제가 틀린 말했어요? 그렇게 아들이 좋으시면 가서 돈 주고 거지 새끼 몇 명 더 사 오시던지요!"

우연히 아주 우연이었다. 안방을 지나가던 근준이 강 회장과 수진의 대화를 들어 버린 것은.

"저 거지 새끼 안 내보내면 저가 이 집을 나갈게요."

그리고 수진은 따로 독립을 하여 집을 나갔다. 그제서야 근준은 가족이라는 것이 얼마나 소중한 것인지를 느낄 수 있었다. 진정한 피붙이, 진짜 어머니와 아버지의 존재가 이렇게 큰 것일 줄은 몰랐던 것이다.

근준은 강 회장의 정자로 태어났으니 진짜 피붙이였다. 그러나 근준은 물론 세 자매들이 그 사실을 모르고 있었을 뿐이다.

어쨌든 근준은 그런 수진이 저지른 욕설과 구박을 마음에 두었고, 그것은 깊은 상처가 되었다.

그런 상처는 미움으로 변했다. 미움은 다시 분노로 바뀌었다. 늘 이해하려고 했던 근준은 슬슬 수진만 보면 짜증이 밀려오기 시작했던 것이다.

"찾았다."

근준은 그제서야 손이 벌개지도록 들고 있던 쇼핑백을 잠깐 내려놓고는 윗도리에 걸쳐진 점퍼의 지퍼를 열고 땀을 식혔다.

"개 같은 년."

옛 기억을 생각하니 저도 모르게 욕지거리가 밀려 나왔다. 하지만 괜찮았다. 오늘에서야 지금까지 받았던 상처와 스트레스를 배로 되갚아줄 수 있는 찬스가 생긴 것이다.

"혹여나…. 잘못된다면?"

세상만사가 생각한 대로 잘 풀릴 수는 없는 것이다. 어린 근준이지만 그런 것쯤은 잘 알고 있었다. 그런데 이상하게 위험하다는 생각이 들면 들수록 스릴이 넘쳤다. 마치 포커판에서 처음 느꼈던 스릴처럼 묘한 긴장감이 온몸에 가득 전해져 왔다. 손바닥이 찌릿할 정도로 전율마저 일어났다.

수진이 살고 있는 2층으로 간 근준은 수선이 가르쳐준 비밀번호를 눌렀다. 이어 육중한 현관문은 스르르 열렸다. 문이 열리고 나서 펼쳐지는 화려한 인테리어에 근준은 미간을 확 찌푸렸다.

"허영심만 가득 찬 년이로구만."

같은 부잣집 딸인데도 수수하고 알뜰한 수선과는 정말 비교가 되어도 너무나 심하게 비교되었다. 자취방이 아니라 무슨 공주방이라고 해도 믿을 수 있을 것만 같았다. 그리고 묘하게 자극적인 향수 냄새가 코를 확하고 찔러 왔다.

근준은 한 쪽에 들고 온 반찬통을 내려놓았다. 정리는 나름대로 깔끔하게 되어 있었지만, 그래도 혼자 사는 집인지라 속옷이 굴러다니는 모습도 보였다. 혼자 사는 데도 불구하고 지나치게 넓은 평수에 근준은 왠지 모르게 짜증이 났다.

벽면에는 명문대 졸업장을 비롯하여 각종 디자인대회에서 입상한 수상장들이 자랑스럽게 걸려 있었다. 게시판처럼 꾸민 한쪽 벽면에는 수진의 사진들이 꽂혀져 있었다. 그녀의 옆에는 동료 혹은 후배로 보이는 여자들이 수진과 함께 환하게 웃고 있었다.

'밖에서는 명문대 졸업생에 커리어 우먼, 집에서는 똑 부러지는 장녀. 그리고 밤에는 밖에서 원나잇을 즐기는 여자라….'

생각만 해도 역겹다. 근준은 어서 그 높은 콧대를 짓눌러 버리고 싶었다. 처음에만 해도 근준은 자신에게 좀 고분고분해지기를 바랬지만 어느 샌가 생각이 좀 바뀌어 버렸다. 왠지 속물처럼 보이는 수진이 그 높은 자존심을 다 버리고 안달하는 모습을 보고 싶었다.

"윽, 이게 뭐야."

옷장에 들어 있는 온통 야한 느낌의 속옷들. 마치 대놓고 누군가를 유혹하려는 의도가 다분해 보이기까지 했다.

'어차피 옷 입으면 보여주지 않는 건데 이런 걸 사는 건. 벗고 보여줘야 한다는 거 아냐?'

근준은 멋대로 결론을 지어 버리고는 옷장을 닫았다. 침대에 누워 보기도 하고, 괜스레 서성거려 보기도 했지만 시간은 좀처럼 가지 않았다. 조금 더 늦게 올 걸 하는 후회도 들었다. 그랬다면 아마 수진이 이상하게 생각했을지도 모른다.

"저거라도 하고 있을까?"

책상 위에 놓인 컴퓨터. 물론 근준의 방안에도 컴퓨터가 있었지만 지금처럼 가만히 수진을 기다리느니 컴퓨터를 갖고 노는 게 더 시간이 잘 갈 것 같기도 했다.

'그나저나 처음 시작을 어떻게 하지?'

진원을 켜면서 근준은 생각에 잠겼다. 막상 수진을 어떻게 해 보려고 왔기는 했지만 딱히 묘안은 떠오르지 않았다. 나이트클럽에서 윤경에게 얻은 그녀의 정보가 있긴 하지만, 정보가 있다고 해서 다 되는 것은 아니지 않은가. 어차피 방안에 근준이 있다는 것을 인지한 순간 수진은 펄쩍펄쩍 뛸 것이 분명했다.

컴퓨터 부팅이 끝나자 근준은 인터넷을 하기도 하고, 괜히 메일함을 열어 보기도 했지만, 원체 컴퓨터를 즐겨 하지 않는 편이라 단 몇 분이 지나고 나자 다시 지루해져 버렸다.

그런데 문득 수진의 컴퓨터 안에는 무엇이 있을지 궁금해진 근준이었다. 흥미를 잃은듯해 보였던 그의 눈빛이 다시금 호기심에 물들기 시작했다. 그리고 마우스로 수진의 컴퓨터 안을 헤집기 시작했다.

대부분은 그녀가 작업한 디자인 도안들 뿐이었다. 그리고 몇 개의 영화들이나 음악들. 언뜻 보면 그냥 평범한 컴퓨터였다.

근준은 폴더 하나하나를 전부 뒤적거렸다. 잘 정리가 되어 있어서 오히려 뭐가 있는지 뒤져보기가 참 편하다는 생각마저 들었다.

컴퓨터는 그렇게 잘하는 편이 아닌 듯싶었다. 컴퓨터는 온갖 프로그램들이 난잡하게 설치되어 있었다. 근준에게는 그렇게 신경 쓸 일은 아니었다.

"어라?"

문득 근준의 시선을 잡아끄는 파일들이 눈에 띄었다. 확장자는 동영상 파일로 되어 있었는데, 파일명은 모두 날짜로 기입되어 있는 것이었다. 근준은 볼 것도 없이 파일을 클릭했다. 이윽고 동영상 재생 프로그램이 화면에 나타났다. 시커먼 화면이 몇 분 정도 이어지는가 싶더니, 이윽고 벌거벗은 남녀가 엉켜 있는 모습이 나타나고 있었다.

그저 단순한 야동이라고 생각한 근준은 깜짝 놀라고 말았다. 가사도우미 아연이 보고 있던 동영상과는 많이 달랐다. 뭔가 허접한 앵글에 음성도 살짝 지직거리는 모습들이었다.

그러다 순간 근준은 입을 떡 벌리고 말았다. 영상 속에 등장하는 여자는 수진이었다. 몇 번이고 눈을 비비고 보아도 마찬가지였다. 위로 올린 긴 생머리, 그리고 뭔가 야해 보이는 눈망울. 그녀는 실 한 오라기 걸치지 않은 채로 영상에서 낯선 남자 품에 안겨 헉헉거렸다. 남자의 손은 우악스럽게 수진의 가슴을 움켜쥐고 있었다.

'뭐야. 남자가 몰래 찍은 것은 아닐 테고.'

근준은 저도 모르게 침을 꼴깍 삼켰다. 아무리 봐도 그것은 도촬(도둑촬영)이 아니었다. 수진이 카메라를 향해 뇌쇄적인 표정까지 짓고 있지 않은가. 게다가 남자가 찍은 도촬이라면 왜 수진의 컴퓨터에 그것도 날짜별로 보란 듯이 정리되어 있겠는가. 아무리 봐도 이것은 수진의 은밀한 취미생활이었다.

'맙소사.'

기가 질려 버린 근준이었다.

각 파일에 등장하는 남자들은 중복되는 경우도 있었지만, 대체적으로 한 남자가 두 개 이상의 동영상에 등장하지 않았다. 즉 남자가 계속 바뀌고 있다는 것이었다.

근준은 저도 모르게 침을 꼴깍 삼켜 버렸다. 근준의 몸 한가운데에 점점 힘이 들어갔다. 늘 도도해 보이던 수진이 낯선 남자의 시커먼 가운데 작대기를 계속해서 빨아대고 있었다.

'이건 원나잇을 즐기는 수준이 아니잖아.'

취미 한 번 과격하다는 생각이 들었다. 이런 것들이 유출되면 수진의 사회생활은 어떻게 될까. 더 이상 도도한 커리어 우먼 행세는 하지 못하게 될지도 모른다. 덧붙여서 집 안에서의 똑 부러지는 이미지 역시 산산이 무너지고 말 것이다.

근준의 머리가 빠르게 돌아갔다. 수진의 알몸은 완벽해 보였다. 쉽사리 그 영상을 끄기란 어려운 것이었지만 왠지 모르게 하늘이 자신을 돕고 있다는 생각이 들었다. 재빨리 영상을 끄고는 인터넷 창에 자신의 이메일 발송 창을 띄웠다.

'이렇게 소중한 증거를 그냥 보고 즐길 수만은 없지.'

이메일로 수진의 동영상을 첨부했다. 워낙 많은 파일이 있었지만 두세 개면 충분했다. 그는 치밀하게도 각기 다른 남자와의 영상만을 선별해서 이메일에 첨부를 했다.

—파일을 첨부 중입니다.

워낙 용량이 큰지라 진행과정이 지루하게까지 느껴졌다. 지금 당장 수진이 들어왔다가는 물거품이 될지도 모른다. 그녀가 눈치 채고 컴퓨터의 전원을 내려 버리면 그만일 테니까.

"정말, 사람이란 겉모습으로는 알 수가 없군."

지난 몇 년간, 자신을 눈엣가시처럼 여기던 수진이었다. 항상 겉으로는 완벽을 추구하는 편집증 환자 행세를 하면서도 이렇게 남자를 좋아하는 여자일 줄은 근준도 상상하지 못했던 것이다.

요즘 들어 근준은 사람의 양면성에 많이 놀라고 있었다. 그저 친절한 30대의 여자로만 보이는 아연, 얼마나 침대에서는 뜨거운 여잔지 알게 된 것도 그렇지만 수진의 일은 그에게 있어서도 충격 그 자체였다.

'그때 그 남자 놈들에게 보여주고 싶구만.'

수진이 독립하기 전, 많은 남자들이 집 앞까지 수진을 따라와 구애하는 것을 근준은 방 창문으로 몇 번이고 본 적이 있었다. 항상 그때마다 수진의 표정은 냉정했었다. 그때 근준은 그저 그녀가 남자에 관심이 없는 것인 줄로만 알았던 것이다.

'그저 가면을 쓰고 있었을 뿐이지.'

자기도 모르게 조소가 흘러 나왔다. 근준은 품안에서 담배를 꺼내 물었다. 수진의 집에서 당당하게 피우는 것도 오늘은 크게 고려할 만한 상황이 아니다. 적어도 열쇠는 근준이 쥐고 있지 않은가.

'삑삑삑' 하며 근준의 귓가로 현관문 도어락 번호를 찍는 소리가 들려왔다. 그의 시선은 천천히 다시 컴퓨터로 향했다. 첨부된 파일이 모두 발송되었다는 메시지가 보이자 그는 여유롭게 의자에 몸을 기댔다.

'철컥' 하고 문이 열리는 소리가 들려 왔다. 곧이어 약간은 지친 듯한 수진의 목소리가 들렸다.

"어? 이 신발 뭐지? 누구 왔어?"

하지만 근준은 대답하지 않았다. 어차피 수진이 자신의 방으로 성큼성큼 걸어올 것이고 곧 만나게 될 터였다.

"너, 너… 뭐야!"

예상대로였다. 방문 앞에는 치마 위에 코트를 걸친, 맵시 있는 차림의 수진이 황당한 표정으로 근준을 바라보고 있었다. 더불어 방안 가득 퍼지는 담배 냄새가 얼굴로 확 끼쳤다.

"누구 왔냐니? 남자가 자주 오는 모양이네."

"당장 나가!"

듣기 싫은 그녀의 높은 목소리에 근준은 살짝 얼굴을 찌푸렸다. 거기에 수진의 표정은 분노로 물들어 있었다. 그리고 그 눈 속에는 근준에게 익숙한 경멸이라는 두 글자까지 깊게 새겨져 있었다.

"반찬 갖다 주러 왔을 뿐이야."

"당장 나가. 경찰에 신고하기 전에. 나가라고 이 미친 새끼야!"

근준은 깊은 곳에서 올라오는 욕지거리를 가까스로 참아내었다. 마음 같아선 대놓고 쌍욕을 하고 싶었지만 그럴 생각은 추호도 없었다.

욕을 하는 순간 갈등만 고조될 뿐더러 지금 같은 상황에서는 오히려 협박의 강도가 떨어질 뿐이었다. 게다가 수진이 욕을 한다고 해서 그것과 똑같이 맞받아쳐 주는 것은 그녀와 똑같이 되어 버리는 것같아 근준은 자존심이 상했다.

"가지 말라고 해도 갈 거니까 걱정 마. 뭘 그리 열을 내? 컴퓨터 안에 재미있는 동영상이 있길래 감상했을 뿐인데."

"개소리 지껄이지 말고 나가!"

수진은 정말로 화가 머리끝까지 치밀어 오른 듯했다. 근준은 이죽거리는 웃음을 지으며 앞에 있는 머그잔에다 피던 담배 꽁초를 넣어 버렸다. 동시에 수진의 눈동자가 크게 치켜떠졌음은 말할 것도 없었다.

"취미도 고상하시던데. 남자와의 섹스 동영상을 날짜별로 정리하다니…"

그 한 마디에 수진은 하늘이 무너지는 것을 느꼈다. 말문이 턱하니 막히고, 머릿속은 백지장처럼 하얘져 버렸다. 거기에 근준은 무표정한 얼굴로 자신을 바라보고 있었다.

"너, 너."

"뭘 그리 놀라. 억울하면 파일을 숨겨두던지."

한참이나 멍하니 서 있던 수진은 재빨리 컴퓨터의 코드를 뽑아버렸다. 본체는 '우웅' 하는 소리를 내며 꺼져 버렸지만 근준의 표정은 득의양양했다.

"그걸로는 증거인멸이 안 될걸. 이미 내 이메일에 첨부해서 보냈거든."

수진의 손이 부들부들 떨렸다. 얼굴에는 분노가 가득 물들었다. 지금 당장이라도 울음을 터뜨린다 한들 이상하지 않을 것만 같았다. 들고 있던 손가방은 힘없이 바닥에 툭 떨어져 버렸다.

"원하는 게 뭐야. 돈이야?"

"날 너 같은 싸구려 취급하지 마."

"뭐?"

"돈? 니 눈엔 아직도 내가 니 집안에 굴러들어온 거지 새끼로 보이겠지. 그러니 자연스레 돈이란 단어가 튀어 나왔을 거고. 딱 너 같은 수준의 생각이다."

무려 여덟 살이나 차이가 나는 동생에게 너라는 말을 들었지만, 수진은 아무런 대답조차 할 수 없었다.

근준의 표정이 자신의 몸을 흡사 엑스레이마냥 훑고 지나가는 게 느껴졌다. 더욱더 무서운 것은 근준의 다음 말이었다.

"이 동영상을 아버지의 메일로 전송해 볼까? 아니면 니가 다니는 그 디자인 회사에 보내는 것도 나쁘지 않겠네. 어차피 홈페이지에 들어가면 관리자 이메일 정도는 알 수 있을 테니까."

"죽여 버릴 거야 너."

"상황 파악이 안 돼? 아직도?"

근준은 자리에서 벌떡 일어나 나가려는 제스처를 취했다. 수진은 저도 모르게 근준의 팔을 움켜쥐고 말했다.

"이거 놔."

"이메일을 내 눈 앞에서 지우기 전까진 못가."

"오히려 나를 협박하는 거야?"

근준은 무표정한 얼굴로 수진을 바라보았다. 어디까지나 자신은 절대적

우위에 있었다.

수진이 여태까지 공부를 해서 이뤄온 모든 일련의 사회활동과 사회적 위치를 한 번에 끌어내릴 열쇠를 쥐고 있는 것이다.

"어떻게 하면 되는데."

수진의 목소리 톤이 떨리고 있었다. 그녀가 속으로 얼마나 분해 할지는 너무나 잘 알고 있는 근준이었기에 오히려 그는 속으로 웃고 있었다.

'생각한 것보다 쉽게 풀리는군.'

사실 근준의 계획은 나이트클럽의 윤경에게서 들은 정보로 수진을 깎아내려 담판을 지을 생각이었다. 어떻게든 강하게 나가서 그녀를 제압할 생각까지도 하고 있었다. 하지만 그녀의 컴퓨터에 있는 파일들 덕분에 일은 간단하게 풀리는 것만 같았다. 중요한 것은 지금부터였다. 모처럼의 기회를 놓치면 안 되는 것이었다.

"공손하게 말했으면 좋겠는데?"

"뭐라고?"

수진의 눈꼬리가 또 한 번 올라갔다. 이내 왠지 모를 험악한 근준의 표정에 이내 수그러들어 버렸다. 얼마나 분했을까. 그녀는 어금니마저 꽉 깨물고 있었다.

"알았어."

"좋아. 이제 밀린 우리 이야기를 시작해 보자."

다시 여유롭게 근준은 의자에 걸터앉았다. 수진이 할 수 있는 일이라고는 그저 분한 마음을 꾹꾹 눌러 내리며 그를 바라보는 것뿐이었다.

"우선, 넌 내가 이 집안에 온 이후로 너무 지랄 맞게 굴었어. 텃세라고 생각하고 이해하기에는 감당이 안 될 정도로. 인정해?"

그 말에 수진은 고개를 끄덕일 수밖에 없었다. 수진은 바보가 아닌 이상 그 상황에서 그의 질문을 부정할 수는 없었다.

"인정하면 사과해."

"뭐?"

"한국말 몰라? 여태까지 나에게 지랄 맞게 군 거 사과하라고. 정중하게."

수진의 속이 부글부글 끓고 있는 것이 느껴지자, 근준은 속으로 회심의 미소를 지었다.

"잘못했어."

"무릎 꿇고."

"너 정말."

수진은 발끈해서 고개를 들었지만 근준의 표정은 당당했다. 그 표정에서 농담이 아니란 것을 안 수진이었다. 자존심이 센 그녀는 쉽사리 무릎을 꿇지 못하고 망설이기만 했다.

"왜 못 꿇어? 동영상에서는 무릎 꿇고 잘만 빨아제끼더만."

수진은 몰려오는 수치심에 견딜 수가 없었다. 그것도 상대는 이제 고3이 된, 자신보다 한참 어린 아이였다. 덧붙여 그 아이는 줄곧 자신이 업신여겨 왔던 상대이기도 했다.

수진은 한참이나 망설였다. 생각 같아서는 엉엉 울고 싶었다. 하지만 근준 앞에서 우는 것은 죽기보다도 싫었다.

잠시 후, 그녀의 몸이 천천히 내려갔다. 근준은 어렵게 무릎을 꿇은 수진을 밑으로 깔아 보았다. 그녀의 작은 어깨는 수치심과 분함에 부들부들 떨리고 있었다.

"자… 잘못했어. 용서해 줘."

"어떻게 하지? 용서를 해야 하나?"

근준의 중얼거림에 수진은 자기도 모르게 주먹을 꽉 쥐었다. 하지만 참기로 마음먹었다. 시키는 대로 하면 왠지 근준이 나중에는 그 메일을 지워줄 수도 있을 것 같았다. 수진은 그렇게 믿고 있었다.

"좋아 일어나."

"이젠 됐지? 어서 이메일을 지워줘. 사과까지 했잖아."

"무슨 말하는 거야?"

"뭐?"

"난 이메일을 지워준다는 약속 따윈 한 적 없어."

"너, 너…."

수진의 얼굴이 벌개졌다. 소리를 지르고 싶었지만 그럴 순 없었다. 그럴수록 근준의 페이스에 말려들게 되는 것이었다.

"좋아…. 어떻게 하면 지워줄래?"

"옷 벗어봐."

"뭐라고?"

"벗으라고. 옷."

수진의 고운 입술이 더욱 빨개졌다. 자기도 모르게 아까부터 입술을 꼭 깨문 탓일 것이다. 반대로 근준의 표정은 여유롭기 그지없었다. 오히려 눈빛으로 빨리 벗으라는 듯한 뉘앙스마저 보내고 있었다.

"잘못했어. 그러니까 용서해 줘…. 응?"

"옷 벗는 게 어려워? 동영상에서는 아예 안 입고 있던데? 뭐…. 며칠 전 나이트에서도 같이 춤추던 남자랑 나가서 옷을 벗었을 거 아니야."

수진의 눈이 놀라움으로 흡 떠졌다. 어떻게 근준이 그것을 알고 있을까 라는 생각 따윈 들지도 않았다. 그는 정말 마음을 먹고 온 것이었다. 일이 쉽게 풀리지 않을 거라는 생각에 수진은 눈앞이 캄캄해졌다.

"알았어."

그녀는 결심한 듯 코트 단추를 풀었다. 수치심이 가슴 깊은 곳에서 몰려왔다. 그러나 그녀의 손에 의해 몸 위에 걸치고 있던 하얀 색 코트는 벗겨져 나갔다. 안에는 블라우스와 치마를 입고 있었다.

'상황파악이 된 모양이군.'

속으로 여유롭게 근준은 웃고 있었다. 중요한 것은 지금부터였다.

"블라우스도 벗어!"

수진은 움찔했다. 근준의 완강한 말에 한참이나 망설였다. 계속해서 이 상황을 어떻게 헤쳐 나가야 할까 생각을 했다. 하지만 절대적인 묘안은 떠오르지 않았다. 여자인 자신이 힘으로 근준을 제압할 수도 없는 노릇이었다.

그녀의 흰색 블라우스 단추가 하나씩 끌러졌다. 자신의 블라우스 단추를 푸는 수진의 하얀 손은 계속해서 떨리고 있었다. 이윽고 그녀의 블라우스가 바닥으로 떨어지며 보라색 란제리를 착용한 수진의 하얀 상체가 훤히 드러났다.

"그 다음은 스타킹."

벗자마자 황급히 몸을 움츠려 자신의 상체를 가린 수진이었지만, 바로바로 떨어지는 근준의 요구 때문에 그럴 여유조차 없었다. 그녀는 살짝 뒤로 돌아 치마 속으로 손을 넣어 팬티스타킹 끝부분을 살짝 쥐고는 천천히 내렸다.

"뭐하는 거야? 이쪽 보고 해."

수진의 볼 위로 눈물 방울이 한 방울 흘러 내렸다. 슬프거나 무서워서가 아니었다. 그것은 분해서 흘리는 눈물이라는 것을 근준도 잘 알고 있었다.

근준도 예전에 수진으로 인해 그런 종류의 눈물을 흘려 봐서 잘 알고 있었다.

'천 배로 되갚아 주겠어.'

마음 속으로 결심한 근준은 손가락으로 수진의 치마를 가리켰다. 그 의미는 뻔한 것이었기에 수진은 또 한 번 망설일 수밖에 없었다.

"벗을 게. 벗을 테니까. 이메일 지워 줘."

"너한테 선택권이나 명령권 따윈 없어."

"뭐? 그럼 나보고 이런 수모를 계속 겪으라는 거야?"

"니가 하는 것을 봐서, 내가 그 동영상을 갖고 있는 시간을 줄여줄 순 있지."

수진은 말문이 막혀 버렸다. 근준은 그저 만만한 고등학생이 아니었다. 머리가 좋아서 입양했다는 말을 자신의 아버지인 강 회장에게서 들었을 때 콧방귀를 뀌었던 그녀였다. 지금은 그때의 일을 후회해도 너무나 늦은 것이었다. 이윽고 그녀의 검정색 치마마서 바닥으로 떨어졌다. 위 아래로 보라색 란제리와 팬티만 입은 수진의 몸은 군살 하나 없이 완벽했다. 게다가 브래지어 위로 빵빵하게 부풀어 오른 흰색 가슴의 굴곡을 보자, 근준은 묘하게 흥분됨이 느껴졌다.

"계속해."

"한 번만 봐줘. 내가 이렇게 사과할게. 미안해…. 응?"

"벗어."

수진은 이제 조금씩 흐느끼기 시작했다. 분함은 수치로, 수치심은 그녀의 자존심을 무참히 무너뜨리며 한없이 눈물을 쏟아내었다.

"우지 마라. 울지를 마라. 화장이 지워지면 추하잖아."

그녀는 이제 완전히 체념한 채로 손을 뒤로 돌려 브라의 후크를 끌렀다. 브래지어 속에 갇혀 있던 가슴이 출렁하고 내려앉으며 그녀의 하얀 가슴이 여지없이 드러났다.

"동영상에서 보던 몸보다 훨씬 좋은데."

수진은 필사적으로 가렸지만 근준의 팔은 우악스럽게 그녀의 팔을 끄집어내려 버렸다. 그러자 수진은 저항조차 하지 못한 채 바닥으로 넘어졌다.

"자, 이제 하나 남았어. 어서 벗어."

"근준아, 잘못했어. 제발."

수진은 무릎을 꿇고 사정했다. 하지만 근준의 표정에는 조금의 흔들림도 없었다. 애초에 여기서 끝내려고 했다면 귀찮게 이곳까지 찾아도 오지 않았을 그였다.

"벗어."

반라의 몸으로 바닥에 앉아 한참이나 흐느끼던 수진은 떨리는 손으로 자신의 팬티를 끌어내렸다. 근준의 시야로 수진의 허벅지 사이에 위치한 신비의 성역이 조금씩 드러났다. 거기에 거뭇거뭇한 체모들. 이미 동영상으로 보았지만 실제로 보는 것과는 천지차이였다.

"이제 일어서."

수진은 마치 마법에 걸린 것처럼 고분고분 일어섰다. 이제 그녀의 몸 위에 남은 천 조각 따위는 없었다.

"뒤로 돌아서 침대를 잡고 허리를 숙여."

이제 늘 보이던 수진의 모습은 완전히 사라져 버렸다. 그녀는 수치심에 흐느끼며 근준의 말에 따라 침대를 손으로 잡고 허리를 숙였다. 수진은 놀라서 헛바람을 집어 삼키고 말았다. 근준의 손가락이 그곳에 닿았던 것이다.

"이러지 마 근준아. 내가 잘못했어. 내가!"

"말로 하는 사과는 한 번으로 족해. 이제 다른 수단으로 사과할 방법을 찾아봐."

수진에게 있어서는 근준의 말 한 마디 한 마디가 굴욕이자 수치였다. 하지만 이상했다. 이상하게도 묘한 흥분이 들어왔다. 상대는 자신이 늘 내리깔고 보던 한참이나 어린 동생이 아닌가. 하지만 그런 것들이 오히려 묘한 흥분을 자아내고 있었다.

"찰칵" 하는 소리가 수진의 귀에 들렸다. 근준이 휴대폰을 꺼내 자신의 몸을 찍는 것이었다.

"나이트에서 남자와 나갔지?"

"……."

"대답해 봐."

"나갔어."

침대를 짚고 있는 수진의 팔이 떨리는 게 느껴졌다.

"어디로 갔지?"

"모텔에."

“가서 뭐했는데?”

“응….”

이번엔 근준의 한쪽 손이 가슴이며 허리를 우악스럽게 주무르고 있었다. 최대한 신음을 참던 수진의 이성은 한순간에 무너졌다.

이윽고 근준의 스마트폰에서 또 한 번 찰칵하는 소리가 났다. 아까까지는 뒷모습이었지만 이번에는 정면이 아닌가. 홀딱 벗고 있는 모습이 근준의 스마트폰에 그대로 들어가 버린 것이다.

“이메일 동영상은 지워줄게. 그건 필요가 없어졌으니까 말이야.”

수진은 아무런 말도 할 수 없었다. 정신을 차리려고 다잡을 때쯤 근준의 목소리가 들려왔다.

“자…. 이제 본격적으로 시작해 볼까? 너랑 나 사이에 앙금을 없애는 작업 말이야.”

수진은 자기도 모르게 몸을 부르르 떨며 근준을 바라보았다. 근준은 손짓으로 수진에게 누워보라는 제스처를 취했다. 계속해서 자신을 향해 있는 근준의 스마트폰 렌즈. 수진은 이유는 알 수 없지만 아무런 반항도 하지 못한 채 누웠다. 근준의 손이 그녀의 허벅지를 툭툭 건드렸다. 다리를 한껏 오므리고 있으니 벌리라는 의미인 것 같았다. 잠시 소극적인 반항을 한 수진은 저도 모르게 조금씩 움츠렸던 하체에 힘을 풀었다.

근준의 스마트폰에서는 그의 앞에 다리를 벌리고 누워 있는 수진의 모습이 적나라하게 찍히고 있었다.

‘몸매는 정말 완벽하구나.’

근준은 자기도 모르게 감탄했다. 여자의 몸은 다 똑같아 보이면서도 전혀 그렇지 않다는 것을 새삼 깨닫게 되었다. 그 예로 정아나 아연, 그리고 수진의 몸은 각각 다 달랐다.

근준 자신도 조금씩 흥분으로 손이 떨려옴이 느껴졌다. 그는 악착같이 수진의 모습을 스마트폰 렌즈에 담아내었다.

최대 촬영시간이 끝나면 저장하고 다시 촬영을 하는 것을 반복했다. 수진은 더 이상 아무런 제재도 하지 못했다.

“즐거웠어?”

수진은 근준의 질문에 아무런 말도 하지 못했다. 근준의 손가락이 자신의 속으로 무자비하게 파고들었기 때문이다.

"한 사람을 거지 새끼 취급하고, 내가 묵묵히 참는 모습을 보는 거, 즐거웠냐고."

수진은 대답 대신 흐느낌 섞인 신음만 할 뿐이었다.

근준의 말투엔 욕설이라고는 조금도 포함되어 있지 않았지만, 왠지 그 어떤 협박과 욕설보다 공포스러웠다.

이윽고 수진의 귓속에 근준이 바지 지퍼를 내리는 소리가 마치 천둥처럼 들려왔다. 벌린 두 다리는 조금씩 떨려 왔다.

수진은 긴장 때문에 두 손이 차가워지는 것을 느꼈다. 생전 처음 느껴 보는 공포. 그리고 생전 처음 느껴 보는 야릇한 기분이었다.

'잠깐…, 아니지.'

문득 그녀의 몸에 진입하려던 근준은 생각을 바로잡았다. 자신도 수진의 자극적인 모습에 흥분한 것은 사실이지만 지금 저질러서는 안 되었다.

'안 될 말이지. 내가 당한 건 몇 년인데, 그걸 한 방에 끝낼 수는 없지.'

물론 오늘 수진과 몸을 섞는다 하더라도 자신이 계속해서 우위를 점하는 것은 변함없는 사실이었다. 아니 몸을 섞었기 때문에 오히려 수진은 이제부터 근준에게 있어서 절대적인 약자로 변해 버리게 되는 것이다. 하지만 오늘 다 보여줘서는 안 되었다. 수진이 조금이라도 더 갈등하고, 조금이라도 더 고통 받아야만 했다. 그것이 지난 몇 년간 근준이 이 집에서 겪었던 설움 아닌 설움을 만회하는 길이기도 했다.

"일어나."

자신의 아랫도리로 지긋한 통증이 전해질 줄만 알았던 수진은 영문도 모르고 일어났다가 그만 깜짝 놀라고 말았다.

근준의 바지가 내려가 있었기 때문이었다.

"기분 좋게 해 봐."

여전히 그는 스마트폰을 든 채로 자신에게 명령조로 이야기하고 있었다. 수진은 훤히 드러난 알몸을 가릴 생각도 하지 못한 채 근준의 얼굴과 하반신을 번갈아 가며 바라볼 뿐이었다.

"그딴 순진한 표정 짓지 마. 모르겠으면 니 컴퓨터에 있는 동영상 틀어서 보여줘?"

수진은 깜짝 놀라 숨을 집어삼켰다. 근준의 손이 수진의 뒤통수를 잡고 하반신 쪽으로 끌어당겼기 때문이었다. 순식간에 수진의 입속에는 무엇인가 가득 차게 되었다.

수진은 조금씩 흐느꼈다. 눈을 질끈 감았지만 눈물은 볼을 타고 흘러내렸다. 그리고 근준의 한 마디 한 마디가 가슴을 후벼 팠다.

지금 수진과 이런 행위를 하는 것을 상상이나 해 봤겠는가. 그리고 혹여나 한다고 한들 까칠하기 그지없는 수진이 남자에게 이런 서비스를 한다는 생각 자체를 하지 못했을 것이다. 하지만 현실은 달랐다. 근준은 수진을 완벽하게 제압했고, 수진은 이제 자발적으로 열심히 하는 일 밖에 없었다.

자신 스스로 인정하긴 싫었지만, 근준은 그 어느 때보다 흥분이 되었다. 그 콧대 높은 강수진이, 그것도 사과같이 뽀얀 피부와 완벽한 몸매, 거기에 섹시하게 생긴 얼굴을 가진 그녀가 열심히 서비스 하는 모습은 충격보다는 쾌감이 더 컸기 때문이었다. 어쨌든 그 바람에 수진은 대응할 시간조차 없이 그의 정액을 맞아야만 했다.

"다음 주. 주말에 집으로 와. 무슨 약속이 있더라도 취소해. 그렇지 않으면 더욱더 곤란해질 테니까."

수진은 아무런 말도 하지 못했다. 이윽고 땅바닥을 바라보고 있던 그녀의 어깨가 조금씩 떨리기 시작했다.

시작에 불과했다. 근준은 그녀가 서럽게 흐느끼는 것을 보고 있었지만 조금도 마음이 흔들리지 않았다. 그에게는 정말로 시작에 불과한 것이었다.

근준은 아까 말은 했지만, 자신의 이메일에 있는 그녀의 동영상을 지워줄 생각은 조금도 없었다. 그리고 천천히 그녀를 무너뜨릴 생각이었다. 집안의 도도한 장녀, 그리고 아버지 강 회장의 후광을 업고 늘 자신은 특별한 존재라고 생각하는 그녀의 가면을 근준은 천천히 부숴 버릴 작정이었다.

"그럼 다음 주에 보자. 기대하고 있을 테니까."

근준은 조용히 상의재킷을 걸치고는 현관문을 나섰다.

어느덧 완벽하게 어두워져 버린 창밖의 하늘이었다. 호화로운 자신의 오피스텔에서 벌거벗은 채 수진은 그렇게 한참이나 흐느끼고 있었다.

학교 음악 연습실에서는 연습실에 나오지 않는다고 야단들이었다. 근준은 공부를 해야 하니 당분간 나가지 못한고 했다.

사실 근준은 강 회장과 있었던 모종의 거래에 대해 그들에게 이야기해 주고 싶은 마음은 없어, 대학갈 때까지만 봐달라고 달랬다. 연습실에 그들은 저러다가 말겠지 하고는 근준이 등을 돌리는 것을 보고만 있어야 했다.

근준은 이어폰에서 연신 흘러 나오는 영어발음에 귀를 기울였다. 워낙 공부에 손을 놓고 있긴 했지만, 평소에도 수업을 아예 듣지 않는 것은 아니었다. 다만 강 회장의 유망주, 기대주로서 원치 않는 숨 막히는 삶을 사는 것이 싫었을 뿐이었다.

하지만 지금은 달랐다. 마음먹고 공부하려고 한다면, 그것은 그렇게 어려운 것만은 아니었다. 강 회장이 원하는 정도만 충족시켜 준다면 더 이상 이 집안에서 갑갑함을 느끼지 않아도 될 것이다.

"빠앙!"

요란하게 울리는 자동차 경적소리에 근준은 슬쩍 고개를 틀어 옆을 바라보았다. 검은색 바디의 세단이 서행을 하며 자신을 따라오고 있었다.

짙게 된 선팅, 운전석이 열리며 간만에 보는 얼굴이 근준에게 보였다.

"종기."

"어이 고삐리! 집까지 태워다 줄게."

근준은 피식 웃으며 이어폰을 뽑고는 뒷좌석의 문을 열었다. 종기의 차답게 알싸한 가죽시트 냄새와 담배 냄새가 섞여 있었다.

"짜식이 건방지게 내가 운전하는데 뒤에 타고 있어."

"무슨 일이야? 이렇게 간만에…."

"그냥. 시간나면 자주 온다고 했잖아. 아까 저 뒤에서 너한테 말건 양아치는 뭐야? 귀찮게 하는 아이야? 손봐 주리?"

"아냐. 그냥 아는 사람이야."

"그럼 됐고."

종기는 전보다 조금 더 밝아진 모습이었다. 혹여나 또 이상한 곳에 끌고 가려는 것은 아닐까 라는 생각을 한 근준은 이상하다는 눈빛으로 종기를 바라보았다.

"또 이상한 곳에 데려 가려는 거 아니냐?"

"야, 날 뭘로 보고. 내가 또 널 도박판에 끌어 들일 거 같아? 그땐 잠시 니가 우울해 보여서 데려왔을 뿐이야."

"그럼 오늘은 왜 온 건데?"

"혹여나 또 우울해 하면 어쩌나 해서."

근준은 피식 웃었다. 종기다운 발언이었다.

그냥 얼굴 보고 싶어서 왔다고 하면 될 것을, 늘 그는 저런 식으로 장난스럽게 말하곤 했다.

"정아가 전화 한 번 달라던데?"

"아아."

종기의 말에 근준은 관심 없다는 듯 창밖으로 시선을 돌렸다. 정아, 그녀가 관심사일 리 만무했다. 물론 공부에 전념하느라 그런 점도 있지만, 굳이 그녀를 만나러 갈 필요가 없어졌기 때문이었다.

"요새는 어떠냐? 공부 좀 하고 있어?"

"니가 학부모야? 왜 만날 때마다 공부 타령이냐?"

"니가 할 줄 아는 게 그런 거 밖에 없잖냐."

"어, 하고 있지. 현실과 타협했다고 해야 하나."

"타협?"

"그래. 나도 양보란 걸 해야 한다는 걸 알았거든."

근준을 비추는 룸미러를 바라보며 종기는 피식하고 웃어 보였다.

"내가 보기엔 타협이나 양보가 아니라 본격적으로 니 영역을 구축하려는 작업으로 보이는데?”

근준은 종기의 말에 아무런 말도 하지 않았다. 어떻게 보면 그의 말이 옳은 것일지도 몰랐으니까, 은연중에 그의 말을 인정한 것일지도 모른다.

근준을 태운 종기의 승용차는 서서히 율동공원 근준의 동네로 미끄러져 들어갔다. 잠시의 정적 끝에 종기는 천천히 차를 세우며 입을 열었다.

“뭐… 니 영역을 구축하는 방법에는 공부 말고도 여러 가지 방법이 있지.”

“무슨 뜻이냐? 뜬금없이.”

“넌 아직 어려서 이해를 못할 거야.”

“이봐. 너랑 나랑 한 살 차이야.”

“곧 지나면 알게 될 거다. 넌 똑똑한 놈이니까.”

지나면 알게 된다는 것이란 의문의 말에 근준은 뚱한 표정을 지어 보이고는 자동차문을 열었다. 순간 근준의 눈에 장을 봐서 들어가는 아연의 모습이 보였다.

“나 들어가야겠다. 저기 우리 가사아줌마 들어가거든. 열쇠 꺼내기 귀찮으니까 같이 갈란다.”

“그래. 들어가라.”

문을 닫고 뛰어가는 근준의 뒷모습을 보던 종기의 시선이 아연에게 향했다. 그는 담배를 한대 피워 물다가 조용히 중얼거렸다.

“가사아줌마라고 하기엔 젊은데?”

멀리서 근준이 불렀는지, 근준 쪽을 뒤돌아보며 환히 웃는 아연의 얼굴 모습이 보였다. 거기서 바라보고 있던 종기의 눈망울이 커졌다.

종기는 황급히 입에 문 담배를 손가락에 끼며 아연을 더욱 자세히 보기 위해 미간을 찌푸렸다.

“틀림없어.”

근준은 아연의 손에 들려 있는 비닐봉지 하나를 빼앗아 들고 대문 안으로 들어갔다. 그 뒤를 따라가는 아연이었다.

종기는 그 둘이 사라질 때까지 한참이나 바라보고 있었다. 종기는 착잡한 표정으로 담배를 한 모금 빨았다. 그의 머릿속에서의 시간은 한없이 과거로 흐르고 있었다.

‘도대체 알 수가 없군.’

종기는 담배를 문 채로 높은 담장으로 둘러싸인 근준의 집을 바라보았다.

‘저 여자가… 왜 근준의 주변에.’

집 안이었다.
“응? 또 나가는 거야?”
“아 응. 집 안에서는 공부가 안 돼서.”
저녁을 먹자마자 부리나케 가방을 챙기는 근준을 보며 수선은 고개를 갸웃했다.
“어디서 하려고 그래?”
그녀의 맑은 눈망울이 근준을 향했다. 얼마 전에 보았던 수진이랑은 정말 천지 차이로 느껴질 정도로 전혀 다른, 화장기 없는 얼굴이지만 너무나 청순해 보이는 그녀였다.
“저쪽에 독서실이 있어.”
수선은 아무런 말도 하지 않고 신발을 신는 근준을 바라보았다. 저번과는 조금 다른 분위기였다. 수선은 확신할 순 없지만 어렴풋이 알고 있었다.
오늘은 근준이 그때처럼 독서실을 빙자하고 놀러가는 것이 아니라는 것이다.
“다녀올게. 그리고 부탁인데 늦어도 기다리지 좀 마.”
자신에게 핀잔을 주듯 말하고 가는 근준을 보며 수선은 괜히 빙긋 웃어 주었다.
아무래도 강 회장의 말이 근준을 공부하게 한 것이라고 생각하면서, 그녀는 뒷정리를 하고 있는 아연을 돕기 위해 주방으로 총총히 걸음을 옮겼다.

달그림자가 길게 학교에서 집으로 가는 근준의 몸 위에 걸렸다. 야간 자율 학습이라는 거 생각보다 나쁘지 않았다. 그간 늘 이런저런 핑계를 대며 곧장 집으로 가 버렸던 그지만 이제는 더 이상 그럴 필요성을 느끼지 못했다.
막상 공부를 시작하니 할 만 했다. 시간도 잘 갈 뿐더러 무엇보다 문제가 하나하나 해결될 때마다 기분도 좋았다.
어찌 보면 자신은 괜히 지루해 했던 것일지도 모른다. 자신은 구속되어 있던 것이 아니었다. 다만 상황에 맞게 돌파구를 찾는 능력이 부족했던 것이다. 하지만 요새는 재미가 있었다.
근준은 애늙은이 같은 성격이지만 아이러니하게도 여자라는 존재를 알아

서일까, 그는 요사이 들어 부쩍 늘어나는 재미있는 일들에 길을 걷다가도 피
식 웃곤 했다.

"오빠아!"

집으로 가자마자 수미가 웃으며 자신을 반겼다. 근준의 얼굴은 순식간에
찡그려졌다.

"니 복장이 그게 뭐냐?"

"응? 나?"

"그래 너"

"내가 왜?"

수미는 알 수 없다는 표정으로 자신의 옷을 바라보았다. 그녀는 집인지라
편하게 민소매 티와 짧은 반바지만을 입고 있던 것이다.

올해 열일곱 살의 수미였다. 키는 크지 않지만 그녀의 몸은 서서히 발달하
고 있는 듯했다.

민소매 티 위로 봉긋하게 가슴이 솟아 있었다. 제법 목 밑으로 약간의 볼
륨도 보였다. 게다가 짧은 바지 밑으로는 너무나 하얀 다리가 길게 뻗어 있
었다. 통통한 볼 살과는 다르게 약간은 언밸런스하기까지 한 발육이었다.

"그게 뭐야. 뭐라도 좀 입어."

"뭐 어떠냐? 집인데, 그리고 보일러 틀면 덥단 말이야."

"누가 보면 어떡 하냐?"

"누가 봐? 식구들만 있는데."

근준은 아차 싶어서 입을 닫아 버렸다. 하기야 저런 수미가 상큼하고 싱싱
한 여자로 보이는 것은 본인뿐일 것이다. 수미에게는 근준이 이미 가족처럼
느껴질지도 모르는 일이었다. 왠지 모르게 자신이 이상한 놈이 되어 버리는
것 같아 근준은 화제를 돌렸다.

"수선 누나는?"

"언니 아직 안 왔어."

"아직도?"

근준은 살짝 벽에 걸린 시계를 바라보았다. 자신이 야간 자율학습을 끝내
고 왔으니 벌써 10시가 다 되어 가고 있었다.

"응. 아까 나한테 문자왔는데, 언니 학교에서 동아리 회식인가? 뭐 그런
거 있다고 늦게 온다는데? 열시 좀 넘어서 온다고 했으니까 금방 올 거야"

술도 못 마실 텐데, 하며 은근 슬쩍 걱정이 된 근준은 방으로 들어가지 않고 책가방을 벗어 내려놓았다.

수미는 뭐가 재밌는지 싱글싱글 웃으며 말을 이었다.

"근데 언니 부럽지 않아? 어른이라 술도 마실 수 있고, 그치?"

"넌 무슨 꼬맹이가 술이냐? 고등학생이 발랑 까져 가지고."

근준은 수미에게 핀잔을 주었다. 근준의 가방을 받아주며 그런 모습을 보던 아연은 소리 죽여서 웃고 있었다. 근준은 걱정이 되었는지, 뒤로 현관 밖으로 나갔다. 수미는 괜히 입술을 삐죽 내밀었다.

"지도 고등학생이면서, 칫!"

초겨울의 바람이 스산하게 불었다. 입김이 나올 정도의 추위에 근준은 살짝 몸을 움츠리며 집 앞에 있는 언덕길을 내려갔다.

수미의 말로는 수선이 금방 온다고 했지만 근준은 거의 제로라고 해도 무방한 그녀의 치명적인 주량을 잘 알고 있었다.

한때 수선이 막 성인이 되었을 때 수진이 장난삼아 수선에게 술을 마시게 한 적이 있었다. 처음엔 수선이 꽤 술을 마신다고 생각했던 근준이었다. 하지만 정확하게 소주 반병정도를 마시자마자 그녀는 그대로 테이블에 머리를 박고 기절해 버린 것이다.

'그냥 적당히 분위기만 맞춰 주면 될 텐데.'

하기사 그녀가 그저 이야기만 나누면서 적당히 술을 마신다면, 소주 두세 잔에서 끝날 수도 있을 것이다. 물론 그렇다 하더라도 수선은 혀가 꼬일 게 틀림없었다. 한참을 서성이던 근준의 눈에 옆에 있는 놀이터가 눈에 들어왔다. 아무도 놀지 않는 저 놀이터. 가끔 취객이 자는 것 빼고는 아무도 없는 곳이었다. 그리고 그곳은 수선의 아지트이기도 했다.

조그만 그네가 보였다. 근준은 아무렇게나 걸터앉고는 멀리 보이는 가로등을 바라보았다.

'늘… 이 그네를 타고 나를 기다렸구나.'

문득 흥청망청 놀고 온 자신을 위해 기다려주던 수선의 모습이 생각났다. 그녀는 너무나 청순한 얼굴을 하고서 늘 이 작은 그네를 타며 자신이 오는 것을 저 멀리 가로등을 등대삼아 바라보고 있었던 것이다.

'쳇. 왜 나 같은 놈에게 그런 친절을 베푸는 거야. 넌 부잣집의 딸이고, 나는 그냥 입양아일 뿐인데. 엄밀히 따지면 남일 뿐인데.'

근준은 왠지 수선이 자신을 친동생처럼 사랑하는 것에 불만이 느껴졌다. 어째서일까, 그토록 가족이라는 사랑에 목이 마른, 어쩌면 애정결핍자와도 같은 자신이 수선에게서 받는 가족애는 부담스러웠다.

왜일까, 몇 번이나 곱씹어 봐도 답은 나오지 않았다. 그 어떤 수학문제보다도 더 어려운 문제인 것만 같았다.

"수선아, 괜찮아? 걸을 수 있어?"

"네, 걸을 수 있어요 선배."

문득 그녀의 목소리가 들리자 그네에서 벌떡 일어난 근준의 표정이 굳어졌다.

수선은 누군가의 부축을 받으며 비틀거리고 있었다. 늘 청순하고 착한 이미지만 보여줬던 수선이 비틀거리면서, 그것도 남자의 부축을 받는 모습을 보자, 근준은 왠지 모르게 화가 났다.

"집 앞까지 바래다줘서 고마워요. 여긴 언덕이니까 저 혼자 올라갈게요."

"아냐. 같이 가줄게. 구두도 신어서 발 아플 텐데."

"괜찮다니까요."

수선은 오늘 따라 유난히 옷차림에 신경을 쓴 듯했다. 하얀 색 롱코트 밑으로 검정 스타킹으로 감싼 그녀의 다리가 보였다. 긴 머리는 가지런히 정리해서 묶은 그녀는 천사처럼 예뻤다. 그리고 하얀 볼에는 술기운 때문에 붉은 홍조가 가득했다.

근준은 점점 다가갈수록 수선이 말한 선배라는 존재를 자세히 볼 수 있었다. 그냥 봐도 평범한 대학생처럼 보였다.

왠지 모르게 수선의 어깨를 감싸 쥐고 있는 그의 손이 근준의 눈에는 거슬렸다.

"누나."

근준이 입을 열자 수선도, 그녀의 선배도 근준을 바라보았다.

"근준아."

"왜 이렇게 늦게 와?"

"미안해. 동아리에서 술자리가 있어서…."

근준의 딱딱한 표정에 수선은 괜히 배시시 웃어 보였다. 너무나 귀엽고 예쁜 미소였지만 근준은 괜히 고개를 돌려 외면했다.

수선의 옆에 서서 근준의 눈치를 보던 그녀의 선배가 근준을 보며 인사를 했다.

"아, 수선이 동생이니? 나는 수선이 선배야. 만나서 반가워."

"빨리 가자. 너무 늦었으니까."

근준은 딱 잘라 말해 버리고는 수선의 손을 잡아끌었다. 졸지에 어색하게 허공에 악수를 하게 된 수선의 선배는 멋쩍음에 머리를 긁적거리며 근준과 수선의 뒷모습을 바라보았다.

"너 화났어?"

"내가 왜 화가 나."

"표정이 어둡잖아."

"왜 술 취해서 남자한테 안겨서 오나?"

"무슨 소리야. 동아리 선배일 뿐이야."

"그건 누나 생각이지. 저 선배도 누나를 그냥 후배로 생각한대?"

"무슨 말을 그렇게 하니."

"관두자."

말을 멈춘 근준은 더 이상 앞으로 걸어 나갈 수가 없었다. 수선이 심하게 비틀대었기 때문이었다.

"얼마나 마신 거야?"

"으음…. 넉 잔 정도."

"많이도 마셨네. 너한텐 무리한 거잖아."

"무리 아냐. 그리고 누나한테 너가 뭐니."

"에휴."

근준은 왠지 화가 나서 뒤를 돌아보았다. 그녀를 바래다준 대학생은 근준이 뒤돌아보자 움찔하더니 이내 허둥지둥하며 택시를 잡아탔다.

'하기야, 이쁘고, 착하고, 집안까지 좋으니. 저런 파리가 붙는 건 당연하겠지.'

근준은 구두를 신고 비틀거린 탓에 살짝 발목이 접질렸는지 쪼그려 앉아 자신의 발목을 매만지는 수선을 바라보았다.

며칠 전에 수진을 만나고 와서일까, 그녀와 심하게 비교가 되는 것은 어쩔 수 없는 일이다.

"응? 왜 그래?"

"업혀."

“아냐. 나 걸어갈 수 있어.”

“뭘 걸어가. 서 있지도 못하면서.”

수선은 자신의 앞에 쪼그려 앉은 근준을 한참동안 바라보았다. 언덕만 올라가면 되지만 근준은 계속해서 고집을 부렸다.

수선은 한참을 망설이다가 마지못해 근준의 등에 업혔다.

자신의 허벅지를 잡아 업는 근준의 손에 수선은 잠시 움찔하기도 했지만, 이윽고 동생이지만 너무나 포근한 근준의 등에 살짝 몸을 밀착시켰다.

수선 특유의 향기, 그리고 술 냄새가 어우러져 근준은 왠지 모르게 어지러워지는 것이 느껴졌다. 이윽고 수선이 자신의 목에 팔을 감자, 근준은 묵묵하게 앞을 보며 걸었다.

“나, 무겁지?”

“무겁긴 뭐가 무겁냐. 좀 더 먹고 살 좀 쪄라.”

“거짓말 하지 마.”

“진심이니까 살 좀 쪄. 술로 살찌우지 말고.”

“미안해. 이제 안 마실게.”

자신의 귓불을 간지럽히는 수선의 목소리. 근준은 왠지 모르게 심장이 떨렸다. 처음 강 회장의 손을 잡고 이 집에 왔을 때 밝게 웃어주던 수선을 처음 봤던 것처럼.

“공부는 잘 되어가니?”

“아무렴 고3이 공부 안 할까 봐 그래?”

“솔직히 너 안 하긴 했잖아.”

“누나가 봤어? 그냥 그땐 잠시 쉬었을 뿐이야.”

너무나 퉁명스럽지만 일일이 대답을 다 해 주는 근준의 모습에 수선은 자기도 모르게 웃었다. 그리고 너무나 편안하게 근준의 어깨에 고개를 기대었다.

“언제부터 기다린 거야?”

“기다리긴 뭘 기다려. 그냥 바람 쐬러 나왔는데 만난 것뿐이야.”

“이런 추운 날에 바람을 쐰다고?”

“뭐가 추워. 이제 10월 말일 뿐인데.”

근준의 등에 수선의 포근한 가슴 감촉이 느껴졌다. 그것까지는 괜찮았다. 양손에 잡히는 그녀의 허벅지. 살짝 힘이 빠지면 어김없이 그녀의 엉덩이를 받쳐 올릴 수밖에 없었다.

이상스럽다. 가슴은 계속 요동친다. 술을 마신 건 수선인데 근준은 이상하게 자신이 술을 마신 것처럼 취하는 것만 같았다.

"나야. 문 열어."

두 손을 못 쓰는 근준 대신 수선이 초인종을 눌렀다. 이내 수미의 목소리가 들리자 근준은 조용히 중얼거렸다.

문은 '끼익' 하고 열렸다. 현관 쪽에는 수미가 문을 열었는지 환하게 불이 들어왔다.

"이제 다 왔으니까 내려줘."

"안 그래도 내려주려고 했어."

대문 앞에서 수선을 내려준 근준은 의아한 표정을 지었다.

수선이 현관 쪽으로 발길을 옮기지 않고 살짝 웃으며 자신을 보고 있었기 때문이었다.

"왜, 왜 그래."

근준은 깜짝 놀라고 말았다. 그녀가 자신의 허리를 끌어안은 것이었다.

"그냥…, 고마워서."

순간 아까와는 비교도 되지 않을 정도의 향기가 확 하고 근준의 코를 찔러왔다.

그녀의 샴푸 냄새, 그리고 오늘따라 수미에게 풍기는 그녀의 화장품 냄새, 또 왠지 싫지 않은 은은한 술 냄새까지.

"많이 취했구나 너."

근준의 말에 수선은 더욱더 힘을 줘서 근준의 허리를 끌어안더니, 이내 살짝 그의 품에서 떨어져 나왔다.

"그래. 술 때문인가 봐. 나 바보 같지?"

근준은 그녀의 눈망울을 바라보았다. 달빛을 받아 더욱더 반짝거리는 입술. 자기도 모르게 수선의 볼을 잡고 입을 맞추고만 싶었다.

"얏!"

수선은 살짝 귀여운 비명을 질렀다. 근준이 자신의 이마에 가볍게 꿀밤을 먹이고는 걸어갔기 때문이었다.

"추우니까 얼른 들어가서 자. 술도 약하면서 술 좀 먹지 말고."

투덜대듯 무뚝뚝한 말투로 들어가는 근준. 그런 근준을 따라서 걸으며 수선은 살짝 미소를 지었다.

　다음 날 아침.
　"오빠 오빠! 나 좀 도와주라. 응?"
　"뭘?"
　욕실에서 샤워를 하고 책가방에 있는 책을 챙기려던 근준은 수미의 말에 고개를 갸웃했다.
　노는 토요일(놀토)이 아니라 학교는 빨리 끝났다. 어김없이 근준은 독서실로 가려던 참이었기 때문이었다.
　"오늘… 큰언니 온대!"
　"뭐?"
　수미는 잔뜩 울상이 되어서는 발을 동동 구르며 말을 이었다.
　"나 방 정리 안 하면 큰언니한테 혼난단 말야. 오빠도 언니 성격 잘 알잖아."
　근준의 머릿속으로 문득 저번 주에 수진에게 주말에 오라고 했던 기억이 떠올랐다.
　'급하긴 급한 모양이로군. 하기야 자신의 치부가 내 스마트폰 카메라와 컴퓨터에 고스란히 있으니.'
　이미 이메일의 첨부파일을 자신의 컴퓨터에 다운을 받아 논 근준이었다. 수진으로서는 지키지 않을 수 없는 선택이었을 것이다.
　"그냥 대충 니 스스로 치워. 누가 그렇게 평소에 더럽혀 놓으래?"
　"칫! 치사해! 옛날엔 자주 도와 줬으면서."
　"내가 너 혼내지 말라고 이야기해 볼게."
　"거짓말 하지 마! 오빤 큰언니랑 사이도 안 좋아서 말도 안 하잖아."
　"아 글쎄, 안 혼나게 한다니깐."
　"핏! 됐네요."
　수미는 잔뜩 토라진 얼굴로 밖으로 나가 버렸다. 근준은 편한 복장을 한 채로 침대에 걸터앉았다.
　'강수진이 온다면…, 오늘 독서실은 하루 쉬어야겠군.'
　재밌는 일이 벌어졌는데, 독서실 따위에 갈 근준이 아니었다. 게다가 요즘 들어 부쩍 스피드 업을 한 덕분에, 그렇게 필요성도 심하게 느껴지지 않았다.

'똑똑똑.'

수미가 나간 지 조금 되었는데도. 다시금 들려온 노크소리에 근준은 살짝 방문을 바라보았다.

"뭐 하고 있어?"

방문을 열고 들어온 것은 다름 아닌 아연이었다. 그녀는 깔끔한 앞치마를 두른 채로, 근준의 방안으로 들어왔다.

"아, 그냥. 지금 씻었어."

둘이 있을 때는 반말이었다. 그것은 둘 사이에 있는 은밀한 비밀이었다. 물론 그 내막에는 둘만이 알 수 있는 많은 일들이 있기도 했다.

"무슨 일이야? 웬일로 내 방에."

"그냥, 오늘 수진이 온다더라."

"들었어. 수미에게."

"나 그럼 그 아이를 처음 보는 기네."

"그렇겠지."

무뚝뚝하게 말을 하는 근준이지만 그는 아연의 눈에 있는 아쉬움이라는 단어를 읽어내고 있었다.

그도 그럴 것이 한동안 그녀와의 은밀한 밀회는 없었으니까. 하지만 이렇게 아연이 직접 찾아온 것은 이례적인 일이었다.

"잠깐 시간 있어?"

그녀의 말에서 은밀함이 배어 나왔다.

근준의 시선은 아연의 다리로 향해 있었지만 그는 머릿속에서 올라오는 생각을 정리해 버렸다.

"가족들이 있잖아. 수선이도, 수미도."

"언젠 없었나 뭐?"

"그땐 잠들어 있었고."

그것이 아니더라도 근준의 관심사는 오늘 오는 수진에게 쏠려 있었다. 그때 잠깐 보았던 그녀의 다른 모습이다. 오늘은 그런 그녀의 다른 모습의 정점을 볼 수 있게 될 것이다.

'딩동' 하는 소리가 났다. 근준에게로 다가오려던 아연의 발걸음이 뚝하고 멎었다. 1층에서 초인종 소리와 함께 인터폰을 받는 수미의 목소리가 들려왔다.

"수진이라는 아이가 온 건가?"

아연의 목소리에는 아쉬움이 잔뜩 배어 있었다. 그녀는 할 수 없다는 듯 몸을 돌려 근준의 방문을 나서고 있었다.

'왔구나, 강수진.'

묘하게 설렌다. 근준은 요 며칠 자신의 머릿속에 꽉 차 있던 공부에 관한 생각을 잠시 접어두었다.

달빛은 너무나 청명하게 근준의 창문을 두드리고 있었다. 집안에는 묘한 긴장감이 흘렀다. 근준은 계단 난간에 서서 현관에 들어서는 수진을 바라보았다. 지저분한 자신의 방을 행여나 수진에게 들킬까 봐 수미는 침을 꼴깍 삼켰다.

수진은 패션 디자이너답게 맵시 있는 옷차림을 하고 있었다. 정장풍의 스커트에 몸에 딱 붙는 그리 짧지도 길지도 않은 도톰한 코트. 그리고 세련된 펌 헤어 밑으로 짙은 눈 화장을 한 모습이었다.

언제나처럼 수선만이 반갑게 그녀를 맞아 주었다. 수진은 계단에서 내려오는 근준을 힐끗 바라보았다.

한결 여유로워진 표정의 근준의 모습에 수진은 고운 아랫입술을 살짝 깨물었다. 그녀를 처음 보는 아연은 웃는 얼굴로 수진에게 인사를 했다. 그런데 수진은 인사를 받는 둥 마는 둥했다.

평소답지 않게 뭔가 허둥지둥하는 모습에 수미와 수선은 서로를 바라보며 고개를 갸웃할 뿐이었다. 그 이유를 누구보다도 잘 아는 근준은 마음 속으로 살며시 웃었다.

"일단 식사부터 해요."

아연의 말에 모두들 말없이 주방으로 모여 앉았다. 자리는 늘 앉던 자리 그대로였다.

근준의 앞에는 수진이 앉았다. 옆에는 수선이 자리했다. 수미는 재잘거리며 수진의 옆자리에 가서 앉았다.

"무슨 일이야? 아버지도 안 오시는데."

"그냥, 일이 있어서."

대답을 하는 수진의 신경은 온통 근준에게로 쏠려 있는 듯했다. 수선은 싱긋 웃으며 고개를 끄덕여 주었다.

수진이 수저를 들자 얌전히 기다리고 있던 수미가 얼른 맛있어 보이는 반찬을 집어 들었다.

'참 묘한 자매들이야.'

근준은 마치 여태까지 딴 집에 살았던 사람인양 속으로 중얼거렸다. 어째서일까? 셋은 달라도 너무 달랐다. 특히 수선과 수진의 차이는 친자매치고는 너무 극과 극인 것만 같았다.

근준은 곰곰이 이유를 생각해 보았다. 남부럽지 않게 자란 세 자매이지만 셋은 모두 어머니를 너무 빨리 잃었다. 자라나는 과정에서 그것이 셋의 성격 형성에 크게 영향을 끼친 것만 같았다.

"언니. 일은 잘 되어가?"

"응? 아 뭐 그렇지. 매일 똑같아."

너무나 조용한 밥상머리가 약간은 어색했는지 수선이 말을 붙였지만, 이내 수진은 마치 로봇처럼 딱딱하게 대답을 했다.

'아직도 그날의 일이 유효할까?'

근준의 머릿속이 밥을 먹으면서도 빠르게 움직였다. 지난 주, 남들이 보면 까무러칠 만한 사건이 수진과 자신의 사이에서 일어난 것이다. 자존심 센 수진은 근준의 앞에 무릎을 꿇었고, 가장 부끄러운 장면을 근준에게 노출시키기도 했다.

하지만 근준은 수진이 여우 같은 여자라는 것을 잘 알고 있었다. 그 후로부터 1주일이 지났다. 수진은 무언가 대책을 생각하고 집에 왔을지도 모르는 일이다. 그렇다면 근준도 막 나가서는 곤란한 일이다. 그것을 한 번 시험해 보기로 마음먹었다.

"읍!"

조용히 밥을 먹던 수진이 움찔하자 수선과 수미가 동시에 수진을 바라보았다. 수진은 어색한 웃음을 지어보이더니 아무것도 아니라고 대답했다.

근준은 속으로 피식 웃었다. 방금 전 수진의 반응은 자신이 다리를 뻗어 수진의 종아리를 쓰다듬어서 생긴 것이기 때문이었다.

테이블보 밑으로 계속 다리를 뻗어도 수진의 반응이 아무렇지 않은 것을 알게 된 근준은 그제서야 안심했다.

'역시, 동영상을 내가 갖고 있는 이상 강수진도 딱히 대책이 없겠지.'

물론 근준의 스마트폰에 저장된 동영상은 근준의 얼굴 따윈 나오지 않았다. 게다가 그녀에게 무언가 말을 할 때는 잠시 동영상 촬영을 정지했다가 다시 촬영재개를 누르는 치밀함까지 내포되어 있었다.

수진은 그날, 어쩌면 평생 후회해야 할 약점을 잡힌 것일지도 모른다. 그런 그녀는 밥 먹는 동안 얼굴이 점점 붉게 달아올랐다. 그렇게 만든 것은 근준의 다리가 노골적으로 허벅지 언저리까지 오고 있기 때문이었다.

수진은 잠시 근준이 정말 어린 고등학생이 맞긴 한 것인지 심각하게 생각해 봐야 할 정도였다.

수저를 든 그녀의 손이 희미하게 떨렸다.

"언니 왜 그래? 감기 걸렸어?"

"아, 아냐. 아무것도."

댕그란 눈을 요리조리 굴리는 수미였다. 그리고 걱정스럽게 수진을 바라보던 수선은 고개를 갸웃할 수밖에 없었다.

립글로즈를 발라 반짝이는 수진의 입술이 살짝 깨물어졌다. 자신이 점점 뜨거워지는 것만 같았다.

아무렇지도 않게 밥을 먹는 근준의 모습은 차마 바라보지도 못하고 있었다. 발끝이 점점 수진의 팬티 윗부분을 콕콕 찌르고 있었다. 비록 팬티스타킹 위였지만 그가 꼼지락 댈 때마다 수진은 죽을 지경이었다.

수진 본인도 알고 있었다. 자신은 선천적으로 쉽게 달아오른다는 것을. 그리고 너무나 분한 사실은, 근준이 그것을 너무나 잘 알고 이용하고 있다는 점이었다.

"언니 안색이 안 좋아 보여."

수미의 천진난만한 말에 수진은 자기도 모르게 인상을 찌푸렸다. 수미는 그런 수진의 표정에 긴장했는지 겁에 질린 토끼눈을 하며 수선을 바라보았다.

"괜찮으니까 어서 밥이나 먹으래두."

강 회장은 안 무서워해도 수진은 무서워하는 수미인지라 얼른 밥공기에 얼굴을 묻었다.

뭔가 안절부절 못하는 수진이었다. 그런 그녀와 너무나 비교될 정도로 태평한 근준. 수선은 더 이상 궁금해 하지 않기로 하며 다시 밥 먹는 데에 열중했다.

09 _아홉

"뒷정리는 모두 끝났습니다."

"알았어. 나가 보고, 애들 술이나 한 잔 사 먹어."

"네. 감사합니다."

종기는 살짝 땀에 젖은 얼굴을 닦아내며 아무렇지 않게 손짓을 했다. 종기의 앞에 있던 덩치 큰 사내는 그에게 꾸벅 인사를 하고는 나가 버렸다.

타집단과의 부딪힘으로 난장판이 되어 버린 종기의 사무실. 그는 무언가 잔뜩 떨어져있는 책상 위를 명패로 밀어 버리고는 책상에 아무렇게나 걸터 앉았다. 허공으로 짙은 담배 연기가 뿜어졌다.

'여전히 익숙해지지는 않는군.'

어린나이부터 이 짓을 한다는 것은, 그리고 나이답지 않게 부하를 거느리고 사는 것은, 어찌 보면 그에 따른 엄청난 심리적 리스크를 동반하는 일이었다.

그는 지긋지긋해지려고 할 때마다 꾹 참고 참았다. 고아로 태어난 것을 후회한다면, 자신은 결국 환경 탓을 하며 도태되는 그저 그런 잉여인간이 되어 버리는 것만 같아 죽을 만큼 싫었다.

당시 프로젝트 사업으로 태어난 종기의 미래는 본래 군 장성이었다. 장군이 되어 이 나라를 장악하는 데 한 몫의 기대를 걸고 태어났다. 그런데 그 사업이 무산되는 바람에 버려진 종기였다.

지금도 그는 어린 나이에도 불구하고 이런 조직을 이끄는 것을 볼 때 그는 역시 장군감이었다.

1년 뒤의 프로젝트 사업으로 태어난 근준은 미래의 국가경제였다. 즉 차관 또는 장관이었다. 이 나라를 장악하기 위해서는 경제가 최고다. 그런데 그는 고아원에 버려졌고, 다시 영리하고 뛰어난 머리 때문에 혈육인 강 회장에게 입양 아닌 입양이 된 것이다.

'근준은?'

종기는 얼마 전 근준을 봤을 때를 떠올렸다. 고아원생에게 있어서 최고의 인생역전은 아마 근준 같은 케이스일 것이다. 종기는 항상 그것이 기뻤다. 머리가 좋은 자신의 친구, 왠지 자신과 꼭 빼닮은 것만 같아서 항상 정이 가고 재능이 많은 자신의 친구가 그런 환경에서 날개를 펴고 날아가길 바랐다.

사실 종기의 생각은 조금 남달랐다. 근준의 집을 대충 밑에 부하들을 시켜 뒷조사를 한 그는 아리따운 세 자매가 있다는 사실을 알고 있었다. 물론 사업체는 아들인 근준이 물려받을 것이겠지만, 종기는 근준이 오히려 그 집안을 다른 방식으로 점령하길 바랐다.

'잘 생각해라. 아주 편하게, 모든 것을 가질 수 있는 방법은 따로 있어.'

자신이라면 거리낌 없이 그렇게 할 것이라고 종기는 생각했다. 그 환경을 완벽하게 갖는 방법이다. 근준이 그것을 깨달을지 어떨지, 종기는 즐겁게 지켜보기로 마음먹었다.

그런데 순간 종기의 표정이 어두워졌다. 그날 보았던 한 여인. 근준은 아연이 단순히 가사도우미라고 했지만, 종기는 그녀가 누구인지 어떤 여인인지 잘 알고 있었다.

아연은 강 회장의 프로젝트 사업에 동참했던 여인이었다. 그녀는 그 사업이 무산되자 자신의 몸에서 태어난 아이를 버렸다.

'그 여자가……, 도대체 거길 무슨 심보로 간 것일까.'

종기는 답답한 마음에 두 개비째의 담배를 피워 물었다. 아무리 생각해도 자신의 머리로는 도무지 해답이 나오지 않았다.

'근준이에게 사실대로 말해 볼까? 아냐 그건 너무 이를지도 몰라.'

중요한 시기에 근준에게 그것을 말해 주는 것은 절대 안 될 일일지도 모른다. 그것은 겨우 자리를 잡아가며 조금씩 성장하는 근준에게 있어서 독약이 될지도 모르는 일이었다.

'자주 지켜봐야겠어. 그 여자는 뭘 할지 모르는 여자라고.'

10 _열

수선과 수미는 눈을 동그랗게 떴다.

"응? 언니 자고 간다고?"

"아, 응."

오늘은 정말 언니가 이상하다는 눈으로 수미는 수진을 바라보았다. 늘 강회장이 불러서 억지로 오던 그녀였다. 그리고 저녁식사가 끝나면 늘 휑하니 자신이 사는 오피스텔로 돌아가 버리곤 한 그녀였다. 그런데 그런 그녀가 자고 간다고 했다.

근준과 수진 사이의 모종의 눈빛 거래가 있었다는 것을 순진한 수미가 알지 못했다. 게다가 원래 수진이 쓰던 방은 2층, 즉 근준과 같은 층이었다.

집안에서 원수지간이라 해도 무방한 근준의 앞방에서 자고 가겠다는 그녀가 조금은 이상하게 느껴질 수밖에 없었다.

오랜 동안 쓰지 않아 방이 엉망이라며 치워준다는 수선의 말에 수진은 딱잘라 괜찮다고 말하고는 방으로 들어가 버렸다.

방 청소검사를 당하지 않게 된 수미는 그것을 보며 귀여운 안도의 한숨을 내쉬었다. 수선은 오늘 따라 이상한 언니의 모습에 고개를 갸웃할 뿐이었다.

밤은 점점 더 깊어져 갔다. 근준은 자신의 앞방에 수진이 있다는 사실을 너무나 잘 알고 있었다. 때문에 책을 펴도 공부가 되지 않았다. 애초에 오늘은 잠시 공부를 접겠다는 생각이 전제로 깔려 있기도 했지만 말이다.

'생각해 보면 참 우스운 일이구나.'

순식간에 지나간 요 몇 주에 많은 일이 있었다. 젊은 가사도우미 아연의 등장과 자신을 유혹했던 그녀, 그리고 집안사람은 아무도 모르는 그녀와의 관계. 하지만 더더욱 놀라운 것은 수진의 본모습을 보았다는 것. 아무리 입양되었지만 가족에게 이래선 안 되는데 하는 죄책감은 이미 버린 지 오래였다.

가족이라는 의미 자체를 겪어본 적이 없는 근준이 어찌 그것을 실감할 수 있겠는가. 아무리 그들이 따뜻하게 대해 준다 해도 절대 깨닫지 못할 일일 것이다.

근준은 천천히 의자에서 몸을 일으켰다. 밤 10시 반. 모두가 잠들 시간은 아니지만 적어도 거실에서 떠들거나 돌아다닐 시간은 아니었다.

2층에는 수진과 자신의 방만 있을 뿐이니 더 이상 문제될 것이 없었다.

'끼이이익' 하는 소리가 났다. 근준은 일부러 천천히 문을 열었다. 문소리가 2층에 나지막이 울려 퍼질 수 있도록. 아마 수진은 긴장을 하고 있을 것이다. 성큼성큼 다가가는 자신의 발소리가 커질수록 수진은 조금씩 떨고 있을지도 모르는 일이었다.

그녀는 문을 잠가 놓지 않았다. 문은 스르륵 열렸다. 형광등 대신 은은한 스탠드가 방을 밝히고 있었다. 하지만 근준은 알고 있었다. 그녀가 자고 있지 않다는 것을. 잠이 올 리가 없지 않은가. 근준은 바로 침대로 가지 않았다. 침대의 앞에 있는 책상. 근준은 그곳으로 천천히 다가갔다. 수진의 긴장된 숨소리가 자신의 귀에도 들려 왔다.

"딸카."

무언가가 근준의 손에 잡히며 나는 그 소리가 수진의 귀에는 천둥소리처럼 느껴졌다.

근준은 책상 위에 놓인 가방에 가려져 설치되어 있는 조그마한 디지털 캠코더의 전원을 끄고 있었다.

"재미있네. 막판 뒤집기를 노려본 건가?"

이불을 뒤집어 쓴 수진의 몸이 조용히 떨렸다. 그녀에게 있어서 최후의 한 수였지만, 근준은 이미 그것을 꿰뚫어 보고 있었다. 생각보다 무서운 녀석이라는 느낌에 수진은 조금씩 떨려 왔다.

"나쁜 방법은 아니었어. 확실히."

근준의 손에 의해 수진이 몰래 설치한 캠코더는 배터리까지 분리되었다.

근준은 그녀가 머리를 굴렸다는 사실이 우스워 보일 지경이었다.

수진이 바보가 아닌 이상, 오늘 근준이 자신의 몸을 요구할 것이라는 걸 안 것이었다.

근준에게는 수진의 치부를 담은 동영상이 고스란히 남아있었다. 반대로 수진은 근준의 약점을 잡을 것이 아무것도 없었다. 그래서 그녀는 캠코더를 설치한 것이다. 마치 근준이 강제로 자신을 덮치는 영상처럼 보이게끔 만들고자 했다. 하지만 그것은 근준에 의해 원천 봉쇄되어 버렸다.

수진은 혹시 자신의 방에 CCTV가 달린 게 아닐까 하는 의심마저 해야만 했다. 그는 너무나 자연스럽게 들어오자마자 카메라가 설치된 위치로 걸어갔던 것이다.

"너무 놀랄 건 없어. 충분히 예상한 일이었으니까. 니 생각 수준이 그렇지 뭐."

근준은 손으로 이불을 걷자 슬립 잠옷 차림에 떨리는 눈망울로 자신을 바라보고 있는 수진을 볼 수 있었다.

화장을 지운 민낯에, 그녀의 펌헤어에서는 향긋한 고급 샴푸 냄새가 났다.

"이거 미안한데. 모처럼 머리 쓴 건데 내가 봉쇄해 버렸으니까."

"잘못했어."

근준은 피식 웃었다.

수진은 이제까지 자신이 근준을 너무나 과소평가했다는 사실을 깨달았다. 이것은 단순히 자신이 치부를 잡혀서가 아니었다. 그는 치밀했고 또 영리했다. 자신이 어떻게 해 보려 해도 마치 근준은 자신의 머리 위에 있는 것만 같았다.

수진은 살짝 떨리는 눈망울로 침대 끝에 걸터앉아 옷을 벗는 근준을 바라보았다. 분했다. 분한 건 여전한데 이상하게 떨렸다. 어째서일까. 수진은 조금의 해답도 내리지 못하고 있었다.

자신의 몸에 걸친 슬립을 끌어내리는 근준의 손길에 수진은 살짝 반항을 했다. 하지만 슬립은 자신의 어깨와 팔을 타고 조금씩 밑으로 끌어당겨지고 있었다. 발버둥을 쳐도, 그것은 너무나 소심한 움직임이었다. 나아가 오히려 근준이 더 벗기기 수월하게 만들어주는 것 같기도 했다.

'몸은 정말 이쁘구나.'

실크 슬립이 근준의 손에 의해 던져지고, 검정색 란제리를 입은 그녀의 모습이 드러났다. 그리 크지도 작지도 않은 적당한 가슴이다. 무엇보다 수진은 허리라인이 일품이었다. 그녀의 옷 역시 모두 허리라인을 강조하는 옷이 대부분이었다.

수진은 자신의 몸매에 어느 정도 자신을 갖고 있는 듯했다.

근준의 손이 수진의 몸을 쉴 새 없이 어루만졌다. 그때마다 수진은 조금씩 몸을 비틀었다. 그의 행동을 제지하려는 듯 그의 팔을 잡았던 손의 힘도 점점 빠져 나갔다.

"소리 내지 마. 그래봐야 좋을 거 없어."

수진은 알고 있었다. 근준의 말에는 많은 것이 내포되어 있다는 것을. 더 이상 자신이 역전 드라마를 만들 건더기 따윈 아무 것도 없다는 뜻도 강하게 포함되어 있었다.

수진의 속옷이 무자비하게 벗겨져 나갔다. 곧이어 체중으로 자신을 찍어 누르는 근준의 몸이 느껴졌다. 수진은 저도 모르게 다리를 벌려 근준의 하체를 감싸 안았다.

"말해 봐. 어째서지?"

근준의 물음에 수진은 무엇을 묻는 거냐고 반문할 수조차 없었다. 근준의 입술이 자신의 목에 가 있었기 때문이었다.

"이렇게 좋아하면서. 평소에는 집안에서 도도한 장녀의 탈을 쓴 이유가 뭐냐고."

이윽고 수진의 입에서 신음이 흘러 나왔다. 근준의 손이 자신의 중앙으로 파고 들어갔다.

"강 회장 때문이야?"

수진은 근준의 말에 아무런 대답도, 반문도, 변명도 할 수 없었다. 완강한 자신의 아버지. 그녀는 완강한 자신의 아버지 때문에 도도한 여자로 자라야만 했던 것이다.

"말해 봐. 괜찮으니까. 아직도 내가 굴러들어온 거지 새끼 같아서 말을 섞고 싶지 않은 거야?"

"아냐."

근준의 애무는 계속 이어졌다. 아니 그것은 애무라고 할 수 없었다. 마치 자신의 몸을 갖고 노는 것만 같았다. 하지만 이상하게 부서질까 두려워 정성스레 해 주는 애무보다 훨씬 기분이 묘하게 좋았다.

"그럼 말해 봐."

"동생들, 수선과 수미의 본보기가 되어야 한다고……. 아버지는 늘…"

수진은 말도 제대로 잇지 못했다. 어째서 자신이 과거의 일을 근준에게 이야기하고 있을까. 그것도 둘 다 홀딱 벗은 상태에서, 덧붙여 근준의 밑에 누워서 말이다. 이유는 알 수 없는 것이지만 수진은 계속 말을 이었다.

"나는 늘 놀고 싶어도 놀지 못했어. 집안의 어머니가 되라는 아버지의 강압적 말 때문에……, 늘……."

근준의 입술이 자신의 가슴을 살짝 깨물자, 그녀는 또 견디지 못하고 몸을 꼬았다. 근준과 맞닿은 하체에서 근준의 것이 조금씩 커지며 자신을 누르고 있는 느낌도 강하게 들어왔다.

"그래서 그런 것들이, 자기 섹스 장면을 고스란히 비디오에 담는 니 은밀한 취미로 이어졌다는 거야?"

"응."

수진은 눈을 질끈 감아 버렸다. 상대는 자신이 경멸하던, 그것도 자신보다 무려 여덟 살이나 어린 고등학생이었다. 그런 그의 말이 계속해서 수진의 귓가에 메아리쳤다.

"섹스 이데올로기라는 거로군?"

근준의 손이 수진의 부풀어 오른 가슴을 어루만지고 있었다. 수진이 뭐라 대답할 틈도 없이 근준의 말이 이어졌다.

"한국사회에서, 게다가 이런 집안에서 여자로 살기란 힘들지. 너도 그랬을 거야. 거의 세뇌수준의 교육이었을 테지."

그녀의 동영상을 보며 수진이 어디를 좋아한다는 것을 파악한 것이지만, 수진에게 있어서는 충격이었다.

"어떤 의미에서는 신부나 승려 이상으로 금욕적 사상을 교육받아. 한국이 그렇고, 게다가 강 회장 역시 그럴 거고."

자신의 의붓아버지를 서슴지 않고 강 회장이라 지칭하는 근준이었다. 이상스럽게 수진은 묘한 쾌감을 느끼고 있었다.

"너 역시 그랬을 거야. 남자와 처음 잤을 때, 아니 자기 전에, 넌 엄청나게 갈등했을 거야. 마치 섹스를 하는 것이 엄청난 금기처럼 교육받으니까. 그런 것에 무지하게 죄책감을 느껴야 하고 덧붙여 강 회장에게 미안한 마음이 들어야만 했겠지. 죽은 너희 엄마를 포함해서."

이제 수진은 대놓고 쾌감 어린 신음을 내고 있었다. 근준의 손에 의해 수진의 다리는 더욱 벌어졌다.

"그래서 넌 갈등했을 수밖에 없었을 거야. 선택할 수 있는 건 창녀 이미지와 성녀 이미지. 두 개밖에 옵션이 없거든. 그런 지독한 흑백논리 속에서 니 불만이 쌓인 거겠지. 내말이 틀려?"

수진은 고개를 가로젓고 싶었다. 근준이 한 말 중에 틀린 말은 하나도 없었다. 그녀가 섹스라는 것에 눈을 뜨고, 나아가 남자를 갈아치우며 그것을 고스란히 자신만 볼 수 있는 화면에 담아왔던 것은, 어찌 보면 강 회장에 대한 짜릿한 복수이자 일탈이었다.

수진은 감았던 눈을 떴다. 자신 위에 있던 근준이 옆으로 누웠기 때문이었다. 그를 바라보자, 그는 살짝 자신의 몸 쪽을 손가락질로 가리켰다.

"니가 올라 와. 넌 이미 성녀의 길은 버렸어. 그리고 그걸로 죄책감 느끼던 시절도 지났을 테니까. 니 욕망 가는 대로 해 봐."

이제는 오히려 근준에게 하대를 당하는 게 편하기까지 한 수진이었다.

수진은 조금씩 떨리는 몸으로 근준의 위에 올라 탔다. 조금의 망설임도 없이 그의 몸을 애무하기 시작했다.

근준이 내뱉은 말들이 정말 자신의 한이 쌓인 곳을 조금씩 파괴해 주고 있는 것 같았다. 점점 수진의 머릿속에선 근준에게 당했던 것이 억울한 것이 아닌 더욱더 짜릿한 일탈로 바뀌어 놓았다.

"너 언제 생리했어?"

경험 많은 수진은 알고 있었다. 남자가 그것을 묻는 이유는 하나다. 질내에 사정을 해도 되는지 판단하려는 단 하나의 이유였다.

"안 돼!"

하지만 이미 근준의 허리는 움직이고 있었다. 수진은 다시금 몰려오는 쾌감에 저도 모르게 근준의 양팔을 꽉 움켜 쥐었다.

"사정은 안 돼."

하지만 근준이 그 말을 들을 리 만무했다. 그의 움직임이 점점 더 거세졌다.

이윽고 근준의 몸이 결합한 상태 그대로 정지했다. 수진은 머릿속이 백지장처럼 하얘지는 것이 느껴졌다. 그리고 무언가 뜨거운 것이 자신의 안을 채우고 있었다. 그것은 그녀로서는 처음 느끼는 기분이었다.

근준이 숨을 몰아쉬며 그녀의 몸에서 빠져 나왔다. 진정한 정복감이었다. 근준은 그것을 느꼈다. 반대로 한 번도 질내 사정을 허락한 적 없는 수진은 완전히 짓밟힌 것만 같은 느낌에 몸을 부르르 떨었다.

근준이 자신의 주머니를 뒤져 담배를 떠내 불을 붙였다. 수진은 그에게 뭐라고 할 수조차 없었다.

그녀는 여전히 쾌감에 몸을 떨고 있었다. 그런 그녀의 귓가에 근준의 목소리가 메아리처럼 울려왔다.

"앞으로 자주 오도록 해. 난… 집에 가족들이 많은 게 좋거든. 더불어 큰누나도 말이야."

하늘은 점차 어두워졌다. 수진이 돌아갔다. 다시금 집안은 예전처럼 돌아가기 시작했다.

근준은 소정의 목적을 달성했다. 다시 강 회장과의 거래를 지키기 위해 학업으로 돌아갔다. 그리고 그것을 위해 오늘도 그는 독서실로 발걸음을 옮겼다.

'어라?'

한참을 걷던 근준은 발걸음의 속도를 줄였다. 멀리서 낯익은 얼굴이 보였기 때문이었다. 그녀는 언제나처럼 생기 있는 미소를 띠고 있었다. 까맣고 긴 머리칼은 달빛 아래에서 너무나 빛이 났다.

무릎 밑을 덮는 롱스커트. 그리고 파스텔톤의 카디건. 마치 광고의 한 장면처럼 너무나 청순한 눈망울을 하고서 어두운 밤에도 행인들의 시선을 잡아끄는 그녀는 바로 수선이었다.

"괜찮은데… 선배 매번 죄송해요."

"아냐! 밤거리가 얼마나 위험한데. 게다가 수선이 너는 차도 가지고 다니질 않으니까."

반갑게 아는 척을 하려던 근준은 저도 모르게 올렸던 손을 내려버렸다. 수선의 옆에는 저번에 술에 취한 수선을 바래다주었던 그 선배라는 남자가 서 있었기 때문이었다.

감히 수선의 옆에 바싹 붙지는 못하고, 반보 정도 뒤쳐져서 그녀와 함께 걷는 형상이었다. 마치 절대자를 숭배하는 신하처럼 그는 수선의 뒤에서 연신 헤벌쭉 웃으며 걷고 있었다.

근준은 이유는 알 수 없지만 급격하게 기분이 상하는 것을 느낄 수 있었다. 한쪽에는 그 선배란 남자의 차로 보이는 조그마한 소형차가 주차되어 있었다. 근준은 대충 상황을 유추할 수 있었다.

아마도 착한 수선은 계속해서 폐를 끼치기 싫다며 언덕길에서 내려달라고 했을 것이다.

'또 술을 마신 건가?'

근준은 저도 모르게 둘과 어느 정도 거리를 유지하며 따라 걸었다. 어차피 독서실을 가려면 지나야 하는 길이기도 했지만, 둘이 어떤 대화를 나누는지 너무나 궁금해서였다.

"선배. 술도 안 마셨는데 바래다주지 않아도 돼요."

"아냐. 나도 이 근처가 집인걸?"

"선배는 여기랑 거의 반대쪽에 사시잖아요."

"아냐! 차로 가면 금방인걸 뭐."

근준은 속이 부글부글 끓어오는 게 느껴졌다. 누가 봐도 그 선배는 수선을 좋아하는 듯했다. 게다가 제대로 말도 잇지 못하고 횡설수설하기까지 했다.

한사코 괜찮다는 수선을 계속해서 따라가는 것 역시 근준의 마음에 들지 않았다.

"저기 수선아!"

갑자기 그가 수선을 불러 세우자, 근준은 재빨리 옆에 있는 담장 옆으로 숨어 버렸다. 그가 부른 탓에 수선이 발걸음을 멈추고 돌아보았기 때문이었다.

"네?"

"저기, 저기 있잖아."

그는 무슨 말을 하려는지 연신 꾸물대었고, 수선은 재촉하지 않고 맑은 눈망울로 그를 바라보고 있었다.

순간 담장에 숨어서 그 모습을 보던 근준은 수선의 눈망울에 달빛이 가득 담기는 것을 보자 가슴이 뛰는 게 느껴졌다.

"저기, 나와 사귀어줄 수 있니?"

"네?"

순간 수선의 눈도, 숨어 있던 근준의 눈도 커졌다.

근준은 침을 꿀꺽 삼키며 빼꼼이 얼굴을 빼어 수선을 바라보았다. 그녀는 정말 당황한 표정을 하고 있었다.

"갑자기 그게 무슨 말이에요?"

"나, 진짜로 2학년 때부터 너 좋아했어. 고백할 타이밍을 놓쳐서 그런데, 사귀어 줄 수 없을까? 나랑."

근준은 가슴이 답답해지기 시작했다. 웬일인지 모르지만 가슴 한구석이 저려 왔다.

'2학년 때부터 봐 왔다라. 한 학년 선배인가 보군.'

어째서 자신이 그런 걸 은연중에 생각하고 있는지는 몰랐다.

근준은 그 선배라는 남자보다도 더욱 초조하게 수선의 대답을 기다리고 있었다.

그녀의 눈망울이 선배라는 남자를 향해 있었다. 그는 또 안절부절 못했다. 수선은 살짝 미소 지으며 선배에게 목례를 해 보였다.

"죄송해요 선배."

"으 응?"

"선배는 진짜 친절하고 좋은 분이에요."

"왜 안 되는 거니? 사귀는 사람이 있어?"

"그렇지는 않아요. 죄송해요, 선배."

그 선배는 맥이 탁 풀린 듯한 얼굴로 풀이 죽어 버렸다.

근준은 그가 단순히 사귀자고 하는 그 멘트 하나를 얼마나 연습했는지 알 수 있을 것 같았다.

수선이 단순히 미인이어서가 아니다. 그녀는 사람을 편안하게 하는 묘한 힘을 가지고 있었다. 왠지 그녀와는 다르게 순수하지 않은 근준도 그녀의 눈을 보고 있노라면 죄를 짓고 있는 것 같은 착각이 느껴질 정도였다.

"죄송해요 선배. 저는 이제 금방 들어가니까…, 늦기 전에 돌아가세요."

수선은 너무나 상냥하게 거절하고 있었다. 거기에 근준은 긴장감이 풀리며 안도의 한숨을 내쉬었다.

'내가 왜 이렇게 다행이라고 생각하는 거지?'

본인의 마음조차 알 수 없는 근준의 옆으로, 선배라는 남자가 힘없는 걸음걸이로 내려가고 있었다. 거기에 근준은 계속 숨어 있는 채로 그가 기운 없이 승용차 문을 여는 것을 바라보았다.

근준은 끼고 있던 팔짱을 풀고는 그가 사라지는 것을 보고 나서야 숨어 있던 담장 옆에서 걸어 나왔다.

순간 근준의 눈망울이 커졌다. 수선이 보이지 않았기 때문이었다.

아. 그제서야 근준은 놀이터에서 인기척이 느껴지는 것을 알 수 있었다. 늘 텅 빈 그 공터. 그리고 조그마한 그네 위. 마치 겨울의 요정처럼 그녀가 그네 위에 앉아 있었다.

한참이나 그것을 바라보던 근준은 조용히 놀이터로 발걸음을 옮겼다. 갑자기 나타났음에도 불구하고 수선은 조금도 놀라지 않고 근준을 바라보며 웃었다.

"왜 남의 집 담벼락에서 나오는 거니?"

"본이 아니게 훔쳐 들었어."

"그랬구나."

수선은 몸을 살짝 움직였다. 이내 그녀를 태운 그네가 앞뒤로 움직였다.

근준은 쌀쌀한 날씨에 코가 살짝 빨개진 그녀를 보며 중얼거렸다.

"감기 걸리는 게 소원인 거야? 왜 집에 안 가고 여기에 있어?"

"그냥…. 난 추워도 겨울이 좋아. 그리고 여긴 내 아지트잖아."

그녀는 괜히 근준을 보며 웃었다. 그녀의 미소에 가슴이 떨린 근준은 시선을 외면하며, 수선의 선배가 사라진 곳을 바라보았다.

"왜 안 받아줬어? 괜찮은 녀석 같던데."

"녀석이라니…, 누나보다도 한 살 많은 형한테."

"호칭이야 어쨌든."

수선은 한동안 아무런 말도 하지 않았다. 삐거덕거리는 그네 위에 그냥 앉아 있었다. 그녀의 시선은 저 멀리 가로등을 향해 있었다. 너무나 새하얀 피부. 순백색의 설원에 흑진주 두 개가 빛나는 것처럼, 그녀의 아름다운 눈망울이 반짝거렸다.

"좋아하는 사람이 있어서 그랬어."

"뭐?"

근준은 자기도 모르게 당황한 표정으로 수선을 바라보았다. 그녀는 여전히 무엇이 있는지 모를 저편 어딘가를 응시하고 있었다. 이유 없이 가슴이 저려 오는 것을 느끼며, 그녀에게 물었다.

"누군데?"

"음…, 글쎄. 계속해서 내 시선이 가게 되는 사람."

근준은 벙어리가 된 것처럼 입을 다물어 버렸다.

수선은 꿈을 꾸는 소녀처럼 눈망울을 반짝였다. 그녀의 하늘거리는 치마가 겨울바람에 살짝 살랑거렸다.

"그 사람은… 누나가 싫대?"

"아니. 아직 고백도 못했어."

"어째서?"

근준은 본이 아니게 따지듯 수선에게 묻고 있었다. 수선은 살짝 부끄러운 듯 얼굴을 붉히기도 했다. 그녀의 행동과 몸짓 하나 하나가 웬일인지 근준에게는 비수처럼 저리고 아파왔다.

"그 사람이랑은 이뤄질 수 없거든."

근준은 어금니를 꽉 깨물고 말았다. 화가 났다. 어째서? 어째서 수선 같은 완벽한 여자가 다른 사람에게 부족한 여자가 된단 말인가. 참을 수가 없었다.

"그게 무슨 바보 같은 말인데? 니가 뭐가 부족해서?"

한층 올라간 근준의 언성에도 수선은 미소를 지으며 말을 이었다.

"그냥…, 내가 부족한 것도 있겠지만 절대로 이뤄질 수 없는 사이야."

근준의 주먹이 살짝 떨려 왔다. 왜 화가 나는 것일까? 자신도 알지 못할 일이었다.

괜히 수선이 미웠다. 아니 수선 같은 여자의 사랑을 받는 이름 모를 그 자식이 미웠다.

"유부남이라도 좋아하는 거야, 너?"

근준의 말에 수선은 살짝 웃으며 고개를 저었다. 그녀는 대답 대신 그네에서 몸을 일으켰다. 그리고는 떨리는 근준의 마음을 아는지 살짝 그의 팔에 팔짱을 꼈다.

"그런 거 아냐 바보야. 어서 집까지 바래다 줘. 어차피 독서실 가는 길 맞지?"

근준은 저도 모르게 한숨을 쉬며 책상에 가방을 내려놓았다.

적막한 독서실 안, 왠지 모르게 그의 한숨은 더욱더 크게 들리는 것만 같았다. 책상 위 스탠드에 점등을 한 채로 책도 꺼내 놓지 않고 멍하니 앉아 있기만 했다.

'내가 왜 이러지.'

알 수가 없었다. 또래에 비해 애늙은이 기질이 있는 것은 근준 본인이 아주 잘 아는 것이었다. 하지만 이상하다. 지금의 이 감정은 설명할 길이 없다. 마치 산소가 없는 물속에 잠겨 있는 것처럼 숨 쉬는 것도 곤란하고, 무언가에 갇혀 있는 것처럼 왼쪽 가슴이 저리고 답답했다.

수선과 대화를 나눈 이후 여기까지 걸어오는 내내 근준의 머릿속은 복잡했다. 늘 그의 가슴 속에는 특별했던 수선, 근준은 어렴풋이 알 수 있었다.

'내가 누굴 좋아하는 걸까.'

어린 나이에 고아라는 지독한 환경을 맛보면서 근준이 배운 것은 함부로 타인을 믿거나 좋아하지 말라는 절대법칙이었다. 그리고 그것이 지금 그의 나이답지 않은 성격 형성에 크게 한몫했다고 해도 과언이 아니었다. 하지만 근준은 이제서야 알 수 있었다.

처음 강 회장을 따라 이 집에 온 이후부터 지금까지 줄곧 수선은 다른 사람과는 별도의 개념으로 자신의 머리와 가슴에 각인되어 있었다.

'좋아하는 거구나.'

근준은 괜히 인정하지 않으려 고개를 저었다. 그럴 순 없었다. 아니 그래서는 안 된다. 그녀는 좋아하는 사람이 있고, 없다고 한들 자신이 어떻게 해볼 수 있는 상대가 아니다.

근준이 아무리 지금의 세 자매와 강 회장을 진짜 가족처럼 생각하지 않는다고 해도 가족이라는 것의 사회적 의미까지 부정하고 있지는 않았다.

"빌어먹을."

왠지 모르게 욕이 나왔다. 속이 답답해져 오고, 머릿속이 어지러워졌다. 쉬이 떨쳐내고 싶어도 억지로 펼친 책은 마치 다른 나라의 단어들인 것처럼 근준의 머릿속에 겉돌기만 했다. 결국 참지 못하고 자리에서 일어나 밖으로 나가 버렸다.

근준은 독서실 후문을 열고 약간 인적이 드문 곳으로 나갔다. 얼마 떨어지지 않은 곳에 으슥해 보이는 계단이 있어 적당한 위치에 걸터앉았다.

고등학생들이 있는 학원이나 독서실에는 늘 학생들이 담배를 숨어 피울 장소가 존재했다. 이 독서실도 예외가 아닌 듯 많은 담배 꽁초들이 떨어져 있었다.

근준의 입가에서 입김인지 담배 연기인지 모를 뿌연 연기가 허공으로 뿜어졌다. 왠지 모르게 철부지 시절에 자신에게 담배를 몰래 보여준 종기가 이럴 때는 미웠다.

'일단은 냉정해지자.'

감정에 휩쓸려서 좋을 것은 아무것도 없었다. 게다가 입시는 바로 코앞이었다. 조금이라도 만족스런 결과를 강 회장에게 보여주어야 했다. 그래야만 근준은 경영자가 아닌 음악가의 꿈에 조금이라도 다가갈 수 있는 것이었다.

그때 또래 아이들이 후문에서 진을 치고 근준에게 몰려들었다. 근준은 자신을 찾아 두리번거리는 수십 명의 비행 청소년들을 응시하고 있었다.

이때 종기를 부르지 않고는 안 되었다.

한참 싸움판이 벌어지는 중이었다.

"아따 어린노무쉐키들이 지금 조폭 흉내 내는 거여? 아야 똑바로 안서냐잉?"

마치 추수철 농부의 낫질로 넘어가는 볏단처럼 일렬로 도열한 고등학생들은 험악한 인상의 사내의 손에 픽픽 쓰러졌다. 그 모습을 보며 담배를 태우던 종기는 슬쩍 근준을 바라보았다.

"내가 도와줄 게 이거밖에 없구나."

"미안. 이런 걸로 불러서."

종기는 피식 웃으며 자신의 부하들에 의해 정신교육을 호되게 치르는 고등학생 무리들을 바라보았다.

"어쩌다 이렇게 된 거냐?"

"말하자면 길어."

"너도 어쩔 수 없는 고등학생이긴 한가 보구나. 시비 붙어서 싸움질도 하고."

"에휴. 관두자."

근준은 살짝 종기를 부른 것이 후회가 되었지만 별 수 없었다. 계속해서 독서실을 다니기 위한 가장 쾌적한 환경을 만들기 위해서는 어쩔 수 없는 선택인 것만 같았다.

"뭐 괜찮아. 쟤들도 어린애들에게 저러는 거 쪽팔리긴 하겠지만 별 수 있냐."

"다시 말하지만. 어쩔 수 없는 상황이었어."

종기는 근준의 말에 피식 웃으며 시계를 바라보았다. 이내 자신의 부하에게 손짓을 해보였다.

종기의 신호를 받은 사내는 살짝 목례를 하고는 험악한 인상을 구기며 눈앞에 정렬해 있는 비행 청소년들에게 소리를 질렀다.

"가서 공부들 혀라 잉? 한 번만 더 허튼짓하면 그냥 학교를 못 다니게 해불랑께."

"넵!"

또래들은 당장 오줌이라도 쌀 기세였다. 그들로서는 정말 억울한 일이 아닐 수가 없었다. 그냥 지 또래 아이 하나 혼내주려는데, 어째서 성인 조폭이 온단 말인가? 순간 청소년의 세계에 침입한 이 아저씨들이 너무나 미워지는 그들이었다.

"청소해 줬으니까 됐냐?"

"어. 다시는 이런 걸로 안 부를게."

종기는 근준의 어깨를 툭툭 쳐주고는 몸을 돌렸다. 몇 걸음 가던 종기는 다시 근준 쪽을 돌아보았다.

"별 일 없냐?"

"뜬금없이 무슨 소리야?"

"그냥 뭐, 큰 사건이나 그런 거 없냐고."

근준의 고개가 갸웃했다. 생전 그런 요상한 질문은 한 적이 없는 종기였기에, 근준의 표정은 떨떠름하기까지 했다.

"없어, 근데 도대체 그 질문의 의도가 뭐야?"

"아무것도 아냐. 공부 열심히 해라."

어리둥절해 하는 근준을 뒤로 하고 종기는 손을 흔들며 부하들의 안내를 받아 차에 올라탔다.

달빛이 너무나 밝은 초겨울의 밤이었다. 근준은 살짝 목을 꺾으며 다시 독서실 안으로 발을 옮겼다.

아무래도 오늘은 뒤숭숭해서 공부를 못할 거 같다는 생각을 했다.

그렇게 며칠이 지났다. 근준은 뒤숭숭한 마음을 접고 며칠 동안 못했던 공부에 열중하는 생활이 계속되었다. 또 내일이 주말이니, 오늘 공부를 더 많이 해놔야 했다. 내일은 수진이 온다는 말을 수선에게 들었었다.

여전히 강 회장은 바쁜 나날로 인해 호텔에서 머무는 모양이었다. 근준도 수선이 가끔 아버지인 강 회장과 통화하는 것을 들을 수 있었다. 간혹 가다 가 '잘하고 있는 것 같아요' 라고 대답하는 것으로 봐선, 강 회장은 틈틈이 자신에 대해 묻고 있는 듯했다.

근준은 수진이 오는 주말에는 독서실에 가지 않기로 했다. 이유는 당연했 다. 수진의 몸은 너무나 자극적이었고, 또 그런 그녀를 다루는 것이 못내 근 준에게 있어선 즐거움이기 때문이었다.

자연적으로 아연과의 은밀한 게임도 점점 더 그 횟수가 줄어만 갔다. 이번 주도 수진이 온다는 소식은 며칠 전 수선에게 들어 잘 알고 있었다. 물론 방 이 지저분한 수미의 얼굴이 백지장처럼 창백해졌다는 것은 변함없는 일이 었다.

수진은 저녁 무렵이 되어서야 집으로 들어왔다. 허리부분을 조여 강조한 코트를 걸쳤다. 그리고 늘 매끈한 다리를 뽐내려는 듯 짧은 치마와 검정 스 타킹이었다. 얼굴에는 트레이드마크인 듯한 짙은 스모키 화장을 하고, 또한 상기된 표정으로 들어온 그녀였다.

지금은 밤이 깊어가고 있었다. 어차피 밤이 깊어지면 자신의 방 앞에 위치 한 수진의 방으로 향했다. 우선 1층을 확인했다. 수선 옆에서 쪼잘쪼잘 떠들 던 수미도, 그런 그녀와 웃으며 이야기하던 수선도, 모두 자신의 방으로 돌 아가 있는 것 같았다. 희끄무레한 불빛이 새어 나오는 아연의 방을 보며 근 준은 살짝 쓴웃음을 지었다.

'미안. 더 큰 놀이가 생겨 버렸어.'

아연이 못난 것이 아니다. 그렇다고 그녀의 기교나 색기가 근준을 만족시 키지 못하는 것은 더더욱 아니었다. 하지만 지금으로서는 수진 쪽이 더 짜릿 하다. 자신의 마음을 헤집어 놓았던 수진에 대한 복수의 끝은, 아직도 저 멀 리 있는 것이었기 때문이다.

근준은 조심스레 발걸음을 옮겨 수진의 방으로 들어갔다. 일주일 전처럼 은은한 조명이었다. 하지만 오늘은 그때와는 달리 수진은 슬립을 입은 채로 침대에 앉아 자신을 바라보고 있었다. 그녀의 눈빛에서는 그동안 기다리고 있었다는 뉘앙스마저 비춰졌다.

"앉아서 뭐해?"

"그냥 뭔가를 생각했을 뿐이야."

"그간 너랑 몸을 섞었던 남자 생각이야? 그런 거라면 내 컴퓨터에 있는 걸 보여줄 수도 있어."

"그런 거 아니야."

수진의 목소리가 떨렸다. 근준이 악당이 되면 될수록 그녀는 더욱더 지고 지순파가 되어버리는 것만 같았다.

근준은 피식 웃으며 그녀의 앞에 다가가 옷을 벗었다. 은은한 조명 아래 자신의 앞에서 옷을 벗는 근준을 수진은 똑바로 바라보지 못했다.

늘 도도함으로 물들어 있던 그녀의 가면은 이미 1주일 전에 산산이 조각 난 것이다. 이번 주 짙은 얼굴에 발랐던 화장을 지우고 모공조차 보이지 않는 새하얗고 예쁜 민낯으로 근준을 맞고 있는 것이다.

"저번 주에 어땠어?"

"뭐가?"

"묻는 것은 뻔하잖아."

"무서웠어. 무서웠지만…."

그녀가 한 말 뒤에 생략된 말이다. 근준은 잘 알고 있었다. 무섭지만 짜릿 한 것이다. 그러니까 입양된 동생과의 밀회가 아니던가. 그리고 그 밀회라는 것이 애틋한 로맨스가 아닌 강압적이고 자신은 따라가기만 해야 하는 분위 기라는 것이 더더욱 그녀를 떨리게 하는 것이었다.

"다른 남자는 이제 만나지 않을 거야."

"그런 부탁은 한 적이 없는데?"

용기 내어 말을 꺼낸 수진이었지만 이내 퉁명스런 근준의 대답이 돌아오 자 당황하며 입을 닫아 버렸다.

왠지 근준은 자신에 대한 강한 소유욕은 없는 모양이었다. 이미 근준에게 는 약자의 입장이 되어 버린 그녀지만 천성은 어디 가지 않는지 못내 자존심 이 상했다.

"나 지금 벗어?"

근준은 잠시 멍하니 수진에게 눈을 돌렸다가 아차 싶었다. 벌써부터 수진 의 눈은 촉촉해지고 있었다. 그제서야 근준은 슬립 위로 드러나는 수진의 라 인에 눈길이 갔다.

깊어가는 밤. 기다림에 지친 아연마저 잠들어 버린 깊은 밤이었다.

수진의 방에서는 계속해서 밤의 유희가 깊은 밤을 통과하고 있었다.

11 _ 열하나

햇볕이 내리쬐지만 쌀쌀한 바람이 부는 초겨울의 오후는 조용하기 그지없었다. 게다가 부호들이 모여 사는 이 동네는 낮에는 매우 한산했다. 부자들은 몇몇을 제외하고는 낮에는 늘 자신의 일로 바쁜 이들이 대부분이었다. 그런 멋들어진 개인주택이 즐비한 언덕에 매끈한 세단 하나가 와서 스르르 멈춰 섰다. 그리고 곧 그것의 시동이 꺼지고 차문이 열렸다.

조각 같은 인물은 아니지만 꽤나 남자답게 생긴 정장차림의 젊은 사내가 내렸다. 그는 품안에서 담배를 꺼내 피워 물었다.

짧은 머리칼 키 역시 큰 편이지만 체격 또한 다부졌다. 젊은 나이답지 않게 날카로운 눈매가 자신의 앞에 서 있는 저택을 향했다.

'근준이도 없는데 찾아오게 되는군.'

종기는 한숨과 함께 담배 연기를 뿜어버렸다. 왠지 모르게 긴장이 되었다. 자신의 상사가 불러도 긴장하지 않던 그가 어째서 이렇게 긴장하는지는 종기 본인도 모를 일이었다.

'응?'

문득 대문 쪽으로 다가가려던 종기는 뒤에서 누군가가 오는 것을 보고는 멈춰 섰다. 수수한 옷차림이지만 곡선이 예쁜 몸매였다. 세련된 이목구비를 한 여성을 보았다.

그 여성은 막 마트에 다녀오는 듯 무언가를 들고 있던 그녀 역시 종기를 보고 멈춰 섰다. 두 사람은 그렇게 한동안 서로를 바라보았다.

그녀의 얼굴은 마치 20대처럼 무척 고왔다. 종기를 본 순간 그녀도 얼굴이 살짝 경직되었다.

잠시간의 정적이 흘렀다. 그녀가 먼저 천천히 종기 쪽으로 다가왔다.

"오랜만이네."

"그런 시시한 인사를 하려고 온 거 아닙니다."

"날 만나러 온 거야?"

그녀는 아연이었다.

"일단은 그렇습니다."

아연이 살짝 미소를 짓자 종기의 표정은 더더욱 어두워졌다. 아연은 장을 봐온 봉투들을 살짝 바닥에 내려놓았다.

"많이 멋있어졌네? 종기 너."

"단도직입적으로 말하죠."

종기는 말을 딱 잘라 버리고는 담배 꽁초를 바닥에 던지고 구둣발로 비벼 껐다. 그런 모습을 본 아연은 여유 있게 미소 지으며 그런 종기를 바라보았다.

"근준이의 근처에 접근한 이유가 뭡니까?"

"접근이라니? 그런 수상한 단어를 쓰다니."

"묻는 말에만 대답하세요."

"어머, 그렇게 말하지 마, 나 무섭다 애."

그녀는 여유로운 표정을 지었다. 종기는 괜히 이를 악물어 버렸다.

험악한 그의 표정과는 달리 아연의 표정은 여유로웠다. 30대 중반이라곤 믿어지지 않는 고운 피부였다. 그리고 아무리 부잣집이라지만 가사도우미를 한다고는 믿겨지지 않을 정도로 세련된 그녀가 살며시 미소 짓고 있었다.

"아무도 없는데, 안으로 들어갈래?"

"아뇨. 그러고 싶은 마음은 없구요. 대답해 주시겠나요? 제 질문에 말입니다."

종기는 답답한 듯 담배를 하나 더 꺼내 물었다. 바람이 살짝 불며 앞에 있는 아연의 머리칼을 흩날리고 있었다. 상냥한 미소를 짓고 있는 아연이었다. 그리고 그녀를 노려보고 있던 종기의 입술이 천천히 열렸다.

"어째서, 근준이를 버린 당신이 왜 지금 여기 있냐고 묻고 싶은 겁니다."

아연은 종기의 앞에 서서 아무런 말도 하지 않고 그를 바라보았다. 스산한 바람이 불어 머리가 흩날렸다. 종기는 가만히 서서 아연의 대답만을 기다렸다.

"왜? 나타나면 안 되는 거야?"

"그걸 몰라서 묻는 것은 아니실 텐데요."

"어째서지?"

종기는 딱히 반박할 말을 찾지 못했다. 태연하게 어째서냐고 묻는 그녀의 말에 그는 잠시 말문이 막혀 버린 것이다.

"당연한 거 아닙니까? 당신은…."

"근준이 엄마라서?"

종기는 입술을 살짝 깨물었다. 그런 그를 보면서도 아랑곳하지 않고 아연은 말을 이었다.

"내 배로 낳은 엄마긴 하지만 난 대리모였을 뿐이야."

"그걸 지금 합리화라고 하고 있는 겁니까?"

아연은 피식 웃어 버렸다. 긴 생머리를 위로 쓸어 올리는 그녀는 눈망울에 가득, 분노에 찬 표정을 한 종기의 모습을 담고는 천천히 옛 회상에 빠져 들었다.

아연은 당시 17세의 소녀였다. 광주광역시에서 태어나 중학교를 다니던 1980년 5월, 광주민주화운동 때 우리 계엄군의 총탄에 맞아 양부모를 잃은 그녀였다. 그 후로 가난이라는 것이 얼마나 뼈저리게 아픈 것인가를 하루하루 실감하고 있었다. 그런 그녀에게 하늘이 준 기회가 떨어졌다. 그것은 어느 큰 단체에서 행하는 실험의 공고문이었다. 실험의 대상이 된 여자에게는 큰돈이 포상금으로 주어졌다. 생체실험이 아닐까 하고 고민하던 아연은 이내 희망적인 미소를 지을 수 있었다. 그것은 단지, 자신의 난자만 기증하면 되는 것이었기 때문이었다.

실험 대상요건은 간단했다. 임신을 할 수 있는 여성. 즉 월경을 하는 여성이라면 나이를 불문하고 누구든 대상에 포함이 되었다. 물론 건강검진이 사전에 이루어졌다. 아이큐테스트는 당연히 받았지만 아연은 충분히 건강했다. 아이큐에도 이상이 없었는지 곧 그녀는 수많은 지원자들과 나란히 자신의 난자를 기증할 수 있었다.

실험내용이란, 모 재벌 총수의 정자와 일반 여성의 난자를 결합, 즉 난자로 체외수정란을 자궁에 착상시키면 되는 것이었다.

적어도 아연은 그렇게 알고 있었다. 담당자는 정부 규모의 큰 프로젝트라고 하며 아연을 안심시켰다.

당시 3백만원(당시 금 1돈 4만원). 아연에게는 큰돈이었다. 빠듯한 생활과 수업료를 한 번에 해결할 수 있는 찬스이기도 했다. 어느 여성의 난자와 수정된 것인지는 모르지만 아연의 자궁에 수정란이 착상되고 은둔의 상태에서 열달이 지나 아기를 출산하였다. 하지만 아이를 낳아주고 얼마 지나지 않아 그녀에게 청천벽력이 떨어졌다.

─정부의 지원이 끊겨 실험을 지속할 수 없게 되었습니다. 당신의 배에서 태어난 당신의 자녀분에 대한 책임을 이행하십시오.

아연에게 떨어진 출두명령이었다. 그리고 그녀에게 담당자라는 사람은 모포에 쌓인 갓난아기를 안겨 주는 것이었다. 아연은 울며불며 말했지만 소용없었다. 이미 정자의 샘플은 재벌의 총수라는 것 밖에 얼굴도 모르는 데다가 그녀가 서명한 계약서에는 만일의 경우 양육의 책임을 진다는 조항이 있음을 내세웠던 것이다.

어린 아연이 계약서를 꼼꼼히 읽었을 리 없었다. 소송을 걸어 변호사를 선임할 돈이 있을 리 역시 만무했다. 또한 변호사를 선임한다 해도 상업적 대리모 문제는 현행법상 규제할 수 있는 방법이 없다는 것이었다. 임신·출산을 상품화하는 등 사회적·윤리적 문제란다. 현행 생명윤리법 제13조 제3항은 금전 또는 재산상의 이익으로 정자나 난자를 제공 또는 이용하지 못하도록 하고 있지만 조사 대상이 아니란다. 그제서야 아연은 이런 반 생명윤리적인 실험이 정부수준의 지원으로 이뤄질 리 없었다는 사실을 깨달았다. 또한 미성년자라고 해서 그녀의 사정을 봐주진 않았다. 어린 그녀가 선택할 수 있는 것은 단 한가지뿐이었다.

─준(근준).

실험실의 직원 중 하나가 아연에게 그 아이를 건네었을 때, 그녀에게 알려준 아기의 이름이었다. 그녀는 그 모습 그대로 몰래 고아원 앞에 두고는 걸음을 돌려야 했다. 밤마다 아기가 나와서 자신의 목을 조르는 악몽을 꾸기도 했지만, 그녀는 매번 무서움에 벌벌 떨면서도 현실에 굴복해야만 했다. 전혀 성경험 없이 아이를 낳은 18세의 소녀가 아들을 데리고 산다는 것이 호락호락할 리 없는 세상이었기 때문이었다.

"그래서 그렇기 때문에 지금 친 엄마가 아니라는 말을 하고 싶은 겁니까?"

"난 당시 남자의 손도 못 잡아본 여자였어. 준이에게 혈육의 정을 느낄 리가 있겠니?"

"뻔뻔한 여자군요. 당신이 버린 아기입니다. 책임을 지지 못했으면 면목이 없어서라도 다시 나타나지 말아야 하는 게 정상 아닙니까?"

분노에 찬 종기의 목소리에도 아연의 표정은 크게 달라지거나 동요하지 않았다. 오히려 지금의 상황을 즐기는 듯한 미소마저 띄우고 있었다.

"그 이후로 많은 일이 있었어. 어느 부자의 세컨드 노릇도 해 봤고, 돈도 먹고 살 만큼 벌었다고 생각했지."

"그래서?"

"지루했어. 그러다가 생각이 미친 것이 바로 준이였지."

"그만해."

"그거 알아? 비록 내 배로 낳은 피 섞인 아들이지만, 그래도 그 아이와 짜릿한 관계를 맺는 묘한 기분을."

아연은 말을 잇지 못했다. 종기가 그녀의 멱살을 쥐었기 때문이었다. 그녀의 목에 서늘한 느낌이 들어왔다. 언제인지 모르게 종기가 서슬 퍼런 비수를 꺼내어 그녀의 목에 대고 있었다.

"더 이상 지껄이면 여기서 당신을 죽이겠습니다."

"그럴 수 있을까? 난 너의 친모를 아는 유일한 사람인데."

그 말에 종기의 손이 조금씩 떨려 왔다. 태연한 아연의 표정에 종기는 천천히 그녀를 놓아주고 말았다.

종기의 친모는 일본 여자였다. 당시 계획은 강 회장은 될 수 있는 한 일본 여자의 난자와 일본 여자의 자궁에서 아이들이 태어나기를 기대했었다. 그래야만 나중에 이 나라를 장악하는 데 큰 도움이 될까 싶어서였다.

종기의 친모는 일본 여자가 아닌 한국 여자로 동대문 근처에서 식당을 하고 있었다. 종기는 근준보다 1년 먼저 태어나는 바람에 대리모를 찾았다. 일본 여자라 쉽게 찾지 못해 아이를 죽여 없애려고까지 했으나 아이가 너무나도 영특해서 바로 고아원에 보내졌었다. 거기에다 친모는 그런 사실을 전혀 모른 채 지금도 혼자 살고 있었다.

"당신, 설마 근준이와?"

그녀는 대답 대신 웃었다. 종기는 충격에 쌓인 표정으로 아연만을 바라볼 뿐이었다.

"한창때의 아이는 여자라는 개념에 관심이 많은 법이거든."

"난 당신이란 여자를 알아. 근준이가 이곳의 상속자가 되면 그제서야 친모임을 주장하면서 재산을 받아 먹을 궁리로 온 것이겠지."

"맘대로 생각해. 난 그냥 궁금해서 온 것뿐이니까."

"당신 마음대로 될 거 같습니까?"

"글쎄. 그건 두고 봐야 알지 않을까?"

아연과 종기의 사이에 엄청난 긴장감이 흘렀다. 종기는 그녀의 목을 조르고 싶은 충동을 겨우겨우 참아내야만 했다.

"너 역시 그렇지만, 애석하게도 난 너보다 훨씬 더 산전수전을 다 겪었어. 어설픈 협박은 하지 마. 그리고 넌, 나와 근준이에게 있어 제 3자일 뿐이지, 알아?"

종기는 그녀를 노려본 채로 이를 갈았다. 여전히 아무렇지 않게 자신을 바라보는 그녀였다.

"역시 은근한 유대감이 있는 건가. 너 역시…, 준이와 같은 프로젝트로 태어난 아이니까 말이야."

이건 또 무슨 말인가. 이어지는 그녀의 말에 종기는 들고 있던 비수를 바닥에 맥없이 떨어뜨리고 말았다.

"내가 왜 이러는 것인지 모를 겁니다."

"그거 아니면 뭔데?"

"더럽혀진 이 사회를 위해. 나아가 이 나라를 지키기 위해서."

"애국자네."

"적어도 당신들처럼 매국적 역적놀이는 안 합니다. 친일에 성공해서 머지않아 이 나라를 제압해서 일본제국으로 만들었을 게 아닙니까. 그 프로젝트 사업이."

"말조심해 너."

"내 말이 틀렸습니까?"

"너도 일본 여자 자궁에서 태어났어."

"그래서 더 제 자신이 싫습니다. 그리고 그 프로젝트 사업이 강 씨의 씨앗으로 수백 명의 생명으로 사단을 만들어 일본을 만드는 데 동참한 당신은 역적이잖습니까."

　"너, 그렇게 말하면 강 회장한테 정치자금 받아먹은 우리나라 국회의원과 고위직 공무원들은 다 역적이네?"
　"말 잘 하셨네요. 다 매국노 역적입니다. 그래서 친일파 청산, 친일파 청산하고 우리 같은 애국자들이 감시하는 겁니다. 또 일본에 지진이 왜 쓸고 지나갔는지를 아세요? 다 죄를 받아서요. 그런데도 친일파 정치인들은 일본에 돈을 거둬 보내고 있잖습니까."
　종기의 그런 말에 너무나 질렸던지 아연은 더 이상 말할 상대가 되지 않았던지 집 안으로 들어가 버렸다.

12 _열둘

드디어 수능시험을 치루는 날이었다.

"뭐야 다들."

평소 때와 마찬가지로 가방을 짊어지고 방문을 나선 근준은 1층에서 2층을 바라보며 옹기종기 모여 있는 이들을 보고 실소를 터트렸다. 수선은 물론 수미, 아연까지 아침 일찍 일어나 자신을 바라보고 있는 것이었다. 마치 자신들이 시험을 보는 것처럼 그들의 눈에는 긴장감이 서려 있었다.

"왜들 그래?"

"오빠한텐 오늘이 중요한 날이잖아!"

"호들갑은…."

수미의 외침에 근준은 대수롭지 않다는 듯 중얼거리며 계단을 내려왔다. 그 와중에 근준은 집안이라 상당히 편한 복장으로 자신을 바라보는 수미에게 시선을 두지 않으려 애써야만 했다.

'수선처럼 좀 정갈하게 입고 다니지… 쬐그만 게 자꾸 딴 생각 나게 하고 있네.'

"긴장되지 않아?"

귓가를 진정시켜 주는 듯한 나긋나긋한 목소리였다. 근준은 살짝 고개를 돌려 수선을 바라보았다.

"별로."

이상하게 늘 퉁명스럽게 말이 튀어나와 버렸다. 그리고 수선은 항상 그런 퉁명스러운 근준의 말에도 너무나 아름다운 미소를 지어주었다.

"집중해서 잘해. 너 요새 몇 십 등이나 올랐잖아. 그때처럼 잘하면 되는 거야. 알았지?"

근준은 너무나 윤기가 나는 머리칼을 쓸어 올리며 청순하게 웃는 수선의 얼굴을 자신도 모르게 넋을 놓고 바라보았다. 왠지 모르게 가슴 한구석이 시리다. 그럴 이유가 전혀 없어야 하는데 말이다.

"알았어. 다녀올게."

"오빠 백점 맞고 와!"

"…몇 점 만점인데 백점을 맞아. 나보고 대학 가지 말라 이거냐?"

수미는 괜스레 매롱을 해 보이며 수선의 뒤에 살짝 숨었다. 평소 같으면 꿀밤을 먹여줬을 그였지만, 근준은 덤덤한 표정으로 집을 나섰다.

"잠깐만!"

대문에 다다랐을 때 현관문이 열리고 수선이 뛰어나왔다. 수능시험 날이라 그린 걸까. 디옥더 칼바람이 불었다. 수선의 머리칼과 롱스커트 자락이 바람에 흩날렸다.

"근준아 이거."

수선이 내민 것은 조그마한 컴퓨터용 사인펜, 그리고 조그마한 도시락 가방이었다.

"뭐야 이게?"

"누나가 기도하는 마음을 담은 거니까 잘 볼 거야. 이거 아연언니랑 같이 아침에 싼 거고."

"아, 응."

근준의 시선은 자신의 의식과는 별개로 반짝이는 수선의 입술만을 바라보고 있었다. 도톰한 카디건 사이로 살짝 보이는 쇄골 뼈. 그리고 하얀 눈 위에 핀 꽃처럼 너무나 빠알간 그녀의 입술. 자신도 모르게 근준의 머릿속에는 그녀의 가냘픈 허리를 끌어안고 입을 맞추고 있는 영상이 돌아가고 있었다.

"뭘 그리 빤히 보니?"

"아냐, 아무것도."

근준은 괜히 민망해져 수선의 손에서 도시락 가방과 사인펜을 빼앗듯 잡아들었다. 그녀의 입술만 계속 보고 있자니 이상하게 심장이 쿵쾅거려 참을 수가 없었다.

'제길. 요새 왜 이러는 거야. 왜 계속 요즘 들어 더 이러는 거지?'

애써 돌아서는 근준에게 따뜻한 감촉이 들어왔다.

"왜 그래?"

"누나가 껴안아주는 게 뭐가 어때서? 수능은 중요한 거니까, 힘내라는 거야."

수선이 뒤에서 살짝 끌어 안아준 것이었다. 그녀의 향긋한 체취. 수선은 그것 때문에 더욱 근준이 떨리는 것을 모르는 모양이었다.

"나 갈게."

"어떡하니. 아빠도 안 계셔서 태워 줄 사람도 없고. 이럴 때 언니가 있음 좋은데."

"괜찮아. 택시 타고 갈 거야."

근준은 그대로 수선의 품에서 벗어나 대문을 열고 나가 버렸다. 뒤에서 수선이 보고 있는 것이 그에게도 느껴지고 있었다. 그녀의 품을 벗어났는데도 이상하게 눈치 없이 심장은 계속해서 내달렸다. 정신이 확 들게 뛰기라도 해야겠다는 생각이 들었다. 수능마저도 평소 자신답지 않게 수선 생각으로 큰일을 망치고 싶진 않았다.

"빵-빵!"

잡념을 이기려는 듯 냅다 언덕길을 뛰어 내려가던 그의 귓가에 자동차 경적소리가 들려왔다. 문득 멈춰 서서 뒤를 돌아봤을 때 근준에겐 아주 낯익은 검은 승용차가 보이고 있었다.

"어이 수험생!"

짙게 선팅된 창문이 내려가 있었다. 어리둥절하는 근준에게 종기는 피식 웃으며 뒷자리를 손가락으로 가리켰다.

"얼른 타라. 모셔다 줄 테니."

교문에서 둥둥거리는 북소리. 모두들 하나둘씩 긴장된 가슴을 안고 들어가는 학생들. 그들을 응원하는 후배들과 학부모들. 근준은 그런 시대의 군상들 사이를 묵묵히 지나 배정된 교실에 자리를 잡았다.

긴장은 되었지만 떨리거나 하지는 않았다. 그는 충분한 자신이 있었기 때문이다. 종기는 파이팅을 외쳐주며 멀어져 가는 근준의 모습을 보다가 묵묵히 승용차를 돌렸다.

'어라?'

순간 교실문이 열리고 근준의 시선을 잡아끄는 누군가가 들어왔다. 삼삼 오오 모여 낄낄대던 남학생들의 시선도 한 곳으로 집중이 되었다.

'괜찮은데.'

이 와중에도 근준의 시선을 잡아끄는 것은 다름 아닌 한 여학생이었다. 두 꺼운 코트를 입었지만, 밑에는 치마를 입었는지 까만 스타킹이 보였다. 170 은 족히 되어 보이는 큰 키. 굉장히 늘씬한 몸매였다. 그리고 키와는 달리 자 그마한 얼굴. 눈 꼬리가 살짝 올라간 섹시형의 여학생이었다.

'학생은 아닌 거 같은데.'

왠지 모르게 그녀가 약간 성숙하다는 생각이 들었다. 동갑내기 고등학생 특유의 앳됨이 보이지 않았다. 오히려 눈가엔 화장기마저 있었다.

'수능날 화장을 하고 오다니, 재수생인가?'

근준의 시선을 느끼는지 못 느끼는지 그녀는 도도한 걸음걸이로 자신의 수험번호를 확인하며 책상 사이를 걸어 다니더니, 이윽고 근준의 대각선 건 너편 쪽에 자리잡고 앉았다.

'음, 괜찮은데. 강수진이랑 비슷한 느낌인 거 같기도 하고.'

하지만 뭔가 느낌이 미묘하게 달랐다. 수진의 경우에는 화장하는 방법이 나 옷차림 자체가 야해서 섹시한 느낌이지만, 저 여자의 경우에는 옷도 정갈 하게 입었음에도 불구하고 정체 모를 색기가 나오는 것만 같았다. 게다가 전 혀 고교생으로 보이지 않는 펌 헤어 역시 그런 그녀의 섹시함에 크게 한몫을 더하고 있었다.

'그냥 고졸 날라리인데…, 맘 잡고 대학이나 가 보자 해서 온 모양이군.'

근준은 멋대로 결론을 내렸지만 대각선상으로 보이는 그녀의 옆모습을 계속해서 관찰하고 있었다.

"수험생 여러분. 착석해 주시기 바랍니다."

자기 자리에 앉으라는 우리말을 안 쓰고 어려운 '착석'이란 일본식 말에 의아한 근준은 어느새 들어온 감독관의 목소리에 그녀에게 향해 있던 시선 을 살짝 앞으로 돌렸다.

근준이 한참 시험을 보고 있을 때 집에서는 수미가 계속 울상을 지으며 수 선을 바라보았다.

"형, 이거 왜 안 돼?"

"글쎄, 언니도 잘 모르겠는데."

컴퓨터에 대해 잘 모르는 것은 수선도 마찬가지였다. 그녀는 컴퓨터를 그렇게 많이 다루지 않는 물리학과 학생이었다.

"게임 같은 거 했니?"

"아주 가끔."

"너 공부는 안 하고!"

"헤헤 미안해 언니. 근데 이거 진짜 이상해."

수미는 수선이 살짝 인상을 찌푸리자 배시시 웃으며 얼른 화제를 돌리며 화면이 나오지 않는 자신의 모니터를 가리키고 있었다.

"갑자기 왜 이런 거야?"

"응. 이거 어떻게 해? 컴퓨터 수리점에 연락해야 할까?"

"그래야지."

"근데 그럼 지금 못 쓰잖어."

"할 수 없잖아. 꼭 지금 써야 하니?"

"응! 꼭 써야 해."

"너 또 친구들이랑 메신저로 수다 떨려고 그러지?"

"아니야!"

수미는 괜히 당황하며 큰소리를 내었지만 수선은 다 알고 있다는 듯한 표정을 지으며 미소를 지었다.

"언니, 그럼 언니 꺼 쓰면 안 될까?"

"언니도 컴퓨터로 뭐 해야 하는데 어쩌지?"

"힝, 안 되는데."

"그럼 근준이 꺼 써."

"오빠 꺼?"

"응. 어차피 근준이는 지금 시험보고 있으니까. 그리고 수능은 하루 종일 보는 거니까 충분히 쓸 수 있을 거야. 언니가 컴퓨터 수리점에 전화해 둘게."

"근데, 오빠 꺼 맘대로 써도 안 혼날까?"

"언니가 잘 말해 줄게."

"진짜? 언니 최고!"

수미는 언제 그랬냐는 듯 환하게 웃으며 밖으로 뛰어나갔다.

수선은 싱긋 웃으며 그런 수미를 보다가, 문득 시험을 치르고 있을 근준을 떠올렸다.

'잘 할 수 있을까. 아빠도 기대하는 눈치던데.'

문득 자신이 수능 볼 때를 떠올리며 수선은 괜히 자신의 가슴이 두근거리는 게 느껴졌다.

'잘 하겠지. 늘 침착하고 냉정한 아이니까.'

"오빠 미안. 좀만 쓸게."

근준의 방 컴퓨터를 켠 수미는 괜히 있지도 않은 근준에게 사과를 해 보였다. 자신의 방을 썼다고 또 구박을 할 근준의 모습이 떠올랐지만 그녀는 집안의 엄마격인 수선의 빽을 생각하며 애써 안심하고 있었다.

"오 와. 이게 뭐지?"

호기심 많은 수미는 근준의 컴퓨터 안에 있는 것들을 이것저것 클릭해 보며 신기해 했다. 자작이라고 쓰인 폴더에는 수많은 음악파일이 있었고 그것을 클릭하자 편안한 피아노 선율이 들려왔다.

'자작이면 이 음악들을 근준 오빠가 만든 건가? 에이 설마.'

수미는 친구들과의 수다라는 본래의 목적을 잊은 채 호기심에 이것저것을 클릭하기 시작했다.

자신의 컴퓨터와는 달리 그 흔한 게임 하나 깔려 있는 게 없었다. 모든 문서는 음악에 관한 것들뿐이었다. 금세 싫증이 나 버린 수미는 메신저를 켠다는 것을 그만 다른 폴더를 클릭하고 말았다.

"어라? 뭐지? 영화인가?"

몇 개의 동영상 파일이었다. 수미는 아무런 의심 없이 그것을 클릭했다. 잠시 후 동영상 재생 프로그램이 떴다. 무표정한 얼굴로 보고 있던 수미의 눈망울이 크게 떠져 버렸다.

'이게 뭐야?'

수능시험장에서 근준은 시험을 보다 말고 웃었다. 단순히 시험을 잘 봐서가 아니었다. 어려운 문제도 있었지만 쉽게 풀 수 있다는 자신감이 충만해 있었기 때문이었다. 하지만 장장 몇 시간에 걸친 시험이 끝난 지금, 근준을 재미있게 하는 것은 아까 등장했던 바로 그 여성이었다.

'고전적이긴 하지만…, 확실하긴 하지.'

그 여학생은 과감하게도 사회탐구 영역 시험을 볼 때 자신의 치마를 살며시 들쳐 올린 것이다. 물론 그곳에는 커닝페이퍼가 있었음은 말할 것도 없었다. 대각선 후방에 있던 근준으로서는 그녀의 하얀 허벅지를 여지없이 감상할 수 있었던 것이다.

근준은 탄복하고 말았다. 수능시험에서 그것도 저런 고전적인 방법으로 커닝을 할 생각을 하다니, 상당히 대담한 여성이었다. 감독관이 남자이니 들킨다 한들 함부로 치마를 들쳐 보라 하지도 못할 것이다. 잘 못하면 성추행 운운해 버리면 일이 커지게 되어버리니까.

하지만 불행인지 다행인지 그녀는 적발되지 않았다. 그리고 외국어까지 모든 시험이 종료되자, 그녀는 다시금 도도한 걸음걸이로 가장 먼저 시험장을 빠져나가 버렸다.

'강수진이랑 저 여자 중에 누가 더 이쁠까?'

근준은 쓸데없이 둘의 미모를 비교하며 쿡쿡거렸다. 모두들 시험을 망쳤다는 좌절감이 섞인 표정이었지만, 근준만은 뭐가 재밌는지 웃고 있었다.

'나가서 말이라도 걸어봐?'

분명 그녀는 근준의 흥미를 확 자아내는 여성이었다. 큰 키에 늘씬한 몸매였다. 그리고 도도해 보이는 외모까지 뭔가 호스티스적인 느낌이긴 하지만 천박해 보이지 않는 그런 느낌이었다. 자꾸 수진과 비슷해 보이지만 뭔가 다른 거 같은 느낌이기도 했다.

'아냐. 오늘은 참아줘야지. 역사적인 날이니까. 인연이 있다면 또 만날 테고.'

근준은 확신했다. 시험은 나쁘지 않게 본 것 같았다. 원체 자신감도 있었고, 그간에 틈틈이 집중해서 한 공부만으로도 충분히 커버할 수 있었던 것이다. 물론 수진을 비롯해서 많은 사건이 있기는 했지만.

'이제 천천히 놀면서 결과를 기다려야겠다.'

모두가 우르르 빠져 나가고 나서야 근준은 천천히 가방을 들고 몸을 일으켰다. 대학생활에 대한 환상? 낭만? 그런 것들은 근준에게는 없었다. 그저 허울 좋은 학교에 가서 강 회장의 구미를 맞춰 주면 그만이었다.

결과 역시 꽤 좋을 것만 같았다.

'이제부터 조금 쉬어야겠다…, 그리고.'

근준은 문득 섬씽이 있을 때 수선의 생각 때문에 좌절했던 기억을 떠올렸다. 그는 뭔가 대단한 것을 한다는 듯 주먹을 불끈 쥐어보였다. 이제 곧 대학생이 된다면, 더 많은 여자들과 접하게 될 것이고, 그 슬럼프가 계속되어서는 아주 아주 곤란해지기 때문이었다.

'대학이란 곳을 가기 전에 이 슬럼프를 극복하고 가야겠어.'

아침이었다. 근준은 아직도 숙취가 가시지 않는 듯 샤워를 하고 나오고도 힘겨워 했다. 수능이 끝난 걸 알고는 시험장 앞으로 음악을 하는 근준의 친구들이 찾아왔었다. 근준은 또 그들과 함께 부어라 마셔라 한 것이다. 하루는 눈치를 보지 않아도 되었기에 좋았다. 수능이 끝난 암묵적으로 '터치불가' 인 날로 인식되어 있기 때문에 근준은 어젯밤 필름이 끊어질 때까지 술을 마신 것이다.

고3인 근준이지만 친구들은 한 살이 많은 덕에 호프집에 출입하는 것이 그렇게 어렵진 않았다. 친구들은 자신들을 따라다니는 여자들을 잔뜩 데려오기도 해서 근준을 환영해주었다. 하지만 정직 근준은 그 여자애들에게는 눈길조차 주지 않고 술만 마셨다.

"똑똑."

방안에 있는 화장실에서 샤워를 하고 알몸으로 나온 근준은 누군가의 노크소리에 긴장을 했다. 아무래도 다 벗고 있으니 그가 놀라는 것도 무리는 아니었다.

"들어가도 되지?"

근준은 아연의 목소리가 들리자 긴장을 풀고 아무렇지 않게 몸을 닦아내었다. 아연은 대답이 없자 문을 열고 들어갔다. 알몸의 근준을 마주보게 되었다.

"어머. 씻고 있었던 거야?"

"아, 응."

하지만 그녀는 조금도 놀라거나 주춤하지 않았다. 오히려 근준의 중심부를 빤히 들여다보기까지 했다.

"어제 술 너무 많이 먹었더라."

"아. 수능이 끝나서."

근준은 퉁명스럽게 이야기했다. 아연은 괜히 배시시하고 웃어 보였다. 원피스에 앞치마 차림인 그녀였다. 육감적인 몸매였지만 근준은 더 이상 그녀에게 조금의 관심도 없었다.

"오랜만에 보네. 이거."

아연이 살며시 근준에게 다가왔다. 근준은 애초에 선을 그어 버리겠다는 듯 문 쪽을 바라보았다.

"식구들은 다 있지?"

"회장님 빼고 다 있지. 애석하게도."

아연의 야릇한 목소리에 근준은 속으로 쓴웃음을 지었다. 그에게 아연이 눈에 들어올 리가 없었다. 마음만 먹으면 그녀보다 훨씬 젊고, 예쁘면서도 테크닉 역시 뒤지지 않는 수진을 품을 수 있다. 그런 상황에서 아연이 눈에 들어올 리 만무한 것이다.

그녀는 그의 마음을 아는지 모르는지 근준에게로 몸을 밀착해 왔다. 처음에 방에서 근준이 보는 앞에서 자위를 하며 그를 유혹했던 모습과는 완전히 딴판이었다. 근준과 관계를 맺은 것도 꽤 오래 지나서일까? 그녀는 굶주릴 대로 굶주린 것처럼 보였다.

"잠깐이라면 괜찮지 않을까?"

"난 별로 생각이 없어서."

근준은 아연을 살짝 밀어내고는 옷을 입었다. 아연은 살짝 기분 상한 표정으로 근준을 흘겨보았다. 그는 그녀의 시선은 무시한 채로 대충 옷을 입고는 무표정한 얼굴로 컴퓨터를 켜고 있었다.

"식탁 위에 차려놨으니까, 배고프면 내려와서 먹어."

아연은 알 수 없는 얼굴로 잠시 그를 응시하더니 이내 방문 쪽으로 발걸음을 돌렸다.

근준은 뒤로 돌아나가는 아연을 힐끗 바라보았다. 어찌 보면 아까운 여자일지 모른다. 하지만 이미 근준은 그녀에게 있어서 흥미를 잃은 지 오래였다. 어쩌면 그녀와 몸을 섞는 그 순간 잃었던 것일지도 모른다. 모든 게임은 클리어하는 순간 흥미를 잃는 법이었다. 자위를 하던 그녀를 보며 적잖이 흥분을 했던 그가 아니던가. 그 자위 행위라는 묘한 환상이 깨지고 나면, 아연은 근준에게 있어서 언제나 따기 쉬운 꽃일 뿐이었다. 반대로 수진의 경우는 몇 번을 플레이해도 근준에게 즐거움을 주는 경우였다.

"흠."

인터넷 뉴스를 뒤적거리던 근준은 한 기사를 보고는 턱을 매만졌다. 남들은 다들 가채점을 끝내 놨을 테지만, 근준에게는 그것은 관심 밖이었다. 그냥 결과가 나오기만을 기다릴 뿐이었다.

—자신의 여동생들을 상습적으로 성폭행한 25세 남성 검거.

'근친상간이라는 건가.'

기사를 보던 근준은 곰곰이 생각에 잠겼다. 자연스레 근준은 수진과 자신을 대입해 보았다. 그것도 근친이라는 죄악의 범주로 넣을 수 있을까? 자신의 경우 사회적인 도덕의 관념을 밖으로 도는 일인 걸까? 그는 고개를 저었다.

'어째서? 저들은 남남일 뿐이지.'

애써 합리화 하는 것이 아니었다. 단 한 번도 근준은 그들을 가족이라고 생각해 본 적이 없었다. 애초에 가족이란 것을 가져보지도 못했다. 가족개념이 무언지도 그는 알고 있지 않았다. 그저 근준의 머릿속에 있는 그들은 타인보다 조금 더 가까운 존재일 뿐이었다.

문득 자신의 미릿속에서 환하게 웃는 수선의 얼굴이 떠오르자 근준은 괜히 인상을 썼다.

'그래. 아주 빌어먹을 일이지.'

차라리 진짜 가족이었다면 죄책감이라도 느낄 것이다. 아니 이런 감정이 아예 안들 것이 뻔했다. 하지만 근준의 경우는 달랐다. 근준은 수선을 사랑했다. 그 사랑을 감추고 부정해야만 했다. 인위적으로 엮여진 것이긴 하지만 수선과는 가족이라는 공동체이기 때문이었다.

'시답잖은 생각은 그만두자. 나답지 않잖아.'

요 며칠 수선 때문에 침대에서 곤란에 빠져야만 했다. 다시금 불만 가득찬 표정으로 돌아왔다. 괜히 겁이 벌컥 드는 그. 아무리 십대 같지 않다 하더라도 그는 너무나 어렸다.

'이러다가 평생 여자와 못 자는 게 아닐까?'

죽기보다 싫은 생각이었다. 사춘기가 늦게 온 편인 근준에게는 여자란 묘한 쾌감이자 활력소와도 같았다. 그런데 그 여자와의 성관계가 되지 않는다니 이건 죽기보다 싫은 일이었다. 특히 음악적 감성이 풍부한 근준에게는 음악과 섹스는 묘한 관계마저 잡혀 있는 것이기도 했다.

그는 머릿속의 잡념을 떨치려 동영상 플레이어를 켰다. 하드에 가득한 라이브 콘서트 동영상이라도 감상하자는 생각에서였다. 파일을 불러오려고 했던 근준은 흠칫 놀라 화면을 바라보았다.

'뭐지?'

불러오려는 폴더에는 라이브실황 동영상이 아닌, 수진의 동영상이 들어 있었다. 늘 보던 음악 동영상이 아닌 수진의 동영상이 나온다는 것은 최신 실행파일이 수진의 섹스 동영상이라는 뜻이 되었다. 게다가 근준은 최근에 그것을 본 기억이 단 한 차례도 없었다. 마음만 먹으면 수진과 몸을 섞을 수 있는데 그 동영상을 들여다볼 리가 없지 않은가.

'누군가가 봤다.'

근준의 눈동자가 심하게 흔들렸다. 가족 중에 누군가가 본 것이 틀림없었다. 그리고 수진의 동영상을 자신이 갖고 있는 것을 식구들이 알게 된다면 그것 역시 큰일이었다. 웬만한 일에는 잘 당황하지 않는 그에게도 등 뒤로 식은땀이 흘러 내렸다.

'도대체 누가 본 거야?'

근준은 당황하지 않으려 애쓰며 생각에 잠겼다. 만약 이것을 본 것이 수진이라면, 큰 문제가 될 리는 없었다. 하지만 어째서 수진이 자신의 동영상을 보고도 그냥 비치하는 것일까?

이미 자신과의 관계를 즐기기 때문일 수도 있었다. 이런 경우라면 근준은 크게 안 좋아질 리가 없는 것이다. 두 번째는 아연이 봤을 경우다. 이것 역시 큰 문제는 되지 않는다. 오히려 아연은 수진과 관계를 맺어보라고 부추기기 까지 했었으니까. 하지만 이 사실을 알고 있다는 빌미로 섹스를 요구한다 면? 근준에게는 그것 역시 약간은 귀찮은 일이었다. 마지막은 수선이나 수미가 봤을 경우였다. 이 경우야말로 최악이다. 자신에 대해 실망하는 동시에 이 집안에서 자신의 입지는 아예 없어질 것이다. 강 회장의 귀에 들어간다면 자신은 아마 강 씨 집안에서 파양을 당할 것도 자명했다.

'비밀번호를 걸어두는 건데. 너무 무심했군.'

근준은 살짝 아랫입술을 깨물었다. 누가 봤건 간에 그것은 상당히 귀찮은 일임에 틀림없었다. 이 사태를 잘 넘어가지 않으면 최악의 경우까지 오게 될지도 모른다.

'별 수 없어. 찾아내는 수밖에.'

생각을 정리한 근준은 벌떡 일어났다. 머릿속이 어지러울 정도로 심했던 숙취는 싹 달아나 버렸다.

그는 천천히 방문을 열고 조심스레 밖으로 나갔다. 최대한 발소리가 나지 않게 주의하며, 살짝 베란다 난간대로 다가가 1층의 동향을 살폈다. 우선 청소기를 돌리고 있는 아연의 모습이 보였다.

'그것 때문에 아침에 날 찾아왔던 걸까?'

근준은 잠시 후 고개를 저었다. 만약 그렇다면 자신이 섹스를 거부했을 때 동영상 핑계를 대었을 것이다. 그녀는 정말 아무것도 알고 있는 눈치가 아니었다. 자연스레 시선은 소파에 앉아 텔레비전을 보고 있는 수선을 향했다. 집안이지만 늘 흐트러짐 없는 단아한 스커트를 입고 있는 수선이었다. 그녀도 텔레비전을 보고 있는 듯했다. 쇼프로그램 재방송을 보면서 살짝 웃기도 하는 것을 보면 수선도 아니었다.

'수선 성격에 그것을 보고 저렇게 웃고 있을 리가 없지.'

마음이 약한 그녀라면 틀림없이 안절부절할 것이었다. 근준에게 대화를 요청하러 올지도 모르는 일이다.

'수미 녀석은 보이지 않잖아.'

수미는 워낙 돌아다니길 좋아하는 아이이니, 근준은 그저 놀러 나간 것 아니면 방에 있겠거니 하고는 눈 앞에 있는 수진의 방문으로 눈을 돌렸다.

아까 아연이 분명 강 회장 빼고 모두 있다는 말을 했기 때문이었다. 근준은 천천히 수진의 방으로 다가갔다. 그리고는 망설임 없이 문고리를 잡고 돌렸다. 그녀의 방에 들어갈 때 이미 노크라는 개념은 예전에 버린 지 오래였다.

"일어났어?"

수진은 어설프게 인사하며 엎드려 있던 몸을 일으켜 침대에 앉았다. 활동적인 민소매 차림에 트레이닝 바지였다. 치렁치렁한 웨이브 머리까지 어우러져 섹시한 인상을 자아냈다.

"뭐하고 있었어?"

"그냥 뭐 잡지 보고 있었지 뭐."

수진은 계속해서 근준을 어려워했다. 물론 그럴만한 사건이 있기도 했지만, 예전의 까칠했던 모습은 전혀 찾아볼 수 없었다. 그녀는 근준에게 있어 가장 껄끄러운 사람에서 가장 쉬운 사람으로 바뀌어 버린 지 오래였다.

"시험은 잘 봤니?"

"그럭저럭. 잘 못 보기만을 바라는 거 아니었어?"

“아니야.”

“어째서? 그래야 내가 이 집안에서 사라져 줄 텐데 왜.”

근준의 말에 수진은 아무런 말도 하지 않았다. 한참이나 어색한 표정으로 있던 그녀는 조용한 목소리로 속삭였다.

“이제 그런 거 원하지 않아.”

무표정한 얼굴로 있던 근준은 수진을 내려다보았다. 민소매 티 사이로 희미하게 보이는 가슴골이 보였다. 몇 번을 탐해도 질리지 않는 육감적인 몸이었다. 간만에 살짝 아랫도리에 힘이 들어가는 근준은 슬쩍 느껴졌지만 지금은 그것이 중요한 게 아니었다. 물론 수선을 떠올리지 않으면 섹스하는 데는 문제가 없을지 모른다. 하지만 목적은 그것이 아니었다.

“너 혹시. 내 컴퓨터 쓴 적 있어?”

“컴퓨터? 아니 없는데. 내 방에도 있는데 뭘.”

근준은 수진의 눈을 빤히 바라보았다. 침대에서는 한없이 색기가 흐르는 그 두 눈망울이 자신을 향했다.

분명 동영상을 보았다면 거짓말을 하는 사람 특유의 현상이 나타날 것이다. 하지만 그녀는 근준의 눈을 빤히 바라보고 있었다. 그는 오히려 맥이 탁 풀리는 것이 느껴졌다.

‘뭐야. 수진이 아닌 건가.’

가장 안전한 것이 바로 수진에게 발각되는 것인데, 그녀의 반응으로 봐선 아무리 봐도 수진인 것 같지는 않았다.

“그거 물어보려고 온 거야?”

수진의 질문에 잠시 생각에 빠져 있던 근준은 다시 수진을 바라보았다. 그녀의 질문 그리고 눈망울에는 많은 것이 담겨 있는 듯했다.

천성적으로 섹스를 좋아하는 여자. 이미 근준과의 관계에서 전례에 없던 짜릿함에 흠뻑 빠져 있는 그녀이기 때문에 당연한 것일지도 모르는 일이다.

“그럼? 내가 왜 왔다고 생각해?”

“그건.”

“말해 봐. 뭔데?”

근준은 알고 있으면서도 수진을 다그치듯 물었다. 그러자 그녀는 천천히 기어들어가는 목소리로 중얼거렸다.

“하러 온 줄 알고.”

"그게 그렇게 좋아?"

수진은 그녀답지 않게 살짝 얼굴이 빨개져 버렸다. 누가 봐도 당장 덮치고 싶을 정도의 모습을 하고 있는 그녀지만 애석하게도 근준은 지금 그럴 상황이 아니었다.

'강수진에게는 말 안 하는 것이 좋겠지.'

누군가가 그 동영상을 봤다는 말은 수진에게는 안 하는 것이 좋을 것만 같았다. 딱히 이유는 알 수 없지만 득이 될 게 없을 것 같다는 판단에서였다.

"나중에 지금은 식구들이 있잖아. 조금 피곤하기도 하고."

수진은 근준의 말에 입을 다물어 버렸다. 근준은 한결 착잡해진 마음으로 수진의 방문을 나서 계단 쪽으로 향했다.

'수선인 걸까? 설마 아니겠지?'

계단을 내려가면서도 근준의 시선은 텔레비전을 보는 수선에게 고정되어 있었다. 인기척이 느껴지자, 그녀의 시선이 서서히 근준을 향했다.

"일어났어?"

상큼하게 들려오는 그녀의 목소리였다. 근준은 저도 모르게 긴장된 표정으로 고개를 끄덕였다.

수선은 싱긋 웃어주더니 이내 텔레비전의 전원을 꺼 버렸다.

"근준아. 잠깐 누나 방에서 이야기 좀 할래?"

근준은 순간 심장이 멎는 듯한 착각을 느꼈다. 등 뒤에서는 식은땀이 마구 흘러 내렸다.

수선은 근준에게 손짓을 하고는 자신의 방으로 사뿐사뿐 걸어 들어갔다. 그녀의 방으로 들어가면서 근준은 태어나서 처음으로 신에게 아니라고 해 달라고 빌고 있었다.

"여기 앉아."

"무슨 이야긴데?"

급하긴 한 모양인지 근준은 재촉하듯 수선에게 묻고 말았다.

그녀의 미소가 이제는 조금씩 불안하기까지 했다. 향긋한 내음이 나는 수선의 방이었다. 수수하면서도 아름다운 그녀의 방 의자에 근준이 앉았다. 그 앞으로 놓인 침대에 수선이 그를 마주보며 앉았다.

"시험 잘 봤어?"

"그냥 뭐, 잘 본 거 같아."

"그렇구나."

다시 적막이 흐르는 방이었다. 근준은 살짝 긴장하며 수선의 눈치를 살폈다. 그녀는 옆에 놓인 베개를 꼼지락거리며 무언가를 망설이는 눈치였다.

'빌어먹을 뭐야. 수선이 본 거야?'

그렇게 생각하니 눈앞이 캄캄했다. 하필이면 수선이라니 근준은 떠보기라도 하듯 그녀에게 물었다.

"할 말이라는 게 그거야?"

"아니 그게 아니고."

수선은 뭔가 분명 망설이고 있었다. 그녀가 망설이는 시간이 길면 길어질수록 근준이 초조해 하는 시간은 비례하며 늘어났다.

"그럼 뭔데?"

근준의 질문에 수선은 용기를 내어 말하듯 고운 입술을 열었다.

"어제 누구랑 그렇게 술을 마신 거니?"

"그냥 친구들. 그것 때문에 그래?"

제발 그것 때문이기만을 바랐다. 그것은 그저 수능 끝난 학생의 해방감으로 설명될 수 있는 것이니까.

"너, 어제 많이 취했지?"

"무슨 소리를 하는 거야? 도대체 왜 그러는 건데?"

답답해진 근준은 괜히 언성을 높이고 말았다. 거기에 수선의 얼굴은 살짝 붉어지기까지 했다.

한참 지난 후에야 그녀가 입을 열었다.

"어젯밤에 나한테 왜 그랬니?"

"뭐?"

근준은 순간 멍한 표정이 되어 버렸다.

'이건 또 무슨 소리래.'

머리가 복잡해져 왔다. 어젯밤에 왜 그랬냐니. 생소하다 못해 의도를 전혀 알 수 없는 질문이었다. 하지만 마음 한구석이 살짝 안심되는 게 느껴졌다. 아마도 수선이 말하고 싶다는 것의 주제가 자신의 컴퓨터 안에 있는 동영상이 아니라는 판단이 들어왔기 때문이었다.

"내가…, 무슨 짓을 했는데?"

사실 근준은 아무런 기억도 나지 않았다. 친구들이 주는 술을 넙죽넙죽 받아 마시고, 완전히 뻗은 것까지는 기억이 났다. 하지만 그 이후로는 기억이 없었다. 눈을 떠 보니 침대였다.

숙취에 샤워를 했다. 간밤에 내가 뭘 했더라 하는 생각이 들기 전에 누군가가 자신의 동영상을 봤다는 것만이 머릿속에 가득했었기 때문에 필름이 끊긴 것에 그렇게 신경도 쓰지 않았었다. 하지만 필름이 끊어진 그 사이에 그가 모르는 무언가가 있는 모양이었다.

근준의 질문에 수선은 한참을 망설이더니 조용히 입을 열었다.

"너 다들 잘 때, 니 친구들에게 업혀서 왔어. 마침 내가 잠에서 깨서 문 열어줬고."

수선은 잠시 뜸을 들이더니 이윽고 말을 이었다.

"그리고 너, 나한테 키스하고 몸 더듬었어."

근준은 의자 뒤로 넘어갈 뻔한 것을 겨우 참아내었다. 평소의 그답지 않게 말도 제대로 나오지 않았다. 한참이나 머뭇머뭇거린 끝에 근준은 겨우 한 마디를 뱉었다.

"미안해."

"기억이 안 나니?"

"응."

수선은 뭔가 서운하다는 표정을 지으며 근준을 바라보고 있었다. 거기에 근준은 왠지 그런 수선의 눈을 똑바로 바라볼 수 없었다.

맙소사였다. 평소의 자신이었으면 있을 수 없는 일이라고 그는 생각했다. 수진도 아니고 하필 수선에게 키스를 하며 몸을 더듬다니 말도 안 되었다.

"누나한테 자꾸만 사랑한다고 했던 것도 기억이 안 나?"

"뭐?"

근준의 머릿속은 이제 아예 패닉 상태가 되어 버렸다. 부끄러운 듯 조용조용히 꺼내는 수선의 말 한 마디 한 마디가 근준의 입술을 계속 다물게 만들고 있었다. 그게 방안에 무거운 정적만을 만들고 있었다.

"내가 그랬다면, 미안해. 너무 취했었나 봐. 미안."

누군가에게 진심으로 사과를 하는 것은 처음인 근준이었다. 그는 수선이 애써 웃으려 했지만 왠지 그녀의 눈빛은 슬퍼 보인다는 생각이 들었다.

'왜일까?'

근준은 이런 상황에서도 저도 모르게 가슴이 뛰었다. 그의 머릿속에는 수선의 입술을 덮치는 자신의 모습만이 쉴 새 없이 펼쳐질 뿐이었다.

'가만히 있었던 걸까?'

순간 근준은 수선이 자신을 거부하지는 않았을까 하는 생각마저 들어왔다. 은연중에 거부하지 않았으면 얼마나 좋을까 하는 생각도 함께 했다.

"근준아 너, 그거 실수였지? 술 마시고 한 실수."

근준은 수선의 말에 무언가 담겨져 있는 것만 같아 쉽사리 대답할 수 없었다.

방안에는 묘한 기류가 흘렀다. 근준은 당장이라도 입을 열고 너를 좋아한다고 말하고 싶은 것을 애써 참아내었다. 그래서는 안 되었다. 수선과는 오누이 관계가 아니지만 그렇다고 타인으로 규정할 수도 없기 때문이었다.

"실수였을 거야. 술 마시고."

자기도 모르게 무뚝뚝하게 말을 내뱉어 버린 근준이었다. 그 말 끝에 더욱 더 무거운 적막이 흘렀다. 그러다 근준은 고개를 들었을 때 수선은 살짝 웃고 있었다.

"다음부턴…, 그렇게 마시지 마 근준아. 누나랑 약속하자."

근준은 이번만큼은 고개를 끄덕였다. 그건 수긍할 수밖에 없었다. 그녀는 이런 일을 집안에 떠벌리고 다닐 만큼 경솔한 인물이 아니었다.

수선이 제안한 약속에는 이 일을 비밀로 부치자는 내용이 은연중에 포함되어 있다고 해도 과언이 아니었다.

"나가 볼게."

가슴이 답답해진 근준은 느꼈다. 왠지 모르지만 나가 본다고 하는 자신의 말은 떨리고 있었다.

수선은 조용히 고개를 끄덕였다. 근준은 몸을 일으켜 수선의 방문을 열고 밖으로 나왔다.

그가 바라는 것은 오직 한가지였다. 그건 자신이 수선에게 키스한 일을 다른 사람들이 보지 않았기를 바라는 것뿐이었다.

"어맛!"

수선의 방을 열고 나왔을 때 주방에서 물을 마시던 수미가 깜짝 놀라 비명을 질렀다. '쨍그랑' 하는 소리에 근준은 살짝 놀라 눈을 크게 뜨고 수미를 바라보았다.

"너 뭘 그렇게 놀래?"

"아, 아냐!"

"컵 깨졌잖아. 움직이지 마. 발 베일 거야."

부리나케 아연이 걸레를 들고 달려왔다. 근준은 수미 쪽으로 다가갔다.

'이 녀석 왜 이래.'

근준은 수미의 표정이 조금 이상하다는 생각이 들었다. 연신 자신의 눈을 마주치지 못하고 안절부절했다. 마치 죄를 지은 사람마냥 수미는 움직이지도 못하고 발만 동동 구르고 있었다.

"베이진 않았어?"

"네."

아연의 물음에 수미는 살짝 상기된 얼굴로 고개를 끄덕였다. 아연이 깨진 조각을 주워냈다. 작은 유리 조각까지 걸레로 싹 훔치고 나자 수미는 근준 쪽은 바라보지도 않고 쏜살같이 방안으로 뛰어 들어가 버렸다.

'뭐야 저 녀석 뭐 마려운 강아지처럼.'

그냥 돌아서려던 근준의 몸이 갑자기 우뚝 정지했다. 그의 고개가 황급히 수미의 방 쪽으로 돌려졌다.

'저 녀석…, 설마?'

강수미. 근준의 여동생이자 집안의 막내였다. 처음부터 근준을 잘 따르던 그녀가 오늘은 이상한 반응을 보였다. 바로 전날인 수능시험 날에는 잘보고 오라고 파이팅까지 외쳤던 그녀였다. 어째서 단 하루만에 저런 반응을 보이는 걸까.

"혹시. 내 방 컴퓨터 쓴 적 있어?"

혹시 있을지 모를 유리 조각까지 샅샅이 닦아내는 아연에게 묻는 근준이었다. 이것은 거의 확인 사살과 같은 질문이었다.

아연은 아까의 일로 기분이 아직 상해 있는지 대답하지 않고 고개만 저을 뿐이었다. 그녀를 바라본 근준의 표정은 그대로 경직되어 버렸다.

'강수미로구나. 그럼 일이 꼬여도 너무 꼬이는데.'

방에 들어온 근준은 침대에 벌렁 드러누워 버렸다. 찬물을 벌컥벌컥 마셔도 쉬이 진정이 되지 않았다.

'그야말로 최악의 상황.'

수선이 보아도 그것은 근준에게 있어서 최악일지 모르지만 착한 그녀를 구워삶을 자신은 있었다. 하지만 상대는 수미가 아닌가. 막내로 자라 집안의 귀염둥이로 자란 말괄량이다.

'강수미가 소문을 내지 않을 리는 없고.'

근준은 수미가 수선을 엄마 이상으로 잘 따른다는 것쯤은 잘 알고 있었다. 아니 어쩌면 수선은 수미에게 있어서 엄마라는 존재 그 자체일지도 모른다. 그런 수미가 그 이야기를 수선에게 한다면 아니 간만에 집에 온 강 회장에게 그 말을 떠벌린다면 그 이후의 일은 어떻게 될 것인지 뻔했다.

그것이야말로 근준에게 대위기일 것이다. 그간 수능을 위해 공부를 해 왔던 것들이 한순간에 무너져 버리는 일이다. 순식간에 강 회장의 꼭두각시이자 유망주인 자신은 불순분자로 정의되어 쫓겨 날 것이 자명했다.

'그럴 순 없지.'

생각하기도 싫었다. 물론 고아원으로 다시 돌아가진 않을 것이다. 그러기엔 이미 너무 커 버렸다. 하지만 이대로 밖으로 나간다 한들, 사회적 약자가 될 수밖에 없다. 강 회장처럼 자신의 신분을 보호해 주고 인간다운 권리를 영위하게 해 줄 보증인이 없는 이상, 자신의 삶이 윤택하지 않으리란 것을 근준은 너무나 잘 알고 있었다. 종기가 그쪽 길을 선택했던 것도 아마 근준처럼 그도 사회의 섭리를 너무나 잘 알고 있기 때문이었을 것이다.

'그렇다면, 어떻게?'

스스로 반문했다. 수미가 본 동영상에는 근준이 나오지 않았지만 그것은 수진의 섹스 동영상이 아닌가. 아무리 그 동영상에 출연하지 않는다 해도 그것을 그가 갖고 있다는 사실 하나만으로도 수미는 아마 자신과 수진의 관계를 의심할 것이다. 항상 배시시 웃고 공부를 안 한다 뿐이지 수미는 그렇게 멍청한 아이가 아니었다.

거기까지 생각에 미친 근준은 잠시간 심각한 표정이 되어 버렸다.

수미의 입을 막을 방법을 찾아야 했다. 그 동영상에 나오는 것은 수진뿐이었지만, 문제는 그것이 근준의 컴퓨터에 있다는 점이었다. 게다가 평상시와는 달리 자주 집에 오고 또 평상시와는 달리 근준에게 신경질을 부리지 않는 수진의 모습이 아니던가. 이것으로도 근준은 공범임을 누구든지 충분히 유추할 수 있을 터였다.

'쳇. 이거 참 불편하게 되어 버렸군.'

아이러니하게도 수진과의 싸움에서 승리하게 된 저 동영상 때문에, 반대로 근준은 큰 위기에 봉착해 버린 것이다.

일단 근준은 침착해지기로 마음먹었다. 우선 어떻게 해서라도 수미의 입을 막아야만 했다.

방법을 생각하고 있었다. 어르고 달래야 할지, 아니면 협박이라도 해야 할지 근준은 감이 오지 않았다.

상대는 귀여움을 독차지하고 자랐던 수미라는 막내딸이다. 어르고 달래봐야 곱게 자란 그녀에게 통하지 않을 것이다. 또 협박하는 방법은 반대로 그런 일을 겪어본 적 없는 수미가 오히려 반발할 위험이 있다. 그렇다면 방법은 하나뿐이었다.

근준은 결정을 내렸다. 아무리 생각해 봐도 그로서는 수다쟁이 수미의 입을 막는 방법은 단 하나였다. 그건 바로 공범으로 만들어 버리는 것이다. 하지만 어떻게 저 꼬맹이를…….

비록 자신보다 두 살 아래였지만, 열다섯 살에 집안에 온 근준에게 있어서 수미는 그저 꼬맹이로 비춰질 뿐이었다. 물론 날씬한 몸매에 민소매티를 입고 돌아다닐 때는 잠시 다른 생각이 들었던 건 사실이지 않은가. 그렇지만 성욕이 불끈 일어난 적은 단 한 차례도 없었다.

쉽지 않겠다고 생각한 근준은 어쩔 수 없다고 마음을 가졌다.

근준은 피식 웃었지만 문득 변해 버린 자신의 모습에 쓴웃음을 지었다. 지겹다고만 생각했던 삶에서 이제는 어떻게든 이 집에서 나가지 않으려고 하고 있지 않은가. 그것도 서슴없이 수진과 몸을 섞고, 수미를 다음 목표로 생각할 정도로 말이다.

"미안. 난 너희를 친 가족으로 생각하지 않아."

근준은 중얼거려 버렸다. 그리고 나서 바로 떠올라 버리는 한 여자의 얼굴이었다. 그의 가슴이 또 한 번 요동치기 시작했다.

'빌어먹을. 또 이러잖아.'

"니가 나한테 키스하고 몸 더듬었어."

수선이 했던 말이 메아리처럼 울리기 시작했다. 아울러 그 장면이 근준의 머릿속에 마치 영사기 돌아가듯 재생되었다. 정말이지 생각만으로도 심장이 뛰었다. 너무나 벅찬 이름. 하지만 마음대로 부를 수 없었다.

근준은 문득 신경질적으로 이불을 뒤집어 써 버렸다.

'에이 씨! 모르겠다. 잠이나 자둬야겠어. 한숨 자고 나면 이 쓸데없는 생각도 없어지겠지.'

밤은 어느 때보다 더디게 찾아왔다.

마침 휴일인지라 늘어지게 낮잠을 잔 근준이었다. 설령 평일이라 해도 학교에 가려던 생각은 조금도 없었다. 그는 쓸데없는 일은 하지 말자는 주의였다.

근준은 습관적으로 시계를 보았다. 어느덧 훌쩍 10시를 넘긴 시각이었다. 그가 온 이후로 모든 역사는 이 시각이 넘어서 생기곤 했었다.

몸을 일으킨 근준은 옷을 벗고는 샤워실로 들어갔다. 쏴아아. 뜨거운 물줄기가 떨어지며 몸을 노곤하게 만들었다. 구석구석 씻는 동안에 웬일인지 모르지만 수진 때와는 달리 심장이 더욱더 뛰었다.

이빨을 닦으면서 피식 웃어 버렸다. 어쩌면 이것은 도박과도 같은 일이다. 수미가 순한 양이 될지, 아니면 자신의 극심한 안티가 되어 파렴치범으로 몰아갈지, 그것은 아무도 모르는 일이었다.

그 어느 때보다 근준은 오래 샤워를 했다. 평소보다 약간은 더 긴장한 탓이었다.

'신이 얼마나 나한테 많은 운을 줬는지 시험해 봐야겠다.'

샤워를 마친 근준은 속옷을 꺼내 입고는 가운을 걸쳤다. 앞부분을 여미긴했지만 그래도 안에는 속옷 한 장뿐이었다. 그것은 근준 나름대로의 설정이었다.

조심스레 문을 열었다. 오늘도 자신을 기다리는지 불이 켜져 있는 수진의 방이 보였다. 근준은 금세 고개를 1층 쪽으로 떨구어 내려다보았다. 역시나 오래 전에 근준이 오는 것을 포기해 버린 듯한 아연의 방은 깜깜했다. 학교를 가지 않아도 일찍 자는 편인 수선의 방도 역시 불이 꺼져 있었다. 수미의 방은 수진과 마찬가지로 켜져 있다는 것을 볼 수 있었다.

'잠이 오질 않아서일까? 아니면 그냥 10대들의 습관과도 같은 것일까?'

알 수 없는 일이었다. 근준은 최대한 조용히 계단을 밟고 내려갔다. 수선은 물론이거니와 아연도 깨어서는 안 되었다. 아연이 깬다면 분명 자신에게 오는 것으로 오해할 것이다. 그렇다면 일이 상당히 복잡해진다. 아연에게다 대고 '오늘은 수미야'라고 말할 수는 없었다.

마치 수색작전을 펼치는 군인처럼 근준은 한 걸음 한 걸음 천천히 수미의 방으로 걸어갔다. 부스럭거리는 소리가 났지만 다행히도 아연이나 수선이 깰 정도는 아니었다.

조용히 수미의 방문을 두드린 근준이었다. '우당탕!' 무언가 쓰러지는 소리가 났다. 평소 덜렁거리는 수미의 성격을 대변하는 것일 수도 있고, 그만큼 놀라서일지도 모른다.

괜히 피식하고 웃어 버린 근준이었다.

잠시 후 문이 열렸다. 다소 상기된 표정의 수미의 얼굴이 나타났다.

"오빠?"

근준은 손가락을 입술에 대고 조용히 하라는 시늉을 해 보였다.

"오빠 잠깐만. 나 옷 갈아입는 중이어서."

수미는 저도 모르게 조용히 속삭였다. 근준은 고개를 끄덕여 주었다. 다시금 문이 닫히고 또 안에서 부산스럽게 무엇인가를 하는 소리가 들려왔다.

'그냥 벗고 있는 채로도 괜찮은데.'

실없는 생각을 하며 피식 웃는 근준은 생각하면 할수록 점점 더 짜릿해져 왔다.

수진까지는 혼쭐을 내주겠다는 의식이 더 커서 잘은 몰랐지만 막상 수미와 침대로 간다고 생각하니 묘한 떨림과 흥분이 전달되어 왔다.

그 어떤 도박보다 더 스릴이 있을 것이라고 생각한 근준은 점점 더 불끈불끈 힘이 들어가는 아랫도리를 살짝 손으로 지그시 눌렀다.

"들어와 오빠."

잠시 후 문을 열고 근준을 맞이하는 수미의 표정은 근준이 보기에도 꽤나 상기되어 있었다.

늘 싱글거리는 말괄량이 수미가 오늘은 왜 이렇게 얌전한 것일까. 그 답을 아는 근준은 살짝 긴장이 됨이 느껴졌다.

근준은 문득 수미의 모습을 천천히 바라보았다. 무심한 듯한 그의 눈망울 위로 포니테일로 쓸어 올려 묶은 수미의 작은 얼굴이 보였다. 몸매 라인이 좋은 것이 이 집안 여자들의 특성인지, 그녀도 마찬가지로 17세의 고교생치고는 너무나 늘씬하게 뻗어 있었다.

집에서 편하게 입는 캐릭터가 그려져 있는 원피스를 입은 수미였다. 가슴은 그리 크지 않았지만 굴곡이 확실한 그녀의 몸매를 한참이나 바라본 근준은 고개를 들었다. 수미는 가운차림으로 온 근준의 모습에 약간은 당황한 모양이었다.

'꼬마라고 생각할 일이 아니긴 해. 확실히.'

속으로 근준은 그렇게 생각했다. 그동안 달리 관심을 두지 않았던 것일 뿐, 수미는 귀여운 매력이 있었다.

수진이 섹시한 스타일이고 수선이 청순한 스타일이라면, 수미의 경우는 눈이 크고 코와 입이 오밀조밀한 전형적인 귀염상이었다.

수미는 쿠션을 껴안으며 침대에 살짝 걸터앉았다. 근준도 수미의 옆에 걸터앉았다.

"갑자기 무슨 일이야 오빠?"

아까 근준이 입술에 손가락을 갖다 댄 것을 아직도 의식한 모양인지, 수미는 소리를 죽이며 속삭이듯 물어왔다.

"그냥."

뜸을 들인 근준은 만만했던 수미였던지라 가장 까다로울 수도 있는 것이다.

생각을 정리한 근준은 다시금 입을 열었다.

"너 아까 나한테 왜 그랬니?"

예상대로 근준의 질문에 수미는 눈에 띄게 당황을 했다. 괜히 들고 있는 쿠션을 만지작거렸다.

수미의 뽀얀 가슴골이 보이는 그곳에서 앉아있는 근준은 묘한 긴장감이 들어왔다.

"그냥 뭐, 컵을 깨서 당황해서 그랬어."

"그런 게 아닌 거 같던데 뭘."

"아냐!"

"쉿. 목소리가 크잖아. 다들 자고 있어."

수미는 자신의 말이 모두 자고 있는 밖에까지 들릴 리가 없는데도 괜히 자신의 입을 막아버렸다.

"정말 그거야? 단지 컵을 깬 것이 당황해서?"

"으응."

"그럼 왜 컵을 깬 건데? 내가 나오니까 깜짝 놀라던데."

"그거 별 거 아니야. 그냥 문소리가 갑자기 나서."

말은 그렇게 하지만 수미의 떨리는 눈망울은 그게 거짓말임을 알려주고 있었다. 예전과는 달리 근준은 수미와 함께 있는 긴장되는 이 상황에 묘한 흥분을 느끼고 있었다. 그때와는 분위기도 다르고, 흐르는 공기조차 다르다.

하다못해 수미의 호흡이 평소보다 더 뜨겁게 느껴지기까지 했다.

"솔직히 말해 봐. 너 뭔가 나한테 할 말 있어?"

근준의 말에 방안은 또 다시 적막이 되었다. 수미의 얼굴이 살짝 붉어졌다. 부끄러워서 붉어지는 것과는 조금 다른, 약간 더워서 그러는 것처럼 수미는 살짝 손으로 자신의 얼굴에 부채질을 했다.

"없어. 그런 거."

한참이 지나서야 수미는 대답했다.

근준은 대화의 진도가 나가지 않자 답답함이 느껴졌다. 수미의 입으로 동영상이야기를 유도하려 한 근준이었지만, 작전을 바꿀 수밖에 없을 것 같았다. 또한 수미의 입장에서도 그 이야기는 섣불리 꺼내기엔 다소 민망한 내용이었다.

"너 내 컴퓨터 봤지?"

순간 수미의 큰 눈이 더욱 동그랗게 변해 버렸다. 근준은 기회를 놓치지 않고 수미의 눈을 빤히 들여다보았다.

오히려 당당해야 했다. 우물쭈물하다가는 수미를 공략하는 것이 아닌 선처를 호소하는 것밖에 되지 않는다.

"그건."

수미가 말끝을 흐리기 시작했다. 거의 예상한 일이지만 근준의 직감은 맞아 떨어진 것이다. 대답을 제대로 하지 못하는 것이 가장 큰 증거였다.

"뭘 봤어?"

항상 발랄하던 수미는 순식간에 벙어리라도 된 것만 같았다. 그녀의 하얀 얼굴은 더욱더 붉어졌다. 그리고 근준을 똑바로 바라보지 못했다.

"…오빠도 다 알고 온 거 잖아."

수미의 말에 근준은 속으로 피식 웃었다. 어쩌면 수미는 근준이 온 그 순간 어렴풋이 직감을 했는지도 모른다.

"그래. 맞아. 네가 본 그거. 그거 때문에 할 말이 있어서 왔어."

"뭐 하나 물어봐도 돼?"

"뭔데?"

"그거 수진언니잖아?"

"그래서?"

"그걸 왜 오빠가 갖고 있어?"

이번엔 근준 쪽에서 말문이 잠시 막혔다. 적당한 대답을 찾으려 애쓰던 근준은 이내 고개를 들어 수미의 눈을 바라보았다.

용기를 내어 물었지만 여전히 붉어져 있는 그녀의 얼굴이었다. 가녀린 목선 그리고 쇄골 뼈 밑으로 보일 듯 말듯 애를 태우는 뽀얀 살결과 젖무덤이 보였다.

"많이 놀랬구나? 수진 아니, 큰누나가 그런 모습으로 나와서."

"놀랬어. 하지만 어른이면 그럴 수도 있잖아. 근데 왜 그걸 오빠가?"

수미의 물음에 근준은 살짝 뜸을 들였다. 초조하게 대답을 기다리는 수미였다. 그녀는 마치 '내가 생각하고 있는 그런 것만은 아니길'이라며 빌고 있는 것만 같았다. 그런 그녀에게 근준은 천천히 입을 열었다.

"내가, 그걸 이용해서 강수진과 잤기 때문에."

"뭐?"

동그란 그녀의 눈망울이 커졌다. 아까까지만 해도 근준을 잘 보지 못하던 수미의 눈은 마치 호수에 돌멩이를 던진 것처럼 쉴 새 없이 흔들렸다.

'무리수이긴 하겠지만.'

분명 무리수였다. 어떻게 보면 근준의 입장에선 그저 동영상을 우연히 수진이네 집에 갔다가 봤다고 하면 그만이었다. 왜 갖고 있느냐? 라는 것 역시 호기심이었을 뿐이었다라고 동정에 호소해 버려도 그만일지 모른다.

하지만 근준이 걸렸던 것은 그 인간이 갖고 있는 '상상력'이라는 녀석이었다. 그 동영상을 본 사람이 수미건 수선이건 간에 그것에 대해 먼저 근준에게 말을 걸긴 힘들 것이다. 그렇다면 마음 속으로는 계속해서 상상을 하게 될 것이었다.

'수진과 근준이 잔 것일까? 아니면 찍은 사람이 근준인 걸까?'

근준이 수미를 찾아와 고백해 버리는 것도 그것 때문이었다. 눈덩이처럼 소문이 불어나 정신을 차려 보니 자신이 설 자리를 잃게 되는 최악의 상황이 되느니 그는 사실을 말해 주고 수미의 입을 아예 막는 방법을 택한 것이다.

"거짓말이지?"

수미의 목소리가 떨렸다. 하지만 그녀의 눈에는 '설마 했는데, 역시였어'라는 뉘앙스 역시 깃들어 있는 것만 같았다.

"사실이야."

근준은 덤덤하게 말해 버렸다. 수미는 자기도 모르게 쿠션을 꽉 움켜쥐며 근준을 바라봤다. 짧지만 숨 막힐 듯한 적막이 흘렀다. 그리고 수미의 얼굴은 점점 붉게 물들어 갔다.

"오빠 미쳤어? 제정신이야?"

수미의 언성이 높아졌다. 근준은 아무 말도 하지 않았다. 수미는 실망의 차원을 넘어 경멸의 눈으로 근준을 바라보고 있었다.

"어떻게 큰언니한테 그럴 수 있어? 어떻게?"

"그럴 수 있다니? 그게 뭔데?"

"몰라서 물어? 오빠 정말 미친 거 아냐?"

"난 제정신이야."

"미쳤어!"

수미는 무표정인 근준이 끔찍하기라도 한 듯 소리를 질렀다.

"조용히 해. 다들 깨울 셈이야?"

"그게 중요한 거 아니잖아. 어떻게 오빠가… 말도 안 돼."

수미는 큰 충격에 빠진 듯했다. 현실을 부정하려는 듯 자고 앙증맞은 고개를 계속해서 좌우로 흔들었다.

강근준. 어느 날 자신의 집으로 입양된, 가족이 된 자신의 오빠였다. 늘 무뚝뚝하지만 누구보다 똑똑하고 냉철하다고 믿었던 오빠였다. 다정다감하진 않아도, 자신도 이제 오빠가 생겨 너무도 좋아했었던 그 기억들은 수미의 머릿속에서 산산이 부서져 내렸다.

"들어봐 수미야."

"듣고 싶지 않아!"

수미의 눈에 조금씩 눈물이 고여 들었다.

근준과 수미에게 있어서 서로를 생각하는 마음은 조금 다른 모양이었다. 적어도 근준은 그렇게 밖에 생각하지 못했다. 하지만 수미는 근준을 정말 친가족처럼 생각해서 우는 것이 아니었다. 비록 약간의 이질감은 있었지만 자신과 몇 년을 한 집에 살았던 근준이라는 존재와 늘 집안에서 엄한 아버지 역할을 대신했던 수진의 모습이 산산이 부서졌기 때문에 그녀는 우는 것이었다.

"오빠가 큰언니 싫어한 건 알지만 아무리 그래도 어떻게."

수미는 '우린 가족이잖아' 라는 말을 하려다 그만두었다. 왠지 쉽사리 입에서 나오지 않았다. 가족과 타인의 벽, 아무리 같은 집에 살았다고 해도 그것은 엄연히 수미의 마음 속에 존재하고 있는 듯했다. 근준도 그것을 조금은 알아채고 있었다.

"넌 내가 가족 같아?"

근준의 질문에 수미는 그만 움찔하고 마는 실수를 저질렀다.

"말해 봐. 가족과 같으냐고."

"당연하잖아. 그럼 오빠 내가 남이야?"

"내 말은. 내가 수진 아니 너희 언니들과 내가 같은 존재냐고 묻는 거야."

그 말에 수미는 쉽사리 대답할 수 없었다. 거짓말을 하면 티가 나는 수미의 성격이다. 그것을 근준은 너무나 잘 알고 있었다.

수미에게 있어서 근준은 가족이나 다름없는 존재지만 결코 가족이 될 수는 없었다.

근준은 이 집에 온 지 겨우 몇 년이 지났을 뿐이다. 만약 정말 가족같이 느끼고 있다면, 오빠가 있다는 사실에 그토록 신나하고 좋아하지도 않았을 것이다.

"그럼, 가족이라고 생각하지 않으니까 큰언니랑 그걸 해도 된다는 거야?"

아무런 말도 하지 않는 근준이었다. 수미는 꽤나 용기를 내서 이야기를 하고 있는 것 같았다. 두 눈 가득 고인 눈물이 그녀의 볼을 타고 흘러내리고 있었다.

"강수미. 넌 내가 왜 이 집안에 왔다고 생각해?"

"무슨 뜻이야?"

"내가 너희들의 좋은 오빠, 좋은 남동생이 되기 위해서였을까?"

근준의 의미심장한 말에 수미는 경계하듯 그를 바라보았다. 왠지 예전 근준의 눈빛을 보는 것 같지가 않았다.

"그게 무슨 뜻인데? 무슨 뜻이야 오빠."

근준은 살짝 이를 깨물었다. 분하지만 자신의 존재를 인정해야만 했기 때문이었다.

"난, 꼭두각시일 뿐이야. 회사를 이어받기 위해서 선택된 인형 같은 거. 너에게 다정한 오빠, 다른 언니들에겐 착한 남동생이 되기 위해서 온 게 아니라고. 알아 들어?"

수미의 작은 어깨가 파르르 떨렸다. 청순한 수선과 섹시한 수진과는 다른 매력을 갖고 있는 눈망울을 그녀는 가졌다. 그 큰 눈망울 안에서 침착한 표정의 근준이 투영되어 있었다.

"그래서 오빠가 잘하고 있다는 거야? 아니잖아. 그렇게 생각하는 거 아니잖아."

수미는 제발 근준이 아니라고 하길 비는 것만 같았다. 근준은 조용히 고개를 저었다.

"내가 만약 여기에 오지 않았더라면 밖에서 강수진을 만나 잤을 수도 있는 거지."

수미는 아무렇지 않게 말하는 근준의 모습에 놀라서 입을 다물지 못했다. 근준은 계속해서 말을 이었다.

"마찬가지야. 내가 여기에 임의로 제3자에 의해 동거인이 되었을 뿐 난 가족이 아니라고."

"그렇다고, 그렇다고 수진언니와 자? 오빠가 강제로 그랬다는 거야?"

수미는 감정이 격해진 듯 울먹이며 근준의 어깨를 다그치듯 두드렸다.

근준은 묵묵히 수미의 행동을 받아주었다.

"그만 해 강수미."

"싫어! 오빠 정말 미쳤어? 어떻게 언니한테."

"내가 강수진에게 강제로 했다는 거야?"

"그럼, 그럼 아냐?"

"아냐."

근준의 단호한 말에 그의 어깨를 마구 때리던 수미의 동작이 뚝하고 멎어 버렸다.

"뭐?"

그녀는 연신 큰 눈을 껌벅이며 근준을 바라보고 있었다.

"강제로 한 게 아니라고."

"그럼…."

근준은 떨리는 수미의 눈동자를 보며 천천히 말을 이었다.

"강수진도 원했어."

"거짓말 하지 마."

"맘대로 생각해. 하지만 내가 강제로 그랬다면, 날 그렇게 싫어하던 강수진이 왜 가만히 있을까? 오히려 이 집에 더욱 자주 오기까지 하면서."

근준의 말에 수미는 충격을 받은 듯 아무런 말도 하지 못했다.

그동안 알고 있던 가족의 전혀 다른 모습에 수미는 적잖이 충격을 받은 듯
했다.

"남녀란 건 그런 거야. 피가 섞이지 않은 이상, 절대로 안심하고 배제할 수
없는 게 바로 남녀 관계라고."

"아냐, 큰언니가 그럴 리 없어."

근준은 살짝 엉덩이를 들며 침대에서 일어났다. 아까부터 쭈욱 가지고 있
던 생각을 수정해야 했기 때문이었다.

사실 근준은 어떻게든 이번에 수미를 자신의 공범으로 만들 속셈이었다.
하지만 작전을 수정해야겠다는 생각이 들었다.

근준은 너무 그녀를 쉽게 본 탓이었다. 물론 수미에게는 그 동영상에 대한
호기심이 남아있었다. 하지만 그녀는 사랑만 받고 자란 집안의 막내였다. 수
진을 가장 무서워하는 아이이기도 했다. 때문에 근준의 말에 반신반의하며
쉽사리 믿지 못하고 있는 것이었다. 때문에 근준은 작전을 조금 수정하기로
마음먹었다.

"그만 얘기하자."

"가지 마! 정말, 정말 수진언니가 원한 거야?"

"알고 싶어?"

근준의 말에 수미는 조용히 고개를 끄덕였다. 근준은 천천히 입술을 열었
다.

"사실이야."

"그걸 어떻게 믿어?"

"알고 싶다면, 10분 후에 2층 수진언니 방으로 와. 물론 몰래 오는 게 좋겠
지."

"뭐?"

수미는 아무런 말도 하지 못한 채 그대로 얼어붙어 버렸다. 근준의 표정은
확신을 넘어 자신만만하기까지 했다.

남자 경험이 없는 수미는 눈치 챌 수 있었다. 근준의 말은 믿지 못하겠으
면 직접 와서 보라는 의미였다.

방안에 적막이 흐르고 있었다. 근준은 가운을 잘 여미며 천천히 방문 쪽으
로 걸어갔다. 수미도 더 이상 근준을 잡지 못하고, 계속해서 뛰는 가슴을 진
정시키려 애쓸 뿐이었다.

"그리고 덧붙여서, 수진언니뿐 아니라 너도 그 대상이 충분히 될 수 있었다고."

조용히 방문이 열렸다. 근준은 방을 나서며 수미를 바라보며 말했다.

냉수를 한 잔 마시고 계단을 천천히 올라가려던 근준은 수진의 방에 불이 아직 켜져 있는 것을 알 수 있었다. 동시에 근준의 시선은 밑에 있는 수미의 방에 향했다.

'올까?'

잠시 의구심을 품었던 근준은 피식 웃으며 고개를 저었다. 허나 수미를 잘 알고 있었다. 그녀는 분명히 올 것이다. 자신의 눈으로 보고 나서야 아마 자신의 말을 믿을 것이다. 적어도 근준이 아는 수미의 성격은 그러한 것이었다.

삐거덕대는 나무 층계에서 살짝 소리가 났다. 근준은 예전에 처음으로 아연과 밀회를 나눴던 생각이 들자 웃음이 나왔다.

처음 풍기의 직원인 정이와 자고 나서 더욱더 열망은 불타 올라 버려 아연을 건드리기까지 했지만 지금은 애석하게도 아연이나 정아에게는 조금의 관심도 없었다.

역시나 수진의 방문의 문고리는 쉽게 돌아가 버렸다.

예전에 근준이 처음 왔을 때만 해도 수진은 늘 문을 잠그고 자곤 했었다. 고아인 근준이 무슨 짓을 저지를지 어떻게 아냐고 대놓고 자신의 앞에서 말한 적도 있었다. 하지만 지금은 상황이 달랐다. 수진은 늘 근준이 올 수 있도록 문을 잠그지 않고 있었다. 그리고 그것은 정확하게 근준과 수진이 몸을 섞은 그 이후로 줄곧 변함없이 일어나고 있었다.

"아직 안 자고 있었어?"

오늘 수진의 모습은 평소보다 훨씬 더 야해 보였다. 검정색 슬립을 입고 있는 그녀였다. 하얀 허벅지와 뽀얀 가슴골이 훤히 드러나 그 섹시미를 더해 주고 있었다.

근준은 일부러 문을 다 닫지 않고 수진에게 다가갔다.

"아. 응. 지금 자려고 했는데."

"벌써 자면 아쉽지."

근준은 괜히 수진의 허벅지를 쓰다듬으며 말했다. 수진은 평소와는 약간 다른 듯한 근준의 모습에 의아해 하면서도 살짝 몸을 비틀었다.

"얼마나 안 했지 우리?"

"잘 모르겠어."

"생리중이야 너?"

"아니. 끝났어."

근준은 수진의 눈에서 욕망의 빛을 읽어낼 수 있었다. 이제 수진은 더 이상 밖에서 자신의 기호에 맞는 남자를 찾지 않고 있었다. 즉, 그녀의 욕구를 풀 대상은 오로지 근준이었던 것이다. 그것을 잘 알고 있는 근준이었기에 자신이 수능을 준비하는 며칠 동안 수진이 계속 굶고 있었다는 것은 잘 알 수 있었다.

"옷 좀 벗겨 봐."

수진은 근준의 말에 수진은 몸을 일으켜 근준의 가운 앞섶을 풀어 나갔다.

애초 수미의 방에 갈 때에 가운 안에 속옷만 입고 갔던 터라, 근준은 금방 수진의 손에 의해 알몸이 될 수 있었다.

수진은 능숙하게 근준의 몸 위로 올라타서는 그의 목덜미와 젖꼭지를 열심히 혀로 애무하기 시작했다.

'왔나?'

근준은 대놓고 문 쪽을 보지는 않았지만 희미한 인기척이 문밖에서 났음을 알 수 있었다. 수진의 야릇한 표정을 보고는 그녀의 가슴을 움켜 쥐었다. 수진도 익숙하게 근준의 몸 위로 미끄러졌다.

'동요하고 있겠지.'

근준은 문 쪽으로는 조금도 시선을 두지 않았지만 분명 수미가 동요하고 있을 거라는 생각을 했다.

당연한 일이 아닌가? 근준이 알기론 수미는 남자를 사귀어 본 적도 없었을 뿐더러, 그녀가 이런 광경을 불과 몇 미터 앞에서 보는 경험 역시 해 봤을 리 만무했다.

근준은 온 몸에 에너지를 한꺼번에 불쑥불쑥 쏟아내야 했다. 오늘은 한 명의 관객을 위해 그리 해야만 했다. 섹스란 것이 남자 하나만을 위해 존재하는 것이 아니라는 걸 보여줄 필요가 있었으니까.

"난 그만 돌아가서 잘게. 피곤하기도 하고. 다음에 또 하자."

근준은 옷을 챙겨 입으며 일부러 소리를 내어 수진에게 말했다.

"알았어. 잘 자."

이제 수진은 배시시 웃기까지 했다. 그녀의 모습이 얼마나 수미에게 있어서 큰 충격일까. 그것을 생각하니 근준은 짜릿해지기까지 했다.

바로 그 순간 수진이 깜짝 놀라 방문 쪽을 바라보았다. 무언가 소리가 들렸기 때문이었다. 그것은 자신이 간다는 말에 수미가 후다닥 도망간 것임을 잘 알고 있는 근준은 수진을 진정시켰다.

"아 별 거 아냐. 내가 아까 문을 잘 안 닫아서 살짝 열리면서 난 소릴 거야."

"누가 본 게 아닐까?"

"그럼 좀 또 어때?"

"뭐? 그건 안 돼."

"걱정 마. 내가 너랑 자는 거 누가 보면 나 역시 좋을 건 없다고. 알잖아 너도? 이 시간에 깨어 있는 건 이 집에서 언제나 너랑 나뿐인데 뭘."

근준의 말에 수진은 그제서야 안심한 듯 고개를 끄덕였다.

군더더기 없는 너무나 야한 몸매의 알몸에 근준은 살짝 더 욕심이 동했지만, 오늘은 여기까지 해야겠다는 생각을 하며 몸을 돌렸다.

근준은 방문을 열고 수진의 방을 나오며 괜스레 주변을 두리번거렸다. 그리고 곧이어 수미의 방에 불이 황급히 꺼지는 것이 그의 눈에 들어왔다. 근준은 작전이 조금씩 성공해 가고 있다는 예감을 느끼며 자신의 방문 손잡이를 살짝 돌렸다.

'오늘은 여기까지 할까. 어차피 큰 불은 끈 것 같으니까.'

며칠 후였다. 마우스로 딸칵 딸칵. 수선은 초조한 마음으로 클릭을 했다.

오늘이 수능발표 날이다. 홈페이지에 접속자가 폭주를 하는 모양인지 평소보다 인터넷이 더더욱 느린 것만 같았다.

그녀의 맑은 눈망울은 연신 모니터를 향해 있었다. 언제나처럼 단아한 복장에, 뭇 남성들을 설레게 할 청순함을 지닌 그녀의 고운 손에는 근준의 수험표가 들려져 있었다.

"어휴, 참 왜 이렇게 느린 거지?"

수선은 의자에 앉은 채로 발까지 동동 굴러 가면서 수험표 번호와 대조해 보고 있었다. 그런데 자신의 아버지인 강 회장이 말한 대학교 말고는 원서조차 쓰지 않았다고 한 근준이었다.

그녀가 확인하고 있는 것은 다름 아닌 근준이 지원한 학교의 경영학부 홈페이지였다. 수선은 합격자 명단에서 근준의 수험번호를 찾고 있는 것이었다.

"언니 뭐해?"

수선은 고개도 돌리지 않고 화면만을 들여다보고 있었다. 집에서 입는 편안한 트레이닝복에 민소매티를 입고 있는 수미가 고개를 갸웃해 보이며 수선에게 다가갔다.

그녀의 손에는 수선에게 주려고 가져온 듯 오렌지 쥬스 한 잔이 들려 있었다.

"언니 이거 마셔."

"응, 응."

"이거 뭐하는 건데?"

"근준이 학교 합격자 발표."

"아."

수미는 근준의 이름이 나오자 호기심 어렸던 표정에서 금세 굳어져 버렸다.

수진과 근준과의 그 광경을 목격한 지 벌써 몇 주일이 지났지만 수미의 머릿속에서 그것은 떠나지 않고 있었다. 게다가 근준 역시 수미에게 별로 말을 붙이지 않았다. 붙이지 못했다는 표현이 옳을지도 모른다. 그날 이후로 수미는 왠지 근준과 수진을 제대로 바라보지 못했다.

"어머!"

잠시 생각에 잠겨 있다가 얼굴이 벌개져 버렸던 수미는 수선이 내지르는 탄성에 살짝 놀라 앞을 바라보았다. 그녀는 손뼉까지 치며 좋아하고 있었다.

"왜 그래?"

"있어! 근준이 수험번호!"

"그래? 오빠 합격인 거야?"

"응! 와. 근준이 진짜 열심히 했나 봐!"

수선은 환하게 웃으며 수미의 손을 붙잡았다. 여자가 보기에도 너무나 예쁜 그녀의 얼굴이지만 수미는 어정쩡하게 웃는 얼굴을 하고 있었다.

"수미 너 표정이 왜 그래? 근준이 좋은 대학에 붙었는데."

"응? 내가 뭘."

“어머? 얘 좀 봐? 얼굴까지 벌개져 가지고 무슨 일 있어?”

“아냐 그런 거.”

“수미야. 근준오빠 방에 가서 합격했다는 거 알려줘.”

“내가?”

“응…, 근데 왜 그래?”

수미는 괜히 당황해 하며 안절부절했다. 수선이 빤히 바라보자, 수미는 왠지 자신이 수상하게 비춰질까 봐 얼른 고개를 돌려 버렸다.

“알았어. 합격했다고 말해 주고 오면 되지?”

방문을 열고 밖으로 나가는 수미를 보며 수선은 잠시 고개를 갸웃하고는 다시금 화면을 보며 흐뭇한 미소를 짓고 있었다.

수미는 밖에 나가서도 한참을 망설이며 쉽사리 계단을 올라가지 못했다. 예전엔 그냥 아무렇지 않게 드나들던 근준의 방이었다. 근준이 옷을 갈아입을 때 학용품을 빌려가기도 했지만, 지금은 왠지 근준의 방에 가기가 너무나 꺼려지고 있었디.

‘진짜… 큰언니랑 그걸.’

수미는 아직까지도 그때의 기억이 생생하게 남아있었다. 지울래야 지워지지도 않지만 또 지울 수도 없었다. 정말일까 하는 마음에 수진의 방에 가 보았을 때, 그리고 마치 자신을 위해서 열어놓은 것처럼 빼꼼이 열려 있는 방문 틈으로 처음 수진의 방을 들여다보았을 때의 그 충격은 수미는 절대 잊을 수 없을 것이다. 현장을 보았을 때 근준은 수진과 실 한 오라기 걸치지 않은 채로 뒹굴고 있었다. 카리스마였던 자신의 큰 언니는 고분고분 근준의 온몸을 핥아주기까지 했다. 그리고 그녀와 근준이 하나로 붙어 있을 때의 그 광경은 정말 어린 수미에게는 큰 자극이자 충격 그 자체였다.

하지만 수미가 근준의 얼굴을 보지 못한 것은 단순히 그것을 보았기 때문만은 아니었다. 남자 한 번 사귀어본 적 없는 수미에게, 이상하게도 그 장면이 계속 떠올랐기 때문이었다. 특히 잠자기 전에 침대에 누웠을 때가 가장 심했다. 그 생각이 떠오를 때마다 항상 그녀의 심장은 계속해서 뛰었다.

‘그냥 전해 주기만 하고 오면 되는 거잖아. 별 것도 아니고.’

수미는 크게 심호흡을 하고는 천천히 계단 위를 올라갔다. 더 떨려서인지 왠지 모르게 오늘따라 이 목조의 계단이 너무나 멀게 느껴졌다. 그런 그녀를 주방에서 일을 마친 아연이 빤히 바라보고 있었다.

‘확실히 뭔가 이 집에서 일어나는 거 같기는 한데.’

아연의 표정이 약간은 서늘하게 굳어져 있었다. 그녀는 잘은 모르지만, 40대를 바라보는 눈은 중년여인의 직감으로 어느 정도 알 수 있었다.

이 집안의 여자들의 분위기가 요새 들어 심상치 않다는 것을 아연은 알아차렸다. 그리고 그 중심에 근준이 있다는 것을 알아차렸다.

‘그렇게 되면 계획에 큰 차질이 생기는데.’

아연은 살짝 미간을 찌푸렸다. 게다가 종기는 자신이 근준과 함께 있다는 걸 안 이후부터 종기 부하 몇 명을 집근처에 배치해 두고 있었다.

‘분명 세 자매들 중 하나가 준이, 아니 근준과 심상치 않은 관계에 있어.’

그렇게 생각한 아연의 표정은 제법 심각해졌다. 나름대로 계획을 세우고 이 집안에 들어온 그녀였다.

가사도우미나 하면서 늙어갈 만큼 아연은 그런 평범한 여자가 아니었다.

‘조금 더 두고 봐야겠어. 아직 어찌 될지 모르는 거야.’

근준의 방문을 열고 서 있던 수미는 귀엽게도 휴우 하고 안도의 한숨을 내쉬었다. 용기를 내어 노크하고 방문을 열었을 때 근준은 없었기 때문이었다.

침대 위에 아무렇게나 놓여 있는 잠옷들을 봤을 때 근준은 일찌감치 집을 나간 모양이었다.

“오빠.”

수미는 괜히 욕실에도 근준이 없을 것이 뻔한데도 불구하고 그를 한 번 불러보았다. 당연히 아무런 대답도 들려오지 않았다. 그런 수미의 시선에 책상 위에 놓인 컴퓨터가 들어왔다.

수미는 침을 꼴깍 삼키고는 주위를 둘러보았다. 그리고는 살짝 근준의 방문을 나섰다. 그리고 바로 앞에 있는 수진의 방문에 살짝 귀를 갖다 대었다. 당연하게도 자신의 일을 갖고 있는 수진은 나간 지 오래였다.

워낙 불규칙적인 횟수로 집에 오기에, 이 시간에 그녀가 없는 것은 당연한 것일지도 모른다.

빼꼼이 난간으로 고개를 내밀어 1층에도 자신을 주시하는 사람이 없는 것을 확인한 수미는 얼른 근준의 방으로 다시 들어가 컴퓨터를 켰다.

‘아씨, 내가 왜 이러지.’

이상하게도 자신을 질책하는 이 상황에서도 왠지 가슴이 두근거렸다. 그때 보았던 그 동영상. 자꾸만 머릿속을 맴도는 그 날의 기억이다. 수미는 호기심과 도덕 사이를 쉴 새 없이 저울질하고 있었다.

그녀가 손톱을 물어뜯으며 초조해 하는 사이에 근준의 컴퓨터가 부팅 과정을 끝내고 있었다.

'여기였나?'

수미는 그때의 기억을 떠올리며 천천히 근준의 폴더들을 뒤져 나갔다. 당시 근준은 아마 최신 파일이 그 파일로 되어 있는 것을 보고는 누군가가 동영상을 봤다는 것을 알 터였다. 거기까지 짐작이 간 수미는 동영상의 현재 최신 파일을 체크했다. 다시 나갈 때에 그것을 재생하고 나서 바로 끄면 그 파일이 최신 파일이 될 것이었다. 게다가 열어본 파일 역시 지워 버리면 그만일 것이다.

머리가 좋은 근준이니 만큼 항상 덜렁대는 수미도 꼼꼼하게 하지 않으면 안 되는 것이다.

'있나.'

클릭을 하는 그 순간까지 수미는 자신이 왜 이렇게까지 동영상을 보려 하는지 본인도 이해가 되지 않았다. 하지만 너무나 보고 싶었다. 그저 야한 게 좋아서 보고 싶은 것이 아닌 알 수 없는 호기심이라 해야 옳았다.

'딸칵.'

수미는 가지런히 정리되어 있는 동영상 중 하나를 클릭했다. 곧이어 플레이어가 뜨면서 화면은 밝아지기 시작했다.

수미의 눈망울이 급격하게 떨렸다. 너무나 야한 수진의 표정이었다. 낯선 남자의 시커먼 가운데 작대기를 연신 입으로 빨고 있는 그녀를 보며 수미는 자기도 모르게 얼굴을 가려 버렸다. 그러면서도 그녀는 손가락 틈으로 슬금슬금 동영상을 바라보았다.

너무나 야릇한 수진의 신음소리. 수미는 깜짝 놀라 스피커의 볼륨을 줄였다. 황급히 문 쪽을 바라본 그녀였지만 다행히 문은 꼭 닫혀져 있었다.

'정말 저런 신음소리를 낼 정도로 기분이 좋을까?'

수미는 얼굴을 가렸던 손을 내리고는 살짝 붉어진 얼굴로 동영상 속의 자신의 큰언니를 바라보았다. 10년 이상 같이 지낸 수진에게서 저렇게 기분 좋은 표정은 처음 보는 것이었다.

수미는 자신도 모르게 살짝 허벅지를 비틀었다.

'또 기분이 이상해졌어.'

수미는 그날 밤, 근준과 수진을 보고 자신의 방안으로 후다닥 들어왔을 때 속옷이 흠뻑 젖은 것을 보며 깜짝 놀랐던 기억이 있었다. 왠지 지금도 그런 비슷한 신체의 변화가 오고 있는 것만 같았다.

'이건 뭐지?'

그만 봐야겠다는 생각에 동영상을 끄던 수미는 파일명이 날짜로 되어 있는 영상을 보고는 눈을 크게 떴다.

'이거 며칠 전이잖아.'

수미는 침을 꼴깍 삼켰다. 전에 없던 동영상이 틀림없었다. 어째서 또 한 편이 추가된 것일까. 형식적으로 또 한 번 주위를 둘러본 수미는 떨리는 손으로 그 동영상에 마우스를 가져가 더블클릭했다.

몇 초의 시간이 흐르고 동영상이 시작되었다. 어두운 화면이었던 배경이 조금씩 밝아지기 시작했다.

'이건.'

수미는 저도 모르게 눈을 크게 떴다. 여태까지의 동영상과 배경 자체가 달랐다. 저장되어 있던 수진의 동영상 배경이 항상 그녀의 오피스텔이었던 것에 비해 최근 촬영된 듯한 그것의 배경은 다름 아닌 지금 수미가 있는 근준의 방 건너편 수진의 방이었다.

수미는 멍해진 채로 동영상을 응시했다. 침대 위에 누워 다리를 벌린 수진의 모습. 그녀는 실오라기 하나 걸치지 않은 채로 있었다.

"이거 꼭 찍어야 해?"

"말 많네. 어서 해 봐."

영상에서는 당혹스러워 하는 수진의 목소리와 재촉하는 남자의 목소리가 들려 왔다.

수미가 바보가 아닌 이상 그것이 근준의 목소리라는 것을 그녀는 너무나 잘 알고 있었다. 수미가 충격에 휩싸일 틈도 없이 동영상에서 수진과 근준의 대화가 나왔다.

수미는 서둘러 영상을 꺼 버렸다. 자꾸만 보고 있자니 자신도 이상해지는 것만 같았다.

황급히 원래 근준이 보았던 영상을 플레이시키고는 곧바로 플레이어를 꺼 버린 수미는 최신 파일마저 삭제해 버리고는 서둘러 컴퓨터의 전원을 꺼 버렸다.

'나 왜 이래.'

연신 쿵쾅거리는 수미의 가슴, 얼굴이 벌개져 버린 채로, 그녀는 서둘러 근준의 방을 나서 버렸다.

근준은 종기를 만나고 있었다.

"이제 대학생인 거냐?"

종기는 맥주를 홀짝거리는 근준을 보며 피식 웃었다. 그날만큼은 근준도 기분이 좋은 모양인지 피식 웃으며 종기의 얼굴을 바라보았다.

"어. 아까 확인했어. 붙었더라."

"대학생이라, 경영학과. 좋네."

"좋긴 뭘. 내 꿈하곤 전혀 상관없는 길인데."

"그럼 왜 가는 거냐?"

"글쎄. 꼭두각시 역할로 온 이상 이름값을 해야 하지 않을까?"

근준의 말에 종기는 무심히 그를 바라보았다. 근준의 집 앞, 종기의 차 안에서 근준은 맥주를 홀짝거리며 앉아 있었다.

"너는? 요새 일 잘 되어 가냐?"

"그냥 뭐, 깡패가 무슨 일이 있겠냐. 그냥 시키면 하는 거지 뭐."

종기는 대강대강 대답하면서도 연신 근준의 집을 살피고 있었다.

"야, 준아."

"어."

"너는 너네 부모님, 생부모 누구일까 하고 생각해 본 적 있어?"

"뜬금없이 무슨 소리야?"

"그냥. 궁금해서."

근준은 뚱한 표정으로 다 마신 맥주캔을 구겨 버리며 시트 밑에 내려놓았다.

"글쎄. 누군가 나를 낳았으니 있는 거겠고, 나름의 사정이 있으니 날 버렸겠지. 그게 다야. 생부모가 누굴까, 나중이라도 날 찾지 않을까 뭐 이런 기대는 일찌감치 쓰레기통에 버린 지 오래야."

"그렇군."

종기는 그의 말을 되뇌이듯 중얼거렸다. 거기에 근준은 뚱한 표정으로 그를 바라보며 말했다.

"근데 왜 요새 너는 자꾸 이상한 질문을 하냐? 집에 별 일 없냐느니, 부모가 누군지 알고 싶냐느니."

그의 질문에 종기는 아무런 말도 하지 않았다. 대신 그는 피식 웃으며 근준에게 말했다.

"그냥. 니가 새로운 환경에 잘 적응하나 물어 본 거뿐이야."

"적응은 무슨. 나 여기 온 지 5년 되어 가는데."

"그래. 어서 들어가 봐. 가족들이랑 축하도 해야지."

"그래야지. 안 그래도 문자 오고 난리 났더라."

"괜찮겠냐? 술 냄새 나지 않겠어?"

"맥주 한 캔뿐인데 뭘. 들어가라. 놀아줘서 고맙다."

"새끼 쓰잘데기 없는 소리는."

근준이 피식 웃으며 차문을 열려고 하는 그 찰나, 종기는 무언가 생각난 듯 그의 팔을 잡았다.

"야 준아."

"어?"

"나 말이다. 앞으로 자주 못 올 수도 있어."

"그래?"

"어. 바빠질 것 같아서 말이야."

"알았어, 그럼."

"들어가라."

종기는 자동차에 오르고 문을 닫았다. 으리으리한 대문의 초인종을 누르는 근준을 보며 또 한 개비의 담배를 피워 물었다.

그의 표정은 아까와는 달리 심각하기 그지없었다.

"정말 몇 년은 못 올지도 모르겠군. 정말로 운이 없다면."

종기는 혼잣말로 중얼거렸다. 그의 주먹은 꽉 쥐어져 있었다. 그의 시선이 근준의 집을 향했다. 그리고 머릿속에서 떠오르는, 여유 있는 표정을 한 아연의 모습에 이를 악물었다.

'당신이 무슨 짓을 꾸미기 전에 증거는 제거하면 그만이야.'

종기는 아연이, 근준이 상속자로 유력하다는 것을 알고 접근했다는 걸 잘 알고 있었다. 그렇다면 모든 증거는 인멸해야 했다. 자신과 근준이 태어나게 된 그 프로젝트. 그것에 관련된 것은 모두 삭제해야만 했다. 그렇지 않으면 아연이 언제든지 증거를 발급받아 근준이 상속인이 되었을 때 내밀며 재산을 요구할 것이다. 아무리 근준이 냉정한 아이라지만 그는 고아였다. 그리고 같은 고아인 종기는 고아들이 얼마나 부모에 대한 환상을 갖고 있는지 잘 알고 있었다.

근준이 분명 아연의 손에 휘둘릴 것이 자명한 일이었다. 하지만 아연을 직접 제거할 수는 없었다. 그렇게 되면 너무나 소란스러워진다. 아무리 가사도우미지만 큰 기업의 오너의 집에 머무는 그녀에게 손을 댄다면 일은 더 커져 근준에게 조금의 영향이라도 미칠 것만 같았다.

종기는 큰 결심을 하고 있었다.

'내 손으로, 꼭 처리하겠어. 그 프로젝트를 했다는 놈들. 반드시 찾아내서.'

종기는 자동차 시동을 걸고 움직이며 그곳에서 사라졌다.

근준은 현관문을 열고 들어섰다.

"어서 오거라."

근준은 평상시엔 거의 찾아볼 수 없는 강 회장이 직접 현관에서 맞이하자 어리둥절하면서도 꾸벅 인사를 했다.

바쁜 일정 속에서 그는 지친 표정이었지만 얼굴에는 평소와 다르게 웃음꽃이 피어 있었다.

"근준아. 대학합격 축하해."

언제나 자신을 설레게 하는 수선의 말에 근준은 피식 웃어 버렸다. 수진 역시 뻘쭘한 표정으로 수선의 뒤에 서 있었다.

"그런데 수미는 어디 갔어?"

"몸이 안 좋다고 아까부터 방에 있던 것 같은데요."

"이 녀석이 지 오빠가 대학에 붙었는데…."

"냅두세요 아빠. 피곤한가 봐요."

수선이 수미를 변호하듯 말하자, 강 회장은 더 이상 아무 말도 하지 않았다.

강 회장과 수선을 따라 식탁으로 간 근준은 평소보다 세 배는 많이 차려진 진수성찬에 살짝 눈을 크게 떴다.

“우리 근준이 대학에 붙었는데, 이 정도는 해야지 않겠냐.”

“그래. 누나도 아연이 언니 거들어서 하루 종일 요리만 했어.”

배시시 웃는 수선의 말에 근준은 어정쩡하게 웃어 버렸다. 수진은 살짝 근준의 눈치를 보고는 그의 맞은편에 앉았다.

“수선아. 가서 수미 좀 불러 와.”

“아까도 불러봤는데 생각없대요 아빠.”

“그런 게 어딨어. 이런 자리에. 야! 강수미!”

근준도 살짝 고개를 빼고 수미의 방을 바라보았다. 강 회장이 몇 번을 외치고 나서야 수미는 마지못해 방문을 열고 나왔다.

“얼른 와. 오빠 대학교 붙었다는데 방안에서 그게 뭐야. 축하해 줘야지.”

“알았어.”

수미는 기어들어가는 목소리로 대답하고는 마지못해 주방으로 와서 앉았다. 그녀 역시 수진의 옆자리인지라 자연스레 근준과는 맞은편에 위치하게 되었다.

“너 무슨 일 있어?”

근준은 태연한 표정을 지으며 수미에게 물었다. 그녀는 근준과는 눈도 마주치지 않은 채로 고개를 좌우로 저어 버렸다.

“자자. 기분도 좋은데 아빠는 한잔 해야겠다.”

강 회장은 껄껄 웃으며 양주를 꺼내어 잔에 부었다. 수선은 싱긋 웃으며 옆자리에 앉은 근준을 콕콕 찔러 보였다.

‘축하해.’

수선은 입모양으로 그렇게 말하고 있었다. 반짝이는 그녀의 입술. 근준은 몇 번이고 입을 맞추고 싶다는 충동이 들어왔지만 꾹꾹 눌러 참아 버렸다. 아무래도 맥주 한잔을 마신 게 괜히 이상하다는 말도 안 되는 핑계를 댔다.

“근준아.”

“네.”

“이제부터 시작인 게다. 잘 할 수 있지?”

“네.”

“너라면 붙을 줄 알았다. 내 아들이 못할 리가 없지.”

근준은 표정관리를 하느라 상당히 애를 써야만 했다. 하지만 근준 본인에게 있어서도 합격통지는 좋은 것이었다. 적어도 대학 4년 동안은 강 회장이 귀찮게 하거나 압박을 주지 않을 것이다.

그 후의 일은 나중에 생각하면 그만이었다. 그리고 근준은 4년 안에 좋은 묘안을 짜낼 자신도 있었다.

'그런데 저 녀석.'

근준의 시선이 식탁에 머리를 박은 채 밥알만 깨작거리는 수미를 향했다. 수진과의 섹스를 보여준 이후 자신을 조금씩 피하기는 했지만 오늘은 왠지 정도가 심해 보였다. 하지만 수선만이 자꾸 수미에게 왜 그러냐고 물었을 뿐이다.

강 회장은 딸들에게는 신경도 쓰지 않고 연신 근준을 보며 기분 좋은 미소를 지었다. 피식 웃고 있는 근준이었다. 왠지 일이 계획대로 착착 잘 풀리는 것만 같았다.

수진이 아까부터 힐끔힐끔 근준을 바라보며 야릇한 시선을 보내고 있었다. 거기에 근준은 눈짓으로 오늘은 아니다 라는 뉘앙스를 풍겨 버렸다. 좋은 밤에 수진을 안는 것도 좋지만, 오늘은 생각할 것이 많았다.

합격통지 하나만으로 강 회장은 기분이 좋은지 술을 잔뜩 마시고 취해 버렸다. 강 회장은 수선의 부축을 받아 안방으로 들어가 버렸다.

착한 수선은 아연을 도와 모든 뒷정리를 했다. 수진은 언제나처럼 자신의 방으로 쪼르르 올라가 버렸다. 수미도 강 회장이 취해서 고꾸라지기 무섭게 자신의 방으로 줄행랑을 쳤다.

근준은 어느덧 밤 10시 반을 가리키는 시계를 보며 컴퓨터를 켰다. 어차피 수선과 아연은 뒷정리를 하고 침실로 갈 것이다.

일찍 자는 사람들이니 그만큼 더 피곤할 것이었다.

'어디 한 번 확인해 볼까.'

근준은 능숙하게 동영상 폴더로 들어갔다. 계산대로라면 수미가 벌써 자신의 동영상을 체크했어야 했다. 그런 시간을 주기 위해서 일부러 근준은 하루 종일 밖에서 나돌아 다닌 것이었다.

그는 최신 파일이 음악공연 동영상으로 되어 있는 것을 보고 피식 웃었다. 왠지 수미가 귀엽게까지 느껴졌다.

13 _ 열셋

고급 술집이었다. 쨍그랑하는 소리, 무언가가 요란하게 깨지는 소리가 들려왔다. 그리고 순식간에 여자들의 비명소리로 가득 차 버렸다.

술에 취해 비틀거리던 군상들도, 덩치 큰 사내들이 몰려들어오자 겁을 집어먹고는 그 자리에 주저앉아 버렸다.

수내동 잘 나가는 고급 룸살롱. 손님들 거의가 서울손님이었다. 종업원들은 모두 혼이 뺏길 정도로 아름다운 아가씨들뿐이지만, 그녀들은 갑작스런 조직폭력배들의 침입에 깜짝 놀라 비명을 지르기에 바빴다.

어떻게든 막아보려고 용감하게 막아선 웨이터 한 명이 덩치 큰 사내의 발길질에 그만 주르륵 밀려나 벽에 부딪히며 둔탁한 소리를 자아내었다.

"아이 씨발 뭐 이렇게 시끄러워!"

술에 취해 호기 있게 외친 손님으로 보이는 한 사내는 이내 술이 확 깨는지 눈을 동그랗게 떴다.

그리고 그는 '억!' 하고 곧 외마디 비명을 지른 채 뒤로 굴러 버렸다. 그가 룸의 문을 열자마자 조폭으로 보이는 사내가 자신의 배를 걸어찼기 때문이었다. 그 방에서 그의 접대를 들던 여자들은 깜짝 놀라 소리를 질렀다.

"기집년들은 다 나가."

험악한 사내의 말에 그의 곁에서 술을 따르던 두세 명이 고개를 숙이고는 후다닥 밖으로 나가 버렸다. 개중에는 옷을 벗고 놀았는지 반라의 상태에서 옷으로 가슴만 가리고 나가는 여자도 있었다.

"당신들 뭐야?"

비싼 돈 들여서 여자 불러 양주 빨며 즐겁게 놀다가 졸지에 봉변을 당한 사내는 겁에 질린 목소리로 물었다.

보통보다 큰 키에 살짝 배가 나온 전형적인 중년의 사내였다. 그는 대답 대신 돌아온 발길질에 데굴데굴 굴러 양주잔과 병이며 과일안주가 펼쳐진 테이블에 머리를 박아 버렸다.

그는 입가에 느껴지는 비릿한 맛에 술이 홀랑 깨는 느낌을 받았다. 사내는 얼른 놀려고 벗어뒀던 안경을 테이블에서 잡아들어 자신의 얼굴에 썼다. 혹시나 안경을 쓰면 더는 때리지 않겠지 하는 일말의 기대였다.

저벅저벅 누군가가 걸어오는 소리가 들려 왔다. 그리고 자신의 방문 앞에 서 있던 조폭들이 좌우로 밀착하며 길을 만들었고 그들은 하나같이 고개를 숙였다.

"누구세요?"

사내는 이제 겁에 질릴 대로 질려 걸어들어 온 사내를 바라보았다. 훤칠한 키에 호남형으로 잘 생긴 청년이 자신을 바라보고 있었다.

고작해야 20대 중반은 넘지 않을 것 같은 남자지만 그는 바보같이 "넌 누구냐!"라고 외칠 수 없었다.

저렇게 떡대 좋은 사내들이 90도로 숙여 인사하는 남자이니, 상황파악이 안 될 리 만무했다.

"한철호. 맞나?"

검은 정장이 너무나 맵시 있고 멋들어진 그였다. 하지만 무표정인 그 얼굴은 공포감을 자아내기 충분했다.

청년 아니 종기는 품안을 뒤적거려 담배를 꺼내 물었다. 그의 옆에 서 있던 인물이 잽싼 동작으로 라이터를 꺼내 불을 붙여 주었다.

"맞습니다만 누구신지."

뒤이어 한철호라 불린 사내의 복부로 종기의 발길질이 꽂혀 버렸다. 그는 비명조차 지르지 못하고는 뒤로 또 한두 바퀴 굴러 버렸다.

"어윽 꺼억" 하고 한철호는 호흡마저 곤란한지 꺽꺽대었지만 종기는 여유롭게 그의 앞으로 다가와 양주 테이블을 발로 걷어차 버렸다.

꽤나 무거운 테이블인 데다 각종 술들이 세팅이 되어 있음에도 불구하고 그것은 종기의 발길질 한 번에 뒤로 주르륵하고 밀려 버렸다.

"누구냐고? 날 몰라서 묻는 거냐?"

종기의 말에 한철호는 호흡이 곤란해져 끅끅거리면서도 그를 유심히 바라보았다.

아무리 봐도 초면의 얼굴이었다. 게다가 자신의 지인 중에 조폭이 있을 리도 만무한 것이었다.

"정말 저는 모릅니다."

이윽고 자신의 얼굴로 담배 불똥이 튀자 그는 서둘러 자신의 얼굴을 쳐내었다.

볼 부분이 화끈거렸다. 종기가 피우던 담배의 불똥을 손으로 자신의 얼굴에다가 튀긴 것이었다.

"이상한 일이로군. 난 널 잘 아는데. 물론 요 며칠 정보를 수집하면서 알게 되었지만."

종기의 차가운 목소리가 울려 퍼졌다.

그는 왠지 모를 공포심에 바닥에 주저앉은 채로 뒤로 슬금슬금 물러났다. 종기는 천천히 그를 향해 입을 열었다.

"한철호. 생명과학연구원으로 정부산하 조직에서 10년간 근무. 그리고 약 20년 전에 아주 재미있는 프로젝트에 참가했었지."

종기의 말에 그의 눈동자는 크게 흡 떠졌다.

비밀리에 조직되고 비밀리에 해산된 그 프로젝트였다. 반인륜적인 고아를 다량 탄생시켰던 그 프로젝트는 자신의 머릿속에서도 잊혀져 가고 있었던 것이다. 그런데 그 프로젝트를 이런 어린 청년이 어째서 알고 있는 것일까?

"재밌네. 그때 생명 가지고 장난쳤던 새끼들은 지금까지 살아남아 룸살롱에서 이렇게 기집애 끼고 술을 빨고 있고 말이야."

"도대체 당신, 아니 선생님은 누구시길래?"

"생명윤리를 위반한 너, 니가 그때 장난쳐서 만들어낸 애새끼들 중 하나다."

종기의 말에 한철호의 얼굴은 경악으로 물들었다. 거기에 종기의 표정은 험상궂기 그지없었다.

한철호는 마치 사자 앞에 선 사슴처럼 사시나무 떨듯 떨기 시작했다.

"그 프로젝트의 책임자, 알고 있나?"

종기의 말에 한철호는 눈앞이 캄캄해지는 것을 느꼈다.

모른다고 하면 죽이기라도 할 살기였기 때문이었다. 더욱더 중요한 것은 그 책임자를 한철호는 모르고 있다는 점이었다. 원체 비밀리에 계획되었던 프로젝트이니, 연구원 중에 책임자와 손이 닿는 이는 한두 명에 불과했다.

"저는 정말 모릅니……."

한철호는 종기의 뒤에 있는 자기 품안에서 날이 시퍼런 비수를 꺼내는 것을 보자 그는 대번에 얼어붙어 버렸다.

냉철한 사신과도 같은 표정. 20대로는 믿어지지 않을 정도의 살기를 뿜으며 종기는 천천히 입을 열었다.

"아는 대로 말해. 목숨이 오가는 문제니까."

14 _ 열넷

근준은 여느 때처럼 연습실에 처박혀 있었다. 합격자 발표도 났겠다, 이제 남은 건 고등학교 졸업식뿐이니 남는 건 시간이었다. 하지만 그는 곧 밖으로 나와야만 했다.

같이 음악을 하는 녀석들 중 경제적으로 풍족한 사람은 근준뿐이었기 때문에 모두들 음악을 하기 위해선 분주히 아르바이트를 해야 했기 때문이었다. 빈둥거리던 근준은 금세 싫증을 느끼고는 집 쪽으로 발길을 돌렸다. 어느덧 어둑어둑, 달빛이 조금씩 얼굴을 드러내려 하고 있었다.

'재밌는 일이 없으려나.'

목표한 것을 1단계 이루고 나니 다음 단계가 보일 때까지는 지루한 그였다. 무척이나 쌀쌀해진 날씨에 그는 약간 어깨를 움츠리며 어느 상가에 위치한 연습실을 빠져 나왔다.

'수미 녀석은 어떨까.'

한동안 수미를 그냥 두었다는 생각이 들었다. 그도 그럴 것이 그녀는 마구 달려들어서 좋을 것이 없었기 때문이었다. 근준은 수진의 자위 영상을 찍어서 일부러 수미가 볼 수 있게 한 것이기도 하다. 동영상을 다시 본 자체가 수미는 분명 그것에 호기심을 갖고 있다는 뜻이었다. 그리고 근준의 생각대로라면 수미는 한 번 쯤은 자신의 몸을 더듬어 보며 어떤 느낌일지 느껴 봤을지도 모르는 일이었다.

거기까지 생각한 근준은 살짝 웃어 버렸다. 왠지 점점 더 그녀들은 가족의 범주에서 아예 벗어나고만 있는 것 같았다. 처음 근준은 그들을 앞으로 함께 할 가족이라고 생각하였다. 하지만 다르다. 가족이란 게 뭔지 원래 모르는 그였지만 적어도 가족이라면 이런 생각이 안 들어야 정상적 인간이라는 것쯤은 알고 있었다.

근준은 늘 수선을 동경했다. 누나로서가 아닌 여자로서 고운 그녀를 지키고 싶다는 생각도 수없이 했다. 한 번 쯤은 가녀린 그녀의 허리를 잡고 입을 맞추고 싶다는 상상을 셀 수 없이 많이 했었다.

수진에 대한 감정은 처음엔 경멸로 시작했었다. 그녀도 근준의 마음에서 자라나고 있었다. 자신이 끔찍하게 싫어했던 의붓동생에게, 이제는 오히려 그 동생에게서만 느끼고 있는 여인이 되어 버렸다. 일말의 연민도 들었다. 어느 순간부턴가 근준의 마음에 들기 위해 가꾸고 또 가꾸어가고 있었다.

상황이 이러하니 수미도 예외가 될 수 없었다. 처음에는 그저 귀여운 동생이었지만, 어느 순간 점점 풋풋함을 벗으며 여자가 되어 가는 그녀였다. 맞나. 분명히 상황은 바뀌고 있었다. 그녀도 근준의 상상 속에서 조금씩 벗겨져 가고 있었던 것이다.

'그러고 보니, 달라도 참 너무 다르구나.'

바로 그 점이었다. 한 집의 세 자매. 그들은 달라도 너무 달랐다. 어쩌면 여자마다 조금씩 다르다는 점이, 근준이 재미를 느끼는 이유일지도 모른다. 그리고 늘 신선하다는 그 점은 그가 음악에 빠진 이유와 비슷한 것이었다.

'어?'

한참을 상념 속에 걷던 근준은 저도 모르게 살짝 벽으로 몸을 숨겼다. 자신의 집으로 진입하는 언덕으로 접어들 무렵 그의 머릿속에 있던 세 여자 중 두 명이 눈앞에 서 있었기 때문이었다.

그녀들은 가로등 밑에서 서로를 마주보고 서 있었다.

'강수진이랑, 강수미잖아.'

수진은 여느 때처럼 섹시미를 돋보여주는 화장을 하고 있었다. 약간은 타이트한 치마를 둘렀다. 길이는 길지 않지만 왠지 노출한 것처럼 섹시해 보였다. 웨이브 머리 밑으로 멋들어진 코트를 걸친 그녀의 몸은 마치 알몸을 보는 것처럼 뇌쇄적이었다. 그런 그녀의 앞에, 그녀와는 상반된 이미지를 가진 귀여운 얼굴의 수미가 서 있었다.

수진보다는 키가 작았지만 역시나 이 집안의 딸이라는 것을 증명이라도 하듯 잘 발달된 몸매들이었다. 트레이닝 팬츠에 두꺼운 후드티를 살짝 걸쳤을 뿐이지만 그녀 역시 잘 차려 입은 수진에 뒤지지 않는 묘한 매력을 자아내고 있었다.

"너 지금 언니한테 대드는 거야?"

"내가 뭘!"

근준은 길거리에서 마주보고 언성을 높이는 두 여인을 바라보고 있었다. 근준은 이 집안에 와서 수미가 수진의 말에 같이 언성을 높이는 것은 처음 보는 광경이었기에 눈을 살짝 뜨며 몸을 숨겼다.

"내가 뭘? 너 미쳤어? 큰언니한테 지금 무슨 말버릇이야?"

"내가 틀린 말했어? 왜 나한테만 뭐라고 해? 언니나 잘해."

"뭐 뭐?"

수진의 눈 꼬리가 살짝 위로 올라갔다. 평소 수진을 무서워했던 수미가 똑바로 그녀를 바라보며 대들고 있지 않은가. 수진도 처음 겪는 경험에 당황한 모양이었다.

"너 지금 뭐하는 거야? 언니나 잘하라니?"

"언니가 나 혼낼 자격이나 돼?"

근준의 인상이 살짝 찡그려졌다. 수미의 말투에서 비꼬는 것이 느껴졌기 때문이었다. 동생과 몸이나 섞는 주제에 라는 듯한 말투에, 근준까지 마음이 조급해졌다.

"자격? 너 그거 무슨 뜻이야. 어!"

"언니는 다 가졌잖아! 나랑 수선언니보다 더 많이 갖잖아! 늘 그러잖아!"

"뭐?"

수진도 숨어서 듣고 있는 근준의 표정도 기묘하게 바뀌었다.

'다 갖는다니, 수미 녀석 뭐라고 하는 거야.'

근준은 살짝 고개를 더 틀어 수미의 표정을 바라보았다. 그녀의 눈에는 살짝 눈물이 고여 있기까지 했다.

도대체 뭘까. 근준은 그녀의 말의 의미를 계속해서 곱씹기 시작했다.

"나도 지겨워! 언니는 늘 제일 먼저 갖잖아. 언니가 흥미가 없어진 다음에야 수선언니나 내 차례잖아! 맨날 그렇게 누리면서 왜 나한테 그래? 왜 나만 갖고 그러냐고!"

"야 너."

"지금도 독차지하고 있으면서."

수미는 말 끝을 흐리더니 이내 수진의 곁을 지나쳐 대문으로 들어가 버렸다. 한 성깔하는 수진이지만 수미의 의외의 반응에 당황했는지, 그저 황당해하며 그녀가 들어간 대문을 바라볼 뿐이었다.

'뭐야 저 녀석.'

당황하기는 근준도 마찬가지였다. 수미의 말이 너무나 묘했기 때문이었다. 지금도 독차지하고 있다. 세 자매가 서로 어떤 관계를 맺고 있는지 관심 없는 그이지만 왠지 수미의 마지막 말은 뭔가를 은근히 암시하고 있는 것만 같았다.

잠시 후 근준의 시야에서 수진도 사라졌다. 그녀도 집안으로 들어간 모양이었다.

근준은 잘 알고 있었다. 수진도 약간은 찔리는 게 있는 것이다. 예전처럼 권위적이고 능력 있는 큰언니의 역할을 하기에는 이미 도덕적 궤도에서 벗어난 것이라고 수진 자신도 약간은 느끼고 있는 것일지도 모른다.

근준은 터벅터벅 안으로 들어갔다. 쪼르르 들어가면 왠지 이상할 것 같아 집 앞을 약간은 서성거리다 들어갔다.

"어서 와 근준 학생. 수진이랑 수미도 방금 왔는데."

"아. 그래요?"

저번에는 토라진 것처럼 말도 하지 않던 아연이었다. 누가 들을까 봐 의식을 했는지 배시시 웃으며 근준에게 말을 했다. 하지만 근준은 그녀에게 눈길도 주지 않고 대충 답하고는 그녀를 지나쳤다.

"무슨 일 있는 거야?"

살며시 속삭이는 아연의 말에 그녀를 지나치려던 근준의 발걸음이 멎었다. 전혀 가사도우미라는 느낌이 들지 않는 그녀였다. 근준은 아연을 바라보며 똑같이 속삭였다.

"무슨 뜻인데?"

"분위기가 이상해서. 그리고 왜 나한테 오지 않는 거야?"

"사람들 다 있잖아."

근준은 아연의 은밀한 시선을 앞서 차단해 버렸다.

아연의 표정이 잠시 굳어지더니 이내 그를 향해 의미 있는 미소를 던졌다.

사실 근준의 입장에서도 그저 아연에게 싫증이 난 것이 전부는 아니었다.

뭔가 알 수 없지만 찝찝한 느낌이 오히려 수진과 몸을 섞을 때는 그런 느낌이 전혀 들지 않는데, 아연은 뭔가 이상했다. 그 느낌이 강해져 갈수록 근준은 아연에게 전혀 성적인 욕구를 느끼지 못하게 되고 있었다.

아연은 아연 나름대로 생각이 있었다. 처음에는 근준과 은밀한 관계를 계속 유지하려고 했지만, 근준 쪽에서 더 이상 자신을 찾지 않고 있었기 때문에 작전의 궤도를 변경한 것이었다. 하지만 아직 근준은 완벽한 강 회장의 상속인이 아니었다. 때문에 그녀는 아직 속을 드러내지 않고 묵묵히 기회가 올 때까지 기다리기로 마음먹었다.

'내 난자인지 아닌지는 몰라도, 너는 내 배에서 태어났어. 유산을 받으면 친모인 나를 무시할 리가 없겠지.'

아연의 속도 모른 채 고개를 돌린 근준은 수선의 방을 바라보았다.

불이 꺼진 그녀의 방. 저녁이 넘어서는 시간이지만 자기에는 이른 시간이 아닌가. 그를 바라보던 아연이 그에게 입을 열었다.

"오늘 친구들 만나서 늦는다고 했어. 누나 생각이 끔찍하나 보네? 그렇게 걱정스럽게 바라보고."

근준은 살짝 움찔했으나 이내 무시해 버리고는 층계 쪽으로 발길을 돌려 버렸다.

"저녁은?"

"됐어요."

이내 2층 자신의 방으로 들어가 버리는 근준이었다. 그를 보며 아연은 알 수 없는 미소를 짓고 있을 뿐이었다.

"어머!"

방에서 옷을 갈아입고 곧바로 수진의 방에 들어선 근준은 그녀가 깜짝 놀라는 것을 보며 피식 웃어 버렸다.

수진은 속옷을 갈아입고 있었던 모양이었다. 가냘픈 목선과 쇄골 밑으로 균형 있게 모여진 뽀얀 가슴을, 근준은 그녀의 몸을 스캔하듯 훑어보았다.

"뭘 놀래. 다 봤는데."

수진은 살짝 어색한 미소를 짓더니 이내 뒤로 돌아 입고 있던 브라의 후크를 채웠다.

고급스런 검정색 란제리에 군살 하나 없는 몸매가 탐스럽게 보였다. 그녀는 검정색의 실크 슬립을 입고 나서야 근준 쪽으로 고개를 돌렸다.

"갑자기 들어와서 조금 놀랐어."

예전에 비해 너무나 고분고분한 말투였다. 둘에게서 예전의 모습을 찾기란 힘들 것만 같았다.

근준은 침대에 걸터앉았다. 수진은 약간 떨어져 앉았다.

"수미랑 무슨 일 있었어?"

"응?"

"아까 대문 앞에서 싸우길래."

"아, 그 녀석이 자꾸 내 옷을 갖다 입길래."

"옷?"

"응. 예전엔 안 그랬는데, 내 향수며 옷을 가져다가 입더라. 그거 가지고 한 소리했더니만, 대드는 거 있지."

"그런 거 빌려줄 수도 있잖아?"

"그렇긴 한데, 수미가 그랬던 적이 없어. 아빠가 옷을 안 사주는 것도 아니잖아. 근데 왜 갑자기 그러는지, 화장품이며 옷을 자꾸 가져가서 한 마디 했었는데."

"그래?"

근준은 곰곰이 수진의 말을 곱씹어 보았다. 수진의 옷? 근준은 그것들이 대부분 그녀의 몸매를 드러내는 섹시한 옷들인 것을 잘 알고 있었다. 반면 수미는 고교생답게 편한 옷이나 귀여운 옷을 좋아했다. 그런 그녀가 갑자기 때 아닌 '수진 따라 하기'를 하고 있는 것일까.

"니 옷이라면 늘 몸매를 드러내는 것뿐이잖아."

"그렇지도 않아 뭐."

수진은 괜히 부끄러워했다. 예전과는 전혀 다른 그녀의 모습이지만 근준은 더 이상 놀라지 않았다. 수진은 이제 완전히 자신의 소유가 된 것 같았다.

"맞지 뭘 그래. 늘 짧은 치마에, 딱 붙는 블라우스에, 시집도 가야 할 텐데 얌전하게 입는 것도 좋잖아? 의상 디자이너이면서."

근준은 말을 뱉으면서도 적잖이 놀랐다. 수진의 눈에 실망감이 가득 차며 자신을 바라보고 있었기 때문이었다.

"정말 내가 시집가기를 원해?"

"왜 그래 갑자기? 당연히 가야 하는 거 아냐?"

"니가 가지 말라면 안 갈 거야."

“뭐?”

수진은 자신의 슬립 자락을 만지작거리며 고개를 숙여 버렸다. 어깨를 살짝 덮은 그녀의 웨이브 머리. 화장을 지웠지만 너무나 깨끗한 피부 위로, 그녀의 눈망울이 반짝였다.

“안 갈 거라고. 니가 가지 말라면.”

“내가 뭔데, 너 시집을 가라 마라 해?”

“그럼 난 너한테 뭔데?”

“뭐?”

그 질문에 근준은 황당한 표정이 되어 버렸다. 수진은 천천히 고개를 들어 근준을 바라보며 말을 이었다.

“난 뭔데? 그냥 니가 하고 싶을 때 대주는, 그거뿐인 거야?”

“넌 날 끔찍이 싫어했잖아. 지금도 그렇지 않아?”

“나 나는.”

수진은 한참이나 뜸을 들였다. 왠지 자신의 자존심과 싸우고 있는 듯한 모습에, 근준은 아무런 말을 하지 않고 그녀를 바라보았다.

“좋아해.”

“시덥잖은 말 그만 하자.”

“니가 날 그냥 단순히 침대에서만 쓰는 여자라고 불러도 상관없어. 좋아해, 아니 사랑해.”

“술 먹었어? 도대체 왜.”

“날 그렇게 봐 주면 안 돼? 예전에 내가 널 싫어했던 거 다 잊고. 그냥 이제는 침대 밖에서도 여자로 봐 주면 안 돼?”

“강 회장님께서 참도 좋아라 하시겠다. 갑자기 왜 그래? 쿨한 척은 혼자 다 하더니.”

“뭐라고 해도 상관없어. 아빠가 뭐라고 해도 상관없어. 그런 거 신경 썼다면 시작도 안했어. 그러니까 한 번만이라도……, 나를.”

근준은 수진의 눈에 이슬이 맺히는 것을 보며 적잖이 놀라 버렸다.

그것은 처음 오피스텔에서 자신에게 홈집을 잡혀 울 때와는 다른 종류의 눈물이었다. 그때에는 너무 분해서 운 것이라면 지금은 정말 감정이 복받쳐서 우는 것만 같았다.

자존심이 센 수진이었다. 그녀의 가면은 천천히 부서지고 있었다.

그랬다. 근준과 은밀한 밀회를 즐기기 시작한 몇 달간, 그녀는 빠져서는 안 되는 것에 빠지고 만 것이다.

"난 아직 너에 대한 감정이 바뀌지 않았어."

근준의 말에 수진은 흘러 떨어지려는 눈물을 손등으로 훔쳐 내었다. 근준은 그녀를 한참 바라보다가 손을 뻗어 티슈를 몇 장 뽑아서 그녀의 얼굴을 닦아주었다.

"그리고 모르겠어. 그 감정이 바뀔지 아닐지. 복잡한 건 생각하기 싫어."

수진의 표정이 조금씩 밝아졌다. 난생 처음 보는 그녀의 모습에 적잖이 당황한 근준이었지만 이내 황당한 표정으로 물었다.

"왜 갑자기 좋아해?"

"그냥 그냥, 나도 희망은 있는 거잖아."

"너도 많이 변했다. 예전에 집 앞에 줄줄이 찾아온 남자들 다 차 버렸잖아. 만나주지도 않고. 근데 너보다 한참 어린, 그것도 한때 경멸하던 의붓동생을 사랑한다니."

"뭐라고 해도 좋아. 난 지금이 좋아."

근준은 그제야 느끼고 말았다.

늘 냉랭하고 까칠했던 그녀도 결국엔 감정에 약한 여자였다. 그리고 자존심이 센 그녀에게 있어서는, 지금 이 고백은 너무나 용기 내어 한 것임을 잘 알고 있었다.

'그럼 아까 수미가 한 말의 의미는…….'

근준은 천천히 계단을 내려갔다. 집안 일이 끝난 지금은 아연도 거실에 서성이지 않고 있었다. 근준은 그녀의 방이 굳게 닫혀져 있는 것을 바라보았다.

'폐소공포증이란 건 거짓말이었군.'

하지만 아무래도 상관없었다. 근준의 머릿속엔 그런 것이 들어오지 않았다. 기분이 묘했다. 수진이 자신을 사랑한다니, 왠지 맥까지 풀렸다. 그래서일까? 근준은 안아달라고 하는 수진의 말을 거절하고 나와 버린 것이다.

수진은 자신에게 사랑한다고 고백을 했다. 기분이 나쁘거나 좋거나에 문제가 아니다. 어쩌면 수진의 마음을 얻은 것이 이 집안에서의 존속에 더욱더 도움이 될지 모르지만, 이상스레 기분은 묘하기 그지없었다.

수선의 방은 여전히 불이 꺼져 있었다. 아직 들어오지 않았다는 것을 근준은 잘 알고 있었다. 그렇다면 현관 등불을 끄지 않았을 테니까 현관 등불은 환하게 밝혀져 있었다.

'잘된 것일지도 모르지. 수선이 지금은 없는 편이 나을지도 몰라.'

근준은 천천히 수미의 방으로 다가갔다. 이제 근준은 알 수 있었다. 왜, 어째서 수미가 수진에게 그런 말을 했는지를. 그리고 왜 뒤늦게 큰언니인 수진을 조금씩 따라 하려고 하는지를 말이다.

그는 수미의 방문에 귀를 대 보았다. 분명 방문은 걸어 잠갔을 것이다. 요즘 들어 수미의 방은 늘 그렇게 굳게 잠겨져 있었다. 수진과 근준의 정사를 그녀가 본 그 순간부터였다.

"똑 똑."

근준은 작지만 들릴 수 있게 문을 두드렸다. 귀를 대고 있는 근준의 귓가로 허둥대는 수미의 동작들이 소리가 되어 전해져 왔다.

그녀의 마음, 아니 그녀들의 마음을 알고 있는 근준은 느긋해졌다.

수진, 수미 둘 다 누나와 동생이라는 일말의 장벽은 이미 한줌의 모래처럼 허물어지고 쓸려 나갔다.

"오빠."

수미의 눈이 동그래져 근준을 바라보았다. 근준의 코에 은은한 향수의 냄새가 감돌았다. 그리고 그것은 수진이 쓰는 것과 똑같은 것이었다.

근준은 아무 말도 하지 않고 방안으로 들어갔다. 수미는 허둥지둥하며 근준을 바라보고 있었다.

살짝 헝클어진 원피스 자락. 어깨까지 오는 머리를 위로 곱게 묶어 올린 그녀의 귀여운 눈망울. 근준은 손을 뒤로 뻗어 문을 잠갔다. 수미는 아무 말 없이 그를 바라볼 뿐이었다.

"뭐하고 있었어?"

수미는 근준의 질문에 아무런 말도 하지 않았다.

어째서일까. 그녀도 본능적으로 알고 있는지도 모른다. 그래서 저번에 근준이 왔을 때 같은 반응을 보이지 않는 것일지도 모른다.

"나는……."

수미는 아무런 말도 하지 않았다. 붉게 물든 얼굴을 들킬까 손으로 부채질을 했다.

근준은 천천히 수미에게 다가갔고, 수미는 가만히 서 있었다. 근준의 손이 수미의 머리 위를 살짝 어루만졌다. 그녀는 살짝 파르르 입술을 떨었다.

"수진언니를 따라 하지 않아도 돼. 언니의 향수, 옷 이런 것 모두."

"그런 게 아니……."

"그냥 수미 너는 수미야. 그리고 넌 수진언니와 달라. 언니를 따라 하지 않아도, 강수미 자체가 떨어지지 않아."

떨리는 그녀의 눈망울. 근준은 그대로 수미를 안아 버렸다.

여태까지 같이 살면서 한 번도 가까이서 느끼지 못했던 수미만의 향기. 풋풋하면서도 상큼한 내음이 근준의 입술을 간지럽혔다.

근준의 입술이 수미의 입술을 덮었다. 수미는 발버둥을 치기도 하고 근준의 가슴을 때리기도 했다.

근준은 아예 그녀의 팔과 함께 끌어안아 버렸다. 누구에게도 열린 적 없던 입술. 근준은 달콤한 사과향을 느끼며 수미의 아랫입술을 살짝 빨아 주었다.

수미의 반항과 몸부림이 조금씩 줄어들기 시작했다. 근준은 능숙하게 그녀를 밀어붙였다. 이윽고 침대에 끝에까지 몰린 수미는 그대로 주저앉아 버렸다. 그 틈을 놓치지 않고 근준이 그녀를 눕히며 입을 맞췄다. 그리고 약간은 벌어진 수미의 입술 사이로 근준은 조금씩 혀를 집어넣기 시작했다.

조금씩, 천천히 몸이 떨리기 시작하는 그녀였다. 그리고 놀라움에 크게 떠져 근준을 바라보던 수미의 촉촉한 눈망울은 조금씩 스르르 감기기 시작했다.

방의 불은 너무나 밝았다. 하지만 근준은 조금도 멈출 생각은 하지 않았다. 이미 가치관 자체가 붕괴된 것일지도 몰랐다. 어째서일까. 수진에게 사랑 고백을 받고 나니, 왠지 수미를 탐하려는 자신의 마음이 합리화 되어 버리는 것만 같았다.

수미는 정신이 아찔해지는 것이 느껴졌다. 키스는커녕 단순한 입맞춤조차 해 본 적 없는 그녀였지만 근준의 혀는 마치 뱀처럼 자신의 입술과 혀를 번갈아 가며 옭아매었다. 더불어 근준의 손은 그녀의 원피스 자락 허벅지 사이로 거침없이 파고들었다.

"**형님**. 이거 어떻게 할까요?"

"적당히 처리해라."

종기는 만신창이가 되어 기절해 있는, 축 늘어진 한 명의 남자를 보며 무신경하게 중얼거렸다.

담배 연기가 뽀얗게 허공을 메웠다. 너무나 화려하게 치장되어 있는 대장동 전원주택 안에, 그와는 전혀 어울리지 않는 검은 양복의 사내들은 일사분란하게 움직였다.

'빌어먹을. 이딴 새끼들은 이렇게 호의호식하면서 사는군.'

부아가 치밀어 올랐다. 종기는 참을 수 없는 짜증을 느껴야만 했다.

복수를 위해 종기가 선택한 방법은 간단했다. 처음 찾아냈던 한철호에게 다른 연구원들이나 그 프로젝트에 관여했던 사람들을 아는 대로 자백하게 했다.

그가 자백한 리스트의 인원들을 하나씩 찾아가는 것이었다. 물론 그들에게도 아는 것을 모두 폭로하도록 하는 것은 역시 빠지지 않았다. 간단하지만 효과적인 방법이었다.

'단, 내가 그것들을 뿌리 뽑기 전에 경찰에 덜미가 잡히지만 않는다면 말이지.'

종기는 멋들어진 정원으로 걸어 나가며 담뱃불을 비벼 껐다. 이번에도 수확은 크지 않았다. 그저 관여했던 다른 연구원 몇 명만 자백 받았을 뿐이었기 때문이었다.

'만들 때는 니들 맘대로 나를 만들었을지는 모르지만, 사람 인생 가지고 장난친 대가는 반드시 치르게 해 주겠어.'

종기는 이를 부드득 갈았다. 어쩌면 가만히 있는 게 속 편할지도 모르지만 자신이 누군가에 의해 관찰되는 듯한 엿 같은 기분은 떨치지 못할 것만 같았다. 게다가 근준의 곁에 있는 아연이 뻔뻔하게 근준의 재산을 노린다고 생각하니 더욱더 역겨울 지경이었다.

한참 욕지거리를 내뱉고 있을 그 즈음이었다. 덩치가 큰 사내 하나가 종기의 휴대폰을 들고 뛰어왔다.

"형님. 큰형님 전화입니다."

종기는 전화 받고 약속 장소에 나갔다.

화려한 서울거리에 더더욱 화려한 룸살롱의 안에는 대리석으로 장식된 초호화 업소의 가장 큰 방이었다. 그 방안에 고급스런 샹들리에가 반짝이고 있었다.

오늘도 웃음을 파는 그녀들은 아슬아슬한 복장으로 연신 룸 안에 있는 사내들에게 교태 섞인 미소를 띠우며 그들에게 술을 따르고 있었다.

룸 안에 있는 인원은 모두 네 명이었다. 중년을 넘긴 사내와 젊은 사내 셋이 그들이었다. 모두 멋들어진 슈트를 착용하고 있었다.

중년의 사내는 가장 상석에 앉아 있었다. 그가 사회적으로 유명한 것은 제3금융업자였기 때문이었다. 말하자면 사채업자였다. 시중은행장까지 그를 찾아와서 고개를 숙이고 간다는 소문이 돌 정도였다. 오래 전부터 많은 정치인들과 친분이 깊은 그의 그 규모는 아무도 알 수 없지만 매달 텔레비전 광고비만 몇 십억 원이 넘었다. 그런 그는 연신 웃고 있지만 험악한 인상을 가진 체구가 거대한 사내였다.

"종기야. 한잔 받아라."

룸 안에서도 가장 튀는 준수한 외모를 지닌 종기는 살짝 고개를 숙이며 사내의 술잔을 받아 고개를 옆으로 돌리고는 단숨에 비웠다. 중년의 사내를 제외하고는 그를 바라보는 나머지 두 명의 시선은 전혀 곱지 않았다.

"요새 뭘 하길래 형한테 얼굴도 안 보여주고 다니냐?"

"죄송합니다. 개인적인 업무가 조금 있어서."

"기집이냐?"

"아닙니다 형님."

종기의 보스인 듯한 중년의 사내는 껄껄대며 웃었다. 그가 바로 종기를 지금의 이 자리까지 키운 조직의 우두머리였다.

"가끔 형한테 놀러오고 그래. 니가 독립하고 나니까 형이 참 심심하다. 너만한 실력자도 없고 말이야."

"감사합니다."

종기는 예의를 갖추고 있었지만, 말투는 딱딱하기 그지없었다. 천성적으로 남에게 고개 숙이는 것이 극히 맞지 않는 탓이었다.

"다음 달쯤에, 지점 개소식 있어서 지방에 갈 생각이다. 니가 좀 필요할 것 같은데, 한 번 같이 내려가자."

"알겠습니다 형님."

보스는 피식 웃으며 잔을 비웠다. 종기의 맞은편에 앉은 사내들은 흡사 똥 씹은 듯한 표정으로 종기를 바라보았지만, 종기가 고개를 들면 얼른 시선을 외면하곤 했다.

"잠시, 화장실 좀 다녀오겠습니다."

"어 그래. 갔다 와라."

종기는 꾸벅 인사를 하고는 문을 열고 나갔다. 종기의 옆에서 술을 따르던 그녀도 종기를 따라 룸 밖으로 나갔다.

"형님. 죄송하지만, 저런 핏덩이를 왜 그렇게 이뻐하시는 겁니까?"

종기가 나가고 나서야 그의 맞은편에 있던 사내들이 입을 열었다. 보스는 피식 웃으며 담배를 피워 물었다.

"왜. 저런 어린놈이 잘 나가니까 부러운 거냐?"

"그런 게 아니라."

"저놈은 특별한 놈이야."

"뭐가 말입니까? 솔직히 주먹 하나 쓸 만한 거 빼고는 경력도 없고, 빵에 갔다 온 적도 없는 신삥이잖습니까."

"이 바닥은 주먹 센 놈이 형이야. 그걸 잘 아는 놈들이, 그리고 저 녀석은 특별히 내가 선별한 녀석이야. 실패작이긴 하지만 말이야."

"실패작이요?"

보스의 알 수 없는 말에 사내들은 의아한 표정으로 자신들의 큰 형님을 바라보았다. 그의 품안에 안겨 있다시피 하던 아가씨가 얼른 그의 술잔에 양주를 따라주었다.

"아주 오래 전에 말이다. 우리 애들이 줄줄이 빵에 간 적이 있었다. 그땐 나도 종기 정도 되는 중간보스였다만, 그때 빵에 간 애들은 줄줄이 10년 이상 때려 맞았지."

뜬금없는 옛날 이야기였지만 사내들은 보스를 재촉하지 않고 묵묵히 경청했다.

그는 옛 기억을 떠올리듯 말을 이었다.

"그때 생각했다. 적어도 우리 회사에 전담 변호사 정도만 있었어도, 저렇게 되진 않겠지 하는 생각을 말이야. 당시 윗대가리들도 그 생각을 한 모양인지, 고아원에서 똑똑한 놈 하나 데려와서 공부시키자는 황당한 제안을 했지."

"그럼, 그 애가 커서 법 쪽으로 가게 하려고 했단 겁니까?"

"말하자면 그런 거여. 존나게 골 때리는 발상이었지. 그 애새끼가 착실히 공부해서 사법고시 붙는다는 보장이 있는 것도 아니고 말이야. 근데 어떤 돈 많은 놈 하나가 프로젝트를 한다고 우리들 손을 좀 빌리고 싶다고 하더군."

"프로젝트요?"

"그래. 신선 배아줄기세포 뭐 그런 걸로 머리 좋은 애새끼들을 양성하겠다 이런 건데, 난 니미 좆도 무식해서 모르겠고, 아무튼 애새끼들을 뭘로 만든다나 뭐라나? 그랬었지. 물론 뒤 구린 프로젝트니 조폭들이 그 뒤를 봐줘야 하는 거니까, 그 돈 많은 양반도 우리 도움을 필요로 했을 거고."

묵묵히 그의 말을 듣고 있던 사내들 중 하나가 깜짝 놀란 표정을 지으며 자신의 보스를 바라보았다.

"그럼 종기 저 자식이."

보스는 피식 웃으며 술잔을 비웠다.

"그래. 종기도 거기서 태어난 녀석이다. 물론 중간에 프로젝트가 뻐그러져서 취소가 되었긴 했지만, 종기 역시 그때 나온 녀석이지. 하지만 법 쪽의 인물이 안 되고 우리랑 같은 길을 가니까, 내 입장에선 실패작이고 말이여."

"어째서 프로젝트가."

"당연한 거 아니냐? 그렇게 애새끼들을 생산하는데 사회의 눈을 속이려면 얼마나 힘이 들겠냐. 특히 종교단체나 언론. 당연히 그 한계를 느낀 거지, 그 부자 양반도. 그러다가 걸리면 지가 쌓아온 것에도 타격이 있을 거 아니냐. 그래서 종기 같은 녀석들은 다 고아원으로 버려진 거고, 그때 버려졌던 종기 녀석이 이 바닥에 몸담은 거다. 이 새끼들아. 그러니 저 놈한테 시기하는 못난 짓은 하지 말라는 거여."

"그 부자란 사람이 누굽니까? 지금도 버젓이 활동을 하는 자입니까?"

"일본 놈이지. 아니 재일교포라 해야 맞겠지. 60년대 사업을 위해 일본에서 부모와 한국에 들어왔다지 뭐여. 아마 그 프로젝트로 인해서 자신의 씨족을 번식과 번창을 위했을 거여."

"그래 자기 씨족을 번창해서 뭐 하겠다는 겁니까?"

"그 프로젝트 성공해서 신코리아 조직을 만들어 국회의원 보내 내각제로 헌법을 고쳐서 정권까지 욕심을 부렸겠지."

"신코리아하면 친일파 조직이잖습니까. 어디 그런 놈이 있습니까. 일본에서 살던 놈들이란 꼭 우리나라에 들어오면 딴 목적으로 오는 놈들을 그만 둡니까?"

"돈 때문에 했지만 말이다. 거기에 나도 가담한 놈이잖냐. 그러고 보면 나도 이 나라에 여적이다."

"전 그래서 하는 말씀이 아니라, 그 사람이 우리나라를 신코리아로 새로 세워, 일본 나라로 만들려고 했던 것이 아닙니까. 어떻게 사람을 기계식으로 뽑아내겠다는 그런 프로젝트를 했다는 그 사람이 도대체 누굽니까?"

보스는 재떨이에 담배를 비벼 끄고는 느긋한 표정으로 그들을 바라보았다. 시끄러운 복도지만 그는 어렴풋이 종기가 곧 들어올 거라는 느낌을 받을 수 있었다.

그는 약간은 낮은 톤으로 궁금증에 가득 차 있는 자신의 부하들에게 입을 열었다.

"그 양반이 세계적인 건설회사이자 우리나라의 100대 기업 안에 드는 바로 한경건설 강주현 회장이다."

"네?

16 _ 열여섯

대학교 오리엔테이션으로 신입생들이 가득하게 강당을 메웠다.
"아아. 쟤가 그 소문의 그 녀석이냐?"
"어. 그럴걸."
"머리가 그렇게 좋다면서? 입학식 날 대표로 뭐 선서 같은 거 하더만."
"야야. 말도 마라. 거기다가 한경건설 아들이란다."
"진짜? 저거 완전 엄친아네."

주변에서 수근대는 사람이 꽤 있었지만 근준은 귓가에 꽂은 이어폰 탓에 아무런 말도 들려오지 않았다. 오리엔테이션이 끝나고 새 학기가 시작된 대학교의 교정. 근준을 보고는 수근수근대는 캠퍼스의 풍경이었다.

수미와의 일이 있은 후, 근준은 그야말로 전성기를 누리고 있다고 해도 과언이 아니었다. 대학에 합격했으니 그야말로 자유였다. 게다가 수미와 수진을 모두 자신의 편으로 만든 탓에 하루하루 밤이 즐거웠다. 흠이 있다면 수진과 할 때는 수미에게 들키지 않도록 조심해야 한다는 전제가 붙은 것뿐이다.

"이제 오빠 바빠지는 거야?"

수미는 늘 그렇게 투덜대곤 했다. 이상하게도 수미는 처음으로 섹스를 하고 나자, 마치 근준을 애인처럼 대했다. 근준의 눈에도 수미는 완전히 자신에게 빠져 있는 듯한 느낌이 들 정도였다. 그런 일이 반복될수록 수진과 수미간에도 묘한 갈등이 자리잡고 있었다.

"저기, 강근준 맞니?"

근준은 누군가가 부르는 듯한 소리가 들려 이어폰을 뽑고 뒤를 돌아보았다.

"누구세요?"

근준은 고개를 갸웃하고는 앞을 바라보았다. 눈 앞에는 근준보다 살짝 키가 작은 남자 한 명이 서 있었다. 대놓고 근준에게 하대를 하는 것을 보니 선배인 듯했다. 근준이 알아채기 전에 몇 번이고 부르며 따라왔던 모양인지 약간은 숨을 헐떡대고 있었다.

"아, 나는 경음악 동아리 회장인데 강근준 맞지?"

"네 그런데요?"

근준의 대답에 그는 환하게 웃으며 반갑다는 듯 근준의 어깨를 툭하고 쳤다.

"반가워! 나는 3학년 이승재라고 하는데, 혹시 우리 동아리 들어올 생각 없어?"

"동아리요?"

"어 좀 갑작스러울 수도 있겠지만, 사실 나 너 음악 쪽에 꿈이 있다는 말을 들었거든."

"그걸 어떻게?"

"너 고등학교 때부터 다니던 연습실에 내 친구가 있거든."

근준은 그제서야 아 하는 탄성을 지르며 고개를 끄덕였다.

승재라고 밝힌 그는 근준의 대답이 떨어지기도 전에 동아리의 홍보 전단지를 내밀었다.

"니 적성에 맞을 거야. 작곡 쪽이 꿈이라면서? 우리는 서로 자작곡을 연주하기도 하고 발표하기도 하고 그래. 관심 있으면 꼭 들어와라. 응?"

근준은 꽤나 구미가 당긴다는 듯한 표정을 하며 전단지를 바라보았다. 그는 근준의 대답이 나오기도 전에 얼른 입을 열었다.

"저 쪽에 있는 동아리 건물 알지? 거기 3층에서 가장 큰 방이 우리 동방이야. 언제든지 들러! 너에 대해선 애들이 다 알고 있으니까. 그럼 간다!"

"예?"

근준은 자신의 말을 듣지도 않고 쏜살같이 사라지는 선배를 보며 뚱한 표정을 지어보였다.

'별 이상한 녀석이네. 사람 말은 듣지도 않고.'

하지만 흥미가 있는 것은 부정할 수 없는 사실이었다. 근준은 저도 모르게 전단지를 가방에 쑤셔 박고는 후문을 향해 걷기 시작했다.

'응? 뭐야.'

왠지 단지 하굣길이라서가 아니라, 후문이 굉장히 소란스럽다는 것을 느낀 근준은 고개를 갸웃했다. 지나가면서 한 번 더 볼 걸 하는 아쉬움이 가득 찬 멘트를 날리는 학생들부터, 괜히 안보는 척하며 힐끔거리는 학생들까지. 뭔가 후문에 굉장한 구경거리가 있는 듯한 눈치였다.

발걸음을 재촉해서 갔던 근준은 자기도 모르게 눈이 휘둥그레지는 것을 느꼈다. 후문이 소란스러웠던 탓은 청순한 한 여성이 서 있었기 때문이었다. 그리고 그 여성은 근준도 아주 잘 아는 여자였다.

'강수선.'

그녀가 웬일인지 주변을 두리번거리며 후문에 서 있었다. 너무나 하얀 얼굴과 덕신이 보이도록 묶어 올린 머리가 보는 사람으로 하여금 넋이 나가게 하는 그녀의 깨끗한 이목구비였다. 게다가 늘상 즐겨 입는 하늘하늘한 스커트와 어울려 마치 천사가 강림한 듯한 느낌마저 자아내었다.

주변에서는 그녀를 보며 넋을 잃는 남성들과 질투와 부러움이 섞인 시선의 여성들의 모습이 보였다. 정작 수선은 자신 때문에 주변의 공기가 약간은 어색한 것을 아는지 모르는지, 열심히 두리번거릴 뿐이었다.

근준은 그녀의 모습만을 바라보는 사내들을 한 번씩 노려본 후 수선을 향해 걸었다. 이상스럽게도 근준의 가슴은 조금씩 두근거렸다.

"근준아!"

그의 모습이 보이자, 수선은 싱긋 웃으며 근준을 향해 손을 흔들었다. 자연스레 사람들의 시선은 모두 근준을 향해 옮겨졌다.

"여긴 무슨 일이야? 친구 만나러 왔어?"

근준의 퉁명스런 말에 수선은 싱긋 웃어 보였다. 주변은 술렁이기 시작했지만, 근준은 아랑곳하지 않고 수선을 바라보았다.

"아니. 다른 사람 만나러 왔어."

"아 그래?"

"누구냐고 안 물어 봐?"

"누군데?"

"신입생 강근준 씨."

"뭐?"

근준이 의아한 표정을 짓자 수선은 살짝 웃으며 근준의 팔을 잡아끌었다.

아쉬움과 부러움이 섞인 남자들의 시선을 뒤로 한 채 근준은 수선에게 이끌려 후문을 나와 버렸다.

"갑자기 생뚱맞게?"

"나는 뭐 내 동생 학교에 오지도 못하니?"

"그런 건 아니지만."

사실 근준은 기분이 좋았다. 다만 그녀의 앞에서 대놓고 웃지 않았을 뿐이었다. 그것을 아는지 모르는지, 수선은 근준의 발과 맞춰 산성대로를 걸었다. 그녀와 나란히 걷기 시작하면서 코로 전해져 오는 수선의 향기에 근준의 심장은 더욱더 빨리 뛰었다.

"근준아 너 밥 먹었어?"

"아니. 저녁 먹기엔 이른 시간인 걸 뭐."

"누나도 안 먹었어. 우리 맛있는 거 먹자."

"집에 가는 게 아니고?"

"밖에서 먹는 것도 괜찮잖아. 왜 누나가 창피해?"

"쳇. 멋대로 말하기는."

무뚝뚝하기 그지없는 근준의 말에도, 그의 성격을 잘 아는 수선은 그저 웃기만 했다. 근준은 똑바로 수선의 얼굴을 볼 자신이 없어 괜히 고개를 옆으로 돌려 버렸다.

"복정역에서 모란행 8호선을 탔다. 남한산성입구역에서 내려서 보니 느네 학교가 보이잖아. 은행시장 부근에 내가 맛있는 곳 아니까 같이 가자. 근준아 너 파스타 좋아하지?"

"좋을 대로. 아무거나 괜찮지 뭐."

향긋한 봄 향기가 나는 대학가보다 수선이 옆에 있음으로써 나는 향기가 더 짙은 것만 같았다.

주변 사람들은 그저 지나가는 척하며 수선과 근준을 힐끔힐끔 바라보았다. 약간 불쾌하기도 했지만 근준은 왠지 수선과 함께 있을 때 자신을 바라봐 주는 것이 싫지 않았다.

"어디더라, 음."

수선은 고운 입술을 만지작거리며 주변을 두리번거렸다. 근준은 한숨을 폭 쉬며 말을 이었다.

"그럼 그렇지. 길치가 어디 가냐."

"아니야! 나 분명히 기억하고 있는데."

근준은 잘 알고 있었다. 수학이나 과학 쪽에는 밝은 사람이 이상하게도 길눈이 심하게 어두운 수선이었다. 고등학교 때도 종종 길을 잃은 적이 있을 정도였다. 하지만 기억하고 있다는 수선의 말은 거짓말이 아닌 듯, 둘은 곧 좁지만 아늑한 분위기의 파스타 집으로 들어갈 수 있었다.

"근준아 뭐 먹을래? 누나가 사줄게."

"아무거나 사줘."

"음, 그럼 커플세트 먹자. 이거 주세요."

수선은 주문을 하고는 살짝 묶은 머리를 뒤로 넘기며 근준에게로 시선을 돌렸다.

"새 학기는 어때? 대학생활 재밌어?"

"뭐가 재밌냐. 어차피 그냥 학교일 뿐인데 뭘."

"동아리도 들고 그러면 재밌잖아. 무뚝뚝하기는."

근준은 괜히 물잔에 물만 딸아 들이켰다.

입시 그리고 고등학교를 졸업할 때에 느껴지던 한파는 어느새 물러갔다. 3월의 싱그러운 햇살이 가게의 창문 안으로 들어오고 있었다. 그 모습이 더욱 수선을 빛나게 하는 듯했다.

근준은 새삼 많은 일이 있었다는 생각이 들었다. 대학에 합격하고, 졸업을 하고, 그리고 집안에서의 비밀은 점점 늘어만 갔다. 수미는 점점 대담해져 한밤에 몰래 근준의 방에 들어오기도 했다. 마치 수진에게 들리라는 듯이 달려드는 수미 덕에 근준은 몇 번이고 주의를 주기도 했었다.

이 모든 일이 3개월 안에 일어났다고 생각하니 왠지 피식하고 웃음이 나왔다.

"근데, 요새 수미랑 무슨 일 있어?"

갑작스런 수선의 질문에 근준은 마시던 물을 뿜으려는 것을 겨우 참아내었다.

"무슨 일이라니?"

"그냥 수미가 널 대하는 게 요새 너무 이상한 거 같아서."

수선은 물잔을 만지작거리며 중얼거렸다. 늘 수미를 신경 쓰는 그녀였다. 당연히 그녀가 보기에는 수미와 근준 사이의 분위기가 이상하다는 것은 충분히 감지할 수 있었을 것이었다.

게다가 늘 근준을 눈엣가시로 생각했던 수진도 이제 매일 집에 오다시피 하며 근준에게 별 말을 하지 않으니, 당연 수선으로서는 잘됐다고 생각하면서도 이상하게 느껴질 수밖에 없는 일이었다.

"기분 탓이겠지 뭐."

근준은 그런 식으로 대충 둘러 대답해 버렸다. 수선이 뭐라고 하려는 틈에 음식이 하나둘씩 나오고 있었다.

"배고팠는데 잘 됐다. 잘 먹을게."

뭐라고 다시 물어보려던 수선은 배가 고팠는지 마늘빵을 복스럽게 베어 무는 근준을 보며 이내 다시 아름다운 미소를 지을 뿐이었다.

식사를 하고도 근준은 연신 의아한 눈으로 수선을 바라보며 산성대로를 걸었다. 그저 밥만 먹고 집에 갈 줄 알았는데 이상하게도 이번엔 수선이 영화를 보고 싶다고 했기 때문이었다.

근준은 그것이 싫을 리 없었다. 하지만 지금까지 수선이 한 번도 그런 적이 없었기에 약간은 당황스럽기도 했다.

"어디서 볼까? 모란 아니면 야탑?"

"여기서 가까운 단대오거리역 롯데시네마는 어때?"

근준과 수선은 택시를 탔다. 세이브존 백화점 앞에서 내렸다.

"두 명이요."

수선은 매표소에서 계산을 하더니 근준의 팔을 잡아끌었다.

"우리 운 진짜 좋아. 오자마자 바로 영화가 있잖아. 그것도 자리도 좋고, 그치?"

"근데 갑자기 무슨 영화야?"

"왜? 보기 싫어?"

"내가 언제 싫댔냐. 갑자기 그러니까 그렇지."

"그냥 다들 남자 친구랑 영화 보고 그러는 거 부럽더라. 근데 난 근준이가 있으니까. 그걸로 만족해야지."

"뭐야. 꿩 대신 닭이냐."

수선은 하얀 손으로 입술을 가리고는 쿡쿡거리며 웃었다.

근준은 문득 언젠가 수선이 그네 위에서 했던 말이 떠올랐다.

사랑하는 사람이 있지만, 이뤄질 수 없다고 했던 그 말. 이상하게 왼쪽 가슴이 쓰려 오는 근준이었다.

'나를 봐달라고 하기엔, 난 너무 더러운 놈이 되어 있는 건가.'

한 번도 수진, 수미와 몸을 섞으면서 일말의 죄책감조차 느껴 본 적 없는 근준이었다. 하지만 그 상태로 수선의 눈을 바라보기는 너무나 괴로웠다. 그녀를 보고 있노라면 설레이지만 자신은 그런 그녀의 동생과 언니를 모두 범한 남자였다.

"너, 술 취해서 나 끌어안고 키스했어."

근준은 문득 그때의 일을 떠올리고는 침을 꿀꺽 삼켜 버렸다. 옆에서 수선의 반짝이는 입술이 보였다. 입술을 대고 싶다는 충동이 일어났다. 지금 바로 옆에서 자신의 팔을 잡고 있는 수선이었다. 생각 같아서는 그녀의 가냘픈 허리에 팔을 두르고 질릴 때까지 입을 맞추고 싶었다.

근준은 새삼 인정해야 했다. 지금의 이 감정. 생애 처음으로 수선을 봤을 때부터 지금까지 계속 이어지는 이 느낌이었다.

'나, 진짜 강수선을 좋아하고 있구나.'

둘은 사이 좋게 나란히 앉았다. 평일의 극장은 한산하기 그지없었다.

"이거 전부터 보고 싶었던 영화였어."

수선은 행여나 주변 사람들에게 방해가 될까 봐 소곤거리며 근준에게 말했다. 소곤거리며 말했으니 당연히 근준의 얼굴 가까이까지 수선이 살며시 다가와 이야기를 했기에 근준은 더욱 떨렸지만 이내 퉁명스런 목소리로 중얼거렸다.

"그냥 흔한 로맨틱 코미디 영화데 뭘."

"아냐. 이거 되게 슬프대."

"급히 들어와서 팝콘도 없고."

"누나가 사올까?"

"됐네요. 영화 시작한다."

근준의 말에 수선은 얼른 화면 쪽으로 눈을 돌렸다. 영화에 별 관심이 없는 근준은 무표정한 얼굴로 스크린을 응시할 뿐이었다. 살짝 곁눈질로 수선을 보니 그녀는 기대가 가득한 눈으로 화면을 바라보고 있었다.

'꽤 즐거워 보이네.'

그러고 보니 수선은 잘 웃긴 했지만 이렇게 즐거워하는 것을 보인 적이 별로 없었다. 늘 과제에 치여 살았다. 집 안에서는 강 회장이 없으니 늘 엄마 역할을 도맡아 했다. 살림이야 아연이 알아서 하지만 강 회장은 수미의 학교 문제나 교육문제는 수선에게 떠 맡겨 버렸기 때문이었다. 밖에서의 수선은 그냥 평범한 학생일지 모르지만 집안에서의 수선은 밖에서 일을 하는 강 회장과 수진을 챙기고, 근준과 수미의 교육을 책임지는 안주인이나 다름없었다.

영화는 시즌마다 나오는 전형적인 미국식 로맨틱 코미디였다. 늘 자신이 좋아하는 여자 앞에서는 실수 연발, 그리고 꼭 오해를 사서 여주인공과 멀어졌다가 결국엔 진심이 통해 사랑을 얻는 스토리였다.

'나 역시 저기에 나오는 녀석이랑 다를 바가 없지.'

근준은 문득 그런 생각이 들었다. 정작 자신이 바라보는 것은 수선이지만, 늘 그는 퉁명스럽게 수선을 대했기 때문이었다.

그뿐만 아니라, 수선의 주변에 있는 여자들을 맴돌며 대리만족을 하고 있다는 생각마저 들어왔다.

영화는 계속해서 흘러가지만 근준은 조금도 영화에 집중할 수 없었다. 바로 옆에 있지만 손조차 잡을 수 없는 수선이었다. 자신이 사랑하는 사람과 현실에 대한 괴리감이 근준을 조금씩 압박해 왔다. 아이러니하게도 수미와 수진과의 관계는 전혀 문제될 것이 없었지만 수선과는 왠지 넘어설 수 없는 묘한 장벽이 느껴졌다.

왜일까. 몇 번을 생각하고 고찰해 봐도 그것은 자꾸 도달할 수 없는 결론을 향해 치닫고 있었다.

생각에 잠겨 있던 근준은 갑자기 극장이 환해지는 것을 알 수 있었다. 생각에 잠겨 있는 동안 영화가 끝나 버린 것이다.

살짝 눈을 돌린 근준은 눈을 크게 떴다.

"왜 울어?"

수선은 손가락으로 눈물을 훔치고 있었다. 근준이 보자 민망했는지 그녀는 손으로 부채질을 했다.

"안 울어."

"안 울긴 뭘 안 우냐. 코미디 보면서 우는 게 말이 돼?"

"그치만 마지막에 여자애가 주인공 받아주는 장면이 너무 찡했단 말야."

근준은 한참이나 어이없는 눈으로 수선을 바라봤다. 청순한 눈망울이 울어서 그런지 약간은 빨개져 있었다.

근준은 정말로 오랜만에 그렇게 수선을 보면서 웃음을 터뜨려 버렸다.

"근준아."

"응?"

"넌 운전면허 안 따니?"

"갑자기 그건 왜?"

"아빠가 너 대학가면 차 사주신다고 했었잖아. 너 차 있으면 누나도 데려다 줄 수 있고, 괜찮지 않아?"

율동 집으로 가는 버스를 기다리는 단대오거리역 정류장이었다. 어색하게 서 있을 때 수선이 꺼낸 말이었다.

"글쎄. 별 필요성은 못 느끼는데. 그러는 넌 왜 면허도 있으면서 차 안 몰아?"

"또 너라고 한다 누나한테, 난 장롱면허라 무섭단 말이야."

"하긴 차 있으면 뭐하냐. 길치라서 집 앞 마트도 못 몰고 갈 텐데."

"너 혼나!"

수선은 괜히 귀여운 두 눈을 치켜떴다.

본인은 무섭게 보인다고 생각할지 모르지만 근준에게 있어서는 꼭 껴안아 주고 싶을 정도로 귀여운 모습이었다.

"버스 왔다."

근준을 쥐어박으려던 시늉을 하던 수선은 이내 눈을 흘기며 버스에 올라 탈 수밖에 없었다.

사람이 그렇게 많지 않은 버스 안이었다. 근준은 습관처럼 맨 뒷자리로 성큼성큼 걸어갔다. 수선도 열심히 근준의 뒤를 따라가 앉았다.

"저녁이 되니까 진짜 시원하다 그치?"

근준은 건성으로 고개를 끄덕였지만 오늘 따라 수선은 너무나 밝아 보인다는 것을 속으로 느끼고 있었다.

"근데, 자주 안 놀러 다녀? 친구들이랑?"

"나?"

"응."

수선은 갑작스런 근준의 말에 곰곰이 생각에 잠겼다. 친구들이라면 근준도 몇 명 알고 있긴 했다. 다만 그녀가 밤 늦게까지 돌아다니는 일은 거의 없었다. 친구들을 집에 부르는 일도 없었기에 자주 보지 못했을 뿐이었다.

"글쎄. 다들 대학생이고 바쁘고 하니까 볼 일이 없는 거 아닐까? 나도 그렇고."

"맨날 집에서 공부만 하니까 그렇지."

"그럼 어떡하니? 성적 잘 따려면 공부 열심히 해야지."

여지없이 들려 오는 교과서적인 수선의 대답에 근준은 저도 모르게 피식 웃었다. 잘 웃지 않는 그지만 오늘은 수선과 함께 있으면서 자주 웃는 것 같았다. 수선이 그간 보여주지 않았던 신나 하는 표정을 지었듯이 말이다.

"좀 놀러 다니고 그래. 꼭 집안에 있으란 법이 있는 것도 아니고, 성적도 좋으면서 뭘 맨날 공부만 하냐. 강수진, 아니 큰 누나처럼 좀 즐기면서 살아도 되잖아."

말을 잇던 근준은 어깨에 느껴지는 감촉에 살짝 놀라 옆을 바라보았다. 향긋한 샴푸내음이 확하고 느껴졌다.

약간은 적막 속에 근준이 입을 열었을 때였다. 그녀는 피곤한지 근준의 어깨에 기대어 잠이 들어 버린 것이었다.

근준은 미친 듯이 두근거리는 게 느껴졌다. 자신의 어깨에 기대어 있는 탓에 수선의 얼굴이 자세히 보이지는 않았지만, 하얀 살결과 꼭 감겨 있는 긴 속눈썹, 그리고 콧날은 근준을 설레게 만들기에 충분했다.

그녀가 기댄 탓에 전혀 야하지 않았던 수선의 하늘하늘한 블라우스는 앞으로 살짝 기울여져 그녀의 뽀얀 가슴 윗부분을 조금씩 보여주고 있었다. 근준은 저도 모르게 고개를 휙하고 돌려 버렸다.

'젠장. 내가 왜 이러는 거야.'

모란에서 승객들이 많이 내리자 이제 버스 안에 사람은 거의 없었다. 20분만 지나면 수선도 근준도 내려야 하지만, 왠지 근준은 이 시간이 영원했으면 좋겠다는 그답지 않은 생각마저 하고 있었다.

잠이 든 탓에 자신의 무릎 위에 올려진 수선의 하얀 손. 근준은 살짝 손을 뻗어 그녀의 손을 쥐어보았다.

너무나 부드러운 느낌이다. 근준은 이상하게도 가슴이 떨려 왔다. 왜일까. 수진, 수미와는 거의 매일 돌아가며 찐하게 스킨십을 할 정도인데도 이렇게 떨린 적이 없었다.

"자?"

근준은 혼잣말처럼 물었지만 수선은 쌔근거리며 선잠이 들어 있는 듯 아무런 반응이 없었다. 너무나 고운 그녀의 손. 근준은 수선의 손을 쥐며 자신도 모르게 중얼거렸다.

"믿을지 모르지만 손이 너무 잡고 싶었어."

버스가 야탑역을 지나자 네온사인이 가득한 길을 달렸다. 근준의 심장도 어디론가 달리는 것만 같았다. 여전히 아무런 말을 하지 않는 수선이었다. 근준은 꿈을 꾸듯 중얼거렸다.

"난 그러면 안 되겠지? 난 그럴 자격이 없으니까. 이렇게 니가 잠들었을 때 잡을 수밖에 없을 거야. 어찌 보면 그게 내 운명이지."

근준은 자신이 우스웠다. 음악을 할 때를 제외하곤 이렇게 감성적이었던 적이 없는 자신이었다. 하지만 이렇게라도 자고 있는 수선에게 말을 하니 왠지 모르게 속이 시원했다.

"좋아해서 미안해. 니가 꿈꾸는 좋은 남동생이 못될 것 같아. 그럼 이렇게 좋아하면 안 되는 거니까. 그래서 미안해."

버스가 밀리는 야탑역을 빠져 나오자 버스는 시원하게 내달리기 시작했다. 근준은 더 이상 아무런 말도 하지 않고 수선의 고운 손을 쥐었다. 하지만 그는 모르고 있었다. 근준의 어깨에 기대고 있는 수선의 감겨 있는 눈가 사이로 아주 작은 이슬이 맺혀 있다는 사실을 몰랐다.

다음 날 학교 강의실.

"자 그럼 여기까지 이해가 되셨죠? 리포트 과제를 알려 드리도록 하겠습니다."

교수의 말과는 달리 강의실내에서 경제학개론의 수업을 이해한 자는 거의 없어 보였다. 경영학이라는 사회과학 과목에서는 거의 필수로 따라붙는 경제학 수업이었다. 그들은 마치 오뉴월 개마냥 책상을 향해 꾸벅꾸벅 고개를 떨구고 있을 뿐이었다.

근준은 재미없다는 표정을 여실히 얼굴에 드러내면서도 교수가 내는 리포트의 과제를 노트에 옮겨 적었다.

'정말 더럽게 재미없는 학문이구나.'

근준은 속으로 중얼거렸다. 수업시간에도 자신의 머리를 가득 매우는 악상들, 그건 또 어째서일까. 강 회장이 그토록 들어가라고 했던 경영학과에는 자신의 구미를 당기게 하는 그 어떤 조그마한 것도 그는 발견하지 못하고 있었다. 1박 2일의 오리엔테이션을 가지 않았던 근준인지라 모두 삼삼오오 모여서 강의실을 떠나도 그는 혼자서 남은 책들을 챙겨 넣었다.

'어라?'

문득 근준은 가방 안에 이질적인 무언가가 잡히는 것이 느껴졌다. 손을 뻗어 꺼내 보니, 그것은 잔뜩 구겨져 있는 동아리의 전단지였다.

'아 그러고 보니 이걸 잊고 있었네.'

왠지 모르게 요 며칠 멍해 있었던 그는 그제야 며칠 전에 승재라는 사내가 말을 걸었던 것이 생각났다.

'여기 애들의 수준은 어떨까?'

내로라하는 대학이었다. 언뜻 생각해도 공부만 죽어라 했을 것 같은 그들이 자신의 성에 찰 정도의 음악을 할까 하는 생각이 들어왔지만, 근준은 어느 샌가 동아리 건물로 발걸음을 옮기고 있었다.

'너무 기대하지 말자. 내가 좋아하는 것을 즐길 수 있으면 그만이지.'

사실 고등학교 때 즐겨 갔던 연습실의 멤버도 그렇게 뛰어난 아이들은 아니었다. 물론 지극히 주관적인 근준만의 생각이었다.

싱그러운 캠퍼스다. 저마다 남녀들이 삼삼오오 모여 이야기를 하며 걷고 있는 모습이 보였지만 근준은 그것들에 전혀 개의치 않았다.

동아리 건물에 들어서자, 복도에서 춤 연습을 하고 있는 동아리를 비롯하여, 한 복도에 몇 십 개의 서클 방이 위치해 있었다.

'3층이라고 했지?'

근준은 천천히 발걸음을 옮겼다. 승재는 경음악동아리가 3층에서 가장 큰 방이라고 했었다. 건물 구조상, 가장 큰 방은 계단의 가장 가까운 곳에 위치해 있는 것 같았다.

─세상은 온통 너뿐이야.

근준은 문득 걸음을 멈추었다. 첫 번째 방에서 울리는 여자의 노랫소리. 그리고 그 첫 번째 방이 바로 승재가 말했던 그 방이었다.

'제법인데.'

근준은 별 거 아닌 것들만 잔뜩 있겠거니 하던 그 생각을 수정해야만 했다. 어쿠스틱 기타의 연주와 함께 들려오는 여자의 음색은 상당히 깔끔하고 고왔다.

고음처리가 좋다는 것보다는 목소리가 너무나 분위기 있었다.

근준은 동아리방의 문을 열지 않고 가만히 서서 들려오는 그녀의 노랫소리를 감상했다. 섹시한 분위기를 자아내면서도 은근히 반주에 녹아드는 듯한 목소리. 근준은 문 앞에서 진지하게 그 목소리를 감상하고 있었다.

얼마나 지났을까. 잠시 후 연주가 멈추며 남자들의 환호하는 소리가 들려왔다. 휘파람을 부는 이도 있고, 시끄럽게 떠드는 이도 있다. 근준은 그 환호성이 잠잠해 질 때까지 묵묵히 기다린 뒤 동아리방의 문을 두드렸다. 이어 천천히 철문이 열렸다.

승재가 말했던 대로 동아리 방치고는 꽤 넓은 편이었고, 한쪽에는 어쿠스틱 기타를 비롯해 몇 개의 악기가 놓여 있었다.

삼삼오오 모여 대낮부터 동방에서 맥주를 마시고 있는 듯, 그들은 하나같이 맥주캔 하나씩 들고 있었다.

"어어! 강근준이다!"

근준은 자신을 알아보는 승재의 목소리에 꾸벅 인사를 했다. 다들 근준에 관한 이야기를 들었던 듯, 들은 흥미어린 표정으로 근준을 바라보고 있었지만 근준은 방금 노래를 불렀던 여자의 뒷모습만을 바라보고 있었다.

뒷모습이지만 그녀는 꽤나 키가 큰 늘씬한 미인이었다. 딱 달라붙는 청바지에 하얀 블라우스를 입고 있는 그녀였다.

"들어올 결심을 했나 보네?"

승재가 피식 웃으면서 하는 말에도 근준은 대답하지 못했다. 뒤로 돌아 있던 그녀가 몸을 돌려 자신을 바라보고 있었기 때문이었다.

큰 키에 짙은 tm모키 화장. 하얀 블라우스와 딱 붙는 청바지로 보이는 매혹적인 몸의 굴곡. 마치 강수진의 다른 버전을 보는 듯한 미녀가 근준을 바라보고 있었다. 게다가 그녀는 근준에게 꽤나 낯이 익은 얼굴이었다.

'수능시험 볼 때의 그 여자잖아?'

틀림없었다. 아슬아슬한 치마를 입고 나타나서는 과감하게도 치마를 들쳐 커닝을 했던 그 여인. 잠시나마 근준의 관심을 끌었던 그 여자가 무표정한 얼굴로 근준을 바라보고 있었다.

"뭐 하냐 이것들아! 신입부원 강근준 오셨다."

승재의 말에 모두들 자리에서 하나둘 일어났다.

"반가워. 2학년 이진욱이야."

"와, 니가 강근준? 소문은 많이 들었는데."

"너 악기 전 파트를 다 연주할 줄 안다며? 홍대 앞에서 세션도 했다고 들었는데 맞아?"

근준은 물밀듯이 들어오는 질문공세를 약간은 질린 듯한 표정으로 바라보았다.

하나같이 죄다 남자인 신기한 동아리였다. 물론 여자도 간간이 있었지만, 거의 남자로 봐도 무방할 정도의 극악의 얼굴을 가진 이도 있었다.

"네. 경영학과 1학년 강근준입니다. 잘 부탁드립니다."

근준은 고개를 꾸벅 숙여 인사를 했고 모두들 박수까지 치며 환영을 했다. 대낮부터 맥주를 마셔서일까? 그들은 약간 흥분한 듯했다.

"뭐해? 민지 너도 인사해."

근준은 그제서야 그녀의 이름이 민지라는 것을 알고 있었다. 몹시 야한 분위기를 자아내는 눈으로 근준 쪽으로 돌아본 그녀가 입을 열었다.

"최민지. 관광학과 1학년이야. 나이는 보통 1학년들보다 두 살 많고. 잘 부탁해."

"경영학과 강근준."

근준은 평상시처럼 인사를 했지만, 이윽고 민지의 눈 꼬리가 살짝 올라갔다.

"뭐야. 나 말 놓으란 말은 안 했는데?"

민지의 말에 주변은 킥킥거리는 소리들로 가득 찼다. 거기에 근준은 표정 하나 변하지 않고 맞받아쳤다.

"어째서 말을 놓지 않으면 안 되는데? 같은 1학년인데."

"나이가 많으니까. 기본적인 도덕개념이 없구나 너?"

"도덕개념을 따질 때는 아니지. 뭘 하다가 2년 늦게 왔는진 모르지만 학교를 늦게 온 게 뭐가 자랑이라고 대우를 받으려고 하지?"

"뭐, 뭐?"

민지는 눈을 크게 뜨며 어이없다는 듯 근준을 바라보았다. 주변에서는 '천하의 최민지에게 강적이 나타났구나' 하며 낄낄거렸다.

"그것도 정상적인 방법으로 수능을 친 것도 아닌 거 같은데."

"너 말 다했어? 그럼 내가 뭘 어떻게 했다는 건데? 나이도 어린 게 까불고 있어."

"그래봐야 두 살 차이일 뿐이지. 요새 수능에는 치마 속에 커닝페이퍼 넣어갖고 오는 것도 허용이 되는 모양이지? 당당하게 온 것도 아니고. 그러면서 누나 대우받고 싶다면 니가 말한 도덕개념이 뭔지 다시 한 번 생각하고 와."

민지는 그저 입을 쩍 벌리며 황당하다는 듯이 근준을 바라볼 뿐이었다. 주변에서는 근준의 치마 속 커닝페이퍼 발언에 술렁거렸다.

"자자자! 왜들 이래! 우리도 실력 있는 신입부원이 왔는데! 아 민지까지 둘이나 있잖아. 얼른 가서 환영회 한 번 하자. 근준이도 괜찮지?"

근준은 얼른 주선하며 나오는 승재의 말에 고개를 돌려 버렸다.

민지는 잘록한 허리에 두 손을 올린 채로 분함과 짜증이 섞인 표정으로 근준을 바라볼 뿐이었다.

'외모뿐만이 아니라 성격도 강수진이랑 비슷하구만.'

근준은 피식 웃어 버렸다. 처음에 저랬던 수진이가 지금은 자신에게 어떻게 하고 있는지 잘 알고 있으니까.

당돌한 민지의 말에 기분이 상당히 나쁘긴 했지만 그는 왠지 피식 웃고만 있을 뿐이었다.

"자자. 다들 다음 수업 없지? 학교 앞 건너편 퓨즈호프에서 한잔 빨아야지!"

다들 음악 하는 사람들 아니랄까 봐 술이 그렇게 좋은 것일까, 모두들 환호하며 얼른 웃옷을 챙겨 입었다.

자신을 향해 분한 듯 씩씩거리는 민지의 시선을 느끼며, 근준은 속으로 조용히 중얼거렸다.

'뭔진 모르지만 오기를 잘했네. 재밌어지겠어. 대학생활.'

근준은 침대에 누워 간만에 꿀맛 같은 늦잠을 즐기고 있었다. 살맛난다는 게 이런 것일까. 깊게 생각할 일도 없고, 그렇다고 어려운 것도 없다. 동아리라는 이름하에 음악 역시 마음대로 할 수 있었다. 집안의 여자들은 모두 자신의 편이라 해도 과언이 아니니. 그는 정말 말 그대로 전성기를 누리고 있는 듯했다.

"12시라, 내가 12시까지 잔 건가?"

원체 잠이 없는 편인 근준으로서는 이례적인 일이 아닐 수 없었다. 손을 뻗어 침대 옆에 놓인 티 테이블에서 물을 한 잔 따라서는 벌컥벌컥 들이켰다. 속이 살짝 쓰리기 시작했다. 다시 쿠션으로 얼굴을 묻으니 온몸이 욱신거렸다.

'정말 무식하게 마서대는 놈들이었어. 대학은 원래 다들 그런 건가?'

어제 근준이 들어온 것을 환영한답시고 술을 마시던 동아리 인원들. 근준도 대학을 가면 술을 많이 마신다는 것쯤은 익히 들어서 잘 알고 있었다. 하지만 아주 어렸을 적부터 종기와 몰래 술을 마시던 근준에게도 그들의 주량은 가히 혀를 내두를 만한 것이었다. 계속 따라주는 술을 모두 받아 마신 근준이니 그가 이렇게 대낮까지 고꾸라져 있는 것은 어찌 보면 당연한 일이었다.

그런 근준의 머릿속으로 어제의 일이 마치 영사기 필름 돌아가듯 조금씩 재생되기 시작했다.

"야야야! 마시자!"

몇 번째 건배인지 몰랐다. 근준은 아직까지는 별 문제 없었지만, 이대로 계속 가다가는 취하겠다 하는 생각에 정신이 번쩍 들었다.

10명이 훌쩍 넘는 동아리 인원들은 처음에는 다 같이 즐기는 분위기였지만 모든 술자리가 그렇듯이 시간이 지날수록 점차 끼리끼리 노는 형상으로 변하기 시작했다.

"야, 강근준."

묵묵히 술잔을 비우려는 근준에게 바로 옆에서 살짝 혀가 꼬인 여자의 목소리가 들려왔다. 아까 근준과 살짝 트러블이 있었던 여성 보컬 민지였다. 처음 술자리가 시작되었을 때만 해도 근준이 꼴 보기도 싫었는지 멀찌감치 자리잡고 있던 그녀는 어느 틈인가에 자리를 바꿔 근준의 옆에 앉아있었다.

"왜 불러?"

"어쭈우. 이게 끝까지 반말이네."

근준은 어이가 없어 피식 웃어 버렸다. 몸에 딱 붙는 하얀 블라우스, 그리고 도톰한 허벅지의 굴곡을 알려주는 듯한 스키니진을 입었다. 짙은 스모키 화장과 머리를 묶어 올린 탓에 보이는 또렷한 목선과 쇄골을 가까이서 봐도 꽤 호기가 동하는 미인이 틀림없었다.

"뭐야 너, 내가 웃겨?"

"나이도 많다며? 철 좀 들어라."

"이게에 죽을라구우."

민지는 아이를 혼내키는 엄마 같은 표정을 지어 보였지만 그녀의 혀는 꼬일 대로 꼬여있었다.

"야, 나 너한테 쌓인 거 많다아."

"오늘 봤는데 쌓이긴 뭐가 쌓여."

"확! 누님이 말하면 그냥 들어 임뫄!"

근준은 속으로 한숨을 푹하고 내쉬었다. 술이 취해도 보통 취한 게 아닌 것 같았다.

"너 그렇게 까칠하게 대하고 말이야. 쪽팔리게 우씨. 니가 그렇게 유명하면 다야? 엉?"

근준은 술잔을 테이블에 쾅쾅 부딪혀 가며 주정을 하는 민지의 옆에서, 웬일인지 묵묵하게 술잔을 채워 주었다. 다들 서로 떠드느라 바빠서 민지와 근준 쪽은 바라보지도 않고 있었다.

"그래. 잘못했어. 됐냐?"

"하나만 묻자 너."

민지는 무슨 말을 하려는지 괜히 뜸을 들이며 근준을 바라보았다.

다분히 풀려 있는 눈망울. 왠지 모르게 야해 보였다. 단연컨대 지금 그녀가 남자와 단둘이 술을 마시고 있는 거라면, 그 남자가 바보가 아닌 이상 모텔에 데려가도 전혀 이상이 없을 정도였다.

"나 커닝한 거 어케 아는 거냐아? 으응?"

"수능 날 봤으니까 알지. 설마 독심술썼겠어?"

"뭐야 너, 수능 날 내 뒤에 앉았나?"

"정확히 말하면 대각선 오른쪽 뒤지."

민지는 한참이나 근준을 바라보았다. 그러더니 혼자 깔깔거리며 웃음을 터트렸다. 근준은 그저 황당해서 그런 그녀를 바라볼 뿐이었다.

"너어 이 누나 허벅지를 다 샅샅이 살펴봤다 이거양?"

"별로 보고 싶지도 않았어. 그냥 보였을 뿐이지."

근준의 냉랭한 말에 민지는 자존심이 상한 듯 얼굴을 찡그렸다. 근준은 묵묵히 소주잔만 비울 뿐이었다.

"거짓말하지 마 우씨. 내 다리 보고 싶어서 환장하는 남자들이 얼마나 많은데에."

'노래할 때와는 영 딴판이구만.'

근준은 혼자 그렇게 생각하며 코웃음을 쳐 버렸다. 근준의 반응이 탐탁치 않자, 민지는 갑자기 근준의 등짝을 찰싹하며 때렸다.

"야 좀 곱게 취해. 뭐야 여자가 그게."

"너 임마. 자꾸 거짓말하지 마. 솔직히 말해 봐. 내 허벅지 봐서 좋았지? 그래서 계속 지켜본 거 아냐 인마."

"시나리오 그만 쓰셔. 그거 커닝 한 번 하는 거 보고 나서 그냥 비웃어 주고 나는 문제만 풀었어. 공주병이 심각하시구만?"

민지는 근준의 말에 또 한 번 웃음을 터트렸다. 도대체 자신이 말한 부분이 뭐가 웃긴 걸까 곰곰이 생각하는 근준의 앞에서, 그녀는 또 한 번 원샷으로 소주잔을 비웠다.

"아씨, 열 받네. 치마 입고 왔으면 함 보여 주는 건데."

"안 보여줘도 돼. 별로 보고 싶지도 않아."

"정작 보면 좋아서 침 질질 흘릴 거면서 뭘 그러냐아?"

근준은 웃음이 나왔다. 지금 민지와 나누는 대화는 오늘 처음 만난, 그것도 아까 말싸움을 한 사람들끼리 나눌 대화가 절대로 아니었기 때문이었다. 그만큼 민지는 술이 많이 취한 듯했다.

"야 너 잠깐 나와 봐."

"나오긴 뭘 나와. 화장실 갈 거면 혼자 가서."

"아! 자꾸 누님이 말하는데 토 달래? 엉?"

근준은 아예 상대할 생각이 없다는 듯 담배를 피워 물었다. 어쩌다 둘이 티격태격하는 것을 본 동아리의 선배가 낄낄 웃으며 근준에게 말했다.

"야야 근준아. 민지 말대로 함 나가줘라. 아까 말싸움에서 너한테 져서 할 말 많은가 보던데."

"나와 임마. 얼른!"

민지가 무표정이기 그지없는 근준의 팔을 잡아끌었다. 근준은 얼굴을 찡그리며 불만을 표했지만 술에 취한 그녀는 완강하기 그지없었다.

근준은 졌다는 듯 고개를 설레설레 저으며 민지를 따라나섰다.

"으아. 취한다."

민지는 술집을 나서면서도 쉴 새 없이 비틀거렸다. 근준은 거리를 두며 따라갔다. 그런 그의 모습에 민지는 고개를 돌려 버럭 소리를 질렀다.

"야! 여자가 비틀대는데 부축 한 번 안 해 주냐?"

"졌다 졌어."

근준은 정말 보기 힘든 왈가닥이라고 생각하며 마지못해 그녀를 부축했다.

아까만 해도 자신을 잡아먹을 듯이 노려보던 주제에 민지는 근준의 어깨에 팔을 두르더니만 비틀대며 걸어 나갔다.

"왜 나오라고 했어?"

"기다려 봐아. 우씨."

민지는 비틀대면서도 주변을 둘러보더니 이내 손가락으로 위층을 가리켰다.

"위에는 왜?"

"따라오라면 와. 짜슥이 토 달고 있어."

근준은 이제 그녀가 재밌어지기 시작했다. 내일이면 그녀는 이런 것들은 기억을 못하겠지 하는 생각을 하니 더더욱 웃음이 터졌다. 이러면 이럴수록 민지는 근준에게 흠이 잡힐 뿐인 것이었다.

원래 2층에 위치했던 술집이지만 3층엔 아무것도 없었다. 3층짜리 건물이긴 했지만 층이라기보다는 그냥 비품을 두는 창고처럼 보였다. 술집에서 쓰는 소파, 그리고 야외에 주로 놓는 재떨이 등이 아무렇게나 비치되어 있었다.

민지는 비틀대며 올라가더니만 비품이 쌓여 있는 곳에 살짝 등을 기대고 섰다.

"야! 너 여기 앉아."

근준은 어이없는 표정으로 그녀를 바라보았다. 기껏 나오라고 하더니만 사람 없는 건물 꼭대기로 오다니, 가만히 서 있으려 했지만 민지가 큰소리로 재촉하는 통에 근준은 마지못해 소파에 주저앉았다.

"야, 앉았다. 됐냐?"

"너, 내 허벅지 봤을 때 하나도 안 좋다고 했지? 어엉?"

"거참 너도 허벅지에 엄청 집착하는구나. 그게 뭐 어쨌다고?"

"이 누나 자존심 상해써어! 너 거기 고대로 있어."

아까 피워 문 담배나 다 피우고 내려가야겠다고 생각하며 그녀의 말을 한

귀로 흘려 버렸던 근준은 깜짝 놀라 담배를 떨어트릴 뻔했다.

갑자기 민지가 자신의 스키니진의 벨트와 후크를 푸는 것이 아닌가.

"야, 너 뭐해?"

"잘 봐. 너 죽었어."

뭐가 죽었다는 것일까. 민지는 바지의 지퍼까지 내리더니만, 이내 조금씩 자신의 골반에서 천천히 바지를 끌어내리기 시작했다. 제 아무리 근준이라지만 난생 처음 겪는 경험에 그 역시 당황하기 시작했다.

"자! 봐봐! 이래도 별로야? 어엉?"

근준의 눈 앞으로 그녀의 길쭉한 다리가 펼쳐져 있었다. 군살 하나 없는 탱탱한 허벅지와 매끈한 다리. 뽀얀 피부 위로 보이는 보라색의 팬티. 그녀의 중심부를 가리고 있는 천 조각은 너무나 작아 겨우 음부만을 아슬아슬하게 가리고 있었다.

처음 보는 여자가 술에 취해 눈앞에서 바지를 내리다니 근준으로서는 어처구니없으면서도 황당한 경험이 아닐 수 없었다.

"말해 봐! 좋아 안 좋아?"

"야, 조용히 좀 해. 사람 올라와."

"빨리 말해! 내 다리 그렇게 별로냐아? 어엉?"

눈이 조금은 풀려 있는 듯한 그녀. 근준은 여기서까지 안 좋다고 했다가는 무슨 봉변이라도 당할 것만 같았다.

"야, 알았어 좋아. 취소한다 그래."

"어쭈우? 건성으로 대답한다 이거지? 부족해? 엉?"

민지는 계단이 울리도록 쩌렁쩌렁 소리를 질렀다. 근준은 이제 웃기기까지 했다. 아무리 취해도 아까 다퉜던 상대 앞에서 저런 모습이라니, 재밌는 캐릭터가 아닐 수 없었다.

"쬐그만 게 욕심은 많아가지고! 알았어. 잘 봐."

"야. 난 아무 말도 안했…."

근준은 말문이 막혀 버렸다. 이번에는 민지가 뒤로 돌아 엉덩이를 쭉 내미는 것이 아닌가. 발목에 내려가 있는 청바지보다 더 작은 보라색 레이스에 싸인 그녀의 하얀 엉덩이가 훨씬 자극적이었다.

'주사, 얘는 술 마시면 원래 이렇게 되는 여자앤가?'

근준은 이런저런 생각을 할 시간조차 없었다. 민지가 뾰로통한 얼굴로 자신을 바라보고 있었기 때문이었다.

"말해 봐! 이 누나가 아무한테나 보여주는 줄 알아? 어때? 좋지?"

솔직히 근준은 부정하고 싶지 않았다. 민지 같은 늘씬한 미녀가 팬티 바람으로 자신의 앞에 서 있다. 게다가 술까지 마셨는데 움찔하지 않을 남자가 어디 있으랴. 아예 다 벗은 것보다는 그렇게 속옷만 노출하는 것이 훨씬 야하게 느껴졌다.

"아씨 이, 다리 아퍼어."

근준은 이윽고 웃음을 터트리고야 말았다.

청바지를 발목까지 내린 채로 민지가 바닥에 털썩 주저앉으며 칭얼대었기 때문이었다.

'정말 골 때리는 여자네.'

어젯밤의 일을 회상한 근준은 그저 피식하고 웃어 버렸다.

세상엔 정말 다양한 여자가 있다는 생각이 들었다. 그러고 보면 근준의 집안에 있는 아연을 포함한 네 명의 여자는 각각 다 다르지 않은가. 문득 근준은 다음에 동아리 방에 갔을 때 민지가 어떤 표정을 지을지 심히 궁금해졌다.

'그건 그렇고 몸매는 정말 완벽하던데.'

문득 민지의 다리, 그리고 뒤태가 근준의 머릿속에 아른거렸다. 그때야 워낙 황당하니 감상의 개념과는 저만치 멀어져 있었지만 다시 생각해 보니 또 그렇지가 않았다.

무엇보다 쭉쭉 뻗은 긴 다리가 너무나 생각이 났다.

침대 안에서 꼼지락거리다 보니 근준은 자신의 중심에 계속해서 힘이 들어감을 느낄 수 있었다.

"아이씨. 죽겠네."

근준은 괜히 중얼거리며 샤워실에 들어섰다. 양치를 했고, 뜨거운 물을 맞아도 머릿속에 맴도는 것은 민지의 하얀 다리뿐이었다. 그 어떤 감정이 들지 않고, 오직 결합하고 싶다는 욕망만을 분출시켰던 그녀의 하얀 다리가 어쩌면 그런 점 역시 수진과 비슷했다.

자신을 경멸하고, 굴복하고, 아이러니하게도 사랑까지 느껴 고백을 했지만, 여전히 근준 마음 속에 정리되는 수진은 '자고 싶은 여자' 그 이상도 이

하도 아닌 모양이었다.

"원래 술 먹은 다음날은 이러나?"

실없이 중얼거렸던 근준은 잠시 고민에 빠져야 했다. 수미를 부를까. 그녀라면 괜히 빼면서도 흔쾌히 응해 줄 것이다.

사실 수미가 자신에 대해 하는 집착의 정도는 근준 본인도 놀랄 수준이었다. 육체적인 관계만이 아니라 수미는 마치 근준의 여자 친구가 된 양 구속하려고 하는 경향마저 보였다. 하지만 최근 관계가 조금 잦아서일까? 수미를 부르고 싶은 마음은 없었다.

'하긴 집에 누가 있는지도 모르는데.'

근준은 대충 면으로 된 트레이닝 바지를 입고는 위에는 아무 티셔츠나 걸쳐 입었다. 빼꼼히 방문을 열고 나가니 집은 너무나 고요했다.

"아무도 없어?"

근준은 약간은 큰 목소리로 물었지만 원체 큰 집이니 쩌렁쩌렁 울리기만 할 뿐 별반 반응이 없었다. 바로 그때 앞에 있던 수진의 방문이 배꼼 열리고 있었다.

"일어났어?"

수진이었다. 수진은 근준을 보며 어색하게 웃었다. 정말이지 그녀는 너무나 미소가 어색한 여자였지만 화장기 없는 민낯 역시 너무나 하얗고 예뻤다.

"집에 아무도 없는 거야?"

"응 다들 나간 거 같은데."

"수선 누나는?"

근준은 습관적으로 수선부터 물었다. 거기에 수진은 살짝 어두워진 표정을 짓더니 이내 어색하게 웃었다.

"수선이도 없어. 오늘 친구 과제 도와주러 간다고 하던데. 수미도 몇 번이고 니 방에 올라오더니 너 자는 거 보고 나갔어. 아연언니는 장보러 간다고 한 거 같고."

마치 브리핑을 하는 듯한 수진의 얼굴을 보며 근준은 실없이 웃어 버렸다.

아무리 그녀가 잘나가는 디자이너지만 회사생활이 몸에 밴 것은 어쩔 수 없는 모양이었다.

'회사생활이라 얼마나 재미없을까.'

상상만 해도 소름이 끼치는 근준이었다. 하지만 이내 그는 잡생각을 버리고는 수진의 방으로 성큼성큼 걸음을 옮겼다.

차라리 잘된 것이었다. 동아리 민지의 몸이 생각나 흥분해 버렸으니. 그녀의 이미지와 가까운 수진이 마침 집에 혼자 있다는 것은 어쩌면 근준에게는 작은 행운일지도 모르는 일이다. 하지만 수진이 그녀에게 뒤지고 있다는 말은 아니었다. 근준에게 있어 민지가 수진보다 나은 점은 뉴페이스라는 것 외엔 별달리 없었다.

"아연누나 언제 갔어?"

"얼마 안 됐어."

수진은 근준의 질문 의도를 잘 알고 있는 듯했다. 정사 도중 아연이 와 버리면 곤란하니까. 밤이야 모두 자고 있다고 쳐도, 이런 고요한 주말 대낮에 2층에서 여자의 신음소리가 들린다면 그것이야말로 안 좋은 것이니까.

'하기야 뭐, 그 여자는 다 알고 있는 눈치던데.'

사실 근준이 몇 번의 정사 이후 아연을 피하는 이유는 단순히 그녀가 질려서가 아니었다. 물론 수진도 있고 수미도 있으니 당연히 아연을 멀리하게 되긴 했지만, 늘 뭔가를 알고 있다는 그 알 수 없는 표정은 늘 근준을 찝찝하게 하기도 했었다.

"옷 이쁘네."

평소의 근준답지 않게 그는 수진을 칭찬했다. 수진도 그녀답지 않게 수줍게 웃었다.

예전의 표독스런 모습하고는 영 상반되는 모습이지만 근준은 슬슬 그녀가 적응이 되어갔다.

그녀는 정말 근준의 칭찬대로 집에서 입는 편한 복장이었지만 너무나 맵시 있었다. 정확히 표현하면 옷이 예쁘다기보다 옷걸이인 수진이 예쁘다고 하는 표현이 옳을 것이다.

핑크색 면치마. 그것에 색깔을 맞춘 약간 옅은 톤의 핑크색 나시. 그리고 그 안에는 또 하얀 민소매티를 받쳐 입어 은근히 맵시를 살려주고 있었다. 레이어드는 그렇다 쳐도, 그녀의 허리라인과 골반이 워낙 훌륭한 탓에 그런 편한 복장도 예쁘게 보이는 것일지 모른다.

근준은 수진의 침대에 벌렁 드러누웠다. 수진은 익숙하게 근준의 바지를 끌어내렸다. 수진은 살짝 놀란 눈치였다.

"아침부터 하고 싶었거든."

얼마 후였을까. 수진은 이미 무아지경에 다다른 듯했다. 아마도 장을 보고 온 아연이 집안에 들어오면, 그녀의 신음소리에 깜짝 놀랄지도 모를 일이다. 하지만 지금 이 순간 수진의 머릿속에 그런 계산은 들어오지 않았다. 그녀는 똑똑한 여자지만 어느 순간부터는 근준의 앞에서는 똑똑한 여자가 되지 못한 지 오래였다.

일을 끝낸 자신을 위해 친절하게 절정에 다다랐다고 말해 주는 게 이상하면서도 너무나 기뻤다. 물론 늘 수진도 만족했기에 불만은 없었지만 오늘은 그가 왠지 달라 보였다.

근준은 만족한 표정을 지으며 수진의 몸 위에서 내려와 누웠다.

"고마워."

"뭐가?"

"그냥, 오늘은 친절한 거 같아서."

"친절한 거 싫어하는 거 아니었어? 거친 게 좋다면서."

"그건."

수진은 뭐라 설명할까 고민하더니 이내 입을 다물었다. 여자가 직접 여자의 미묘한 감정을 설명하기란 너무도 어려운 것이었으니까.

"치마 다 버렸네. 미안. 그게 더 흥분되어서."

"괜찮아. 빨면 되는걸 뭐."

수진은 아무렇지 않게 치마를 벗어 바닥에 내려놓았다. 치마로 가려져 있던 부분까지 공개되자 그녀의 아름다운 나체가 근준의 눈에 들어왔다.

수진은 살짝 용기를 내어 근준의 옆에 나란히 누웠다. 근준도 별 거부반응 없이 수진의 허리를 끌어안았다.

"뭐 하나 물어봐도 돼?"

"뭔데?"

"오늘 근데 나에게 왜 그렇게 친절해?"

"내가 뭐가 그렇게 친절한데?"

"그냥 그렇게 느껴져. 여러 면에서."

언제부터 수진이 이렇게 조신한 말투로 이야기했을까 근준 자신도 모르는 일이었다.

"그럼 그렇다 치고, 친절하면 안 돼?"

"내가 자꾸 희망을 갖게 되잖아."

　얼빠진 근준의 표정으로 잠시 수진을 바라보고는 이내 그녀의 가슴을 더듬던 손을 내려 버렸다.
　"화났어? 그럼 미안해."
　"아냐 그런 거."
　근준은 수진의 말을 딱 잘라 버렸다. 왠지 기분이 이상해졌다. 자신은 수진이 그저 욕구해소의 대상이었는데 그녀는 그렇지 않다는 것이 왠지 모르게 이상했다.
　어쩌면 그것은 수선을 향한 미묘한 콤플렉스일지도 몰랐다. 하지만 근준은 애써 그것을 부정했다. 그것을 생각하기엔 상황은 너무 복잡하게 전개되고 있었다.
　"근데 근준아. 수미가 요새 이상해."
　화제를 돌리려는 듯 수진이 입을 열었다. 수미의 말이 나오자 반사적으로 근준은 수진을 바라보았다.
　"뭐가?"
　"나하고 아예 말을 하려고도 안 해. 내 말은 그냥 무시해 버리고. 최근 들어서 이상하게 그러네."
　그 이유를 가장 잘 알고 있는 근준은 애써 모른 척을 해 버렸다. 수진에게 말을 할까? 하는 생각도 들었지만 이내 그는 마음 속에서 고개를 저었다. 그렇게 되면 일이 더욱 복잡하게 되어 버릴 것 같았다.
　"그냥 사춘긴가 보지 뭐."
　"혹시 너한테도 그러니?"
　"나?"
　"응."
　"아니."
　근준은 알고 있었다. 수진은 어느 정도 수미의 반응의 이유에 대해 눈치를 채고 있는 것처럼 보였다.
　뜬금없이 수미의 이야기를 꺼낸 자체가 자신을 떠보려고 하는 행동 같았다. 비록 근준에게는 순종적인 여성이 되어 버린 그녀지만 근준은 그녀가 얼마나 여우인지 잘 알고 있었다.
　수진이라면 근준에 대한 수미의 반응을 이미 눈치 채고도 남았으리라.
　"그냥 냅둬. 뭐라고 해 봐야 더 반항할 성격이란 거 알잖아."

근준은 그렇게 일축해 버렸다.

수진은 살짝 상체를 들어 근준을 바라보았다. 너무나 균형 잡힌 그녀의 뽀얀 가슴이 눈에 들어왔지만 근준은 그녀의 가슴이 아닌 그녀의 얼굴을 바라보았다.

"우리 어떻게 될까?"

"무슨 소리야?"

"진짜 가족은 아니지만 이래선 안 되는 거잖아."

"네가 시집가는 순간 없었던 일이 되겠지. 아마 그럴 거야."

근준은 그녀가 실망하는 표정을 짓는 것을 눈 앞에서 똑똑히 볼 수 있었다. 하지만 근준은 뭐라고 할 수 없었다.

어설픈 그녀의 사랑 고백. 그녀가 사랑이라는 것을 알기나 할까? 근준은 자신도 모르는 사랑을 수진이 알 리 없다고 생각했다. 그는 그것에 대해 진지하게 생각하기보다는 편하게 생각하는 쪽으로 마음을 돌려 버린 것이다.

"무서워. 니가 더 좋아질까 봐."

한참의 정적 끝에 수진이 꺼낸 말이었다. 왜일까. 너무나 넌센스한 일이라고 근준은 생각했다.

자신은 수진보다 훨씬 연하였다. 입양되었을 때부터 눈엣가시 취급을 받던 남자였으니까. 마음이 복잡해지는 게 싫은 근준은 조용히 몸을 일으켰다.

"그렇게 복잡한 거까지 생각했다면 아마 난 애초에 너랑 일을 벌리지도 않았을 거야."

수진은 이불을 끌어당겨 자신의 알몸을 가렸다. 옷을 챙겨 입은 근준이 자신의 방문을 나서는 것을 바라보았다.

그녀는 아무도 없는 방안에서 계속 자신의 알몸을 이불로 가려 덮으며 이윽고 꾹 참았던 눈물을 터트리고 말았다.

답답해진 근준은 집밖으로 나왔다. 스산한 바람이 불고 있었다. 따뜻한 봄날씨. 왠지 모르지만 근준은 이런 따뜻한 날씨가 싫었다. 차라리 춥고 쌀쌀한 날씨가 더 취향에 맞는 것 같았다.

그는 한참을 생각하며 호수 주변을 걸었다.

'가끔은 별이 보고 싶을 때도 있는데.'

근준은 하늘을 본 지 꽤 오래 되었다는 생각을 했다. 늘 밤하늘을 보며 꿈을 키웠던 자신이었다. 왜일까. 전혀 힘들 것이 없는 환경에서, 고아원방의 몇 십 배나 되는 집에 살게 되었지만 근준의 마음이 점점 좁아지는 것만 같았다.

자신의 집 앞 언덕을 올라가려던 근준은 문득 걸음을 멈춰 버렸다. 거기에 자그마한 놀이터가 보였다. 그리고 그 놀이터 그네 위에서 누군가를 보았기 때문이었다.

"근준아!"

수선이었다. 그녀는 그의 마음을 아는지 모르는지 밝게 웃고 있었다. 순간 저도 모르게 미소를 지어 버렸던 근준은 이내 무표정한 얼굴로 돌아오며 놀이터 쪽으로 발길을 옮겼다.

"또 나와 있는 거야?"

하늘거리는 원피스. 그리고 밤이 되면 쌀쌀한 탓에 하얗고 두꺼운 카디건을 걸친 수선은 빙긋 웃어 주었다.

너무나 눈이 부신 그녀의 미소였다. 하지만 근준의 마음은 반하늘의 달빛에 베인 것처럼 아프고 찼다.

"왜 맨날 전화는 안 받니? 걱정 돼서 기다렸어."

"내가 애야? 왜 기다려."

근준은 괜히 퉁명스럽게 쏘아붙였다. 거기에 수선은 살짝 시무룩한 얼굴이 되었지만, 이내 그의 얼굴을 바라보며 배시시 웃어 버렸다. 그런 그녀의 눈을 볼 자신이 없는지, 근준은 괜히 수선의 옆에 있는 그네에 털썩 주저앉았다.

"대학생 되었다고 맨날 술 마시는 거야?"

"상관없잖아. 성인이고. 그리고 그 전에도 마셨는걸 뭐."

"그래도 먹지 마. 누나 걱정하잖아."

"누가 걱정해 달래?"

"응? 너 왜 그래 안 좋은 일 있어?"

수선의 말에 근준은 앉은 지 얼마 되지도 않은 그네에서 벌떡 일어나 버렸다. 수선은 그저 영문을 모르는 표정으로 근준을 바라볼 뿐이었다.

"봄이라도 아직 추워. 괜히 감기라도 걸리면 어쩌려고 나와 있어?"

"괜찮아. 누나 튼튼한 거 몰라? 걱정 안 해 줘도 돼."

"그럼 너도 나 걱정하지 마. 그럼 되잖아."

“왜 그래 괜히 예민해서는.”

“왜 그렇게 착하기만 해? 답답하지도 않아? 늘 그렇게 걱정만 하고 남 생각하는 거, 왜 약아빠지게 못살아? 난 그런 거…….”

근준은 화를 내다가 자기도 모르게 말문이 막혀 버렸다. 너무나 순수해 보이는 수선의 눈망울. 왠지 자신의 심장을 그것이 자꾸 칼처럼 도려내는 것만 같았다.

“니가 싫으면 이제 안 기다릴게.”

“뭐?”

“니가 싫으면…… 니가 싫은 건 안 할 게. 그게 무엇이던.”

바람이 스산하게 불며 수선의 머리칼을 날렸다. 그네에 앉은 채로 고개를 숙인 그녀의 모습. 왜일까. 바람은 부는데, 근준의 심장은 점점 뜨거워져만 갔다. 가만히 두면 기관차마냥 빠르게 어딘가로 내달릴 것만 같았다.

눈앞에 보이는 가녀린 수선의 어깨 때문에 근준은 몇 번이고 팔을 올렸지만 용기 내어 그녀를 안을 수 없었다. 그제서야 그녀가 마음에 담아두고 있다는 사람이 자신이란 것을 깨달았다.

“들어갈래. 이제 나오지 마. 감기 걸리면 화낼 거니까.”

근준은 집 쪽으로 몸을 틀어 걸어가 버렸다.

방망이질 치는 심장과는 반대로 가슴은 너무나 쓰리고 차디찼다. 왜일까. 자신이 그토록 사랑하는 수선이 마음에 두고 있는 남자가 자신이란 걸 알아채 버렸지만 그것은 오히려 더 슬픈 독이 되어 근준을 비틀거리게 했다.

“오빠 왔어?”

현관문이 열리자마자 부리나케 뛰어나오는 수미였다. 근준은 아무런 말을 하지 않고 그녀의 손목을 잡아끌었다. 영문도 모르고 토끼눈이 된 그녀는 근준의 이끌림에 거의 끌려가다시피 2층 층계를 올랐다.

“오빠 왜 그래? 무슨 일 있, 읍!”

근준은 수미를 방으로 데려오자마자 문을 닫아버리고는 그녀를 벽에 세웠다. 그의 입술이 수미의 입을 막았다. 수미는 한참이나 영문 모를 발버둥을 치다가 저도 모르게 눈을 감았다. 하지만 눈을 감은 수미는 알지 못했다. 근준의 양 볼에 두 줄기의 물방울이 흐르고 있었다는 것을 그녀는 모르고 있었다.

17 _ 열일곱

아기와 음향기기가 어지럽게 있는 동아리방이었다.

"야야야. 너 그거 봤어?"

"어떤 거?"

"1학년 강근준이 들고 다니는 악보. 지가 작곡했다는데 진짜 쌍이더라."

"뭐? 너 어디서 봤는데?"

"아까 테이블 위에 있길래 봤어. 너도 봐봐."

오전 수업이 끝난 오후부터 음악 동아리의 동방은 소란스러웠다. 한쪽에서 기타를 튕기며 무언가를 생각하는 근준의 곁으로 동기들과 선배들이 우르르 모여들었다.

"근준아. 이거 네가 한 거야?"

"네. 그렇습니다만."

무표정한 근준의 얼굴로 경악하는 그들의 표정이 보였다.

"이거 반주키가 왜 이렇게 높아? 여자곡이야?"

"아뇨. 뭐 특별히 보컬의 성별을 생각하고 쓴 건 아닌데요."

"이거 민지가 소화할 수 있으려나? 여자 보컬은 민지뿐인데."

근준은 호들갑을 떠는 그들에게는 별반 관심이 없다는 듯 기타만 붙잡고 있을 뿐이었다.

한동안 감탄 섞인 그들의 칭찬이 이어질 때 동방의 문이 스르르 열렸다.

"안녕하세요!"

씩씩한 여자의 목소리에 모두들 입구를 바라보았다. 무릎 위로 살짝 올라간 짧은 스커트에다 몸에 찰싹 달라붙어 몸매의 윤곽을 여실히 보여주는 긴 티셔츠를 입은 그녀의 등장에 모두들 웃으며 인사를 했다. 정작 그녀는 근준과 눈이 마주치자마자 획하고 몸을 돌려 버렸다.

"어이 최민지! 일로 와서 근준이가 쓴 것 좀 봐봐. 니가 이번 축제 때 이거 부르면 딱이겠다."

민지는 아무런 말도 하지 않고 괜히 딴청을 피웠다. 근준은 피식하고 웃어 버렸다. 그녀가 갑자기 당황한 이유를, 자신은 너무나 잘 알고 있었기 때문이었다.

'아이씨, 하필 저 인간은 왜 대낮부터 동방에 기어 와.'

문득 일행에게 등을 돌린 민지는 얼굴이 화끈거리는 게 느껴졌다. 술이 깨고 나서, 한참 후에야 근준과 술자리에서 있었던 일들이 기억나 버렸기 때문이다.

차라리 아예 필름이 끊겼으면 좋으련만 단편적인 기억만 되살아났다. 그 기억은 하필 근준의 앞에서 청바지를 벗었던 바로 그 기억이었다.

"야! 최민지! 빨리 와 보라니까!"

선배들의 말에 민지는 잔뜩 얼굴을 찡그렸다. 왠지 근준이 실실 웃으며 자신을 비웃고 있을 것만 같았다.

한참이나 망설이던 그녀는 몸을 돌려 뒤를 바라보았다.

"아, 자꾸 왜 불러요."

"이리 와 봐. 우리도 이제 카피곡 청산할 때가 됐다. 근준이가 곡 써온 것 좀 보라니까?"

그제야 민지는 무표정한 얼굴로 기타줄을 하나씩 팅기며 음을 조율하는 근준을 슬며시 바라보았다.

예상외로 별 반응이 없자, 민지는 살짝 안심을 한 듯 한숨을 내쉬었다.

'휴, 다행이다. 기억이 안 나는 모양이야. 그럼 그렇겠지. 그날 술을 얼마나 퍼 마셨는데.'

민지는 안심하고는 전처럼 당당하게 앞으로 걸어갔다. 어차피 근준이 기억하지 못한다면 창피할 이유가 없지 않겠는가 하는 생각에서였다.

"야야. 근준아. 일단 곡을 쓴 건 너니까. 민지 보컬 지도를 니가 해."

"오늘부터요?"

“당연하지 인마. 이거 축제 때 한 번 불러 보자.”

“저야 뭐 상관없습니다만.”

“민지 너도 좋지?”

“아 뭐. 그러지 뭐.”

2학년 선배의 말에 민지는 마지못해 한다는 듯 고개를 끄덕였다. 최대한 도도하게 보이려 표정관리를 하는 그녀의 표정에 근준은 속으로 피식하고 웃어 버렸다.

“야야. 일단 반주에 필요한 파트 좀 맞춰 보자. 다들 이리로 와 봐.”

앉아있는 근준과 민지를 제외하고는, 앉아서 이야기하던 이들은 모두 우르르 악기 쪽으로 모여들었다. 근준도 천천히 들고 있던 기타를 내려놓았다.

‘최대한 아무렇지 않게 말하자, 아무렇지 않게.’

민지는 몇 번이고 속으로 다짐하고 나서는, 별 관심 없다는 듯 근준 쪽으로 고개를 돌려 물었다.

“네가 쓴 거야? 나름 괜찮네.”

“의왼데? 악보도 읽을 줄 알고.”

“뭐? 너 지금 나 무시하는 거야?”

톡 쏘는 듯한 민지의 말에 근준은 여유 있게 몸을 일으켰다. 반대편 쪽에서 악기를 세팅하느라 요란스런 곳을 슬쩍 바라본 그는, 속삭이는 듯한 목소리로 민지에게 말했다.

“오늘은 팬티 안 보여줘도 돼. 정말 관심 없으니까.”

여유 있게 걸어가는 그의 뒷모습을 보며 민지는 세상의 모든 것이 캄캄해지는 듯한 환상을 보아야만 했다.

“으하아아암. 미안하다 근준아. 나도 먼저 들어갈게.”

마지막으로 남아있던 한 명마저도 하품을 하며 자리에서 일어나자, 민지는 속으로 ‘제발!’ 이라는 단어를 수없이 외쳐야 했다.

“들어가세요.”

그에 비하면 근준은 아무렇지 않게 인사를 해 버렸다. 민지는 괜히 초조해짐이 느껴졌다.

“야, 최민지. 그래도 빨리 우리 걸로 만들어야 하니까 좀만 더 연습하고 와.”

아무리 그녀라지만 동아리 회장이 그렇게까지 말을 하니 자신도 가고 싶다고 칭얼댈 수 없었다.

그녀는 그녀답지 않게 입을 꼭 다물고는 고개를 끄덕끄덕할 뿐이었다.

동아리 내부가 근준의 자작곡으로 한창 술렁이고 나서, 늘 자작곡 없이 카피곡만 해왔던 그들은 그날부터 연습에 착수한 것이었다.

곡을 쓴 사람이 근준이니 당연히 보컬지도는 근준이 해야 했다. 민지는 거기까지는 참을 수 있었다. 그래도 다른 동기들이나 선배들이 있었기 때문이었다. 하지만 연주 파트를 하던 이들도 각각 아르바이트 혹은 용무가 있다는 이유로 다들 가 버렸다. 구경하던 다른 인원들 역시 하나둘 자리를 뜨고 있었다. 마지막으로 계속 둘을 지켜보던 회장까지도 가겠다고 하니, 근준과 단둘이 남게 되어 버린 것이었다.

민지는 동아리 회장이 문을 닫고 나가는 그 모습을 아주 아주 애절하게 바라볼 뿐이었다.

살짝 올라간 눈 꼬리와 스모키 화장 덕에 늘 섹시한 이미지였던 민지도 오늘은 표정만큼은 청순가련형이었다.

"뭐해? 다시 불러 봐."

이윽고 근준의 퉁명스런 목소리가 들려 왔다. 민지는 괜히 입술을 살짝 깨물었다. 연주가 없어서 부르기 싫다는 핑계도 댈 수 없는 것이, 근준이 아까 연주자들의 연주를 모두 녹음해 놓았기 때문에 그 핑계도 불가능했다.

두 사람은 옥신각신해 가며 노래 연습에 몰두했다.

"이제 그만 나가자. 너무 늦었고 더 해 봐야 피곤만 쌓이니까."

근준이 벌떡 일어나며 가방을 챙겨 들자, 그에게 눈을 흘기고 있던 민지도 깜짝 놀라 얼떨결에 같이 일어났다.

그녀가 채 뭐라고 말하기도 전에 근준은 성큼성큼 동방을 나서고 있었다.

"잠깐만!"

"왜?"

획하고 고개를 돌린 민지는 근준의 표정에 당황했다. 자기도 모르게 '잠깐!'이라며 붙잡긴 했지만 뭐라 할 말이 떠오르지 않았다. 우물쭈물하고 있던 민지의 눈에 테이블 위에 놓인 악보가 들어왔다.

"이 곡 제목이 뭐야?"

민지는 자기가 말해 놓고 참 바보 같은 질문이라고 생각했다. 하지만 예상외로 근준은 뚱한 표정으로 자신을 바라보거나 하지는 않았다. 오히려 아주 찰나의 순간에 우울한 기색마저 느껴졌었다.

잠시의 정적 끝에 근준은 조용히 몸을 돌려 문쪽으로 향하며 중얼거렸다.

"성남비타미."

대학생활이란 건 정말 빠르게 지나간다고 근준은 생각했다. 학교의 행사 내지는 친목을 위한 과 모임에는 절대 가지 않는 그였지만 주말은 너무나도 빨리 찾아왔다.

간만에 집에 들른 강 회장 덕에 저녁 식사 자리는 묘한 어색함이 흘렀다. 수미와 수진은 왠지 모르게 불만 가득한 표정이었다. 간만에 집에 온 강 회장은 언제나처럼 피곤에 찌든 얼굴이었다. 그녀들은 아버지의 그런 표정은 안중에도 없는지 이내 딱딱한 표정을 짓고 있을 뿐이었다.

눈치 빠른 근준은 수진과 수미의 시선에서 그녀들이 무엇을 원하고 있는지 알 수 있었다. 분명 강 회장이 있기 때문에 나누지 못하는 밀회에 대한 아쉬움 혹은 불만일 것이었디.

어쩌다 그녀들이 이렇게 변했을까. 근준은 옆에 앉은 수선을 의식하면서도 저도 모르게 웃음이 나왔다.

근준은 살짝 장난을 쳐보기로 마음먹었다. 식탁의 상석에는 언제나처럼 강 회장이 앉아 있었다. 자신의 옆으로는 수선이 앉아있었고 건너편에는 수진과 수미가 나란히 앉아 밥을 먹고 있었다. 아연은 아까 점심 늦게 밥을 먹었다며 한쪽에 빠져서 가만히 서 있었다.

근준은 살짝 다리를 뻗어 자신의 정면에 앉은 수진의 종아리를 툭하고 건드렸다. 순간 수진이 깜짝 놀라는 듯했지만 그녀는 이내 주변을 의식하며 태연한 척 숟가락질만 계속했다.

맨발에 느껴지는 수진의 종아리 감촉. 근준 역시 최대한의 포커페이스를 유지하며 천천히 발을 위로 올렸다. 수진이 잡고 있던 젓가락이 파르르 떨리는 게 느껴졌다. 아마도 그 미세한 변화는 근준 외엔 아무도 캐치하지 못할 것이다.

한창 아슬아슬하게 식탁 밑 애무가 무르익어 갈 때 쯤, 조용히 식사를 하던 강 회장이 입을 열었다.

"근준이하고 수선이."

근준은 자신의 이름이 호명되자 얼른 수미의 허벅지에서 발을 떼며 자세를 바로 잡아 앉았다. 수선도 "네"하고 나지막이 대답하며 자신의 아버지를 바라봤다.

"내일 둘 다 시간 있어?"

"내일요?"

"그래. 너희 둘이 심부름 좀 해야겠다."

근준은 강 회장의 말에 저도 모르게 살짝 긴장되었다. 무슨 심부름이기에 수선과 같이 묶여서 호명된 것일까?

"심부름요?"

"그래. 너희 둘이 잠시 부산에 다녀와야 할 거 같다."

"부산?"

우습게도 큰소리로 되물은 것은 수선도 근준도 아닌 수미였다. 좌중이 자신을 바라보자 수미는 괜히 고개를 살짝 돌리며 딴청을 피웠다.

"부산에는 왜요?"

조심스런 수선의 질문에 강 회장은 헛기침을 몇 번 하고는 젓가락을 놓았다.

"아버지 친구, 은숙이 아줌마 알고 있지? 부산 사는."

강 회장의 말에 근준을 제외한 모두는 살며시 고개를 끄덕였다. 근준으로서는 처음 듣는 이름이었다.

"생활이 좀 어려운 듯하니까 좀 도와줘야겠는데, 그냥 돈을 부치는 것도 예의는 아니고. 그리고 부산에는 아버지 호텔이 있으니까 거기도 들러서 내가 주는 서류도 전달하고 오너라. 근준이도 거기 가면 꽤나 공부도 될 터이고."

순간 수미의 표정이 불만 가득한 표정으로 바뀌며 대화에 끼어들었다.

"아빠 내가 가면 안 돼요?"

"니가 어딜 가 고등학생이. 너 토요일에도 학교 갔다가 학원에 가야 하지 않아? 수진이는 일이 많을 테니 안 될 거고. 우리 집에서 대학생은 수선이랑 근준이뿐이니까 함께 다녀오면 좋잖아. 부산 회사 호텔에 잠시 들르면 근준이는 현장실습도 꽤 될 테고."

근준은 그저 어안이 벙벙해서 강 회장을 바라보다가 황급히 수선 쪽으로 고개를 돌렸다.

위로 정갈하게 묶어 올린 머리칼. 너무나 새하얀 피부 위에 있는 흑진주 같은 까만 눈망울을 빛내며 그녀는 군말 없이 고개를 끄덕일 뿐이었다.

"그치만 그거 전해 주러 둘 다 갈 필요가 있어요? 금방일 텐데."

수미의 말에 강 회장은 고개를 저었다.

"쉽게 말할 일이 아니야. 그래 뵈도 꽤 시간이 걸릴 거다. 근준이를 혼자 보내자니 근준이가 회사 위치랑 은숙이 아줌마 집을 알 리도 없고, 수선이 혼자 보내면 근준이도 아버지 회사 호텔에 가서 이것저것 보며 공부할 기회도 없어지니까. 둘이 내일 아침 일찍 가서 일요일쯤 올라와. 아빠가 차비는 충분히 챙겨 줄 테니까."

강 회장의 말에 수미는 입술이 삐죽 나오며 불만스런 표정으로 바뀌어 버렸다. 근준은 자신을 전혀 믿지 못할 거 같다는 수미의 시선을 묵묵히 넘겨 버렸다. 그런 수미의 시선을 받기에는 그의 가슴이 약간은 두근거리고 있었다.

'수선이와 단둘이, 부산을 1박2일로?'

근준은 왠지 모르게 기뻤다. 그렇게 기뻐하는 자신이 정말로 싫을 정도였다. 하지만 그는 애써 태연한 표정을 지으려 노력했다.

수선을 그냥 누나로만 봐야 한다고 늘 다짐하면서도, 이런 일로 기뻐하는 자신이 끊임없이 원망스러울 뿐이다.

방안에서 상념에 잠겨 있던 근준은 노크소리에 살짝 놀라 시계를 바라보았다. 밤 11시가 훌쩍 넘어간 시간이었다. 다른 집보다 취침시간이 월등히 빠른 강 회장의 집에서, 11시에 방문을 두드리는 일은 보통 일어나지 않는 일이었다.

근준은 긴장하며 살짝 몸을 일으켰다. 문이 빼꼼이 열리고 누군가가 자신을 빤히 바라보는 것이 느껴졌다. 그게 누군지 한 번에 알아챌 수 있었다. 짧은 머리칼을 위로 앙증맞게 묶은, 볼살이 통통한 작은 소녀였다. 하지만 몸매만큼은 소녀 같지 않은 한 아이. 자신의 집에서 유일하게 자신에게 오빠라 부르는 아이였다.

"무슨 일이야?"

괜히 소리를 낮춰 물었지만, 수미는 이미 근준의 방안으로 발을 들인 후였다. 그가 뭐라고 하기도 전에, 수미는 달려들듯이 침대 위로 돌진해 그대로 근준의 품에 안겼다.

"야야. 식구들 다 깨겠다."

"치, 누가 깬다고 그래? 11시면 다들 한밤중일 걸. 큰언니도 자던데 뭐."

수미는 괜히 수진도 잔다는 말에 힘을 주어 강조했다. 근준은 자신의 품안으로 파고드는 수미의 어깨를 살짝 붙잡으며 물었다.

"갑자기 왜 그래?"

"치. 몰라서 물어? 오빠랑 주말에 밖에서 놀고 싶었는데, 수선언니랑 부산 가잖아."

"그게 왜?"

"몰라! 오빠 바보!"

근준은 못 말린다는 듯 고개를 절레절레 저었다.

그가 시키지도 않았는데 수미는 살짝 몸을 일으키더니 스탠드만 켜놓고는 다른 불을 껐다. 그리고는 살금살금 방문에 귀를 대어 아무도 오지 않는 것을 확인한 수미는 다시금 침대 쪽으로 스윽 들어왔다.

"주말에 오빠랑 하려고 했는데 그렇게 못하잖아."

정말 수미의 무서운 변화에 속으로 근준은 혀를 내두르고 있었다. 수진과 잤다는 사실에 엄청난 충격을 받았던 수미가, 첫 경험을 하고 나서부터는 완전히 다른 사람으로 변해 있는 듯했다.

이제는 오히려 근준보다 먼저 옷을 벗고 달려들 정도였다. 그저 철부지 말괄량이로만 알았던 수미의 다른 모습이었지만, 근준은 그것이 곧 수진을 이기고 싶어 하는 그녀의 심리라는 것을 잘 알고 있었다.

달콤한 수미의 입술이 근준의 입술과 맞닿았다. 수선과 내일 단둘이 부산에 간다는 생각에 복잡한 심경이었던 근준도 수미같이 귀여운 아이가 그렇게 달려드니 마다할 수가 없었다.

수미와 한참동안 진한 키스를 나누던 근준은 문득 입을 떼고 그녀를 바라보았다.

"야. 오늘은 위험하잖아. 다들 집에 있다고."

"치. 오빠가 언제 그런 거 따졌다고 그래? 다들 자는데 뭐."

"야, 아무리 그래도."

"빨리. 아까 오빠가 식탁에서 장난쳐서 나 또 하고 싶어졌단 말이야."

거침없는 수미의 말에 근준은 할 말을 잃어버렸다.

처음 꿀단지를 열기가 힘들지, 그 이후부터는 계속 열어서 달콤한 꿀을 맛보게 되는 것이었다. 수미는 이미 꿀단지를 열었다. 틈만 나면 그 달콤함에 취하려 했다. 또래의 여자 고교생이 어떤지 근준은 잘은 몰랐지만 분명 수미의 안에는 색기 넘치는 다른 자아가 내재되어 있는 것이 분명하다고 생각했다.

"빨리."

수미는 근준의 손길을 재촉했다. 근준은 마지못해 자신의 위에 올라 탄 수미의 민소매티를 위로 끄집어 올렸다.

고교생답지 않게 아찔하게 뻗은 수미의 하얀 허리. 근준의 손은 그것을 움켜쥐었지만, 그의 의식은 밖에 있는 누군가를 향해 있었다.

'강수진?'

살짝 보이는 파마머리였다. 조명이 스탠드뿐이라 근준도 보이지 않았지만, 그것은 수진이 틀림없었다. 집안에서 저런 헤어스타일은 수진밖에 없을 뿐더러, 무엇보다 바로 앞방이 그녀의 방이 아니던가.

'아무럼 어때.'

오히려 근준은 마음이 편했다. 그것이 수선이거나 아연이라면 매우 귀찮을지도 몰랐지만, 수진이라면 상관없을 것만 같았다.

그녀가 자신의 동생과 섹스를 나눈다고 해서 엄청난 충격을 받을까? 근준의 대답은 NO였다. 혹여나 그 대답이 YES라 할지라도 근준은 크게 상관없을 것이란 생각이 들었다.

수미는 대놓고 신음을 토하기 시작했다. 근준은 쉴 새 없이 앞뒤로 움직이며 요분질을 했다.

'그래. 잘 봐 강수진. 이게 니가 사랑한다고 고백했던 녀석의 모습이니까.'

밖에서 몰래 지켜보는 수진의 실루엣은 확실히 보이지 않았지만 그녀라면 분명 적잖이 흥분을 했을지도 모르는 일이다. 적어도 근준이 느끼기에는 그녀가 이런 근준의 모습에 가슴 아파하며 흐느낄 성격의 여자는 아닌 것만 같았다.

한바탕의 거센 태풍이 지나간 뒤에 남는 것은 고요뿐이었다.

정말 그랬다. 수진과 섹스를 할 때 수미가 훔쳐보던 때가 있었으니까. 동기는 너무나 다르지만 상황 자체는 꽤나 닮은꼴이었다.

'그래. 차라리 이게 나아.'

근준은 속으로 그렇게 생각했다. 자신과 몸을 섞었던, 그것도 자신에게 고백을 했던 수진 앞에서 그녀의 여동생, 그것도 고교생인 수미를 범하는 것을 보여줬다는 것. 근준은 더욱더 나쁜 놈이 되고 싶었다. 아니 그래야만 했다.

"오빠, 너무 좋았어. 오늘 따라 더 격렬하네?"

아무것도 모르는 수미는 자신의 몸을 닦아내고는 근준의 품위로 달려들며 안겼다.

근준은 왠지 모르게 후련했다. 이렇게 계속 나쁜 놈이 되어 버리면 자연스레 수선에게 접근할 명목이 사라질 것이라고 생각했다. 그렇게 되면 자연스레 자신의 가슴을 옥죄는 수선으로부터 벗어날 수 있을 것만 같았다.

'맞아. 차라리 그 게 나을 수도 있지.'

근준은 씁쓸하지만 괜히 홀가분한 기분이 되려고 애썼다. 자신의 품에 안긴 수미가 자신에게 더욱 밀착하며 부드러운 살결의 감촉을 전달해 주고 있었다.

'나 이렇게 나쁜 놈이야. 그러니까 나 좋아하지 마 강수진, 그리고 강수선.'

근준은 그렇게 쉴 새 없이 되뇌이고 있었다.

가슴 한구석에서 자꾸만 뭔가가 쓰린 그 느낌을 그는 애써 털어 버렸다. 시간은 자정을 넘어서려 하고 있었다.

수미는 근준의 방에 있는 욕실에서 샤워까지 하고 나서야 몰래 자신의 방으로 내려갔다.

'이게 정답이겠지. 어차피 안 될 거면 잊어야 하고 잊으려면 이렇게라도 해야.'

마음 속에 드는 수없이 많은 합리화로 근준은 답답한 마음에 고개를 저었다. 그래봐야 그런 생각도 잠시뿐이었다.

'젠장.'

기분이 씁쓸했다. 후련했던 마음은 순식간에 씁쓸해졌다. 지금 이 와중에도 내일이면 수선과 단둘이 1박2일로 부산을 향한다는 기대감이 곰실곰실 피어올라오는 거 자체가 근준에겐 참을 수 없는 괴로움이었다.

"흑."

답답한 마음에 방문을 살짝 연 근준의 표정은 더욱 굳어졌다. 그는 듣고야 말았다. 건너편에 위치한 수진의 방문으로부터 나지막이 흐느끼는 소리가 들려오고 있다는 것을 알았다.

아침은 생각보다 빨리 찾아왔다. 또래에 비해 잠이 없는 편인 근준이었다. 오늘만큼은 다른 날보다 더욱 빨리 일어났다.

으레 자다가 일어나면 정신이 몽롱해야 하는 것이거늘 이상하게도 쌩쌩했다. 정확히 말하자면 그는 간밤에 제대로 숙면을 취하지 못했다고 보는 편이 옳을지도 모른다.

샤워를 하려고 샤워기의 물을 틀었다. 뜨거운 물을 맞으며 그의 머릿속에는 간밤의 일이 계속해서 떠올랐다.

대담하게도 모두 다 집에 있을 때 찾아온 수미. 그리고 언제나처럼 그녀의 몸을 탐닉했다. 그녀가 나가 버리고 나서는 수진의 흐느낌소리를 들어야만 했다. 그제서야 근준은 자신을 향한 수진의 마음이 진심임을 깨달을 수 있었다.

'어째서 저렇게 변해 버린 거지?'

알 수 없는 일이었다. 수진과의 썸씽이 있기 전의 수진은 그저 냉랭하고 쌀쌀했다. 거기다가 허영심까지 넘치는 여자였을 뿐이었다. 덧붙여 사랑이라는 게 뭔지나 알까 싶을 정도로 차가운 여자가 그녀였다.

어느 날부터 그런 수진이 바뀌었다. 근준에게 약점을 잡히고 나서는 그녀는 단지 그 약점을 지우기 위해 근준의 말을 들어주었다. 그의 욕구를 해소하는 역할로 바뀌어 버렸지만 어느 순간부터 자신의 치부인 그 동영상들을 지워달라는 요청조차 하지 않았다. 그리고 나서 그에게 고백 아닌 고백을 했던 것이었다.

'강수진도 나와 같은 걸까.'

어쩌면 수선을 쭈욱 동경하고 사랑했다. 자신이 최근에 들어서야 그 마음이 걷잡을 수 없을 정도로 바뀐 것은 수진이 자신을 향한 마음과 비슷할지도 모른다는 생각을 그제서야 할 수 있었다.

근준은 샤워를 마치고 그 어느 때보다 신경 써서 옷을 챙겨 입었다. 대학교에 갈 때도 외모에 크게 신경 쓰지 않았던 그이지만 오늘만큼은 자신도 모르는 동안에 무려 네 번이나 거울을 들여다보며 신경을 썼다.

'다들 나간 모양이군.'

방문을 열자 횡해져 있는 수진의 방과 역시나 적막이 흐르는 1층의 거실이 내다보였다.

수미는 노는 토요일이 아니니 학교에 갔을 것이고, 강 회장 역시 일찌감치 나갔을 것이었다. 근준은 수선을 부를까 하다가 그냥 1층으로 내려갔다.

"근준아, 일어났니?"

수선의 방 쪽에서 자신을 부르는 소리가 들려 왔다. 방문이 닫혀 있는 것으로 봐선 수선도 준비 중인 모양이었다.

"아, 응."

"잠깐만 기다려. 금방 나갈게. 미안해."

도대체 뭐가 미안하다는 것일까. 근준은 괜히 투덜거렸다.

언제까지 일어나서 나가자고 정한 것도 아닌데, 수선은 자신이 기다린다는 사실 자체가 엄청 미안한 모양이었다.

'어라? 그런데.'

근준은 집안을 슬쩍 둘러보고는 고개를 갸웃했다. 늘 이 시간이면 청소다 뭐다 바쁜 아연도 집에 없었기 때문이었다. 간혹 장을 보거나 주말에는 밖에 나가는 일이 잦으니 근준은 별 생각 없이 다시 수선의 방문을 바라보았다.

"많이 기다렸지?"

방문이 열리고 나온 수선의 모습에 근준은 몇 초간 넋을 잃고 말았다. 몸에 딱 맞는 티셔츠에 아주 얇은 순백색의 카디건을 걸쳤다. 그리고 공주님을 보는 것만 같은 하늘하늘한 치마까지. 수진이나 민지와는 정반대 되는 듯한 얌전하면서도 단아한 옷차림이었다. 긴 생머리를 위로 살짝 묶어 올려 하얀 턱선과 목선을 보이게 한 그녀가 배시시 웃으며 방에서 나왔다.

마치 백사장 위에 있는 검정색 조약돌처럼 너무나 맑고 예쁜 눈을 한 그녀는 근준에게로 걸어 나왔다,

"준비 다 했어?"

"응? 아."

"얼른 가자. 아빠가 기사님 보내주셨대."

"아, 그래?"

면허가 없는 근준과 수선이었기에 기차역까지 바래다줄 승용차를 강 회장이 보낸 모양이었다.

자기차를 몰고 다니는 사람은 강 회장을 제외하고는 수진뿐이기에, 근준은 고개를 끄덕이고는 수선을 따라나섰다.

햇살이 눈부신지 나가자마자 살짝 자신의 이마를 손으로 가리는 수선이었다. 바람이 희미하게 불며 그녀의 향기를 근준의 코로 전달해 주었다. 존

재 자체만으로도 빛이 나는 것만 같은 그녀였다. 근준은 애써 마음을 진정하고는 문 밖에 주차되어 있는 차에 수선과 함께 올라탔다.

"역까지 가시죠?"

"네. 부탁드려요."

"아이고, 오늘 어디 가시길래 그렇게 이쁘게 입으셨어요? 근준군 좋겠네? 이쁜 누나랑 다녀서."

기사의 넉살 좋은 농담에도 근준은 아무런 말도 하지 않고는 그저 고개를 끄덕였다. 수선은 배시시 웃으며 근준의 팔을 잡고는 말했다.

"누가 보면 누나 동생이 아니라 연인 같지 않나요?"

"그러게. 근준이와 수선이는 별로 안 닮았으니까."

근준이 입양아라는 사실을 모르는 기사는 수선의 농담에 장단을 맞춰 주었지만, 근준은 괜히 창문만 응시할 뿐이었다.

"날씨 정말 좋다. 그치 근준아?"

"아, 뭐. 그리네."

"치. 재미없게 왜 그래? 누나랑 같이 여행 가는데."

"비라도 그냥 시원하게 후려쳤으면 좋겠다."

"……."

수선은 근준의 대답에 입술을 삐죽 내밀고는 불만스런 표정을 지어 보이더니 이내 살짝 웃으며 시트에 몸을 기대었다.

주말의 거리, 주말의 번화가. 그리고 주말의 화창한 날씨보다도, 바로 옆에 앉은 수선의 향기에 근준은 정신이 하나도 없었다.

언제부터일까, 수선이 곁에 있을 때 두근거리는 증상은 더더욱 심해져 버린 것만 같았다.

"자자 자. 다 왔습니다."

"아저씨 감사해요."

"뭘요. 부산까지 모셔다 드리고 싶은데 그렇게 못해서 오히려 죄송하죠. 얼른 가세요. 기차 시간 늦겠어요."

"네."

목례만 슬쩍 하고 내린 근준과 정반대로 수선은 기사에게 수고하시라는 인사까지 하고 나서야 차에서 내렸다.

저만치 앞서 걸어가는 근준을 본 수선은 얼른 뛰어가며 근준의 옆으로 따라붙었다.

"얼른 가자 근준아. KTX 시간 늦겠어."

고개를 끄덕거리려던 근준은 문득 수선이 자신의 손을 잡아 끌자 본이 아니게 당황해 버렸다. 그녀로서는 빨리 타는 곳까지 근준을 데리고 가려고 급한 대로 잡은 손이겠지만 근준에게는 그 하나하나가 모두 다 떨림이었다.

하얗고 부드러운 그녀의 손. 뻣뻣하게 손을 펴고 있던 그는 자신도 모르게 수선의 손을 손가락으로 감싸 쥐었다. 그리고 두 사람은 열차에 몸을 실었다.

18 _ 열여덟

토요일 대낮이지만 커튼이 드리워져 어두운 사무실이었다. 멋들
어진 가죽 소파 위에는 두 남녀가 민망한 자세로 엉겨 붙어 있었다.

소파 위의 손잡이를 잡고 엎드려 있는 여성이었다. 그녀는 아무 것도 걸치
지 않고 있는 알몸이었다. 군살 하나 없는 탄탄하고 미끈한 몸매. 나이 20대
의 그것이라 해도 믿을 수 있을 정도의 바디라인을 가진 그녀는 바로 아연이
었다.

아침부터 강 회장 집에서 나온 아연이었다. 그런 아연의 허리를 잡고 있는
40대 중반으로 보이는 중년 남성이 정장 바지를 발목에 걸친 채로 연신 아연
의 몸속으로 자신을 밀어 넣고 있었다.

중년의 남성은 바로 종기의 위에 있는 보스이자, 프로젝트에 대해 종기가
아닌 다른 부하들에게 이야기해 줬던 바로 그 남자였다.

아연은 쾌감에 젖은 표정으로 소파 손잡이를 움켜쥔 채 힘겹게 중년 남성
을 받아 내었다.

"언제 봐도 정말 질은 잘하는 년이라니까."

마치 성노리개를 다루는 듯한 그의 말에 아연은 아무런 말도 하지 못하고
는 티슈로 자신의 몸을 닦아낼 뿐이었다.

성욕을 충족한 남성은 이내 바지를 올리고는 아연의 건너편 소파에 털썩
주저앉았다.

그녀가 자신의 몸을, 옷을 입으며 가리는 것을 탐욕스런 눈으로 지켜본 그

는 테이블에 놓인 냉수를 벌컥벌컥 들이키더니 아연을 향해 물었다.

"어때. 일은 잘 되어가나?"

"그게, 그렇게 쉽지가 않아요."

"뭐? 몸으로 하는 일인데, 그게 뭐가 어려워? 할 줄 아는 건 섹스밖에 없는 년이."

남자의 불호령에 아연은 아무런 말도 하지 못하고 기죽은 듯 얼굴을 떨구었다. 그런 취급을 당해서 오는 수치심보다 앞에 있는 남자가 무섭다는 생각이 더 크게 들었기 때문이었다.

"왜? 그 자식이 너랑 자는 걸 거부하더냐?"

"네. 은근히 유혹도 해 보고 했지만, 처음 며칠 한 이후로는 저를 쳐다보지도 않아요."

"이런 등신 같은 년. 뭔 짓을 해서라도 계속 그 새끼랑 몸을 섞어. 임신을 하면 더할 나위 없고 말이야."

"그렇지만."

"왜? 그래도 니 배에서 태어난 놈이라 혈육의 정이 느껴지냐?"

"그런 게 아니라. 그 아이 그 집 여자들을 건든 모양이에요."

"뭐어? 지 누나들을?"

"다는 아닌 것 같지만, 눈치가 그래요. 그러니 자연히 제 쪽은 보지도 않구요."

아연의 말에 보스는 뭐가 우스운지 낄낄거리며 웃었다.

"고아 새끼 하나가 멀쩡한 집안 아주 개판 만드는구만. 하지만 그 새끼는 무시 못할 놈이야. 강주현이가 왜 그 딸내미가 셋이나 되는데 그 녀석을 입양했겠어? 강주현은 얼마 못살아. 곧 재산에 대한 상속권이나 회사 경영권이 아마 그 강근준이라는 놈에게 고스란히 넘겨줄 거야. 예전에 나와 손잡고 만들어 낸 그 고아 새끼들 중에 근준이가 가장 뛰어났기 때문에 입양한 거거든. 또 강주현이 씨앗이고."

"네에."

"그전에 아연이 너는 어떻게든 그 새끼랑 엉거 붙으란 말이야. 뭔 말인지 몰라?"

"그렇지만 그 아이는 저에게 전혀 흥미를 느끼지 못해요."

"그러니 니년이 더 악착같이 붙어서 꼬시란 말이야 이년아. 강근준이라는 녀석. 네 난자는 아니지만 니 자궁에서 태어났다는 걸 알아도, 눈 하나 깜짝 안할 놈이야. 알아들어? 그러니까 어떻게든 강근준이에게 엉겨 붙어. 왜, 싫어?"

"아니에요."

보스는 천천히 일어나 앉아있는 아연에게 걸어갔다. 그의 우악스런 손길이 이제야 겨우 옷가지를 추스른 아연의 가슴을 강하게 움켜쥐었다. 아연은 그저 얼굴을 찡그리면서도 아무런 반항도 하지 못했다.

"네년이 굶어 뒤질 뻔한 거 거둬 준 사람, 나라는 거 잘 알고 있겠지? 엉?"

"네에."

"그럼 수단과 방법을 가리지 말고 강근준이 눈에 들어. 그 다음부터는 내가 다 알아서 처리할 테니까. 3년이다 3년. 강주현은 가족들에게 숨기고 있지만, 그 놈은 남은 날이 얼마 없거든. 3년 안에 너와 내가 그 집 재산을 먹는 거다. 니년이 그 몸뚱이 어떻게든 굴려서 강근준이에게 엉겨 붙어. 수단과 방법을 가리지 말고 말이야."

이윽고 다시 한 번 사내의 손길에 의해 아연의 옷가지는 찢겨지다시피 벗겨져 나갔다. 아연은 아무런 거부조차 하지 못하고, 사내의 손길에 몸을 맡겼다.

보스가 바지 지퍼를 내리자 축 늘어진 그것이 나왔다. 그녀는 기계적으로 그것을 입에 가져갔다.

'말도 안 되는.'

안에서 들려오는 아연의 신음소리였다. 문밖에서는 종기가 언제 왔는지 그 자리에 스르르 주저앉고 말았다.

일이 있어 잠시 들렀다가 자신의 보스와 아연의 대화를 엿듣고 만 것이다.

'내가 여태까지 보스라며 따랐던 사람이, 나를 만든 그 증오스런 프로젝트의 기획자라는 건가. 덧붙여 준이(강근준)의 아버지(강주현)도.'

종기는 혼란스러운 머리를 정리하려 애썼다. 머리가 아찔하다. 다리가 후들후들 떨렸다. 배신감에 주먹은 강하게 쥐어졌다.

종기는 자신의 친구를 떠올렸다. 몇 번이고 죽고 싶을 때 옆에 있어준 자신의 친구. 자신은 몰라도 근준만큼은 지금의 행복을 계속 누려야만 했다.

종기는 살짝 주변을 바라보았다. 족히 50명은 넘는 인원이 검정 양복을 입고는 건물에 줄서 있었다. 속주머니에 날카로운 나이프가 들어있지만, 지금은 그 나이프를 쓸 수 없을 것만 같았다.

그는 방문 쪽으로 들어가지 않고는 몸을 돌려 밖으로 걸어 나갔다. 보스의 부하들은 중간보스 중 하나인 종기가 아무것도 하지 않고 돌아가자, 의아한 눈으로 그를 쳐다보았지만, 누구 하나 그에게 말을 걸 수 있을 정도의 레벨은 없었다.

종기는 떨리는 주먹을 손으로 꼭 쥐며 입술을 깨물었다.

'지금은 못했지만 이제 곧 모든 것을 바로잡을 기회가 오겠지.'

19 _ 열아홉

근준과 수선이 탄 열차는 쉴 새 없이 달렸다. 수선은 연신 창밖을 내다보며 신기한 듯이 눈망울을 빛냈다.

"뭐가 그렇게 신기해?"

"그냥 다 신기해. 왠지 기차 너무 재밌어. 그치?"

"별 게 다 재밌다."

퉁명스럽게 말한 근준이었지만, 그는 수선의 마음을 이해할 수 있었다.

부잣집 여식으로 자란 그녀가 기차를 탈 기회는 아마도 거의 없었다고 해도 과언이 아닐 테니까.

"기차 얼마 못타 봤어?"

"아니. 가끔 탔어."

"언제?"

근준의 물음에 수선은 잠시 입을 다물어 버렸다.

근준이 살짝 당황할 때쯤에 그녀의 표정은 다시 웃는 얼굴로 돌아와 있었다.

"지금 가는 은숙이 아줌마라는 분네 집에, 내가 늘 심부름을 갔거든."

"아, 그래? 근데 그 아줌마는 뭐하는 분인데?"

"그냥, 아빠 친구야."

근준은 창문을 보고 말하는 수선의 눈망울에 괜히 가슴이 두근거렸지만, 꾹 참아내고는 말을 이었다.

“그럼 왜 맨날 너가 가?”

“응?”

“아버지가 갈 수도 있고, 수진 아니 수진누나나 수미도 있잖아. 왜 너만 가
냐고.”

죽어도 수선은 누나라고 부르지 않는 그였다. 수선은 이제 더 이상 지적을
하지 않았다. 오히려 그녀는 싱긋 웃어 보였다.

“내가 가장 착해서가 아닐까?”

“말은 잘하는군.”

근준의 냉랭한 말에도 수선은 아무런 말도 하지 않았다. 기차는 요란한 소
리를 내며 내달렸다. 갑자기 수선은 스르르 근준의 어깨에 얼굴을 기댔다.

“왜 그래.”

기차가 달리는 특유의 철길 음과 동시에 근준의 심장도 어딘가로 내달렸
다. 별 거 아닌 스킨십일지는 몰라도 근준에게는 무방비 상태나 다름없었다.

“그냥 조금만 이러고 있을게. 조금 졸려서 그래.”

근준은 아무런 말도 하지 않았다. 스르르 눈을 감아 버린 그녀였다. 근준
은 순간 수선의 작은 어깨를 보고 갈등하기 시작했다.

너무나 감싸 쥐고 싶은 작은 어깨였다. 하지만 늘 상상 속에서 밖에 만질
수 없던 그녀의 몸이었다.

이윽고 수선의 몸이 위아래로 미세하게 움직이기 시작했다. 어깨에 기댄
채로 그녀는 살짝 잠이 든 것이었다.

근준은 용기를 내어 한쪽 팔을 수선의 등 뒤로 올렸다. 자신도 모르게 스
르르 떨리는 팔을 느꼈다. 팔은 감히 그녀의 허리를 감싸지 못한 채 수선의
팔 부분을 살며시 감싸 안았다.

살짝 움찔하는 그녀의 몸이었다. 하지만 다시 잠이 들었는지 그녀는 새근
거리며 숨을 쉬기 시작했다.

긴 속눈썹에 덮인 채 감겨 있는 눈. 적당한 콧날과 반짝이는 입술. 근준은
자신의 품에 안겨 있는 형상이 되어 버린 수선을, 그렇게 종착역까지 바라보
고만 있었다.

“여기야?”

“응. 벨 눌러 보자.”

근준은 살짝 의아한 마음에 고개를 갸웃했다.

기차에서 내려 택시를 타고 찾아온 어느 허름한 아파트였다. 물론 생활이 어려워 강 회장이 도와준다는 것은 근준도 알고 있었지만 이 정도일 줄은 의외인 사실이었다.

"수선이니?"

두꺼운 철문이 열리고 40대 초반으로 보이는 여성이 수선을 보고 깜짝 놀라고 있었다.

아무렇게나 빗어 올린 머리에 아무 옷이나 걸친 그녀였다. 꽤나 미인인 듯한 인상이었지만 전혀 꾸미지 않아서인지 평범해 보이기까지 했다. 그런 그녀가 한참이나 수선의 손을 부여잡고 반가워하다가 근준 쪽을 바라보았다.

"안녕하세요."

"누구?"

"아줌마. 제 동생이에요. 근준이."

"응? 남동생이 있었니?"

"처음 뵙겠습니다. 강근준입니다."

"그래. 어서 들어와 어서."

집안의 광경은 더욱더 가난해 보였지만 수선은 조금의 거부감 없이 은숙이라는 여자와 함께 들어갔다.

'응?'

근준은 뭔가 은숙 그녀의 행동이 석연찮다는 생각이 들었다. 강 회장의 친구라면 그저 그녀에게 있어서 수선은 친구의 딸일 뿐이다. 그런데 왠지 그녀의 행동이 이상했다. 연신 수선의 얼굴을 매만지고 껴안기도 했다.

착한 수선도 밝게 웃으며 그녀의 말을 모두 들어주고 있었다.

'단순히 돈을 보내준다면 통장으로 보내면 간단하다. 그런데 수선은 저 은숙이라는 여자에게 자주 왔다고 했었지.'

근준은 곰곰이 생각에 잠겼다. 수선을 보는 은숙의 눈은 사랑이 가득 담겨 있었다. 마치 사랑하는 사람을 보는 듯한 그런 감격에 어린 눈이었다. 그런 것을 아는지 모르는지, 수선은 연신 웃으며 말할 뿐이었다.

"이거 아빠가 드리래요."

"또 가져왔니?"

"또 저번처럼 어디다가 기부해 버리거나 하지 마세요. 아줌마를 위해서도 좀 쓰셔야죠.”

“아니다 수선아 나는, 그냥 먹고 살 수 있으면 돼. 정말로.”

근준은 아무런 말을 하지 않고 두 여인을 바라볼 뿐이었다. 근준은 잠시 하나의 가설을 세워 보았다.

정상적인 가정에서 자라지 않은, 고아로 자라온 근준이라서일까? 은숙의 모습은 왠지 그저 남 같지가 않아 보였다. 게다가 근준은 묘하게 둘이 닮은 구석이 있다는 것을 캐치해 내었다.

‘설마, 그런 것은 아닐까?’

근준은 이내 머릿속에 떠오른 가설을 지워 버렸다. 그럴 리가 없었다. 부잣집의 둘째 딸로, 많은 사랑을 받으며 자랐을 수선이 아니던가. 그럼에도 불구하고 너무나 착하고, 너무나 맑고 순수하게 자란 그녀였다.

“수선아, 오랜만에 왔는데 밥도 해 줘야 하는데….”

“아니에요 아줌마. 배 안 고픈걸요.”

“아니야! 그래도 동생이랑 같이 왔는데 해 줘야지. 가만 있어 봐.”

은숙은 갑자기 몸을 일으켜 찬장을 뒤지기 시작했다. 수선은 한사코 괜찮다고 했지만 은숙은 절대 그럴 수 없다며 계속해서 서랍장이며 찬장을 뒤져 나갔다. 하지만 멀리서 보는 근준의 눈에도 먹을거리는 거의 보이지 않았다.

“가서 뭐 좀 사와.”

“응?”

근준의 속삭임에 수선은 시선을 근준 쪽으로 돌리며 고개를 갸웃했다.

“저 아주머니가 너 위해서 뭐라도 해 주려고 하잖아. 빈손으로 온 것도 그런데 가서 뭐 좀 사오라고.”

“아, 그래야겠다. 너도 갈래?”

“난 여기 있을 테니까. 다녀 와.”

“알았어. 그럼 아빠 친구분이니까 말 잘 하고 있어. 누나 다녀올게.”

근준의 제안에 착한 수선은 살짝 손뼉까지 쳤다. 행여 은숙이 말릴까 얼른 지갑을 들고 문밖으로 나섰다.

근준은 아직도 찬장이며 서랍장들을 뒤지기 바쁜 그녀에게 천천히 다가 갔다.

“저기요.”

나지막이 부르는 근준의 목소리에 찬장을 뒤지던 그녀는 살짝 고개를 돌렸다. 이내 그녀는 눈으로 수선을 찾기 시작했다.

"수선이 아니, 누나 잠깐 뭐 사러 간다고 나갔어요."

"아, 그래요?"

그녀는 이내 근준에게 조금도 관심이 없다는 듯 다시금 찬장 쪽으로 시선을 돌려 버렸다.

"수선누나와 어떤 사이죠?"

얼마큼일까. 순간 정적이 흘렀다. 은숙은 마치 시간을 멈춘 것처럼 아무런 동작도 하지 않고는 이윽고 근준에게 등을 돌린 그 자세 그대로 조용히 중얼거렸다.

"무슨 소리에요? 그냥 절친한 친구의 딸일 뿐이에요."

"그런가요."

근준은 맞장구를 쳐 주었지만, 그의 말투에서 은숙을 신뢰하고 있다는 듯한 뉘앙스는 조금도 보이지 않았다.

"왜 그걸 묻죠?"

"전 고아였어요. 입양돼서 수선누나와 남매 사이가 되었죠."

"……"

"어머니의 사랑. 이런 거 잘 몰라요. 늘 상상 속에서 엄마의 사랑을 그려보기는 했었지만요. 근데 확실한 건 아주머니께서 수선누나를 바라볼 때의 모습이, 제가 상상하던 그 모습과 너무나 똑같더군요."

"무슨 말을 하고 싶은 거에요?"

"처음에 물었던 질문 그 자체가 궁금할 뿐 그 이상도 이하도 아닙니다."

근준은 조용히 그녀의 대답을 기다렸다. 아무런 말도 하지 않았던 그녀의 어깨가 조금씩 위아래로 흔들렸다. 근준은 그저 말없이 그런 그녀를 바라볼 뿐이었다.

"엄마가 없다고 했죠?"

"네. 고아니까요."

"사랑하는 자식을 보내고 사는 엄마의 마음은 얼마나 찢어질까요?"

"역시 수선의 어머니가 맞는 모양이군요."

"흑."

그녀는 이내 참았던 눈물이 터진 듯 흐느끼기 시작했다. 다시금 근준 쪽으로 등을 돌린 은숙의 얼굴은 눈물로 가득 차 있었고, 그녀는 흐느끼듯 주저앉았다.

"수선누나는 알고 있나요?"

"몰라요. 그 아이는 아무것도 몰라요."

근준은 살짝 고개를 끄덕였다.

수선의 성격에 은숙이 친모인 것을 알면서도 그렇게 편하게 지낼 리가 없다. 그녀는 모르고 있을 것이었다. 근준은 더 이상 묻지 않았지만, 대충 짐작은 할 수 있을 것만 같았다. 정확한 정황은 그가 알 필요가 없었다. 또 묻지도 않았지만 확실한 것은 강 회장이 수선의 아버지라는 사실은 맞는다는 것이었다.

'저 여자와의 사이에서 태어난 게 수선이라는 건가. 그럼 수선의 친모를 이런 곳에.'

근준은 괜히 주먹이 꽉 쥐어지는 게 느껴졌다. 그것이 강 회장의 이중성이라는 게 느껴지자 열이 올랐다. 더욱더 열을 받는 것은 그것이 마치 배려인 양 당당하게 수선을 은숙에게 매번 보내는 그의 뻔뻔함이었다.

"그 아이, 수선이에게는 아무런 말도 하지 말아 줘요. 아무 말도, 그리고 아무것도 묻지 말아 줘요."

은숙은 애원하듯 근준을 보며 말했다. 근준은 굳은 표정으로 한없이 흐느끼는 그녀를 바라볼 뿐이었다.

근준은 가슴이 찢어지는 게 느껴졌다. 왜일까. 자신이 더욱 불쌍한 고아였으면서, 한없이 착한 미소를 짓는 수선에게 이런 비밀이 있다는 사실이, 그의 심장을 몇 번이나 도려내고 있었다.

어둑어둑했던 하늘에서부터 순식간에 엄청난 소리를 내며 많은 비가 쏟아지기 시작했다. 근준은 비를 상당히 맞았는지, 창문에 서서 옷을 짜내 보이고는 수선을 돌아보았다.

살짝 젖은 머리카락. 그녀는 뭐가 재밌는지 살짝 미소 짓고 있었다.

"거 봐. 누나 대단하지?"

"이게 뭐가 대단해."

"치. 나 없었음 너 비 엄청 맞았을 거다."

"무슨 소리. 여기 오자고 해서 이렇게 비 맞은 거잖아. 예정대로라면 호텔 안에 있을 텐데."

“이게 다 니가 비나 내렸음 좋겠다고 해서 그래.”

근준은 새초롬한 수선의 표정을 보며, 그냥 ‘푸하하’ 하고 웃어 버렸다. 갑자기 이렇게 젖어서 들어온 꼴이 웃긴다는 듯이 그런 근준을 보며 수선도 쿡쿡거리며 같이 웃었다.

은숙의 집을 나오고 나서 수선은 가 볼 곳이 있다고 했다. 근준은 별 말 없이 따라 나섰다. 결국엔 바다가 보이는 작은 언덕 위에 조그만 통나무집에 다다른 것이다.

수선의 말로는 그 통나무집은 강 회장이 예전에 사둔 집이라고 했다. 가족 별장을 위해 사둔 그 통나무집은 지금까지 한 번도 이용된 적이 없었다. 그 곳에 종종 놀러간 사람은 수선뿐이었다.

근준은 그제서야 집안을 둘러보았다. 그리 크진 않았지만 포근한 통나무 집이었다. 수선은 오랫동안 안 와서 더럽다며 걸레를 가져와 청소를 시작했다. 통나무집에 있는 자그마한 공터 같은 앞마당에는 작은 그네가 하나 매달려 있었나. 마치 ‘싱님비타美’ 그네처럼 비다가 내다보이는 큰 언덕 위의 통나무집. 거기를 들르자는 수선의 말에 언덕을 오르다가 그만 둘은 비를 흠뻑 맞아 버린 것이었다. 지나가는 비는 아닌 것일까. 저녁이 넘은 시간이지만 비는 그칠 줄 몰랐다.

“계속 오려나 봐.”

근준의 중얼거림에 수선은 싱긋 웃어 주었다. 뭐가 그리 즐거운 걸까. 근준은 수선의 그런 미소에 너무나 기분이 묘해지는 게 느껴졌다.

“와와! 있다 있어!”

“뭐가?”

수선의 외침에 근준은 고개를 갸웃했지만 이내 수선이 말한 그것의 정체를 알고는 실망한 표정을 지어 보였다.

“뭐야. 그냥 말라 비틀어진 나뭇가지들이잖아.”

“그치만 비가 와서 다 젖었잖아. 이게 있으니 벽난로에 불도 때울 수 있단 말이야.”

수선은 이내 그 하얗고 작은 손으로 아무렇게나 한쪽에 쌓여 있던 나무를 하나씩 옮기기 시작했다. 그 모습을 가만히 바라보던 근준도 한숨을 푹 쉬고는 수선 쪽으로 다가갔다.

“비켜.”

“응?”

“비키라고. 잘못하면 손 다쳐.”

“괜찮은데.”

“괜찮긴 뭐가 괜찮아. 다치면 또 누구 탓하려고.”

수선은 젖은 머리칼을 살짝 귀 뒤로 넘기며 웃었다. 근준은 묵묵히 먼지가 잔뜩 쌓인 나무를 벽난로 안에 집어넣었다.

“여기 기름도 있어. 조금만 써 보자.”

“연기는?”

“이거 환풍구로 다 빠져 나갈 거야. 잠깐만.”

수선은 한두 번 와 본 것이 아닌 듯 능숙하게 환풍기를 작동시켰다. 아담하고 예쁜 집이지만 벽난로를 켜는 것은 꽤나 번거로운 일이었다.

수선과 근준이 같이 몇 번을 왔다 갔다 한 끝에, 이윽고 둘의 볼은 벽난로에서 치지직 거리며 타오르는 불길 덕에 붉게 물들게 되었다.

“휴, 이게 뭐냐? 좋은 호텔에서 잘 수도 있는데.”

“왜? 근준이 넌 이곳이 싫어?”

“그런 건 아니지만.”

“여긴 내가 어릴 적에 매일같이 오던 곳이야.”

수선의 말에 근준은 슬쩍 고개를 돌려 그녀를 바라보았다. 벽난로의 불길 덕에 붉게 물든 그녀의 양볼, 앉은 채로 자신의 무릎을 끌어안고는, 그녀는 옛일을 회상하는 듯 포근한 표정을 짓고 있었다.

“어렸을 때는 부산에 있었어. 너 오늘 보기로 한 분 있지? 그게, 사실, 원래는 아빠 회사의 시작이었거든.”

“그랬군.”

“난 저기 있는 그네가 너무 좋았어. 무서워서 타지도 못했지만, 맨날 혼자 여기 오고 그랬어.”

“친구가 없었구나 그때도?”

“그랬나 봐.”

“……말을 말자.”

근준은 퉁명스럽게 말했지만 그것은 수선을 향한 심장이 엄청나게 두근거리는 게 민망해서였다. 그런 그의 말을 아는지 모르는지 그녀는 계속 입을 열었다.

"여긴 늘 내 아지트였어. 지금 우리 집 앞에 있는 놀이터 그네 위처럼."

언제부터일까. 근준은 수선과 자신이 너무 붙어 앉아 있음을 의식하게 되었다. 그녀의 숨소리 하나 하나, 그리고 젖어 있는 머릿결 한 올 한 올이 손에 잡힐 듯 가까웠다.

"여기서 이사 갈 때 진짜 펑펑 울었는데."

"여기가 뭐가 좋다고."

"내 아지트였는걸 뭐. 지금은 아쉬운 대로 놀이터로 하고 있지만."

근준은 가슴이 아파오는 것이 느껴졌다. 왜일까. 왜 이렇게 착한 수선이 생모의 존재도 모른 채 살아야만 할까. 죽은 강 회장의 부인, 아마도 그녀는 수진과 수미의 엄마일 것이다. 그리고 수선은 그 부인을 자신의 엄마라고 생각하고 있을지도 모른다. 그냥 어렸을 적에 돌아가신 자신의 엄마로 말이다.

"꼭 아지트가 있어야 하는 건 아니잖아."

"응?"

근준의 중얼거림에 수선은 눈을 동그랗게 뜨며 근준을 바라보았다. 근준은 여전히 타다닥거리며 타오르는 벽난로를 응시하다가 이내 바닥에 깔아 놓은 마른 장작을 하나 집어넣었다.

"그 아지트가 꼭 필요한 거야?"

"그래서 내가 바본가 봐. 꼭 그렇게 안정을 취할 어딘가가 있어야 하고, 그치?"

"그 아지트가 꼭 장소여야만 해?"

근준은 말을 뱉어 놓고는 자신도 모르게 움찔해 버렸다.

수선은 그의 말에 아무런 대답도 하지 못하고 근준을 바라볼 뿐이었다.

"무슨 뜻이야?"

"그 아지트가 사람일 수도 있잖아. 늘 니 옆에서 널 안정시켜 줄 수 있는 사람."

심장은 미친 듯이 달음박질쳤다.

수선의 눈망울이 떨리기 시작했다. 근준은 용기를 내어 그녀의 얼굴을 바라보았다. 벽난로의 타오르는 소리와 빗방울이 창문을 때리는 소리만이 작은 통나무집을 채워가고 있었다.

"그게 누군데."

수선은 조용히 중얼거리듯 말했다.

근준은 참고 또 참았다. 이대로라면 수선의 입술에 강제로 입을 맞춰 버릴 것만 같았다. 마치 오래 된 장작이 더욱더 활활 타오르는 것처럼, 수선을 향한 마음을 오래 묵인해 왔던 근준의 마음도 뜨거울 정도로 불타오르고 있었다.

"내가 그렇게 되어 주고 싶어. 늘 그렇게 생각했어."

근준의 말이 떨어지자 분위기는 더욱더 조용해졌다. 수선은 아무런 말도 하지 않았다. 그녀의 눈빛이 모든 것을 말해 주는 것만 같았다. 하지만 근준은 그녀의 입술이 떨어지기만을 묵묵히 기다렸다.

"고마워. 누나를 그렇게 생각해 줘서."

"누나로서가 아닌 거 알잖아."

근준의 말이 맞았다. 둘은 이미 서로의 마음을 알고 있었으니까. 고백 아닌 고백도 이러면 안 된다는 생각으로 넘겨 버렸으니까. 그렇기에 둘은 더욱 아무런 말도 하지 못했다.

"하지만 우리는."

수선은 끝내 말을 잇지 못했다. 근준은 알고 있었다. 언젠가 수선이 말했던 그 사람. 사랑하지만 이룰 수 없다는 그 사람이 자신이라는 것을. 바로 며칠 전 수선이 했던 말에서 충분히 알 수 있었다.

수선도 버스 안에서 근준이 혼잣말처럼 했던 고백을 알고 있었다. 그녀는 완전히 잠들지 않았었기 때문이었다.

"우리는 뭐? 가족이라고? 그런 거 생각하지 않으면 안 되는 거야?"

"어떻게 안 생각해."

"가족이 아니니까."

근준의 말에 수선은 고개를 숙여 버렸다.

그제야 근준은 알 수 있었다. 수선이라는 존재는 지우려고 한다고 해서 지워지는 존재가 아님을. 수없이 수선을 잊고 그냥 동생으로 살자고 했던 자신의 다짐도, 불과 하루만에 이렇게 거품처럼 날아가 버린다는 것을 말이다.

근준은 천천히 수선의 젖은 머릿결을 뒤로 넘겨 주었다. 부드럽기까지 한 근준의 손길이었다. 수선은 아무런 말도 하지 않고 떨리는 눈망울로 근준을 바라보았다. 이윽고 근준의 팔이 용기를 내어 수선의 어깨를 잡았다. 서로의 떨림을 주고받은 그들은 이내 서로를 끌어안았다.

"한 번만 이렇게 안고 싶었어. 진심이야."

근준의 말에 수선은 그의 품에 안겨 아무런 말도 하지 않았다. 왜일까. 근준은 그저 수선을 안은 것만으로도 미친 듯이 심장이 떨리는 것만 같았다.

그녀가 조용히 자신의 품에서 흐느꼈다. 빗소리가 너무 커서 묻히고 있었지만 근준은 알 수 있었다.

자신이 수선을 끌어안은 그 순간 느껴지는 감동의 크기만큼 그녀도 반응하고 있었다.

"나 무서워. 무서워 근준아."

"뭐가 무서워. 세상의 시선? 그런 게 무서운 거야?"

"응, 그게 무서워. 가족이 아니지만, 우린 가족이어야만 하니까. 그게 무서워."

흐느끼는 수선의 목소리였다. 하지만 근준은 더욱 힘주어 수선을 안았다. 수선의 살결에서 나는 부드러운 향기가 그의 가슴을 더욱더 요분질쳤다.

"내가 받으면 되잖아. 시선, 비난 이딴 거 다 내가 떠안으면 되잖아."

"근순아. 나 어깨 좀 빌려줄래?아침이 올 때까지만."

근준은 안고 있던 그녀를 품에서 떼어야 한다는 것이 너무나 서운했다. 하지만 그는 이윽고 수선을 놓아주었다. 수선은 근준의 어깨에 한쪽 고개를 올려놓았다.

쏴아아 하고 비는 더욱더 거세게 창문을 때렸다. 활활 타오르던 장작불도 조금 불이 약해진 것도 같았다. 근준은 움찔하며 옆을 바라보았다. 수선이 너무도 하얗고 고운 손으로 자신의 손을 잡았기 때문이었다.

"나, 겁이 많고 소심한 나지만, 언제나 내 편이 되어줄래?"

근준은 대답 대신 수선의 손을 더 힘주어 잡았다. 수선은 스르르 눈을 감았다. 근준은 비가 더욱더 거세게 떨어져 내리는 창밖의 까만 밤하늘을 바라보았다.

'시간이 이대로 멈춰 줬으면.'

근준은 태어나서 처음으로 바보 같은 바람을 했다.

이윽고 자신의 어깨에 기댄 수선. 그녀의 어깨를 살며시 감싸 쥐며, 아침의 밝아음이 두 사람을 밝힐 때까지 그렇게 계속 수선의 옆에 있을 뿐이었다. 재잘거리는 산새들의 소리. 근준은 그 소리에 잠에서 깨는 것이 얼마나 오랜 간만의 일인지 실감할 수 있었다.

작은 동산 속에 있던, 자신이 자랐던 그 고아원에서는 늘 그렇게 산새소리에 잠을 깨곤 했었다.

그는 살짝 눈을 비비며 천천히 감았던 눈을 떴다.
'여긴.'
그대로였다. 어제 수선과 왔던 그 자그마한 통나무집. 한 차례 비가 내리
더니, 아침은 더더욱 싱그럽고 맑았다. 창밖으로 보이는 통나무집의 처마에
서부터 물이 쪼르르 떨어지며 너무나 고요한 아침의 정취에 더욱더 한몫하
고 있었다.
'앉아서 계속 잔 건가?'
근준은 문득 자신의 어깨에 무엇인가가 올려져 있다는 것을 깨달았다. 마
치 솜처럼 부드러운 머리 결이 자신의 목과 볼을 간질였다.
근준은 살짝 어깨를 내려 수선이 더 편하게 기댈 수 있도록 도와주었다.
이제는 장작이 모두 타 버려 재만 남아있는 벽난로 앞이었다. 근준의 손은
그런 그녀의 가녀린 어깨를 꼭 끌어안은 그대로의 상태였다.
근준은 숨소리마저 참은 채 자신의 옆에 있는 수선을 바라보았다. 마치 베
이비파우더처럼 너무나 하얗고 부드러운 그녀의 얼굴이었다. 긴 속눈썹은
언제나 근준을 설레게 했던 고운 두 눈망울을 살포시 덮은 채로 그녀가 호흡
할 때마다 위아래로 조금씩 움직이고 있었다.
그리 높지도, 낮지도 않은 콧날을 타고 내려오면, 핑크빛 그녀의 입술이
곱게 앙다물어져 있었다. 근준은 그녀를 깨우지 않았다. 이렇게 바라보는 게
좋았기 때문이었다. 앉아서 선잠이 든 탓에 허리고 엉덩이고 안 쑤시는 곳이
없었다. 하지만 근준은 잘 훈련받은 첩보원처럼 절대 미동도 하지 않고 시선
으로만 그녀를 어루만졌다.
자신의 오른손에 잡히는 가녀린 수선의 어깨, 근준은 실감할 수 있었다.
어제 수선과의 대화는 꿈이 아니었던 것이다. 늘 가깝고도 멀리 있던 수선의
모습이다. 산위에 떠 있는 구름처럼 그녀는 보이지만 만질 수 없는 존재였던
것이다. 하지만 지금은 다르다. 이제는 자신에게 마음을 열고 당당하게 세상
의 시선과 맞설 약속을 한 그녀였다.
마음 속으로 몇 번이고 다짐한 근준. 그녀를 위해서라면 그 어떤 손가락질
과 비난으로부터 그녀의 앞에서 막아줄 각오였다.
"일어났어?"

근준은 아차 싶어 그녀를 바라보았다. 하지만 근준이 움직여서 그녀가 깨어난 것이 아니었다. 수선이 앉아서 깊은 잠에 빠질 만큼 허술한 여자가 아닌 때문이다.

"더 자. 괜찮아."

"으응. 싫어. 일어날래."

수선은 살짝 눈을 비비더니 자신이 근준의 품에 쏙 안겨 있는 것을 인지하고는 부끄럽게 웃었다.

늘 감정표현에 인색한 근준마저도 그때만큼은 그저 수선의 시선을 피할 뿐이었다.

수선은 바로 일어나지 않았다. 그의 품에 반쯤 안겨 있던 상태 그대로 몸을 움츠렸다. 아침공기가 추운지 살짝 무릎을 감싸 쥐는 그녀였다. 새벽 이슬을 맞은 작은 새처럼 그녀는 너무나 가냘파 보였다.

"괜찮을까? 우리."

"아직 자신이 없어?"

근준의 되물음에 수선은 그의 가슴에 머리를 기대며 고개를 저었다. 하지만 근준은 알 수 있었다. 그녀는 무서워하고 있었다. 꿀이 발라진 칼. 처음엔 달콤할지 모르나 분명 심장을 후벼 파는 그 어떤 일들이 그들의 앞날에 도사리고 있다는 사실에, 수선은 너무나 두려워하고 있었다.

"내가 욕먹으면 되잖아."

"그런 게 아니야."

"그럼 그런 말하지 마. 그럴 필요 없잖아."

수선은 근준의 허리에 팔을 둘렀다. 근준은 그녀의 이마에 살짝 입을 맞춰 주었다.

입술이 아닌 이마에 해 주는 그의 입맞춤을 음미라도 하듯 수선은 살짝 눈을 감기도 했다.

"아빠 회사는? 가 봐야 하잖아."

"나중에 갈래. 기회야 많은데 뭘."

"그치만 아빠가 나랑 같이 보낸 건 그거 때문이잖아. 안 그랬으면 나 혼자 다녀와도 되는 건데."

"바보야. 계속 그렇게 사람 말 일일이 다 따르면서 빡빡하게 살 거야?"

"그치만 그게 편하잖아. 어기면 무섭기도 하고."

"그럼, 세상 살면서 가장 크게 일탈한 게 언젠데?"

"일탈?"

근준의 말에 수선은 곰곰이 생각하는 표정을 지어 보였다.

질문을 한 근준도 별 달리 기대를 하지 않는 부분이었다. 수선과 일탈? 아마 세상에서 가장 안 어울리는 조합이 바로 그것일 것이다.

"친구들하고 당일치기 놀러 간 적 있어."

"그게 다야? 1박2일도 아니고?"

"친구들이랑 외박한 적은 한 번도 없는데?"

"답답하네."

"재미없지? 나."

근준은 귀엽게 웃는 수선의 머리 결을 쓰다듬어 주었다. 그는 무언가 곰곰이 생각에 잠기더니 이내 수선에게 입을 열었다.

"그럼, 남자 친구가 생겼을 때 가장 해 보고 싶었던 게 뭐야?"

"해 보고 싶은 거? 음 글쎄."

"생각해 봐. 어서."

수선은 근준의 질문에 곰곰이 생각에 잠기더니 이내 입을 열었다.

"공연하는 거 보고 싶었어."

"공연?"

"음악공연, 콘서트 같은 거."

"와, 진짜 시시하다."

"뭔가 대단한 게 있을 줄 알았어?"

근준은 그녀를 안고 있던 팔을 내리며 자리에서 몸을 일으켰다. 수선은 갑자기 근준이 자신의 손을 잡아끌며 일어나자 멀뚱히 그를 바라보았다.

"왜 그래 갑자기?"

"빨리 씻어."

"응?"

"빨리 씻으라고. 출발해야 하니까."

"집으로?"

수선의 물음에 근준은 씩하고 웃었다. 좀처럼 그가 웃는 얼굴을 보지 못했던 수선은 영문도 모르면서 따라서 웃었다.

"오늘 하루, 나랑 일탈하자. 소원 들어줄게. 가자."

20 _스물

야탑동 디자인센터 건물 앞에 한 여학생이 불안하게 서성거리고 있었다.

'치! 그 인간 뭐야.'

민지는 투덜거리면서도 시계를 바라보았다. 그래도 그 와중에 화장은 꼭 했다. 옷도 신경 써서 입고 온 그녀였다.

'그거 데이트 신청인가?'

민지는 괜스레 웃음이 나왔다. 그렇게 관심 없는 척하더니, 역시나 근준은 자신에게 관심이 조금은 있는 모양이었다. 민지는 왠지 승리자가 된 기분에 고운 입술 사이로 미소가 흘러 나오는 것을 참을 수 없었다.

'근데 데이트 신청해 놓고 늦는 매너는 뭐람.'

민지는 다시금 마음에 안 든다는 듯 입술을 삐죽 내밀었다. 여태까지 남자를 기다리게 한 적은 많아도 기다려본 적은 단 한 번도 없는 그녀였다.

휴일에 다짜고짜 나오라고 하더니만 그는 아직까지 감감무소식이었다.

"여어 최민지."

"흥! 왜 이제 와, 어라?"

당연히 근준인 줄로만 알았던 민지는 고개를 돌리자마자 당황할 수밖에 없었다. 그곳에는 근준이 아닌 동아리의 선배, 동기들이 손을 흔들고 있었기 때문이었다.

"여긴 웬일이에요?"

"뭐? 웬일이라니? 너 근준이 불러서 나오지 않았어?"

"에?"

기타 케이스를 바닥에 내려놓는 그의 말에 민지는 멍한 표정이 되어 버렸다. 그제야 민지는 자신의 앞에 있는 동아리의 멤버들을 바라보았다. 자신을 제외하고는 모두 악기파트를 맡은 이들뿐이다.

"어쨌든 빨리 들어가자. 근준 녀석 오기 전에."

"오기 전에라뇨? 그리고 어딜 들어가요?"

"너, 근준이한테 아무 말도 못 들었어? 저기 가는 거잖아 저기."

민지는 반사적으로 선배가 가리키는 곳을 바라볼 수밖에 없었다. 커다란 디자인센터. 그녀는 겨우겨우 표정관리를 하며 다시 물었다.

"근준이 우리를 다 집합시킨 거예요?"

"후배가 선배를 집합시키겠냐. 근준이 갑자기 전화를 하더니 연습한 곡들 맞춰 보자고 하더라. 게다가 그 녀석 저런 곳도 섭외해 놨던데?"

"연습요?"

민지는 맥이 탁 풀리는 게 느껴졌다. 괜히 우쭐하던 자신의 모습에 화가 났다. 쥐구멍에라도 숨고 싶을 정도로 창피한 마음이 들어 얼굴도 붉어졌다.

"그런 건 동방에서 해도 되잖아요!"

"아따 왜 화를 내고 그래? 근준이 오늘 음악 쪽에 영향력 있는 사람을 데려온다고 했다니까."

"영향력 있는 사람?"

"그래. 너도 근준이 실력 봐서 알잖아? 그 정도 재능 있는 아이가 음악계에 아는 사람 하나 없겠냐? 야, 혹시 알아? 우리도 잘 보여서 데뷔할지 아냐."

물론 그 영향력 있는 사람이란 수선이었다. 멤버들이 근준의 '뻥'을 눈치챘을 리가 없었다. 또한 근준이 대학에 오기 전 연습하던 연습실 멤버들 중 한 명이 하는 소극장이라서 바로 빌릴 수 있는 것이었지만, 그들은 그저 근준의 영향력이 대단해서 바로 디자인센터 소극장을 섭외한 줄로만 알고 있을 뿐이었다.

"야야. 어서 들어가자."

"자, 잠깐."

민지는 선배들에게 거의 끌려가다시피 디자인센터 5층 소극장으로 들어갔다. 그렇게 넓지는 않았지만 갖춰질 것은 그럭저럭 다 갖춰진 작은 공간.

학교내에서의 공연이 전부였던 그들은 신이 나서는 악기 세팅을 시작했다.

"야 최민지! 뭐해! 어서 와서 마이크 음량 맞춰 봐."

"알았다구요!"

민지는 괜히 신경질이 나서 소리를 빽하고 질러 버렸다. 속이 부글부글 끓어오르는 게 느껴졌다. 그냥 이유 없이 근준이 미워졌다.

"야, 쟤 오늘 따라 왜 저러냐?"

"냅둬. 그날인가 보지 뭐."

옆에서 수근덕거리는 소리가 들려 왔지만 민지는 신경도 쓰지 않고는 연신 뾰루퉁한 표정을 지었다.

"여기가 어디야?"

"쉿! 그냥 들어와 보면 안다니까."

한참이나 악기조율과 음향 세팅에 여념이 없을 때, 한쪽에서 남녀의 속삭이는 소리가 들려오자 멤버들 전원은 급속도로 긴장하며 소리가 들려오는 출입구 쪽을 일제히 바라보았다. 오직 한 명 민지의 표정만이 공격적이었을 뿐이다,

"강근준이다."

누군가의 중얼거림처럼 조명이 비추는 무대의 반대편에는 근준과 어떤 여자가 같이 사이 좋게 손을 잡고 걸어오고 있었다. 근준은 연신 아무것도 묻지 말라는 말만 했으며, 옆에 있는 여자는 아직도 무슨 일인지 모르겠다는 듯한 표정이었지만 입가에는 미소가 걸려 있었다.

"억!"

근준의 옆에 있는 그녀의 얼굴을 본 멤버들은 자신들도 모르게 입을 쩍하고 벌렸다. 많이 꾸미지도 않았고, 화장기도 별로 없는 얼굴이지만 너무나 청초한 미를 보여주고 있었기 때문이었다. 게다가 입가에 걸려 있는 아름다운 미소는 약 1분간 남성들의 혼을 빼놓기에 충분했다.

'뭐야. 애인인가?'

그 와중에 당황한 것은 민지였다.

근준의 모습만 보았을 때는 심술궂은 표정을 지었던 그녀지만 그의 옆에 있는 수선의 얼굴을 보자 크게 당황해 버린 것이었다.

'이쁘잖아.'

민지는 저도 모르게 속으로 중얼거렸다. 왠지 기분이 묘해지며 근준과 수선의 얼굴을 번갈아 가며 바라볼 뿐이었다.

"정말 말 안 해줄 거야?"
"소원 이뤄준다고 했잖아. 잠시만 기다려 봐."
"뭐?"
"여기서 앉아서 보고만 있으면 된다니까."
근준은 연신 궁금해 하는 수선의 어깨를 지그시 눌러 억지로 객석에 앉히고는 아직도 수선의 등장에 넋이 나가 있는 멤버들이 있는 무대 위로 올라갔다.
"빨리 시작하죠."
"야, 시작은 시작인데, 이거 어케된 상황이냐? 저 여자 분이 정말로 그렇게 영향력 있는 분이야?"
근준은 얼빠진 선배의 말에 터져 나오는 웃음을 참으며 수선이 들리지 않도록 중얼거렸다.
"당연하죠. 한경건설 사장님 딸이라니까요."
"뭐어?"
"쉿. 들리겠어요. 암튼 그만큼 재력 있는 분이니까 최선을 다해야 한다구요."
"와, 세상에 생긴 것도 완전 천사에 짱이다."
민지는 근준과 눈이 마주치자 괜히 고개를 휙하고 돌려 버렸다. 근준은 얼른 피아노로 가서 앉았다. 멤버들은 긴장을 했는지 분주히 마지막 세팅을 하기 시작했다. 근준은 객석에 앉아 있는 수선을 보며 살짝 웃어 주었다. 그녀도 환한 웃음으로 답해 주었다.
"야, 최민지, 준비됐으니까 멘트해."
멘트는 어디까지나 마이크를 쥔 보컬의 몫이다. 그녀는 썩 내키지 않았지만, 옆에서 속삭이는 선배의 말에 마지못해 마이크를 살짝 감싸 쥐었다.
"첫 곡은 '성남비타美' 입니다. 1학년 강근준 군이 쓴 곡입니다."
수선은 깜짝 놀란 눈으로 근준을 바라보았다. 곧이어 잔잔한 선율이 울려 퍼지기 시작했다.
민지는 마이크에 천천히 입을 갖다 대었다. 왠진 모르지만 사랑하는 사람을 붙잡을 수 없다는 가사의 '성남비타美'가 오늘 따라 더 쉽게 감정이입이 되어 버리는 듯한 기분은 왜인지, 정작 그녀도 알 수 없는 일이었다.

긴장 탓에 약간은 들쑥날쑥했던 연주도, 곧이어 안정적으로 바뀌기 시작했다. 자그마한 디자인센터 소극장을 민지의 음색이 가득 채웠다.

─너는 꿈처럼, 잡을 수 없는 향기처럼.

가사를 들으며 미소를 짓던 수선은 살짝 놀라고 말았다.

근준이 썼다고 했던 이 곡. 자신의 이름은 들어가 있지 않았지만 노랫말에 나오는 것은 자신과 근준의 이야기가 틀림없었다.

해질녘의 놀이터와 그네, 그리고 수선이 좋아하는 향수의 향기까지도 은 연중에 가사에 드러나 있었기 때문이었다. 그녀의 시선이 피아노를 연주하는 근준에게로 머물렀다. 음악은 잘 모르는 수선이지만, 근준이 그 음악을 만들 때 어떤 심정이었는가를 수선은 느낄 수 있었다.

'걱정 마. 니가 쓴 노래가사처럼. 난 사라지지 않을게.'

수선은 이 순간만큼은 누구보다도 행복한 미소를 짓고 있었다.

21 _스물하나

번잡한 밤이었다.

"여어 오랜만이다."

"안녕하셨습니까 형님."

오색 네온사인이 밝히는 밤거리였다. 고급스런 룸살롱의 입구에서 검은 정장을 입은 거대한 체구의 사내와 약간은 왜소하지만 날카로운 눈매를 가진 사내가 이야기를 나누고 있었다.

"야. 큰형님 뵈러 왔냐?"

"아 뭐, 제가 뵈러 왔겠습니까. 저희 종기형님께서 오신 거죠."

"하기야 그렇지. 니들이 큰형님 뵐 짬이 되는 것도 아니고."

짧은 머리의 사내는 낄낄거리며 웃으면서 자신의 앞에 있는 왜소한 사내의 머리를 툭툭 건드렸다.

"야. 근데 니네 형님이 웬일로 큰형님을 뵈러 온 거냐? 요새 잘 나가서 코빼기도 안 보여주던 분이?"

다분히 종기를 밑으로 내려 보는 듯한 말투였다. 종기의 부하인 그는 자존심이 상했지만 그저 살짝 미소를 지었다. 아무리 그래도 보스를 모시는 자가 자신보다 위일 수밖에 없었기 때문이었다.

"종기형님도 자주 오고 싶어 하시는데, 일이 좀 바빠서 그런 거 같습니다."

그의 말에 보스의 부하인 덩치는 금세 비웃는 듯한 표정을 지었다.

"바쁘긴 니미 개뿔이 바뻐. 막말로 니들이야말로 꿀 빠는 것들이지. 노른자 상권에 들어앉아 가지고 취미로 도박장 관리나 하고, 안 그냐? 엉?"

"말씀이 좀 심하신 거 같습니다 형님."

그의 말에 덩치가 큰 사내의 미간이 꿈틀했다. 순식간에 그의 주먹이 앞에 있는 종기 부하의 면상으로 직격했다.

"어쭈루? 막어? 한철구 이 새끼가 돌았나."

"종기형님에 대한 최소한의 예의는 지켜주시죠. 저를 욕하는 것은 괜찮습니다만, 제가 모시는 분을 욕하는 것은 좀 곤란합니다."

자신의 주먹을 막은 채로 침착하게 이야기하는 사내를 보며 그는 어이가 없는 듯한 표정을 지었다.

"뭐? 곤란? 곤란하면 씹새야. 어떻게 되는데?"

바로 그 순간, 한참 전에 종기가 들어간 룸살롱 내부에서는 무언가가 깨지는 듯한 요란한 소리가 들리기 시작했다. 그리고 그와 동시에 자신의 팔을 막아낸 종기의 부하는 품안에서 날카로운 길을 빼들었다.

"끄억!"

"바로 이렇게 됩니다."

그는 자신의 몸 안을 파고드는 차가운 금속의 감촉을 느끼며 천천히 허물어졌다. 안에서의 소란이 일종의 신호였다는 듯 차 안에 타고 있던 몇몇의 인원들이 신속하게 내렸다.

눈앞의 사내를 찌른 철구라 불린 종기의 부하는 냉정한 얼굴로 뒤에 도열한 사내들에게 말했다.

"안에서 신호가 왔다. 이 새끼 치워 버리고, 이 근처 출입 완전히 차단해."

"너 이 개새끼. 키워준 주인을 무는 거냐?"

보스는 눈앞에 있는 종기를 잡아먹을 듯이 노려보았다. 하지만 정작 종기는 냉정한 얼굴로 자신을 바라보고 있을 뿐이었다. 그의 좌우에는 족히 열댓 명은 돼 보이는 사내들이 축 늘어져 뻗어 있었다.

모두 종기와 같은 중간보스들이었지만 어느새 갑자기 나타난 종기가 그들을 깡그리 제거해 버린 것이었다.

"야, 너 이 새끼."

보스는 그제서야 종기의 눈빛에서 자신을 죽이려는 살기가 다분히 느껴진다는 것을 깨달았다.

중간보스들과 함께 거나하게 술을 마시던 중 갑자기 종기패거리가 들이 닥친 것이었다. 결과는 지금 눈앞에 있는 그대로였다. 방심하고 있던 이들은 몸도 제대로 가누지 못하고는 종기의 부하들이 찌른 칼에 픽픽 쓰러져 버렸다.

그제서야 보스는 알 수 있었다. 종기가 나름 치밀하게 계획하고 진행한 것이라는 것을 알았다. 술시중을 들던 아가씨들은 당황하기는커녕 약속이나 한 듯 일사분란하게 밖으로 피했기 때문이었다. 게다가 술에 무언가가 들어 있는지 계속해서 다리가 비틀거렸다.

"한 가지만 묻겠다."

종기는 천천히 입을 열었다. 보스는 앞에 있는 양주병을 움켜쥐고는 룸의 구석에 등을 대고 가만히 종기를 노려보고 있었다.

"그 프로젝트에 참여한 놈들은 너 말고 더 있나?"

"무슨 개소리냐?"

"내가 태어난 그 프로젝트 말이다."

보스의 동공이 살짝 커졌다.

어떻게 그가 알고 있는 것인지는 궁금하지 않았다. 다만 자신이 그 프로젝트에 관련돼 있는 사람이라는 것을 어찌 알고 있을까가 궁금할 뿐이었다.

"너 이 새끼, 그걸 어떻게……."

"묻는 말에나 대답해라. 한경건설 강주현 회장. 그리고 너. 이렇게 둘뿐인가?"

"그게 알고 싶은 거냐?"

"빨리 말해라."

"이런 짓하고도 네놈이 무사할 거 같아?"

"무사하지 않더라도 니 목은 따고 볼 거니까 걱정 말고. 묻는 말에나 대답해."

밖에서는 비명소리와 신음소리가 간헐적으로 들려 왔다. 보스는 직감적으로 자신의 부하들이 당하는 소리라는 것을 알 수 있었다.

"더 있다면 어쩔 거냐?"

"대답은 뻔하지."

"이해가 안 되는 녀석이군. 넌 그 프로젝트 때문에 세상의 빛을 봤다. 그런데 그걸 왜 원수로 생각하는 거지? 너에겐 은인일 텐데?"

종기의 표정은 무서울 정도로 차가워졌다. 양주병을 움켜쥔 채 자신을 겨눠보는 그를 보며, 종기는 천천히 입을 열었다.

"세상의 빛? 내가 본 건 세상의 어둠뿐이다. 개같이 살아남아서 여기까지 왔다. 은인? 개소리 지껄이지 마라. 생명으로 장난치는 너 같은 새끼들, 쓰레기보다 가치 없는 것들이니까. 그리고 그 사업이 우리 대한민국을 위한 사업이었더냐. 일본의 앞잽이로 친일파 조직인 신코리아라는 보수주의 단체로 대한민국을 장악하려는 매국노들 아니었냐고?"

"종기 이 개자식이!"

순간 보스는 눈앞이 번쩍하는 것이 느껴졌다. 순식간에 종기가 테이블을 발판삼아 자신의 몸 쪽으로 날아든 것이었다. 최후의 호신 수단으로 들었던 그의 양주병은 바닥으로 땡그랑하고 떨어졌다.

그에게 몸을 날린 종기는 그의 복부에 긴 나이프를 꽂아 넣었다. 그러자 그는 몸을 파르르 떨며 허물어지듯 주저앉았다.

날카로운 금속은 그의 몸속으로 점점 파고들었다. 종기의 하얀 와이셔츠는 천천히 붉게 물들어가기 시작하고 있었다.

"형님. 빨리 마무리하지 않으면 다른 쪽에서 냄새 맡고 올지도 모릅니다."

종기는 뒤에 서 있는 부하의 말에 천천히 몸을 일으켰다. 불신어린 눈으로 천천히 굳어져 가는 자신의 보스를 보며 그는 살짝 몸을 돌렸다.

"흔적들은 싸그리 지워."

"알겠습니다."

종기는 천천히, 엉망진창이 된 살롱의 복도를 걸어 나갔다. 약속이라도 한 듯 그 많던 웨이터와 종업원들은 단 한 명도 남아있지 않았다. 거사를 위해 그가 철저히 준비를 해둔 사람들로 오늘 하루만 영업을 시켰기 때문이었다.

"어디로 모실까요?"

차에 타서 시트에 깊숙이 기대는 종기를 보며 운전석에 있는 사내가 조심스레 물었다.

종기는 감았던 눈을 천천히 뜨며 그에게 중얼거렸다.

"한경건설 강 회장의 집으로."

무대에서는 마지막 곡이 끝났다. 공연장은 수선 혼자서 치는 박수로 가득 메워졌다.

연주를 한 이들은 근준과 수선의 눈치를 번갈아가며 보았다. 민지는 노래가 끝나고도 뚱한 표정 그대로였다.

"오늘은 이걸로 됐어요. 추후에 좋은 일이 있을지도 몰라요."

"야, 진짜냐?"

근준의 말에 선배들은 악기를 정리할 생각도 하지 않고는 근준에게 속삭였다.

"그럼요. 갑자기 불러내서 죄송하긴 한데, 일단 나중에 연락이 오면 말씀드릴게요."

"그래 알았어."

"저 먼저 가겠습니다."

근준은 살짝 미소를 짓더니만 객석에 있는 수선에게 달려갔다. 민지는 천천히 그런 근준의 모습을 바라보았다. 저 멀리 객석에서 수선은 연주해 주신 분들에게 인사를 해야 한다고 말하고 있었다. 근준은 그러지 않아도 된다며 한사코 그녀를 잡아끌고 있었다.

'설마.'

민지는 아무런 말도 하지 못하고는 수선을 끌고 가다시피 해서 나가는 근준의 뒷모습만을 바라보고 있었다.

자신에게는 늘 뚱한 표정만을 짓는 그가 수선의 앞에서는 밝게 웃고 있었다. 게다가 수선의 손을 잡고 있는 그의 모습이다. 그녀는 왠지 마음 한구석이 허해지는 느낌을 받았다.

멤버들이 신나서 수군거리는 와중에서도 그녀는 괜히 투정어린 표정을 지었다. 그가 나갈 때까지 아무것도 하지 않고는 그의 뒷모습만 바라볼 뿐이었다.

'왜, 왜 자꾸 이렇게 이상한 기분이 드는 거지.'

"맘에 들었어?"

"응, 고마워 정말로. 생애 최고의 날이었어."

"겨우 이딴 걸로?"

근준은 싱긋 웃는 수선의 얼굴을 보자 가슴이 따뜻해지는 것을 느낄 수 있었다.

어느새 달빛이 비추는 밤이 되어 있있다. 근준은 힘을 주어 하얀 수선의 손을 잡아주었다.

아직은 당당하게 손을 잡는 것이 어색해서일까, 수선은 그때마다 살짝살짝 놀라고 있었다.

"아냐. 이딴 거라니. 정말 최고였어. 그리고 니가 음악에 이 정도로 재능이 있는 줄은 몰랐어."

"재능? 글쎄."

근준은 뭐라고 대답하려다가 피식 웃어 버렸다.

"왜 웃어?"

"말하고 싶은 적도 있었는데 왠지 말을 못했어. 이유는 모르겠지만."

"이유는 다 들었는걸 뭐. 아까 그 꿈꾸는 아이라는 곡에 다 나와 있던걸."

근준은 괜히 헛기침을 하고는 그녀의 시선을 외면했다. 수선이 공연을 원해서 자작곡을 들려주긴 했지만 그 곡에는 수선을 생각하는 자신의 마음이 노골적으로 녹아들어 있었기 때문이었다.

수선을 생각하는 마음에 대한 근준의 유일한 통로가 바로 음악이었던 까닭이기도 했다.

"이제는 나한테 다 말해 줄 거지?"

수선의 말에 근준은 피식 웃어 버리고는 고개를 끄덕였다. 그와 동시에 천천히 수선이 잡고 있던 근준의 손을 놓기 시작했다.

"집에 다 왔잖아."

근준은 그제서야 아차 싶었다.

늘 꼼꼼한 자신답지 않은 실수였다. 그녀와 걷는 것이 꿈만 같아서, 집 앞을 비추는 가로등 밑에 올 때까지 그녀의 손을 꽉 쥐고 있었던 것이었다.

이제는 '조심스럽게 시작한 연인'에서 '누나와 동생' 사이로 잠시 되돌아가야만 하는 시간이었다.

"그래도 좋다. 우리는 헤어지면서 아쉬워할 필요가 없잖아."

너무나 사랑스러운 그녀의 말이었다. 근준은 그녀를 가슴 가득 끌어안고 싶은 것을 겨우겨우 참아내었다.

"다녀왔습니다."

현관문을 열고 들어가는 수선의 목소리는 그 어느 때보다 활발하고 명랑했다. 기다렸다는 듯이 수미의 방문이 열리더니, 점점 야해지는 복장을 한 그녀가 쪼르르 뛰어나왔다.

"언니!"

"응, 밥은 먹었어?"

늘 다정하게 자신에게 물어주는 수선을 보며 싱긋 웃던 수미는 이윽고 뒤따라 들어온 근준을 빤히 바라보았다. 왠지 모르게 그녀의 시선이 거슬린 그는 말없이 2층으로 스윽 올라가 버렸다.

'정리를 해야 할까, 아니면.'

근준은 잠시 고민하기 시작했다. 용기를 내어 수선을 붙잡고 나니, 수미가 걸리기 때문이었다. 하지만 수미에게 쉽게 수선과의 일을 꺼낼 수 없었다.

수미는 수선과의 관계를 깰 수 있는 유일한 존재가 되어 버렸기 때문이었다. '비밀'을 지키기 위한 수단은 또 다른 비밀을 낳았다. 그 시점에 수선이라는 신기루를 잡아버린 까닭이다.

'복잡하다. 생각하기도 싫어.'

이미 자신은 너무도 많은 선을 넘어 버렸다. 그리고 다시는 그 선 너머의 반대편으로 돌아갈 수 없다는 사실을 근준은 너무도 잘 알고 있었다. 하지만 쉴 새 없는 마음 속의 저울질은 수선에게로 눈에 띄게 기울어져 있었다. 아슬아슬한 외줄타기의 상황에서도, 수선이라는 존재는 절대 놓치고 싶지 않은 그 무언가가 있었다.

"들어왔어?"

문득 옷을 갈아입으려고 티셔츠를 벗었을 때 문을 살짝 두드리고 들어온 여인은 다름 아닌 수진이었다.

항상 먼저 자신의 방에 찾아온 적이 없는 그녀였기에 근준은 살짝 놀라면서도 고개를 끄덕였다.

"잠깐 앉아도 되니?"

"좋을 대로."

근준은 무표정한 얼굴로 중얼거렸다. 수진은 살짝 그의 침대에 걸터앉았다. 늘 집에서 있을 때처럼 고급스런 원피스 차림의 그녀였다. 머리를 간결하게 묶어 올려 더욱더 섹시한 목선이 근준의 시선을 간질였지만, 오늘은 평소처럼 그녀를 향한 욕정이 솟구치지 않았다.

"수선이랑, 잘 다녀왔어?"

"그냥 뭐 그렇지."

근준은 티셔츠를 벗은 채로 서서 수진을 내려다보았다. 언제부터이가 자신이 수진을 내려다보는 이 광경에 익숙해져 버린 것은 왜일까. 몇 분간의 무거운 정적이 흘렀다. 어색함을 참다 못한 근준이 욕실로 향하려 할 때 수진이 천천히 입을 열었다.

"나 봤어. 너랑 수선이가 손잡고 오는 거."

근준은 그대로 멈춰 서서 살짝 뒤를 돌아 수진을 바라보았다. 그녀는 고개를 숙인 채 애꿎은 방바닥만 바라보고 있었다.

"잘 됐네. 이야기하기 민망했는데 봐 버렸다면야. 너 어차피 수미와의 일도 알고 있잖아."

수진은 아무 말 없이 조용히 고개를 끄덕였다.

근준이 뭐라고 하기도 전에 수진은 조용히 입을 열었다.

"이해해. 남자가 어떻게 한 여자한테 만족하겠어."

"뭐어?"

수진의 성격과 가치관을 염두에 두고도, 그녀가 뱉은 말은 근준에게 있어서도 전혀 의외의 계산 밖 상황이었다. 얼떨떨한 표정을 짓는 근준에게 수진은 계속 말을 이었다.

"상관없어. 니가 말하지 말라면 아무한테도 말 안 하고 비밀 지킬게."

"너 어쩌다 그렇게 변했어?"

"왜? 나는 변하면 안 돼? 변해서 내가 싫어?"

무언가의 간절함이 담긴 듯한 수진의 표정이었다. 근준은 가슴 한구석이 왠지 모르게 무거워져 왔다.

상황은 근준이 예상한 것보다 훨씬 복잡하게 내달리고 있었다.

"그냥 첫 번째가 아니라 두 번째, 세 번째라도 좋으니까. 그냥 나를 봐줬으면 좋겠어."

한동안 무거운 정적이 흘렀다. 조금씩 떨리는 수진의 어깨였다. 근준은 그대로 벽에 기대어 서서 들리지 않을 정도로 흐느끼는 그녀의 모습만 멍하니 바라볼 뿐이었다.

23 _스물셋

그 집을 바라보고, 지켜보고 있었다. 운전석의 사내가 조심스레 종기에게 물었다.

"형님. 어떻게 할까요?"

근준의 집이 보이는 호숫가였다. 그리고 거기에 주차되어 있는 검은색 세단 안에서 종기는 벌써 세 개비째의 담배를 태우고 있었다.

'아까 그 여자는 분명.'

종기는 그녀가 근준의 둘째누나라는 것을 잘 알고 있었다. 근준의 손을 꼭 잡고 있던 그녀를 종기는 보았다. 근준이 잠시나마 행복한 표정을 짓고 있었다. 그래서 그는 차에서 내리지 못했다.

"강 회장의 차가 없는 것으로 봐선 오늘은 집에 없는 듯하군."

종기는 괜히 합리화를 시켜 버렸다. 그의 말에 운전대를 잡고 있던 사내가 천천히 차의 시동을 걸었다.

'나중에, 나중에 해도 괜찮겠지.'

종기는 살짝 눈을 감았다. 서늘한 바람이 얼굴을 간지럽혔다. 그의 시선이 근준이 있는 거대한 주택을 훑고 지나갔다.

"오늘은 그냥 돌아가도록 하자."

검은 세단 차는 그 호수에서 지취를 감추었다.

언제나처럼 달빛은 차가웠다. 가로등이 층층이 밝혀주는 밤거리였다. 서울의 밤은 낮보다도 밝았다. 근준은 주머니에 손을 넣은 채로 느긋하게 벽에 몸을 기대고는 자신의 옆을 지나가는 인파를 바라보았다.

약간은 늦은 시간이었다. 하지만 그 시간동안 과제며 여러 가지 학교일로 바쁜 수선을 데리러 근준이 직접 그녀의 학교로 찾아온 것이었다.

어딜 봐도 수선보다 나은 여자는 없어 보였다. 단순히 외모뿐만이 아니라 늘 얼굴에 가득한 상냥함. 고아로 자란 자신에게도 따뜻한 것이 무엇인지 알게 해 준 그녀의 미소. 적어도 자신이 알고 있는 범위 내에선 수선만한 여자가 없었다. 여하튼 근준은 그렇게 생각하고 있었다.

"어?"

문득 자신을 보고 깜짝 놀라는 듯한 수선의 표정이 근준의 시야에 들어왔다. 그녀는 황급히 같이 있던 친구들에게 손을 흔들고는 근준을 향해 달려왔다. 파스텔톤의 원피스 어찌 보면 수수하기 그지없는 복장이었지만 머리를 예쁘게 묶어 올린 수선에게는 어떤 드레스보다도 아름다운 옷이 되어 있는 것만 같았다.

"웬일이야?"

수선은 너무나 의외라는 듯 근준을 보고 웃었다. 근준도 반사적으로 피식하고 웃어 보였다.

"그냥. 너무 늦었는데 학교라길래 궁금해서."

"내가 언제 나올 줄 알고 기다렸어. 미안해. 많이 기다렸지?"

"또 미안하다고 한다. 뭐가 미안해. 니가 오라고 해서 온 것도 아니잖아."

"그치만."

수선은 멋쩍게 웃었지만 그런 그녀의 모습이 너무나 귀엽게 느껴져서 근준은 저도 모르게 미소를 지었다.

"혹시 이 학교에 내가 니 동생이라는 거 아는 사람 있어?"

"아니? 없는데 그건 왜?"

근준은 대답 대신 수선의 손을 잡아끌었다. 왠지 모르게 차가운 그녀의 손이었다. 근준은 힘을 주어 그녀의 부드러운 손을 잡아주었다. 수선은 행복한 듯 싱긋 웃었다.

"겨우 손잡으려고 그거 물어본 거야?"

"겨우라니. 더 큰 스킨십을 원하는구나?"

"아니야!"

자신의 농담에 얼굴까지 붉어지며 당황하는 수선을 보고는 잘 웃지 않는

근준이지만 오늘만 해도 몇 번이고 웃었다,

자신의 손을 꽉 쥐어주는 수선의 감촉을 느꼈다. 근준은 그녀를 데리고 길 가에 보이는 버스정류장을 향해 걷기 시작했다.

"근준아."

갑작스레 잡고 있던 자신의 손을 확 놓아 버리는 수선이었다. 근준은 고개를 갸웃하며 수선을 바라보다가 그녀의 시선이 자신이 아닌 저 멀리에 있는 누군가를 응시하고 있는 것을 알고는 고개를 돌렸다.

그곳엔 누군가가 서서 자신을 바라보고 있었다.

'강수진?'

틀림없는 그녀였다. 패셔너블한 정장차림이었다. 화장을 한 얼굴이 더욱 섹시하게 느껴지는 한 여인이 근준을 빤히 응시하고 있었다. 한동안 말없이 대치된 상황이 되어 버렸다. 주변 사람들은 근준을 중심으로 양옆에 각각 느낌이 다른 미녀가 서 있는 그 모습을 흘끔거리며 바라보고 지나갔다.

"언니."

수선은 그 어느 때보다 당황하며 수진을 불렀다.

과연 살면서 수선이 이토록 당황한 적이 있었을까 싶을 정도로 얼굴마저 붉어진 그녀를 보았다. 수진은 무표정한 얼굴로 그들에게 다가왔다.

"둘이 같이 있었어?"

근준은 살짝 경직된 얼굴로 수진을 바라보았다. '이게 뭐하는 거야?' 라는 듯한 그의 눈빛을 수진은 바라보지 않은 채로 수선의 얼굴만을 응시했다.

"아, 응. 근준이랑 여기서 만나서."

근준은 수선이 거짓말을 잘 못한다는 것을 너무나도 잘 알고 있었다. 하지만 그래서 무엇하랴. 어차피 수진은 자신과 수선의 관계를 잘 알고 있는 여인이었다.

"언니는? 이 근처 지나가는 거야?"

수선의 살가운 말에도 수진은 차가운 얼굴로 고개를 저었다.

왠지 모르게 경직되기까지 한 그녀의 표정이었다. 그녀는 여전히 근준을 바라보지 않은 채로 수선을 보며 말했다.

"잘됐네. 같이 저녁 먹을래?"

세 사람은 그렇게 어색했다. 헌데 혼잡스럽기는 종기도 정신이 없었다.

24 _스물넷

"**형님**. 그 여자는 없었습니다."

종기는 부하의 보고에 살짝 고개를 끄덕였다. 예상했던 일이지만 역시 눈치가 빠른 여자라고 생각했다.

'그 여자 벌써 눈치를 채고 도망친 건가.'

물론 종기의 리스트에 아연이 껴있었던 것은 아니다. 아니 오히려 그녀는 위험리스트에서 제외된 후였다. 그녀의 뒤를 봐주는 보스가 사라진 이상, 그녀는 더 이상 그 어떤 기득권도 갖고 있지 않은 허울에 불과했기 때문이었다. 하지만 아연이 근준의 집에서 사라져 버렸다는 부하의 보고는 종기를 조금 씁쓸하게 했다.

'애초에 그 여자가 노리던 것은 근준의 친모임을 주장해서 돈을 타내려는 것이 아니었어.'

보스와 아연의 밀회를 엿들었던 종기는 잘 알고 있었다. 오히려 강 회장의 돈을 노리던 것은 보스였다. 아연은 그녀의 꼭두각시에 지나지 않았다.

'자신 역시 제거당할 거라 생각해서 도망을 친 건가?'

종기는 그럴 리가 없다며 고개를 저었다. 나름 산전수전 다 겪은 자신은 속으로 어떤 생각을 하는지 모를 여자가 바로 아연이었다.

"강 회장의 행방은?"

"워낙 출장을 많이 다니는 탓에 확실히 잡기가 어렵긴 합니다만, 지금은 부산 쪽에 내려간 것 같습니다."

"부산?"

"네. 한경건설 분사가 있는 곳입니다. 호텔에 체크인한 걸로 봐선 적어도 내일까지는 거기에 있을 듯합니다."

사내의 말을 천천히 곱씹은 종기는 살짝 머리를 움켜쥐었다. 이제는 다시 돌아갈 수 없는 길이었다. 애초에 돌아갈 생각도 없었지만 그는 어찌 됐건 근준의 보호자가 아닌가. 약간은 갈등이 되는 것도 사실이었다.

'그 사실만 내가 알지 않았어도.'

종기가 이번 프로젝트에 관련된 사람들을 하나하나씩 찾아낼 때마다, 그가 몰랐던 정보도 하나하나 입수하게 되었다.

최근에 알게 된 사실은 이러했다. 그 프로젝트로 인한 아이들 중 고아원에 맡겨진 것은 차라리 잘 풀린 케이스란다. 조금이라도 장애, 혹은 이상이 있는 아이들은 물론이요, 못생겼거나 마음에 안 들면 그대로 안락사 처리되었다. 그것이 외부에 조금씩 알려질 기미가 보이자 프로젝트는 대량의 고아를 양산하고 막을 내렸다는 것이다.

종기는 그것을 절대 용서할 수 없었다. 반인륜적인 행위로 그들이 얼마나 사회적인 약자로서 손가락질 받으며 살아가는지. 고아라는 멸시와 천대로 버림받는 그들이 이 사회에서 할 수 있는 일이란 물어 보지 않아도 잘 알 것이다. 오갈 데도 없었고, 찾을 피부치도 없는 그들은 왜 범죄 쪽에 관련된 어두운 길을 자의반 타의반으로 택했는지도 잘 알 것이다.

그는 나이는 어리지만 그쪽의 산중인이라 할 수 있는 종기는 그것을 너무나 잘 알고 있었다. 그는 천천히 피우던 담배를 비벼 껐다. 망설이기엔 너무 늦었다. 또 여기서 그만둘 생각은 추호도 없었다.

프로젝트 사업에 동참했던 권력자들과 정치인들의 비리를 돈으로 덮은 강 회장이었다. 그리고 그 사실을 알고 있는 유일한 인간으로서 종기는 멈추고 싶지 않았다. 정말 프로젝트 사업이 성공했더라면 어떻게 되었을까 하는 생각도 하기 싫은 종기였다. 적어도 친일파에게 넘어가 제2의 일본제국으로 돌아갔을지도 모를 일이다. 그래서 종기는 그러한 인간들을 이 땅에서 제거하지 않고는 안 되었다. 그는 살짝 몸을 일으키며 부하에게 지시했다.

"부산으로 가자. 지금 당장 차 준비시켜."

그들은 부산으로 향해 달렸다.

25 _스물다섯

레스토랑 안은 무거운 어색함만이 흘렀다. 늘 테이블 위에서 상냥하게 이것저것 잘 물어보는 수선도 오늘은 웬일인지 조용했다.

"왜들 그렇게 말이 없어?"

수진은 아예 작정을 하고 온 모양인 듯 꿀 먹은 벙어리가 되어 버린 근준과 수선에게 말했다.

근준의 표정은 살짝 굳어졌지만 수진은 개의치 않는 듯했다.

"아니 너무 갑작스러워서."

"둘의 데이트라도 내가 방해한 거니?"

"무슨 소리야 언니. 아니야."

수선은 괜히 손까지 저어가며 부정했다.

근준은 가슴이 답답해지는 것이 느껴졌다. 지금 수선은 어떤 생각을 하고 있을까. 어찌 보면 첫 시련일지도 모르는 지금의 이 자리가 그녀는 편안할까?

근준은 자신이 가만히 있을 순 없다는 생각이 들어 앞에 있는 냉수를 들이 켰다.

수진에게 말했다.

"그냥 너무 늦었기에 데리러 갔을 뿐이야."

수진의 고양이 같은 눈망울이 근준을 응시했다. 뭔가 많은 것을 담고 있는 듯한 그녀의 눈빛을, 근준은 살짝 노려보고 있었지만 그녀는 평소답지 않게 묵묵히 그의 눈빛을 받아내었다.

"나 늦었을 땐 한 번을 안 오더니?"

근준은 이를 살짝 물었다. 수진과 단둘이 있을 때면 모를까, 지금 이 자리에서의 수진은 근준에게 있어서 '큰누나'이기 때문이었다. 단둘이 침대에서 있을 때는 근준의 말을 잘 듣는 요부일지 몰라도, 수선이 있게 되면 말이 달라지는 것이다.

"니들 그렇게 붙어 있으니까 꼭 사귀는 거 같다야. 너무 그러고 다니지 마. 동네 사람들이 보면 뭐라고 하겠어."

그녀의 말이 결정타였는지 수선은 더욱더 당황했다. 모르는 사람이 봐도 수선과 근준의 관계를 의심할 정도로 너무나 티가 나는 수선의 표정이었다.

근준은 수진에게 그만 하라는 눈빛을 보냈지만 수진은 애석하게도 근준을 바라보고 있지 않았다.

"나 화장실 좀 다녀올게."

참다 못한 수선이 살짝 몸을 일으켰다. 근준은 천천히 걸어 나가는 수선의 뒷모습에서 가슴이 찢어지는 듯한 아픔을 느꼈다.

좋아하지만 좋아한다고 할 수 없는 그런 사이였다. 수선은 그런 벽을 지금 얼마나 체감하고 있을까.

"뭐하는 짓이야 너."

근준은 살짝 얼굴을 감싸 쥔 채로 수진에게 중얼거렸다. 그녀의 눈망울이 천천히 근준을 향했다.

"내가 뭘?"

"몰라서 물어? 지금 이게 뭐하는 짓이냐고."

"말조심해. 밖에 나오면 난 니 큰누나야."

"뭐?"

근준은 황당한 표정으로 수진을 바라보았다. 그녀는 오늘 단단히 결심을 하고 나온 것이다. 그 목적은 비록 알 수 없었다.

"도대체 이유가 뭐야? 나랑 수선 관계를 알았으니 협박이라도 하겠다는 거야?"

수진은 반짝이는 입술을 살짝 깨물며 근준을 바라보았다. 그녀는 말을 조금 아끼더니 이내 근준과 마찬가지로 앞에 있는 물잔에 입을 가져갔다.

"니가 그랬잖아. 욕망 가는 대로 하라고. 성녀의 길은 갈 수 없다고."

근준은 아무런 말도 하지 않았엇. 수진과 처음 몸을 섞을 때에 근준이 그녀에게 해줬던 말이었다.

"그래서?"

"나도 원하는 걸 갖고 싶을 뿐이야. 말했잖아? 내가 너에게."

수진은 눈물을 참는 듯 그녀의 목소리는 조금씩 떨리고 있었다. 근준은 아무 말도 하지 않고 묵묵히 그녀를 바라보았다.

"첫 번째가 아니어도 좋다고."

진심이 담긴 그녀의 말이었다. 그녀는 정말로 근준의 사랑을 갈구하는 듯했다. 자신의 동생인 수선에게 가 있는 근준의 마음을 알면서도 자신을 바라봐 주길 원하고 있었다.

"그걸 원해서 한 행동이 이 거야?"

"적어도 니가 내 마음을 알 테니까."

마지막으로 그녀가 남긴 그 말. 수진은 처음으로 근준에게 용기를 내어 자신의 마음 속에 담겨 있는 말을 적극적으로 표현한 것이었지만 근준 역시 아무런 말을 할 수 없었다.

자신이 수선을 원했던 마음을 잘 알기에 그녀가 얼마나 힘들까 라는 것쯤은 쉽게 유추할 수 있기 때문이었다.

테이블 위에 놓여 있던 휴대폰에서 문자 메시지 수신음이 울렸다. 그는 살짝 테이블 위로 시선을 돌렸다.

—나 먼저 집에 들어갈게. 미안하지만 언니에게 잘 말하고 같이 밥 먹고 와.

수선의 메시지였다. 근준은 반사적으로 수진을 바라보았다. 애써 울음을 참는 듯한 그녀의 얼굴이었다. 잠시 정적이 흐르고 수진이 천천히 입을 열었다.

"가 봐. 오늘 내가 하고 싶은 말은 모두 끝이니까."

근준은 달리고 또 달렸다. 서둘러 레스토랑 앞을 나왔지만 있어야 할 수선의 모습은 보이지 않았다.

그는 집이 있는 방향 쪽으로 서둘러 달렸다.

'아.'

근준은 저 멀리 보이는 한 실루엣을 향해 달리고 또 달렸다. 뒷모습이지만

근준의 눈에는 똑똑히 보였다. 천천히 어디론가 걸어가는 그녀의 모습이었
다.

"강수선!"

그녀의 걸음이 우뚝하고 멈춰 섰다. 있는 힘껏 그녀를 부른 근준은 달리는
속도를 더더욱 높였다. 그녀가 천천히 뒤를 돌아서며 자신을 바라봤다. 그런
그녀의 눈에는 약간의 이슬이 맺혀 있었다.

그녀의 근처까지 달려간 근준은 그녀를 안아 버렸다.

수선은 몇 번이고 근준의 품 안에서 반항을 했지만 근준은 그녀를 놓아주
지 않고는 더욱더 세게 안았다. 이윽고 수선의 울먹임은 더욱 거세어지기 시
작했다.

"너 왜 그래?"

"무서워, 언니가 우리 사이를 아는 것만 같고, 그게 무서워."

"다 끝난 말이잖아. 도대체 뭐가 무섭다는 거야."

"언니가 그냥 눈감아 순다고 한나번 나른 시련은 없을끼?"

근준은 가슴이 답답해지는 것을 느꼈다.

한없이 여린 수선의 마음이었다. 그녀는 분명 오늘 수진의 말에 큰 상처를
받았을 것이다. 늘 근준이 늦을 때마다 동네 놀이터에서 그를 기다렸던 수선
의 배려가 아니었던가. 이제는 자신이 배려할 차례라 생각하며 근준은 수선
을 더욱 세게 끌어안았다.

"바보 같은 소리 좀 그만 하자. 도대체 왜 그래? 나만 믿으면 되잖아."

수선의 울음소리는 점점 사그라들었다.

그녀의 작은 어깨를 껴안은 근준의 가슴은 계속해서 뛰었다. 사람들은 그
들을 힐끔거리며 바라보았지만, 근준의 눈에는 그 어떤 것들도 들어오지 않
았다. 자신의 품안에서 조금씩 안정을 찾아가는 그녀였다. 근준은 그녀를 안
은 손에 힘을 주며 조용히 그녀에게 속삭였다.

"가자 수선아. 둘만 있는 곳으로."

'덜컹 덜컹.'

기차는 어디론가 계속해서 달려갔다. 근준은 달빛이 드리운 차창을 바라
보다 이윽고 자신의 품안에서 쌔근쌔근 잠들어 있는 수선을 바라보았다. 오
로지 수선에게서만 나는 그녀의 향기가 근준의 코를 간지럽혔다.

조금씩 조금씩 달리는 기차였다. 수선은 어떤 생각을 하며 잠들어 있을까. 그녀에게 있어선 오늘이 세상 최고의 일탈일 것이었다.

근준은 주머니에 있는 휴대폰이 계속 진동하고 있음을 느꼈다. 열차에 타기 전에 미리 진동으로 해두길 다행이라 생각하며, 그는 조금의 미동도 하지 않고 수선을 끌어안았다. 아마도 십중팔구 수미의 전화일 게 분명했다.

이번엔 수선이 들고 있는 가방 안에서 진동소리가 들렸다. 근준이 전화를 받지 않자, 수미가 이번에는 수선에게 전화를 한 것이리라. 물론 수미는 둘이 같이 있을 것이란 생각은 전혀 하지 못하고 궁금한 순서대로 전화를 건 것이겠지만, 근준은 반사적으로 수선의 눈치를 보았다.

"응?"

덕분에 수선은 살짝 눈을 비비며 자신의 가방을 들여다보았다. 괜히 수미가 한없이 원망스러운 근준이었다. 계속 울먹이다 겨우겨우 잠든 수선의 잠을 깨운 셈이 되었기 때문이었다.

"수미 전화야."

계속해서 울려대는 휴대전화기를 보고는, 수선은 근준의 얼굴을 바라보았다. 이제 막 선잠에서 깨었지만 너무나 아름다운 그녀였다. 가까이서 봐도 그녀의 피부는 흠집 하나 없는 것만 같았다. 잠시 그녀의 얼굴만을 바라보던 근준은 수선의 손에서 휴대전화기를 뺏어 들고는 그대로 배터리를 분리시켜 버렸다.

"그래도 되는 거야?"

수선은 울상이 되어 근준을 바라보았지만 그는 그런 수선의 시선은 아랑곳하지 않고 그녀의 가방에 분리된 휴대폰을 밀어 넣을 뿐이었다.

"또 다시 말해야 해? 오늘은 아무것도 생각하지 말자."

수선은 말없이 근준의 얼굴을 바라보았다. 근준은 다시금 그런 그녀의 어깨를 자신 쪽으로 잡아당겼다. 자연스레 자신의 가슴 쪽에 머리를 기대는 그녀였다. 수선은 자신의 어깨 위에 올려진 근준의 손 위에 자신의 손을 포개어 올려놓았다.

"정말 목적지 없이 가는 거야?"

수진과 헤어지고 나서 근준은 아무 말 없이 그녀를 기차역으로 이끌었다. 몇 번이고 행선지를 묻는 그녀의 질문에 '그런 거 없어' 라고 대답했을 뿐이었다. 그런 수선의 질문에 근준은 피식 웃었다.

"바보야. 기차표를 끊는데 행선지 말 안 하고 끊을 수 있어?"

근준의 말에 수선은 배시시 웃었다. 그녀의 눈에서 눈물자국이 더 이상 보이지 않자 근준도 평온하게 그녀를 끌어안을 뿐이었다. 저번처럼 그들이 몸을 싣고 있는 것은 KTX가 아니었기 때문에 춘천으로 향하는 전철은 계속해서 역마다 정차했고, 그럴 때마다 수선은 여기서 내리는 걸까 하는 표정으로 근준의 얼굴을 살폈다.

"근준아. 한 가지만 물어볼게."

"어떤 거?"

'덜컹덜컹.'

기차가 달려가는 소리 속에서 묘하게 어우러지는 수선의 목소리는 몽환적이라 해도 좋을 정도로 아름다웠다.

그녀는 한참동안 입을 다물더니 조용히 근준에게 속삭였다.

"언니랑 무슨 일 있니?"

근준은 아무런 말도 하지 않았나. 아니 순긴 못했다고 헤도 좋을 것이다.

적막의 시간이 길어질수록 무언가 있었다는 듯한 뉘앙스로 수선에게 비춰질 것만 같았다. 하지만 머릿속에서는 아무런 말도 정리되지 않았다. 수선은 그 어떤 재촉도 하지 않고 근준의 대답만을 기다렸다.

"무슨 뜻이야?"

"왜 언니가 그런 반응을 보일까. 그리고 왜 그런 말을 했을까"

근준은 차마 입을 열지 못했다. 다른 두 자매와 골고루 정을 나눴다는 것은 유독 수선 앞에서는 유죄가 되어 버렸다. 그렇게 공소시효 따윈 없는 양심이라는 죄악은 근준의 심장을 옥죄듯 옭아매었다.

그의 심정을 아는지 모르는지 수선은 계속 말을 이었다.

"아는 것만 같았어. 너와 나 둘 사이. 그리고 이상했어. 평소엔 너랑 말도 잘 안 하려 했는데. 그렇게 적극적으로 간섭할 성격도 아닌데, 이상했어."

근준은 잘 알고 있었다. 수선은 한없이 착한 아이지만 그렇다고 해서 그녀가 어리바리 한 것은 절대 아니라는 것을. 오히려 그녀는 똑똑하고 똑 부러지는 아이였다. 미술 쪽에 재능을 보였던 수진이나 공부에는 전혀 취미가 없는 수미와는 반대로 그녀는 늘 세 자매 중에 유일한 모범생으로 강 회장의 기대를 잔뜩 받았던 아이였다.

"추측이겠지. 그냥."

근준은 그렇게 말해 버렸다. 수선도 더 이상 아무 말도 하지 않았다. 되짚어 봐야 아프기만 하기 때문인지 아니면 의심스런 근준의 반응을 그저 모른 척하는 것일지는 근준 자신도 모를 일이었다.

"수선아."

그녀는 대답 대신 고개를 끄덕였다. 늘 누나라고 부르지 않는 근준에게도 별다른 말을 하지 않았던 그녀였다. 어쩌면 그녀는 근준이 자신의 이름을 불러주기만을 기다렸을지도 모른다.

근준은 목구멍 안에서 맴도는 그 말을 수선에게 하지 못했다. 이제는 사랑한다, 좋아한다는 그런 말을 서슴없이 할 수 있을 줄 알았는데 그 게 되지 않았다. 왜일까. 그런 그녀를 앞에 두고도 근준의 머릿속에는 수미와 수진의 얼굴이 교차하며 맴돌 뿐이었다.

26 _스물여섯

바다가 펼쳐 보이는 부산 해운대에 최고급 호텔이었다. 그는 천천히 눈을 떴다. 목에 드리워진 서슬이 퍼런 칼날. 색실을 가득 매운, 검은 옷을 입은 험악한 인상의 사내들이 있었다. 하지만 그는 조금의 동요 없이 자신의 앞에 있는 인원들을 냉정한 눈으로 바라볼 뿐이었다.

"이런 짓을 하고도 무사하리라 생각하나?"

"질문은 내가 한다. 당신은 그냥 대답만 해."

종기는 강 회장의 말을 딱 잘라 버리고는 그를 바라보았다. 나이 차이가 꽤나 나는 격차였다. 하지만 둘이 내뿜는 카리스마는 누구 하나 양보하지 않을 정도로 용호상박이었다. 오히려 종기의 부하들이 전혀 꿀림 없는 자세로 있는 강 회장을 보고 기가 질려 할 정도였다.

"20여 년 전의 프로젝트는 잘 알고 있겠지?"

"나는 사업가다. 하루에도 몇 십 개의 프로젝트를 하지. 뭘 말하는 건가."

"알기 쉽게 말해 주지. 당신이 했던 수많은 프로젝트 중에 사업과 상관없는 프로젝트가 있었을 텐데."

강 회장은 아무런 말도 하지 않고 종기를 바라보았다. 절대 기가 죽지 않는 그의 모습을 보며 종기는 적잖이 놀라고 있었다.

'목에 칼이 들어왔고, 이런 덩치들에게 둘러싸였는데도 전혀 동요가 없다니.'

한국을 이끄는 선두 기업들 중 하나인 회사의 오너였다. 그리고 절친한 친구의 양부를 눈앞에 두고 종기는 오늘만 해도 여러 번 놀라고 있었다.

"기억나는군."

"당연히 나겠지. 당신이 했던 짓은 수많은 고아를 양산했으니까."

"너도 그 중 하나인가?"

종기의 미간이 꿈틀했다. 한 치의 동요도 없이 자신을 응시하는 차갑고 냉정한 눈이었다.

그는 주먹이 불끈 쥐어지는 것을 느꼈지만 이내 평상심을 되찾았다.

"그런 모양이군. 역시 잘 골라내서인지 잘 생겼군. 그렇다면 자네가 내 정자로 태어났으면 그 몸속에는 내 피가 흐르고 있겠군."

"더 이상 내 신경을 건드리지 마. 당신 하나 죽이는 건 금방이니까."

"죽이는 건 금방이지만 도망은 평생 쳐야겠지."

단호한 강 회장의 말에 종기의 부하들은 미간만 꿈틀거릴 뿐 쉽사리 나서지 못했다. 마치 맹수를 눈앞에 둔 것처럼 그들은 그저 종기의 눈치만 살피며 질린 눈으로 강 회장을 바라볼 뿐이었다.

"단도직입적으로 묻겠다. 왜 그런 짓을 했지?"

"역으로 묻지. 그 게 목에 칼을 댈 정도로 심한 일이었나?"

"더 이상 성질 건들지 마. 질문은 내가 한다고 했다."

강 회장은 냉정한 얼굴로 종기를 바라보았다.

철의 오너라 불리우는 그의 모습은 종기가 내뿜는 살기에도 전혀 수그러들지 않고 있었다.

"좋아. 답해 주지. 난 일본에서 태어나서 부모를 따라 한국에 왔다. 일본의 돈으로 사업에 시작해서 성공했다. 그런데 내 핏줄이 없었다. 이 나라에 내 씨족 사단을 세울 계획이었지. 그게 잘 되지 못했지. 그 사업이 실패로 돌아가자 더 큰 것은 사업의 후계자를 찾는 것이었다."

"고작 그건가? 그거를 위해서 죄 없는 아이들이 고아가 되고, 장애가 있는 아이들은 안락사는 물론 멀쩡하게 태어난 아이를 맘에 안 든다고 죽이는 그런 개 같은 짓을 했어야 해?"

"자네는 어린 나이에 많은 부하들을 데리고 다니는군. 나도 그렇게 하고 싶었는데."

"그래서 그 프로젝트 성공했으면 대한민국을 차지하려고 했었나?"

"아니라고는 말을 못하겠네."

"역시 당신은 친일, 쪽발이를 위해 대한민국에서 그런 짓을. 이 매국노!"

"자네는 너무 많이 알고 있었군. 하지만 오해는 말게."

"내가 했던 질문에나 대답해!"

종기는 당장이라도 강 회장을 죽일 듯이 고함을 쳤다. 강 회장은 가운을 입고는 곧게 허리를 펴고 앉은 자세 그대로 종기를 바라보며 말을 이었다.

"자네가 그 자리에 가기까지 많은 희생이 있었을 테지. 마찬가지의 원리다. 무언가를 하기 위해선 틀림없이 어떤 희생이 불가피한 거니까. 어려서 모르겠지만 그것이 가장 단순하고 절대적인 세상의 이치지."

"이 개자식이."

만약 종기가 칼을 쥐고 있었더라면 그 자리에서 강 회장을 찔렀을지도 모를 일이지만 다행히도 종기는 강 회장의 앞에 서 있었고 종기의 부하가 강 회장의 목을 겨누고 있었다.

"니 머지는 다 나가"

종기의 말에 강 회장을 겨누고 있던 사내를 포함해 방안의 인원들은 쭈뼛거리며 종기의 눈치를 살폈다.

"다 나가라고, 자식들아!"

종기가 소리를 지르자 그 많던 인원들은 순식간에 우르르 빠져 나갔다. 그 모습을 보며 강 회장은 종기를 응시하며 말했다.

"제법 영리하군. 소란을 줄이려고 그러는 건가? 아니면 부하들에게 범죄를 저지르지 않게 하려는 건가?"

"아가리 다물어. 그럼 묻겠다. 네가 죽으면 경영권과 재산은 어떻게 되지?"

"내 아들에게로 상속된다."

"유언장은 작성해 뒀나?"

"물론. 전임변호사를 통해 작성했지. 하지만 자네는 내 재산을 노리고 있는 인물 같지는 않군."

종기는 다시금 냉정한 얼굴을 되찾고는 강 회장을 바라보았다.

"당시 당신한테 돈 받았던 정친인들, 그리고 주변 인물들 위해서라도 사라져야 해. 그보다 쪽발이 앞잡이인 당신은 오늘 죽을 거야."

"대한민국 5대 기업 안에 드는 회사의 오너가 죽었다. 그렇게 되면 자네도 꽤나 골치 아플 텐데?"

종기는 아무런 말도 하지 않았다. 주먹이 오고 가지 않았지만 정신적으로는 강 회장과 종기는 몇 번이고 육탄전을 주고받은 것이나 다름없는 것만 같았다. 자신을 위협하는 인물 앞에서도 기죽지 않는 자, 그리고 그런 그를 죽이기 위해 온 자 간의 미묘한 살기가 방안에 가득찼다.

"그런 대기업가가 죽으면 골치는 아프겠지만 떨어지는 돈은 많겠군."

"난 사람을 볼 줄 알아. 자네는 내 돈에 관심이 있어서 온 사람은 아니야. 단 대한민국을 위해서 온 애국자지."

물론 종기가 했던 말의 주체는 자신이 아닌 근준이었다. 이미 많은 강을 건너와 버린 종기. 그리고 그 프로젝트를 최초에 기획했던 자가 눈앞에 있었다.

어느 날 우연찮게 들어 버린 그 프로젝트의 내용. 그리고 쉴 새 없는 방황의 끝에서 자신을 만든 누군가를 원망하게 되었던 것이 시작이었고 여기까지 온 것이었다. 종기는 천천히 품안에 손을 집어넣었다. 약간은 달라진 듯한 종기의 표정에 그제서야 강 회장의 얼굴도 굳어지기 시작했다.

"사람을 볼 줄 안다면, 자기 자신도 볼 줄 알겠군."

이번에 강 회장은 종기의 말에 아무 말도 하지 않았다. 종기의 품안에서 천천히 날이 선 비수가 딸려 나왔다.

"당신이 보기에 당신이 얼마나 살 수 있을 거 같아?"

강 회장은 천천히 눈을 감았다. 쉴 새 없이 사업을 위해 달려온 탓에, 그의 몸은 많이 쇠약해져 있었다. 조만간 한계가 온다는 것쯤은 강 회장 본인도 너무나 잘 알고 있었다. 그렇기 때문에 더더욱 근준을 빨리 차세대 경영자로 키우려 했던 것도 사실이었다.

그는 이미 강근준이라는 보험에 모든 것을 건 상태다.

강 회장은 천천히 눈을 떴다. 자신의 몸 위로 드리운 종기의 그림자. 호텔 방의 샹들리에 불빛마저 가려 버린 그의 눈빛을 본 강 회장은 천천히 입을 열었다.

"대한민국에서 오늘까지로군."

27 _스물일곱

그들이 내린 곳은 청평역이었다. 걸어서 현리로 들어가는 입구 유원지에서 근준과 수선은 달빛에 반사된 강물을 바라보며 걷고 있었다.

"말해 줘. 빨리."

"싫어."

"칫. 이럴 거야?"

수선은 잡고 있던 근준의 손을 세게 흔들며 근준을 재촉했다.

"그게 뭐가 중요해?"

"말 못해 줄 것도 없잖아."

근준은 의외로 고집 있는 수선의 모습에 웃으면서도 투덜거렸다. 수선이 한 질문은 단순하면서도 말하기 힘든 것이었다.

"말해 봐. 언제부터 나 좋아했어?"

"……."

근준은 괜한 뚱한 표정으로 수선을 바라보았다. 너무나 해맑고 청순해 보이는 그녀의 얼굴이었다. 그는 졌다는 듯 고개를 절레절레 저으며 입을 열었다.

"처음 입양되었을 때부터."

수선은 아무런 말도 하지 않았다. 다만 아름답게 미소 지었을 뿐이었다. 하지만 그 모습은 근준을 두근거리게 하기에 부족함이 없었다.

"그럼 넌?"

“나 뭐?”

“모른 척하지 마. 같은 질문하고 있는 거잖아.”

“몰라.”

수선은 똥 씹은 얼굴이 된 근준을 보며 꺄르르 웃었다.

얼굴이 순식간에 굳은 그였지만 이윽고 그도 수선을 보며 피식하고 웃어 버리고 말았다.

“강바람이 쌀쌀해.”

근준은 수선의 중얼거림에 대답 대신 그녀의 어깨를 감싸주었다. 그녀는 근준의 몸에 밀착했다. 이윽고 용기를 내어 근준의 허리에 팔을 둘렀다.

“나 이렇게 행복해도 될까?”

수선의 말에 근준은 왠지 가슴이 찢어지는 듯 아파왔다. 어린 나이지만 근준은 잘 알고 있었다. 수선과의 사랑은 계속되면 될수록 폭이 좁아지는 외줄타기와 같다는 것을. 아마 똑똑한 수선도 잘 알고 있을 터였다.

“계속 행복하면 되잖아. 이런 게 행복이라고 안 느껴질 정도로.”

수선은 근준의 말에 싱긋 웃어 주었다. 그녀의 웃음 속에 뭔가 모를 아픔마저 서려 있는 듯했다.

“나 이상해. 내일 수업도 있는데도 이렇게 멀리까지 온 게 불안하지가 않아.”

“일탈에 적응된 거지 뭐.”

“그럼 우리 새벽기차 타고 가?”

“그런 거 없어.”

“뭐?”

갑자기 당황하는 수선의 얼굴이었다. 근준은 그녀의 손을 잡아끌었다. 그녀는 영문도 모른 채 근준의 손에 이끌려 따라갔다.

“바보야. 그렇게 담이 작아서 어쩔래? 어쩌다 한 번 하는 일탈, 후회가 없어야지.”

청평에 흐르는 커다란 호수를 중심으로 아기자기한 펜션들이 수없이 자리하고 있었다. 그런 사소한 것을 보고도 감탄을 하는 수선을 보며 근준은 그녀가 너무나 귀엽다는 생각이 들었다.

“근데 근준아. 우리 이러면.”

“강수진이 더 의심할 거라고? 하루쯤은 그런 생각 버려.”

“그래도.”

수선은 계속해서 망설였다. 근준과 단둘이 있는 것은 좋았지만 뒷감당하기가 너무나 클 것이라는 것을 잘 알고 있었다.

자신과 같이 있는 것을 알고 있는 수진이가 하루가 지나서야 둘이 같이 나타났는데 모를 리가 없다.

근준은 걸음을 멈춰 서고는 수선의 양어깨를 손으로 감싸 쥐었다.

“수선아.”

“응?”

“니가 무슨 생각하는지 알아. 무서운 것도 잘 알고. 그치만 이미 시작됐고, 되돌릴 수도 없잖아. 하루만, 딱 하루만 우리도 아무것도 생각하지 말고 하고 싶은 대로 하자. 오늘 하루만이라도.”

수선의 맑은 눈망울 가득히 근준의 얼굴이 투영되었다. 수선은 살며시 근준의 허리를 끌어안았다.

“알았어. 이제부터 분위기 깨지 않을게. 하고 싶은 대로 오늘만 그렇게 하자.”

평일 그것도 방학기간이 아닌 청평은 조용했다. 간간이 회사에서 워크숍을 온 팀들이 눈에 띄긴 했지만 펜션을 포함한 숙박업소들 중에 빈방이 있는 곳을 찾는 것은 그다지 어렵지 않았다. 성수기 때는 예약을 하지 않으면 들어가지 못했지만 시기가 시기인 만큼 급작스럽게 찾아온 이 커플을 주인은 친절하게 반겨주었다.

“와아!”

수선은 신이 난 듯 방을 둘러보았다. 한쪽에 놓인 자그마한 침대. 그리고 아기자기한 가구들과 욕실. 근준은 부유한 환경에서 자랐으면서도 너무나 신기해 하는 수선의 모습을 그렇게 계속해서 지켜보았다.

‘그런데.’

근준은 살짝 고개를 갸웃했다. 수선의 반응이 너무나 밝아서였다. 평소 수선의 성격이라면 근준과 같이 자게 되었을 이 상황에 상당히 뻘쭘해 해야 정상인데 그녀는 그저 해맑게 웃으며 이것저것을 만져보고 있었다.

‘아예, 그런 생각을 못할 정도로 순수한 거겠지.’

근준은 그렇게 생각해 버렸다. 같이 있자는 근준의 의도를 시커먼 늑대의 흑심으로 치부하지 않을 정도로, 아니 애초에 그런 생각이 들지 않을 정도로 수선이 순수한 것일지도 몰랐다.

"뭔가 있잖아. 두근두근 떨려. 이런 데에 말없이 온 게 처음이라."

수선의 귀여운 표정에 근준은 그녀의 볼을 살짝 어루만져 주었다. 언제 울었냐는 듯 환하게 웃는 수선의 모습에 근준은 금세 기분이 좋아져 버렸다.

28 _스물여덟

성남외 집에서는 수미가 언니인 수진이 들어오는 걸 맞이하고 있었다.

"어라? 언니 이제 와?"

"수선이랑 근준이는?"

"둘 다 없어."

예상했던 수미의 대답에 수진은 굳어지는 표정을 수미에게 들키지 않으려 황급히 2층으로 향했다.

"혹시 언니랑 오빠 어디 있는지 알아?"

"내가 그걸 어떻게 알아."

"왜 둘 다 동시에 연락이 안 되는 거야?"

"모른다고 했잖아."

수미는 쌀쌀맞은 수진의 대답에 고개를 돌려 버렸다.

어느 순간부터 근준이 개입되고 나서는 수진이 더더욱 미워진 그녀였다.

"이상하네. 아연언니도 하루 종일 연락이 안 되던데."

수미의 중얼거림에 계단을 오르던 수진의 발걸음이 살짝 멎었다. 하지만 그녀는 다시 걸음을 옮겨 자신의 방 쪽으로 다가갔다.

늘상 있는 아연이 하루 종일 연락이 안 되는 것은 그냥 넘길 일이 아닐지도 모른다. 어차피 수진의 경우는 아연과 말을 나눈 적이 거의 없었기에 크게 신경 쓰이지 않았다. 게다가 그녀의 머릿속엔 온통 수선과 근준의 생각뿐이었기 때문이었다.

'설마, 둘이 같이 있나?'

수미는 그럴 리 없다며 고개를 저었다. 이제 근준이 자기 거라고 늘 생각하고 있던 그녀였다. 하지만 수선과 근준 사이에 무언가가 있을 거라는 가설은 절대 세우기 싫었다. 수미에게 있어서 수선은 언니일 뿐 아니라 엄마 이상의 존재나 다름없었다.

'근데 왜 둘 다 동시에 연락이 안 되는 거지?'

수미는 자신의 민소매티를 살짝 들춰보며 괜히 불만 섞인 표정을 지어 보였다. 근준을 즐겁게 해 주려고 큰 마음먹고 산 야한 속옷이었다. 고교생인 그녀에겐 불편하기 그지없었지만, 근준이 오면 몰래 그의 방으로 갈 생각이었던 수미는 맥이 탁하고 풀려 버렸다.

"강수미."

2층 난간에서 들려오는 소리에 거실 소파에 앉아있던 수미는 살짝 고개를 들어 위를 바라보았다.

그녀가 고개를 들자 여자가 봐도 감탄할 몸매를 슬립 한 장 속에 감추고 있는 수진의 얼굴이 보였다. 평소에 잘 부르지 않는 그녀가 자신을 부르자 수미는 의아한 얼굴로 그녀를 올려다보았다.

"너, 근준이 좋아하지?"

수미는 그녀의 말에 표정관리를 하려 심하게 애를 써야만 했다. 하지만 아무리 수미가 여자가 되었다 한들, 철부지 고교생인 그녀가 노련한 수진의 앞에서 천연덕스럽게 연기할 수는 없었다.

"무슨 소리야."

수진은 난간에 팔을 올린 채로 수미를 내려다보았다. 왠지 모르게 자신을 내려다보는 게 싫은 수미지만 그녀는 똑바로 수진을 바라보지 못했다.

"근준이. 수선이랑 같이 있어."

"뭐!"

너무 티가 나는 반응이었지만 수미는 그런 것도 잊어버린 채 그 자리에서 벌떡 일어나 버렸다. 수진의 눈망울이 빤히 수미를 향했다. 그런 그녀의 표정에 수미가 당황할 때쯤 수진은 조용히 중얼거렸다.

"둘이 같이 있다고. 걔들 서로 좋아해."

29 _스물아홉

같이 있는 청평 펜션의 방안의 분위기는 순식간에 무거워졌다. 다 씻고 나서 침대에 몸을 기대고 있던 근준을 보며, 시금 막 나와서 젖은 머리를 말리는 수선은 약간 당황한 듯했다.

차라리 동생과 누나 사이가 계속 이어지고 있었다면 문제가 되지 않겠지만 지금의 상황에서는 근준의 옆에 나란히 눕기도 민망했다. 그렇다고 해서 계속 서 있을 수는 없었다.

근준은 근준 나름대로 당황스러웠다. 샤워를 하고 나온 수선의 모습은 섹시하기보다는 청초한 꽃 같았다. 게다가 그녀는 수진과는 달랐다. 이제 막 사랑을 시작하는 조심스러운 사이가 아니던가. 그랬기에 근준도 수선과 처음 이 펜션에 들어왔을 때, 단 1퍼센트도 야한 생각을 하지 않았었다.

"여기 누워. 난 밑에서 잘게."

근준이 몸을 일으켰다. 수선은 아무런 말도 하지 않았다. 젖어 있는 그녀의 머리칼. 손을 뻗어 만지고 싶었지만 근준은 왠지 지금의 분위기상 그렇게 할 수는 없을 것 같았다.

"근준아."

"응?"

근준이 침대 앞에 있는 의자에 걸터앉았을 때 수선이 살짝 입을 열었다. 그녀는 침대 위에 앉은 채로 다리를 살짝 가슴 쪽으로 끌어당겨 자신의 팔로 감싸 쥐었다.

"엄마에 대한 기억, 너는 하나도 없니?"

근준은 아무런 말도 하지 않았다. 부산에서 보았던 은숙이라는 여자가 자신의 친모인줄 모르는 그녀였다. 굳어진 근준의 표정을 보고는 수선이 황급히 입을 열었다.

"아, 미안해. 안 좋은 기억일 텐데."

"그런 거 아냐. 안 좋고 싫고 하는 성격이 아냐. 아예 모르니까."

"나도야. 엄마에 대한 기억이 없어. 우리가 워낙 어렸을 때 돌아가셨으니까."

수선은 침대 위에, 그리고 근준은 의자 위에 앉아 있었지만 둘의 거리는 손을 뻗으면 닿을 정도로 너무나 가까웠다.

상념에 잠긴 그녀의 얼굴이 너무나 예뻐서 근준은 그녀의 작은 어깨를 껴안고 싶은 충동을 가까스로 참아내었다.

"중요한 건 너와 내가 부모님이 다르다는 사실이 아닐까?"

근준의 말에 수선은 말없이 그를 바라보다가 싱긋 웃었다. 그제서야 근준은 손을 뻗어 수선의 머리를 쓰다듬어 주었다.

그의 손길이 좋은지 수선은 살짝 눈을 감고 근준의 손길을 느끼고 있었다.

근준은 눈을 감고 있는 그녀의 입술을 바라보았다. 펜션의 조명을 받아 너무나 반짝이는 그녀의 입술이었다. 평소에 몇 번이고 입 맞추고 싶다고 생각했던, 보기만 해도 달콤한 수선의 입술이 눈앞에 있었다.

왜 그랬는지 몰랐다. 근준은 살짝 몸을 일으켜 수선의 입술에 자신의 입술을 포개어 대었다. 수선이 깜짝 놀라는 것이 느껴졌지만 그녀는 귀엽게도 다시 떴던 눈을 질끈 감아버렸다.

근준은 그녀 쪽으로 더욱 다가갔다. 그녀의 겨드랑이 사이로 팔을 넣어 안았다. 둘은 더욱 밀착했고 서로 대고만 있던 소심한 뽀뽀는 이제 서로의 입술을 조금씩 덮어가는 로맨틱한 키스로 조금씩 변형되기 시작했다.

"근준아."

입술이 떨어졌을 때 수선이 붉어진 표정으로 근준을 바라보았다. 어느덧 둘은 침대 위에서 서로의 체온을 느끼고 있었다.

근준은 알고 있었다. 수선이 자신을 부른 것은 아무런 의미 없는 중얼거림이란 것을. 수선의 눈망울이 떨렸다. 이윽고 다가오는 근준의 얼굴. 그녀는 스르르 눈을 감았다. 근준은 그녀를 꼭 끌어안은 채 천천히 그녀의 입술을 음미했다.

쿵쿵쿵거리는 심장소리가 마치 귀에 닿을 것처럼 크게 들려 왔다. 조금씩 조금씩 움직이는 수선의 몸이다. 한참이나 부드러운 입술의 체온을 교환하던 둘은 누가 먼저랄 것도 없이 스르르 침대 위로 누우며 서로를 더 깊이 끌어안기 시작했다.

닿을 수 없던 신기루에 닿은 느낌이다. 근준은 딱 지금 그런 심정이었다. 그녀가 신경이 쓰여 숨소리조차 제대로 낼 수 없을 것만 같을 정도였으니까.

비록 옷자락 위였지만 수선의 몸을 꽉 끌어안고 있는 것 하나만으로도 숨이 막힐 지경이었다.

근준은 살며시 눈을 떠 보았다. 수선은 마치 키스에 있어서도 모범생인 것처럼 고운 두 눈을 지그시 감은 채로 근준의 리드를 따라가고 있었다.

"음."

수선이 문득 몸을 살짝 비틀었다.

어느덧 침대에 누운 채로 수선의 몸 위로 근준이 올라가 서로를 바라보는 형상이 되어 버렸다.

하얀 수선의 얼굴이 흡사 노을로 물드는 저녁 하늘처럼 붉게 변했다. 서로의 숨소리가 마치 태풍소리처럼 크게 들릴 정도로 둘의 거리는 너무나 가까웠다.

"약속하자."

근준은 그녀의 고운 볼을 쓰다듬으며 입을 열었다. 수선은 떨리는 눈망울로 근준을 바라볼 뿐이었다.

"오늘밤이 지나면 더 이상 앞으로의 일을 무서워하지 않기로."

담담하게 중얼거린 근준의 말이었지만 수선은 쉽사리 대답하지 못했다.

사회적인 규범과 사랑의 중간지점에서 계속해서 갈등했다. 또 지금도 갈등하고 있는 수선으로서는 근준의 말이 무엇을 뜻하는지 너무나 잘 알기 때문이었다.

그런 말을 내뱉는 근준의 머릿속으로 문득 수선과는 같으면서도 다른 사랑을 하고 있는 수미와 수진의 얼굴이 떠올랐다.

너무 어려서 그런 두려움 따윈 생각하지 않는 수미와, 아예 장녀로서의 가면을 벗어버린 수진이었다. 그 둘을 반반씩 섞은 게 수선이었다면 얼마나 좋을까? 하지만 근준은 왠지 죄를 짓는 것만 같아 그녀들의 생각을 머리에서 지워 버렸다.

"그렇게 할게."

조용히 속삭이는 듯한 수선의 말이었다. 그녀의 말이 신호탄이 된 것처럼 서로 사랑을 숨긴 채 지내왔던 두 남녀는 다시 격렬하게 서로의 입술을 탐닉했다. 마치 수갑이 채워져 있던 것처럼 꼼짝 않던 근준의 손이 용기를 내어 조금씩 수선의 몸을 더듬다가 손을 거두었다.

"우리 여기까지만."

근준의 말에 수선은 약간 떨리며 아무 말이 없었다. 그리고 실망이 컸던지 눈이 커져 있었다.

"……."

"너를 사랑해서야."

"사랑한다고?"

"날 동생으로 사랑해 줘."

근준은 대답 대신 수선을 꽉 끌어안아 주었다. 수선은 근준의 품에 안겼다.

수선은 더 이상 신경 쓰지 않기로 했다. 아무래도 상관없다고 굳게 다짐하기까지 했다. 어쨌든 근준이 있어 준다면 그 어떤 것도 두렵지 않을 거라고 생각했다.

밤이 깊어가는 소리가 부둥켜안은 두 사람의 귀에도 똑똑히 들렸다. 둘은 진심으로 바라고 있었다.

집으로 돌아가는 길이었다. 두 사람 다 아무런 말도 하지 않았다. 덜컥 일탈을 해 놓고도 후회가 되어서가 아니었다. 수진의 앞에서 나란히 사라졌으니 그것은 둘이 수상한 사이라고 폭로한 것이나 다름없기 때문에 약간의 착잡함이 앞선 것이었다.

근준은 자신의 손을 꽉 잡은 수선을 바라보았다. 전날까지만 해도 약간은 소심했던 수선도, 같이 일탈을 하고 나서부터는 조금은 더 과감해진 것처럼 보였다.

"근데 그냥 집으로 가도 되지 않아?"

"아냐. 그래도 학교에 들러봐야 할 거 같아."

그것만큼은 근준도 그녀를 말릴 재간이 없었다. 원래 학교에서 가서 그룹 별 과제를 해야 하는 전날에 둘만의 밀회여행을 갔으니, 수선은 지금이라도 학교에 가 봐야 한다고 바득바득 우겼다.

"못 말리겠다. 하루쯤 싹 째도 되는 거잖아."

"안 돼. 다른 애들이 피해를 볼 수도 있고."

"어이구. 모범생 아니시랄까 봐."

빈정거리는 듯한 근준의 말에 수선은 귀엽게 눈을 흘겼다. 수진과 있던 자리에서 뛰쳐나와서 눈물을 보였던 그녀의 슬픔이 많이 걷혀진 것 같았다. 근준은 그래도 기분이 좋았다.

"그리고 우리 같이 집에 들어가는 거보단 낫잖아."

그 말만큼은 근준도 동감이었다. 수선에게 따가운 수진의 시선을 받게 하고 싶지 않았다. 근준이 먼저 집에 들어가서 수선이 편안히 귀가할 만한 환경을 만들어야 했다.

근준에게서 수선은 무조건 보호받아야 할 존재나 다름없기 때문이었다.

"나 이제 들어가 볼게."

몸을 살짝 돌리며 말하는 수선이었다. 근준은 그녀의 하얀 손을 놓아 주었다. 둘의 시선엔 아주 잠깐의 아쉬움이 스쳐갔지만 근준은 수선을 향해 웃으며 고개를 끄덕여 주었다.

"웃으니까 더 멋있잖아 바보야. 나 갈게. 먼저 집에 가 있어."

후문에서 들어서면서도 뭇 남성들의 시선을 한몸에 받으며 저만치 걸어가는 수선을 근준은 한참이나 바라보았다.

'그러고 보니 난 좀처럼 웃질 않았구나.'

이제서야 왜 자신이 웃을 때 어색한지 느끼는 그였다. 뒤돌아보면 근준은 웃을 줄 몰라서 웃지 않은 것이 아니었다. 웃을 일이 상대적으로 적었을 뿐이었다.

종기와 함께 고아원에서 자라났던 시절. 그는 남들보다는 훨씬 빨리 사회에 대한 두려움을 느끼며 자라나야만 했다. 언제까지나 고아원에 있을 수 없어서 언젠가는 맨몸으로 세상과 맞서야 한다는 불안감. 근준은 하루하루 이런 고독과 싸워야만 했었다. 애정이란 것을 받아본 적이 없으니, 자연히 그것은 그의 얼굴에서 미소를 잃게 만들었으리라.

근준이 고아원을 나갔을 때 종기도 같이 나갔었다. 아마도 종기도 잘 웃지 않을 거라고 근준은 생각했다. 남들의 부러움 속에 최고의 부잣집에 입양이 되고 나서도 근준은 거의 웃지 않았다. 그런 그가 천천히 미소를 찾게 된 것은 순전히 수선 때문이었다. 그는 늘 수선을 사랑했고 동경했다. 수선처럼 밝게 아픔 없이 살 수 있다면 좋겠다고 그녀를 부러워한 적도 있었다. 맹목적인 동경은 곧 불 같은 사랑으로 변했다. 그 사랑은 늘 사회적 규범에 막혀 근준을 더욱더 작아지게 했었다.

차창 밖으로 스쳐 지나가는 거리의 풍경들. 하나둘씩 손을 잡고 거니는 연인들을 보며 근준은 빙긋 웃었다.

이제 더 이상 작아질 필요가 없었다. 이렇게 사소한 것이 행복이라면 어떻게든 목숨을 걸고라도 지키고 싶었다. 물론 그것이 쉽지 않은 길일지라도.

수선의 학교와 그렇게 멀지 않은 탓에 근준은 제법 빨리 집에 도착할 수 있었다. 오늘따라 집 앞에 있는 언덕길이 가팔라 보이는 이유는 무엇일까. 쉴 새 없이 왔었던 수미의 전화. 어쩌면 그녀는 자신과 수선의 관계를 눈치 챘을지도 모를 일이다.

'그 녀석은 어떻게 반응할까.'

아무리 강심장인 근준이라지만, 그것은 신경 쓰지 않을 수 없는 중요한 문제였다. 수진은 안심이지만 사실 모든 열쇠는 수미가 쥐고 있다고 해도 과언이 아니었기 때문이다.

수선이 과연 자신의 언니와 동생과도 관계를 맺었다는 사실을 인정해 줄까? 근준은 고개를 저었다. 누구든지 고개를 절레절레 저을 것이겠지만 수선이라면 그것이 더했다. 아마 수선은 충격에 쓰러질지도 모를 일이다.

대문이 마치 자신이 올 것인 걸 알고 있다는 듯 열려 있었다. 약간은 늦은 오후 평일이라 학교를 갔겠지만 수미가 돌아오고도 남을 시간이었다.

현관에 들어서자 집은 더더욱 썰렁하기 그지없었다. 늘 집안일을 하고 있던 아연의 모습이 보이지 않았다.

근준은 신발을 벗고는 천천히 집안으로 들어섰다. 어디선가 들려오는 문을 여는 소리가 들렸다. 근준은 아무런 말도 하지 않고 그쪽을 바라보았다. 예상대로 얼마나 울었는지 눈이 약간 부어있기까지 한 수미의 얼굴이 눈에 들어왔다.

그녀는 천천히 근준을 향해 걸어왔다. 경직되어 있는 그녀의 표정이었다. 근준은 침착하려 애쓰며 그녀를 바라보았다.

“찰싹!”

수미가 손을 드는 것을 보았는데도, 충분히 피할 수 있었는데도 근준은 피하지 않았다. 꼬맹이로만 보았던 수미가 자신의 볼에 손찌검을 했는데도 화가 치밀지 않았다.

“나쁜 놈, 나쁜 놈아.”

수미의 작고 앙증맞은 주먹이 계속해서 근준의 가슴을 때렸다. 수미의 두 눈에는 그렁그렁 눈물이 맺혀 있었다.

“어떻게 수선 언니까지, 이 나쁜 놈아!”

수미는 그 자리에 주저앉아 울음을 터뜨려 버렸다.

평소의 근준 같았으면 냉정하게 지나쳐 버렸을 일일지도 몰랐다. 하지만 그럴 수 없었다. 수미의 눈물방울이 마루를 조금씩 적시고 있었지만, 근준은 아무런 말도 하지 못했다.

‘죄인은 나니까.’

차라리 속이 후련했다. 수선이 ‘입양된 동생을 꼬느긴 천한 여자’ 가 되느니 차라리 자신이 천하의 나쁜 놈이 되는 편이 훨씬 나았다. 하지만 이런 수미의 눈물을 보는 기분이 그는 전혀 편할 수 없었다.

“왜 그랬어?”

울먹이는 수미의 물음에 근준은 아무런 말도 해 줄 수 없었다.

처음부터 수선을 사랑했다는 말을 하기엔 자신은 두 자매와의 육체적 관계를 너무나 즐겼으니까. 그것이 도덕적인 관점에서 어긋난다는 생각조차 전혀 하지 않은 채 말이다.

“수선을 좋아해서.”

한참의 정적 후에 나온 그의 말이었다. 수미는 말문이 막힌 표정으로 근준을 바라볼 뿐이었다. 그의 대답이 뻔뻔하거나 잔인해서가 아니었다. 그의 표정에 진심이 담겨 있기 때문이었다.

“어떻게, 그런.”

참을 수 없었는지 자신의 방 쪽으로 뛰어 들어가는 수미의 모습이었다. 근준은 한참이나 텅 빈 저택의 거실에 서서 말없이 닫힌 수미의 방문을 바라볼 뿐이었다.

이날 따라 유독 수선은 늦었다.

걱정이 된 근준이 문자 메시지를 보내 보았지만 그녀는 지금 스터디 중이라는 답장만 보낼 뿐이었다. 종종 도서관에서 오랫동안 공부를 하는 그녀니 그러려니 했지만, 근준은 왠지 가슴이 답답했다.

아까부터 방에서 나오지 않는 수미가 마음에 걸렸다.

그녀의 한 마디에 모든 것을 잃을지도 몰랐다. 어쩌면 다시 혼자인 채로 세상에 내동댕이쳐질지도 몰랐다. 하지만 근준은 그것이 무서워서가 아니었다. 수선을 사랑하는 마음을 안 그로서는 자신을 향한 수미나 수진의 마음이 얼마나 상처로 남아있을까를 대충 짐작할 수 있게 되었기 때문이었다.

근준은 대답 없이 노크소리가 들려온 방문을 응시했다. 문이 빼꼼이 열렸다. 지금 막 들어왔는지 화장도 지우지 않은 수진의 얼굴이 보였다.

"들어가도 돼?"

근준은 대답 대신 고개를 끄덕였다. 역시나 지금 막 회사에서 돌아오는지, 딱 붙는 치마 정장을 입은 수진이 방문을 닫고 들어와 근준이 앉아있는 침대 옆쪽에 살짝 걸터앉았다.

"미안해."

뜬금없이 꺼낸 수진의 말에 우울한 적막이 흘렀다. 하지만 화를 낼 줄 알았던 근준이 의외로 조용하자 수진은 살짝 근준의 눈치를 보았다.

"뭐가 미안하다는 거야."

"그냥. 여러 가지로 미안해."

근준은 '나도 미안해' 라는 말을 하려다 그만두었다. 오히려 미안하다는 그 말이 수진이나 수미에게는 더 큰 상처일 테니까.

"둘이 무슨 일 있었는지 물어봐도 돼?"

"다 알고 있잖아."

"정말 수선을 좋아하니? 진심으로?"

근준은 대답 대신 고개를 들었다. 늘 거침없이 표현하는 근준이 이렇게 약해져 있는 모습이었다. 그 모습은 수진에게 있어서 '수선을 사랑한다' 라고 외치는 것보다 더 큰 데미지였다.

"미안해. 이런 거 물어서. 그리고 수미에게 이야기해서 미안해."

굳이 밝히지 않아도, 머리가 좋은 근준으로서는 예측하기 쉬운 일이었다. 그런 게 아니라면 수미가 당돌하게 자신의 뺨을 때리지 않았을 테니까.

"내가 수미에게 잘 말해 볼게."

"이제 와서 뭘."

"나한테도 책임이 있는 거잖아. 내가 수미를 설득할게."

"설득하면 뭐가 달라지는데?"

"적어도 수미가 지금의 자리에서 만족할 수 있을지도 모르잖아."

근준은 말없이 수진을 바라보았다. 평소 그녀답지 않게, 그녀는 자신의 얼굴을 똑바로 바라보고 있었다.

"왜, 그러는 건데?나한테. 죽일 듯이 미워해야 정상이잖아."

"당연히 미워. 나 이렇게 만들어놓고 내 동생 좋아하는 니가 너무 미워."

"그럼 그냥 미워해. 그러면 되잖아."

"그렇게 안 되니까. 그리고⋯⋯."

수진은 살짝 고개를 숙였다. 웨이브 머리 사이로 보이는 그녀의 작은 얼굴이 누가 봐도 수진은 미인이었지만, 그녀의 얼굴은 어둡기 그지없었다.

심상치 않은 표정에 살짝 당황한 근준의 얼굴이었다. 수진은 무언가를 결심한 듯 입술을 살짝 깨물더니 근준에게 조용히 입을 열었다.

"나 임신했어."

30 _서른

널브러진 술병들이었다. 종기는 다시 한 번 비어 있는 잔에 술을 채웠다. 그는 꽤나 취해 있는 듯했다. 언제나 맵시 있던 정장의 깃도 꽤나 헝클어져 있었다.

"형님, 너무 많이 드시면."

철구는 조심스레 종기에게 말했지만 그는 들은 척도 하지 않고는 또 다시 양주병을 비웠다.

널찍한 룸 안에는 오직 종기와 철구 두 사람만 있을 뿐이다. 종기의 부하들 역시 무사히 성공한 쿠데타의 대가로써 어디선가 거나하게 취해 있을 터였다.

"그만 일어나시죠. 제가 댁까지 모셔다 드리겠습니다."

"됐어. 오늘은 그냥 마시자."

늘 날카로웠던 종기의 눈빛이었다. 그런데 오늘은 웬일인지 너무나 처량해 보였다. 말은 하지 않았지만 그의 마음을 잘 알 것 같은 철구는 아무런 말도 하지 않고 묵묵히 종기의 담배에 불을 붙여주었다.

종기는 화가 났다. 어찌 보면 그가 참아도 될 일이었을지도 모르지만, 그것을 모른 척하기에는 종기가 본 고아들의 어두운 단면이 너무나도 많았다.

손목을 긋고 싶었던 적도 수십 번 있었다. 자신을 버린 사회를 저주했고, 시간이 지나고는 세상을 저주했다. 하지만 실상을 알고 보니 자신은 저주할 부모조차 존재하지 않는 인공 수정되어 생산된 인간이었다. 그것도 개인의 보잘것없는 목적 하나 때문에 만들어진.

'생각해 보자. 준이는 이 프로젝트의 희생양인가 아니면 축복인가?'

종기는 그렇게 되뇌어 보았다.

어떻게 보면 근준에게는 축복에 겨운 프로젝트일지도 몰랐다. 하지만 종기는 고개를 저었다. 좀처럼 남에게 마음의 문을 열지 않는 근준이었다. 축복이라고 하기엔 어린 근준이 지은 마음 속 짐의 무게는 너무나 무거웠다.

"곧 세상이 떠들썩해질 겁니다, 형님."

"그렇겠지. 대기업의 총수가 살해 당한 채 발견될 테니까."

"형님. 한동안 피해 계십시오. 혹여나 일이 틀어지면 제가 빵에 들어가겠습니다. 호텔에서도 저희 기록이 있을 테니 수사는 반드시 들어올 테니까요."

"철구야."

"네."

종기는 천천히 자신을 따라 와준 사내를 바라보았다. 종기가 아주 어렸을 적에 이 세계에 발을 들였을 때부터 같이했던 동료이자 부하였다.

"올해 나이가 몇이지?"

"스물아홉입니다."

"나같이 어린놈을 형으로 모시는 것이 억울하지 않냐?"

"말도 안 되는 소리입니다. 이 바닥에 나이가 어딨습니까. 게다가 형님의 나이가 공식적이지는 않잖습니까."

종기는 피식하고 웃었다. 하기사 출생 성분 없는 자신의 정확한 나이를 아는 자가 몇이나 될까? 게다가 그 프로젝트는 몇 년여에 걸쳐 지속되었으니 자신이 언제 탄생했는지는 아무도 모를 것이다. 프로젝트가 해산되고 나서 연구자료 역시 한줌의 재로 불태워졌을 테니까.

"아냐. 내가 들어간다. 내가 가 있는 동안 밑의 애들은 너에게 맡길 거니까."

"형님, 그건."

"철구야. 강 회장도 강 회장이지만, 이 바닥에서 황제라고 불렸던 사람이 부하에 의해 죽었다. 나를 가만히 내버려둘까? 아마 지금보다 열배는 더 큰 파장이 있을 거다. 조용히 들어가서 피신하고 있는 게 나아."

"사람이 죽었습니다. 무기징역이 아니라는 보장이 없지 않습니까?"

“그럼 넌? 그래서 니가 무기징역을 다 살겠다는 거냐? 그럼 니 마누라랑 자식은 어쩌고?”

철구는 종기의 물음에 입을 다물어 버렸다.

딱히 반박하지 못하는 그를 보며 종기는 담뱃불을 비벼 껐다.

“살아 있는 동안 가장이라는 책임은 다 해라. 너만 바라보고 사는 니 애들 아빠 없는 자식 만들지 말라고.”

종기의 말에 철구는 할 말을 잃고는 고개를 숙여 버렸다. 종기의 머릿속으로 마지막까지 자신을 똑바로 바라보았던 강 회장의 얼굴이 눈에 스쳤다.

‘우스운 일이다. 내가 생각했던 응징은 다른 고아를 낳게 했으니까.’

종기는 화가 났다. 반인륜적인 행동을 취했던 강 회장을 자신이 죽였지만 결론적으로 강 회장의 자식들은 고아가 되어 버리는 것이기 때문이었다. 우습게도 돌고 돌아서 어차피 자신도 같은 잘못을 저지르게 되는 세상의 이치. 어린 종기는 그것을 뼈저리게 통감하고 있었다.

“잘 들어라 철구야. 난 몸을 사리지 않을 거야.”

“자수하신단 말씀입니까?”

“정확히 말하자면, 완벽한 자수는 아니겠지만.”

철구는 그 말이 무슨 뜻이냐고 끝까지 캐묻지 않았다. 극도로 말을 아끼는 자신의 상관의 성격을 잘 알고 있었기 때문이었다.

종기는 천천히 술잔에 술을 부었다. 철저하게 혼자만 남아있던 세상에서 자신의 옆에 있었던 단 한 사람. 자살을 하려 할 때마다 자신을 붙잡아주었던 단 한 명의 친구. 그의 얼굴이 떠오르자 종기는 천천히 소파에 몸을 묻었다.

‘그래, 이제는 내가 근준을 위해 무언가를 해 줄 때일지도 모른다.’

31 _ 서른하나

폭풍 전야. 아니 어쩌면 폭풍이 휩쓸고 갔다는 표현이 더욱더 정확할지 모른다. 근준에게 있어서 요 며칠 집안의 분위기는 그것보다 더하면 더했지 절대 과장된 표현이 아니었다.

"혼인신고해."

상속받을 재산을 차지하기 위해 혼인신고를 하자고 했던 수진이 남긴 마지막 말 한 마디는 근준의 입을 굳게 다물게 만들기에 충분하고도 남았다.

결론은 상속재산이 탐이 나서 몸을 섞었다는 의미였다. 그렇다면 어린 수미도 그런 욕심에 아니 언니가 모두 독차지할까 봐 그런 것이 아닌가 하는 생각을 했다.

집안의 분위기는 거의 초토화 상태로 바뀌었다. 수미는 여전히 아무런 말도 하지 않았다. 수선 역시 근준과의 아무런 관계는 없었지만 행동이 어색해졌다. 게다가 며칠째 행방불명이 된 아연과 평소와는 다르게 일체 연락이 없는 강 회장까지도 그러했다.

처음엔 그저 바쁜가 보다 하고 넘겼던 넷이지만 드디어 사건은 터지고 말았다.

강 회장의 회사 본사에서 그의 행방을 묻는 전화가 집으로 걸려 왔기 때문이었다.

'도대체 어떻게 돌아가는 건지.'

거북한 집의 분위기가 싫었던 근준은 밖에 있는 성남비타美 놀이터의 그네에 털썩 주저앉았다. 마음 한구석에서는 수선이 곧 나와 주지 않을까 하는 생각이 자꾸만 들어 그는 계속해서 대문 쪽을 흘끔흘끔 바라보았다.

'도대체 일이 어떻게 돌아가는 거야.'

근준은 속이 복잡해져 왔다. 이제 수선과의 가슴 떨리는 앞날만이 기다리고 있을 줄 알았던 그는 적잖이 실망해 버렸다.

수진이 상속재산 때문에 혼인신고를 해야 한다는 귀찮은 일로 치부하는 것은 아니지만, 수선을 사랑하면 사랑할수록 본이 아니게 그녀에게 미안해야 할 일이 점점 늘어나는 것 같아 가슴이 답답했다.

'내 행동은 정말 많이 잘못된 것이었을까.'

어쩌면 그런 것은 그 누구도 가르쳐 준 적이 없기에 근준은 그렇게 행동했을지도 모를 일이다. 늘 혼자 스스로 세상의 이치를 깨달아야만 했던 그로서는 이제야 수미와 수진을 대할 때 자신의 감정이 사뭇 잘못 되었던 것임을 실감하게 되었다.

'수미, 수진.'

근준은 마음 속으로 그녀들의 이름을 하나씩 되뇌었다.

수미. 언제나 밝고 명랑하고, 깜찍한 집안의 막내였고, 예전부터 근준을 잘 따랐던 귀염둥이였다. 귀엽고 깜찍한 외모. 마치 자신이 근준의 아내라도 되는 양 늘 근준에게 신경을 썼던 아이이기도 했다.

이번엔 수진의 모습이 떠올랐다. 늘 도도하고, 어떤 때는 표독스럽기까지 했던 장녀이자, 잘나가는 디자이너. 그런 그녀가 어느 때부터 근준의 말이라면 꼼짝 못하는 아이가 되었다. 몇 번이고 근준 앞에서 사랑을 갈구하며 눈물을 보이는 여인이 되었다.

'걔들은 나한테 뭘까?'

분명 근준은 수선을 사랑했다. 하지만 수미와 수진에게 조금의 감정도 없다고 자신할 수도 없었다.

'동정표' 따위가 아닌 수선과 약간 다르게 사랑하는 것뿐일지도 몰랐다.

근준은 인정해야 했다. 사랑의 정도와 사랑하는 마음의 방식은 많이 다를지라도 자신은 수미와 수진 역시 마음에 품고 있다는 사실을. 그래서 수선을 사랑하면서 그녀들에게 미안함을 은연중에 느끼고 있었는지도 모른다.

근준은 그제서야 최근 들어 자신이 겪었던 많은 여자들을 한 번씩 돌아볼 수밖에 없었다.

　종기의 직원이었던 정아를 시작으로, 아연, 그리고 강 회장의 세 자매들. '사랑'이라는 것을 못 받고 자라났기에, 그는 애정결핍을 다수를 사랑하는 방식으로 채워가고 있는 것이었다. 너무나, 너무나 어렸기에 그것을 감지하지 못했을 뿐이었다.

　'복잡해, 정말 복잡하다.'

　가슴이 미어지게 답답해져 왔다.

　'그냥, 그냥 세 명을 다 내가 품고 갈 순 없을까?'

　근준은 마음 속에 들어오는 뻔뻔한 생각에 자기도 모르게 피식 웃어 버렸다. 이상했다. 그렇게 생각해 버리고 나니 지금 강 회장이 행방불명 된 사실에 왜 속이 편해지는 걸까? 자신도 어쩔 수 없이 나쁜 놈인 모양이라며 근준은 실없이 웃고 말았다.

　운명이라는 것은 사소한 하나의 요소에 의해 많이 뒤바뀌는 것임을 근준은 뼈지리게 느끼고 있었다. 수선, 수미, 수진 중 누구를 선택해도 결론적으로는 세 자매를 모두 선택하고 책임지지 않으면 안 되는 상황이있다.

　수선은 고개를 갸웃해 보였다. 너무나 이상해진 집안 분위기였다. 거기에 근준은 언제 나갔는지 모습이 보이지 않았다.

　'그리고 아빠는, 그리고 아연이 언니는?'

　수선은 불안해지기 시작했다. 행방이 묘연해진 두 사람이었다. 아무리 생각해도 뭔가 이상했다.

　'언제나처럼. 그냥 전화기를 꺼 두신 걸까?'

　사실 강 회장이 며칠이고 연락이 없는 것은 이 집안에서 그다지 낯선 풍경이 아니었다. 늘 바쁜 경영자인 강 회장은 집에 오는 빈도가 한 달에 두세 번일 뿐이었다. 안주인 역할은 모두 수선이 도맡아 했으니까. 하지만 회사에서까지 강 회장의 행방을 모르는 것은 정말 드문 일이었다.

　'불안해. 너무 불안해.'

　수선은 자신의 고운 손을 무릎에 둔 채로 걱정되는 표정으로 전화기의 다이얼을 눌렀지만 강 회장의 전화기는 꺼져 있는 상태 그대로였다.

　"수선 양. 절대 회장님의 행방이 묘연하다는 거 주변에 알리면 안 돼요. 아직 확실치 않은데 긁어 부스럼 만들어 좋을 거 없어요."

　강 회장의 비서가 자신에게 했던 말이 떠올랐다. 수선은 안심하려 애썼다. 강 회장 정도라면 단순한 기업가의 레벨이 아니었으므로 그의 행방을 아무도 모른다는 것은 당장 회사에도 타격을 입을 요소가 되었다.

'밝게, 긍정적으로 생각하자. 근준이 내게 했던 말처럼.'

수선은 두근두근 뛰는 가슴을 진정시켰다. 언제나 자신을 지켜 주겠다던 자신의 연인과의 약속을 굳게 믿으려 했다.

"강수미."

생각에 잠겨 있던 수선의 귓가로 수미를 부르는 수진의 목소리가 들려 왔다. 조금 지나자 수미의 방문이 열리며 약간 상기된 표정의 그녀가 모습을 드러냈다. 수선은 다시 2층에 서 있는 수진에게 시선을 옮겼다.

"언니랑 잠깐 나가자."

"왜?"

"할 말이 있어."

"나가기 싫어."

그녀의 대답에 수진의 표정이 살짝 굳었지만, 평소처럼 그녀는 수미에게 화를 내지 않았다.

수미도 수진의 말에 그렇게 부정한 적이 없었기에, 수선은 살짝 놀라 평소와는 너무 다른 둘을 바라보았다.

"금방이면 되니까. 잠깐 나와. 수선이 너는 집에 있고."

수선은 언니인 수진의 말에 살짝 고개를 끄덕였다.

자신의 동생이지만 너무나 아름다운 그녀의 모습이었다. 수진은 무언가를 곰곰이 생각하며 한참이나 수선의 시선을 바라보았다. 수미는 그런 수진만을 바라보고 있을 뿐이었다.

성남의 밤은 어둡고 또 밝았다. 어두운 밤 속에서 환한 네온사인, 그리고 그 속에서 술기운에 흔들리는 도시. 환락과 퇴폐, 풍요와 빈곤이 공존하는 이 도시는 그렇게 비틀거렸다.

근준은 술을 마시고 거리를 누비고 있었다. 젊은이들 중에 이렇게 늦은 밤 거리를 혼자 걸으며 깡통을 발로 힘껏 차 보지 않은 사람은 아마 없을 것이다. 보통 생활에 대한 불만이 표출된 경우가 대부분이었지만 근준의 경우는 조금 달랐다. 불만이라기보다 답답함이 더 컸다.

'강 회장이 수진이와의 혼인신고를 안다면.'

한 마디로 근준은 모든 것을 잃는 것이었다. 수선이 충격을 받을 것이고,

강 회장도 근준을 계속 아들로 두려 하지 않을지 모른다.

근준은 잘 알고 있었다. 자신과 강 회장의 관계는 부자지간이 아닌 일련의 계약 관계였다.

강 회장은 근준에게 부와 가정을 제공했고, 반대로 근준은 강 회장에게 가업을 이을 아들을 제공하는 관계였던 것이다. 하지만 어느 한 쪽이 상대방에게 있어 계약 파기에 이를 수 있는 행위를 한다면? 그것은 곧 계약이 성립되지 않음을 의미했다.

'어떻게든 세 명 모두를……'

근준은 수선을 놓치기 싫었다. 그렇다고 수미와 수진을 나 몰라라 할 수도 없었다. 그것이 곧 수선을 잃게 되는 계기가 될 테니까.

그는 많은 고민 속에서 결론을 내렸다. 어차피 모든 걸 잃게 된다면 차라리 모두를 취할 방법을 찾겠노라고. 그렇게 생각하니 이 문제를 푸는 것이 재밌게 느껴지기까지 했다.

'어라?'

집으로 향하던 근준은 발길을 멈췄다. 저 멀리 누군가가 보였기 때문이었다. 그리고 그 낯익은 실루엣들은 근준의 집으로 들어가고 있었다.

멀리서 봐도 두 명의 여자라는 것을 잘 알게 해 주는 그들이다. 가로등 빛에 의지했을 뿐이지만 그들의 실루엣은 남자들을 두근거리게 만들기에 충분하고도 남음이 있었다.

'저 아이들이 어째서 같이.'

근준은 자신의 앞에서 허물어지는 수미의 모습을 똑바로 바라볼 수 없었다. 수미뿐만이 아니었다. 조금만 눈을 돌리면 무릎 사이에 고개를 파묻고 흐느끼는 수선의 모습이 보였다. 늘 청순함으로 물들어 있던 그녀의 두 눈엔 끊임없이 눈물이 흘러 내렸다.

수진은 집안의 가장 연장자답게 평상심을 유지하려 애쓰는 듯 보였지만, 중간 중간 그녀 역시 고개를 숙일 뿐, 동생들을 향해 그 어떤 말도 해 주지 못했다.

자신의 앞에서 슬픔에 오열하는 세 명의 여성. 모두 연인이라 할 수 있는 세 명의 가족. 각자 다른 매력과 다른 사랑방식을 보여주지만, 근준의 사랑을 갈구한다는 것은 똑같은 세 명의 여인이었다.

근준은 그녀들 앞에서 그 어떤 말도 할 수가 없었다. 따뜻한 위로의 말도 할 수 없었다. 그녀들처럼 같이 오열해 줄 정도의 감성도 갖고 있지 않았다. 하지만 가장 큰 이유는 지금의 이 사태는 그 어떤 말도 나오게 하지 못할 정도로 충격적이었다.

'강 회장이 죽었다.'

근준은 꿈이 아닐까 하는 생각을 했다. 언제나 강해 보였던 그가 싸늘한 주검으로 돌아온 것이다. 그것도 살해된 지 며칠이나 지난 상태로 주검으로 돌아왔다.

근준과 세 자매는 그야말로 자다가 날벼락을 맞은 것이나 다름없었다.

피해자 가족으로서 경찰에게 소환되었다. 영문도 모르는 상태에서 강 회장의 시신을 보아야만 했다. 그 잔인한 확인의 절차는 곱게만 자랐던 세 자매를 모두 주저앉게 만들어 버렸다.

근준은 말없이 그들의 뒷모습을 바라보았다. 그는 기분이 묘했다. 수선과 수미, 그리고 수진은 졸지에 고아가 된 것이다. 고아인 근준이 바라보는 고아의 모습. 그것은 늘 보고 자랐던 고아원의 동료들과는 다른 모습이었다.

그들은 대부분 영문도 모른 채 고아가 되기 때문이었다. 하지만 이번엔 달랐다. 근준은 말 그대로 '고아가 되는 과정'을 조금의 여과도 없이 체험하고, 또한 눈으로 보고 있었다.

'기분이 더럽다.'

강 회장의 죽음으로 인해, 상속권의 대부분을 갖게 된 근준으로서는 큰 행운이 온 것이나 마찬가지였다. 세 자매와의 관계에서 더 이상 눈치 볼 존재가 사라졌다. 그러니 만세를 불러도 모자랄 일일지도 몰랐다. 하지만 근준은 기분이 상했다. 강 회장의 죽음으로 인해 근준은 고아가 되는 세 자매의 슬픔을 가장 가까이서 바라봐야만 했다.

사랑하는 세 명의 여인에게서 흐르는 눈물은 그의 기분을 착잡하게 만들었다.

"아빠! 아빠!"

수미는 쓰러지다시피 하며 현실을 부정하듯 오열했다. 더 이상 그 모습을 볼 수 없었던 근준은 말없이 경찰서를 가득 메운 기자들과 인파들 사이를 헤집고 그 자리를 벗어나 버렸다.

생전에 이룩했던 많은 커리어답게, 그의 죽음은 엄청난 이슈가 되었다.

재계에서 유명한 아버지를 두고도 늘 귀찮은 일 없이 각자의 관심사에 몰

두했던 세 자매들 역시 아무런 보호구 없이 세상의 시선이라는 펀치에 노출
되어 버린 것이다. 그리고 그렇게 노출된 그녀들에겐 이제 남은 것은 근준뿐
이었다.

근준은 아수라장이 되어 버린 경찰서 밖으로 나왔다. 무심하게도 햇살은
밝았다.

"왜 나와 있는 거야?"

근준은 굳이 옆을 돌아보지 않았다. 근준이 앉아있는 계단 쪽으로 다가온
사람이 누군지, 목소리만으로도 충분히 알 수 있었기 때문이었다.

그녀, 수진은 살짝 부운 눈으로 근준의 옆에 앉았다.

"안에 계속 있을 자신이 없더라."

근준의 말에 수진은 고개를 조용히 끄덕였다. 급하게 나오는 바람에 집에
서 입는 원피스 위에 카디건을 걸치고 나온 그녀는 초췌한 얼굴에도 불구하
고 너무나 매력적인 아름다움을 풍기고 있었다.

"너도 각오 단단히 해야 해."

"각오라니?"

뜬금없는 수진의 말에 근준은 그녀의 얼굴을 바라보았다. 수진은 계단에
앉아 있는 탓에 신경이 쓰였는지 다리를 살짝 오므리고는 치맛자락을 손으
로 끌어 내렸다.

"당연하잖아. 아빠가 돌아가셨어. 상대적으로 회사를 노리는 사람들이 움
직일 거야. 경영권은 니가 쥐고 있으니까. 그걸 어떻게든 지켜야지."

근준은 그저 입을 쩍하고 벌려 버렸다. 야무지게 이야기하는 수진의 모습
에 그만 넋을 잃고 만 것이었다.

"이 상황에, 그런 말이 나와?"

"무슨 상황? 아빠가 돌아가신 거?"

"그래."

수진은 크게 심호흡을 하고는 여전히 이해가 안 된다는 표정을 짓고 있는
근준을 바라보았다.

"되게 냉정한 줄 알았는데 그러지도 않네."

"뭐?"

"아빠가 돌아가신 건 슬퍼. 수선도 그렇고 수미도 그렇고 너무 힘들어 해.
그렇다고 나까지 슬퍼만 할까? 셋 중 한 명쯤은 현실적인 생각을 해야 하는

거 아냐?"

근준은 그녀답다고 생각하며 고개를 끄덕였다. 원래 냉철한 수진의 성격은, 혼인신고 사실을 밝힌 그 이후로 비온 뒤 굳은 땅처럼 더욱더 강인해진 것 같았다.

"법적인 힘을 갖고 있는 건 근준이 너야. 이제 니가 지켜야 해. 아빠의 회사랑, 우리 셋도."

왠지 모르게 수진의 목소리에서 상황에 어울리지 않는 수줍음이 베어 나오는 것만 같았다. 근준은 살짝 고개를 틀어 그녀를 바라보았다. 화장기 없는 하얀 얼굴이지만, 잡티하나 보이지 않는 그녀의 맨얼굴이었다. 남자들이 다가가기 힘든 차가운 미녀였지만 근준을 바라보는 그녀의 눈망울에는 알 수 없는 신뢰가 깃들어 있었다.

"수미도, 곧 수긍할 거야. 지금은 인정하고 있지 않지만. 네가 유일한 우리 집의 남자니까 너에 대한 욕심도 줄일 거고."

하지만 그는 마냥 기뻐할 수 없었다. 자신만의 부를 갖게 되었다. 또 그녀들에 대한 사랑을 감추지 않아도 됨에도 불구하고, 근준은 계속해서 씁쓸한 기분을 느꼈다.

근준은 살짝 고개를 틀어 수선과 수미가 있을 경찰서 안을 바라보았다. 보이지는 않지만 그녀들의 시선이 느껴지는 것 같았다.

집안의 유일한 남자로서 그리고 경영권을 쥐게 된 열쇠로서 할 일이 산더미처럼 쌓여 부담이 되어서는 아니었다.

'강수선의 우는 얼굴을 볼 자신이 없다.'

그것이 근준의 솔직한 심정이었다. 아직은 해결해야 할 일이 너무나도 많이 남아 있었다. 무엇보다 강 회장의 사인은 타살이었다. 한 기업과 한 집안의 중심인 그의 부재로 인해 많은 문제들이 발생할 터였다. 하지만 그것들보다 더 큰 문제는 바로 상심에 빠져 있는 수선의 모습이었다.

수진이 없었더라면 제 아무리 똑똑한 근준도 패닉상태에 빠졌을 터였다. 세상 물정 모르는 수선과 수미는 그저 울기만 했을 테니까. 그나마 수진의 현실적인 판단에 의해, 근준이 이렇게 약간이나마 밖에서 나돌 시간이 생기는 것일지도 모른다.

"휴우."

근준은 깊게 한숨을 내쉬었다. 오늘만큼은 누굴 만나도 마음의 정리가 되지 않는 모양이었다.

근준은 언제나 수선이 있던 그 성남비타美 그네 앞에서 서성거렸지만 좀처럼 밖에서 계속 있을 만한 핑계는 찾을 수 없었다.

담배를 피며 시간을 벌려고 했던 근준은 놀이터 바깥쪽으로 낯익은 세단 한 대가 와서 정지하는 것을 볼 수 있었다.

"뭐하고 있나 여기서."

용케도 근준이 앉아 있는 것을 보았는지 종기가 차에서 내리며 그를 바라보았다. 근준은 굳어진 얼굴로 종기를 바라보더니 이내 담배 연기 섞인 한숨을 토해내고 말았다.

"오랜만이네. 그네. 나도 한 개 주라."

종기가 자신의 옆자리에 앉자 근준은 품을 뒤적여 담배를 꺼내고는 종기에게 건넸다. 종기는 묵묵히 담배에 불을 붙이고는 가로등 불 비추는 허공으로 길게 연기를 뿜어 버렸다.

"힘드냐?"

"알고 온 거야?"

"불행히도."

하기야 세상이 떠들썩해질 정도의 살해사건이니 종기가 모를 리 없을 거라고 근준은 생각했다.

한동안의 적막이 흘렀다. 종기가 조용히 입을 열었다.

"내가 그렇게 오래 산 게 절대 아니지만. 참 웃긴 거 같더라 세상이란 게."

"뜬금없이 무슨 말이야?"

"그냥. 돌고 돌더라. 예전에는 인생이 왔다리 갔다리 하는 그네인 줄 알았는데 그게 아니더라. 계속 돌고 도는 뺑뺑이 같은 거더구만."

근준은 아무런 말도 하지 않았다. 종기는 계속해서 말을 이었다.

"내가 증오를 품고 살아간다 해도, 결국은 내가 증오했던 그 짓을 나 역시 하게 되는 거……, 그런 게 인생이라고. 말하자면……, 요런 식으로 타는 그네 같은 거지."

종기는 몸을 살짝 비틀어 그넷줄을 꼬이게 했다. 곧이어 그넷줄이 풀리며 종기가 앉아 있는 그네는 핑글핑글 돌더니 멈추었다.

"미안하다 준아. 널 또 다시 고아로 만들게 해서."

그 말에 근준은 머릿속에 천둥이 치는 것만 같은 충격이었다. 그래서일까 쉽사리 종기 쪽으로 고개를 돌리지 못했다.

직접적인 것이 아니었지만, 그의 말에는 엄청난 뜻이 담겨 있었기 때문이었다.

"어째서……."

숨 막히던 적막이 끊어졌다. 근준의 입이 힘겹게 열렸다. 종기는 굳어져 버린 근준의 표정을 보면서도 굳건한 표정을 지어 보였다. 아마도 그건 몇 번이고 각오한 일이었기 때문인지도 모른다.

"이유는 말할 수 없어. 하지만 나로선 그렇게 할 수밖에 없었다."

"그럼 왜 나에게 말해 주지 않았지?"

"말해 주는 것이 아무런 의미도 없었으니까."

근준은 주먹을 꽉 움켜쥐었다. 하지만 그 주먹은 종기를 향해 휘두르지 못했다. 아니 그러지 않았다.

수선의 눈에서 눈물이 나왔다는 이유 하나만으로 종기에게 주먹을 휘두를 정도의 자격이 자신에게는 없다는 생각이 들었다.

"어쩔 생각이야. 그런 인물을 건드렸다면 파장도 클 텐데. 도망쳐야 할 거 아냐?"

"글쎄. 아마 아무 의미가 없을 거야. 강 회장 호텔 CCTV에 내가 찍혔을 테니까. 곧 내 얼굴이 전국에 수배되겠지."

근준은 고개를 들었다. 조금의 동요도 없이 이야기하는 종기를 바라보았다. 어째서인지 그리고 앞으로 어떻게 할 것인지 아무것도 묻지 않은 채로였다.

"미안하다. 오늘 내가 널 찾아온 건 그 사과를 하기 위해서야. 그리고 이 일을 그저 행운이라고 생각하고. 네가 누릴 수 있는 것은 다 누렸으면 좋겠다는 말도 해 주고 싶고."

"무슨 뜻이야?"

근준의 물음에도 불구하고 종기의 시선은 저 멀리 언덕 밑을 향하고 있었다. 요란한 사이렌 음과 함께 경찰차의 불빛이 골목을 조금씩 메워오고 있었다. 그것을 확인한 종기는 여유롭게 담배를 비벼 껐다.

"친구로서 줄 건 이거 밖에 없는 거 같다. 넌 이 세상에서 나랑 가장 닮은 녀석이니까."

"무슨 말이야. 경찰차가 오고 있잖아."

"걱정 마. 내가 직접 부른 거니까."

"뭐?"

근준은 영문을 모르겠다는 표정으로 종기를 바라보았다. 사이렌 소리는 요란하게 울려 퍼지기 시작했다. 종기는 품안에서 칼을 꺼내 들었다. 그 칼을 근준이 앉아 있는 그네 앞에 떨어뜨렸다.

점차 밝아지는 경찰차들의 불빛들이었다. 종기는 조용히 근준에게 속삭였다.

"자, 이제 너는 너희 아버지를 죽인 범인을 잡은 용감한 후계자가 되는 거다."

32 _서른둘

종기가 잡혀가고 며칠 후였다. 그 동안 근준은 상념에 빠져 있었다.

"오빠! 뭐하고 있는 거야?"

근준은 상념에 젖어 있다가 살짝 뒤를 돌아보았다. 그와 동시에 그가 앉아 있던 그네는 천천히 멈추었다. 근준의 눈망울 가득 한 여자 아이가 자리했다.

요사이에 많이 울어서 눈이 살짝 부어 있었다. 전체적으로 날씬한 체형에 귀여운 얼굴을 가진 소녀였다. 그곳에는 가벼운 차림으로 자신을 바라보는 수미가 서 있었다.

"금방 들어가려고 했어."

말은 그렇게 했지만 그는 사실 들어갈 마음이 조금도 없었다. 며칠 전에 있었던 일이 자꾸만 머릿속에 맴돌았기 때문이었다. 잊을래야 잊을 수 없는 일이었다. 자신의 친구가 양부를 죽인 전과자가 되어 나타난 그 일을 지울래야 지울 수가 없었다.

"옆에 앉아도 돼?"

근준은 대답 대신 살짝 몸을 뒤로 뺐었다. 수미는 근준의 옆에 비어 있는 그네에다 엉덩이를 걸터앉았다.

수미에게서 나는 특유의 향수 냄새가 감돌았다. 하지만 근준은 깊은 생각에 잠긴 채로 앞을 응시할 뿐이었다.

"무슨 걱정을 그렇게 심각하게 해? 다 잘 끝났잖아."

정확한 자초지종을 모르는 수미로서는 다 끝났다고 자축할 만한 일일지도 모르겠지만 내막을 잘 알고 있는 근준은 씁쓸하기 그지없었다.

근준으로서는 이유는 알 수 없었지만 종기는 강 회장을 죽였다. 모든 재산권은 근준을 비롯한 세 자매에게 분배되었다. 또한 미리 경찰에 신고를 하고 온 종기는 근준의 앞에서 붙잡혔던 것이다.

분명 근준의 입장에서 봤을 때는 깔끔한 전개라고 할 수 있었다. 세간은 강 회장의 용감한 아들에 대한 이야기로 떠들썩했다.

세상에 알려진 바로 종기는 어둠의 세계에 있다가 큰돈을 노리고 강 회장을 살해했다고, 또 그의 가족까지 마수를 뻗치려다가 그의 아들에게 붙잡힌 것으로 되어 있었다. 덩달아서 근준을 바라보는 세 자매의 시선은 더욱더 신뢰의 무게가 쌓여가고 있었다. 하지만 근준은 마냥 웃고 있을 수만은 없었다.

며칠 전에 보았던 종기의 표정이 근준에게는 너무나도 생생했디.

근준은 종기의 마지막 말에 얼어붙은 것처럼 아무런 동작도 취하지 못했다. 그 어느 때보다도 차분해 보이는 종기의 모습이 너무나 낯설었다.

"헛소리 말고 도망쳐."

종기는 뒤를 돌아보지 않았다. 경찰차의 사이렌 빛이 동네를 가득 메워 왔다. 이윽고 그것들은 둘이 서 있는 놀이터 쪽으로 좁혀지기 시작했다. 하지만 종기는 여전히 근준과 대치한 채로 움직이지 않았다.

"준아. 네가 모르는 사실들이 너무 많아. 결코 알려줄 수 없는 그런 사실들."

종기는 조용히 입을 열었다. 결코 길지 않았던 지난날을 회상이라도 하듯 그는 근준을 가만히 바라보았다.

"이거 도대체 무슨 상황인 거냐?"

근준은 도무지 상황이 정리되지 않는 듯했다. 그도 그럴 것이 너무나도 빨리 모든 것이 이뤄졌기 때문이었다.

"무슨 상황인지 설명하기엔 너무 늦었다."

종기는 그렇게 일축해 버렸다.

세상 하나뿐인 친구에게 더럽고 추악한 출생배경에 대해 이야기해 주고 싶지 않았다. 종기에게 있어서 그것은 죽을 때까지 함구되어야 할 진실이었

다. 종기의 입장에서는 근준의 행복이 깨지기 전에 몸을 던져 그 진실이 세
상에 퍼지기 전에 막은 것이나 다름없었다.

"손들어! 움직이지 마!"

어느덧 작은 놀이터를 에워싼 경찰출동 자동차들이었다. 그리고 그것들
의 헤드라이트가 둘이 서 있는 작은 지면 위로 비춰지며 요란한 확성기 음성
이 들려 왔다. 근준은 그제서야 상황파악이 된 듯 땅에 떨어져 있는 종기의
나이프를 바라보았다.

그 칼의 중간 중간에 묻어있는 혈흔을 발견했다. 그제서야 근준은 종기의
의도를 알 수 있었다.

종기의 눈망울이 흔들렸다. 그 틈을 타서 경찰들이 난입하며 보호하듯 근
준을 끌어안았다. 멍하게 정신 줄을 놓아 버린 시선 사이로 근준은 분명히,
그리고 똑똑히 볼 수 있었다.

어느새 무릎을 꿇은 종기의 손을 수갑으로 포박하는 경찰들의 모습을 보
고 있었다. 그리고 그들 사이에서 자신을 바라보고 있는 그의 눈빛까지도 보
았다.

"오빠!"

잠시 며칠 전의 상념에 잠겨 있던 근준은 수미가 재촉하듯 부르는 소리에
고개를 들었다. 수미는 살짝 토라진 표정을 짓고 있긴 했지만 생각 외로 표
정은 부드러웠다.

"아, 그래."

"무슨 생각에 또 잠겼어?"

"아무것도 아니야."

"아무튼 나, 오빠 다 용서하기로 했어."

근준은 '용서?' 라며 되묻는 바보 같은 실수는 하지 않았다. 그 대신 침묵
으로 일관했을 뿐이었다. 그것이 현명한 대처였다. 수미는 계속해서 말을 이
었다.

"수선 언니와 그런 사이라는 거 알아. 들었어. 큰언니한테."

근준은 그제서야 정신이 번쩍 들었다. 분명히 해결해야 했다. 하지만 아직
해결하지 못한 일이 남아있었던 것이다.

그는 저도 모르게 침을 꿀꺽하고 삼켰다. 수미는 살짝 화가 난 듯한 표정

이었지만 이윽고 상처가 난 자존심을 억누르는 듯 뜸을 들이더니 말을 이었다.

"큰언니랑 대화 많이 했어. 오빠가 둘째언니 너무 많이 좋아한다고, 둘째언니도 오빠 너무 좋아한다고, 그런 말 들었을 때 오빠가 너무 미웠어."

근준은 냉정해지려 애쓰며 엉망이 되어 있는 머릿속을 정리해 나갔다.

요 며칠 회사의 상속인으로서 밟아야 할 절차들을 밟느라 정신이 없었다. 종기가 갑자기 나타난 사건도 있었고 그쪽 부분에 대해 전혀 신경을 쓰지 못했던 것이었다.

수미는 작고 앙증맞은 발로 지면을 조금씩 밀며 그네를 움직였다.

"처음엔 정말 밉고, 오빠도 둘째언니도 너무 보기 싫었어. 근데, 큰언니가 했던 말이 조금씩 맞는 거 같고 실감이 나더라."

"무슨 말인데?"

근준의 물음에 수미는 고개를 들어 근준을 바라보았다. 그런 그녀의 눈망울은 약간 젖어 있었다.

"큰언니가 나한테 물어 봤어. 오빠를 미워할 자신이 있냐고."

그리고 한동안의 침묵이 흘렀다. 수미는 약간은 울먹이며 말을 이었다.

"그리고, 오빠란 존재가 우리 집에 없어도 될 것 같냐고."

"……."

"이번에 분명히 느꼈어. 아빠를 죽였다는 그 깡패가 우리 집까지 찾아왔을 때 오빠가 아니었음 우린 다 죽었을 거야."

'그건 아니야' 라고 근준은 말하고 싶었다. 하지만 근준은 종기가 희생한 것이라고 말을 할 수 없었다.

종기는 처음부터 다 알고 있었다. 근준이 조금씩 자신의 행복을 찾아가고 있다는 것을. 그렇기 때문에 근준의 행복을 깨고 싶어 하지 않고 있었다. 교도소에 박혀 있으면 그 더럽고 추악한 출생 배경에 대해서도 오랫동안 숨길 수 있다는 점도 고려되었다.

"큰언니가 그랬어. 수선언니에게 말을 해 봐야 그건 수선언니와 오빠를 둘 다 잃는 것 밖에 되지 않는다고. 그래서 큰언니 말대로 두 사람을 위해서 떠나기로 했어. 미국으로 갈 거야."

한동안 어색한 정적이 흘렀다. 마치 이 세상 것이 아닌 듯한 정적이었다. 근준은 자신의 옆에 있는 사람이 정말 수미가 맞는지 한참이나 의아해 해야만 했다.

그녀의 성격과는 전혀 어울리지 않는 그녀의 발언이었다. 하지만 근준은 이것저것 생각할 여유가 없었다. 강 회장이 없는 지금, 그녀들을 책임지고 보듬을 수 있는 유일한 존재는 바로 근준 자신이기 때문이었다.

"오빠."

"……."

수미가 조용히 근준을 불렀다. 그녀는 살짝 몸을 일으켜 근준이 앉아 있는 그네 앞으로 가서 섰다.

"이제 이 성남비타美 놀이터 그네도 이것으로 끝이겠다. 그치 오빠."

이제는 많이 균형이 잡힌 그녀의 몸매였다. 향긋한 샴푸냄새가 풍겼다. 수미는 근준의 품에 안겼다. 그렇게 서로 다른 상처를 갖고 있는 둘은 한참이고 서로를 끌어안고 있었다.

멀리서 그들의 모습을 바라보고 있는 한 여인이 있었다. 그 여인은 가사도우미였던 아연이었다.

❖ 정선교 작품연보

발표년월일	장르	발표작품명	발표지	발행처
1993년	단편소설	푸른 소리	성남문학 제17집	성남문인협회
1993년 11월 01일	단편소설	바위탑	문학세계 11, 12월호 통권 제20호	문학세계사
1993년	짧은소설	꽃과 바람	성보교지 2호	
1994년 7월 20일	단편소설	1004	소설미학 7인작품집 우리들의 날개	소설미학동인
1994년 7월 20일	단편소설	슬픈 선율은 흐르고	소설미학 7인작품집 우리들의 날개	소설미학동인
1994년 7월	단편소설	알품이 알베고	문학세계 7, 8월호 통권 제24호	문학세계사
1994년 9월 5일	단편소설	물림터	성남문학 제18집	성남문인협회
1994년 11월	단편소설	시인과 아카시아	경기문단(아직도 그날은)	경기도문인협회
1995년 5월 1일	단편소설	흙에 취해서	진천문학 제13호	진천문인협회
1995년 3월 28일	단편소설	우정과 슬픔	음성문학 제5집(음성군100주년 기념)	음성문인협회
1995년	단편소설	시인과 아카시아	경기문단(아직도 그날은)	경기문인협회
1995년 9월 15일	단편소설	남한산성의 슬픔	성남문학 제19집	성남문인협회
1995년	단편소설	오지에서 생긴 일		(자료?)
1995년 11월 5일	단편소설	돈이 싫어졌거든요	문학세계문인회 제1집(푸른 햇살 속으로)	문학세계문인회
1996년 3월 30일	단편소설	흉터	소설미학 제2집(높은 벽)	소설미학 동인
1996년 4월 15일	콩트	낙후민	성남예술 제3집	성남예총
1996년 10월 5일	단편소설	증거	시대문학 가을호 제37권	시대문학사
1996년 5월 20일	꽁트	논골 사람들	진천문학 제14집	진천문인협회
1996년 8월 1일	꽁트	도끼병	월간 '영업소장' 8월호	프로영업
1996년 9월 1일	꽁트	깜짝 긴장	월간 '영업소장' 9월호	프로영업
1996년 10월 20일	단편소설	다이아몬드	성남문학 제20집	성남문인협회
1996년 12월 1일	단편소설	슬픈 X-세대	월간 문학세계 12월혼	도서출판 천우
1997년 7월 20일	꽁트	전과장의 주판	성남예술 제4집	성남예총
1997년 8월 1일	단편소설	종이 비행기	월간 문학세계 8월호(38권)	도서출판 천우
1997년 8월 20일	단편소설	계약결혼	성남문학 제21집	성남문인협회
1998년 6월 20일	단편소설	잘못된 만남	성남문학인선집	성남문인협회
1998년 6월 20일	단행본	계약결혼	정선교 소설집(경기도 문진금 수혜)	한누리미디어
1998년 7월 25일	단편소설	감원시대	월간 문학세계 8월호(49권)	도서출판 천우
1998년 10월 10일	단편소설	고추가 익을 무렵	성남문학 제22집	성남문인협회
1998년 10월 15일	꽁트	소달구지와 난장이	성남예술 제5집	성남예총
1999년 6월 22일	단편소설	봉선화 꽃구름	성남문학 제23집	성남문인협회
1999년 7월 1일	단편소설	교사 봉달이	월간 문학세계 7월호(제60권)	천우

발표년월일	장르	발표작품명	발표지	발행처
2000년 2월 2일	꽁트	가장 작은 짐	성남예술 제6집	성남예총
2000년 6월 1일	단편소설	슬픈 금요일밤의 느낌	월간 문학세계 6월호	천우
2000년 9월 1일	단편소설	무서운 무	성남문학 제24집	성남문인협회
2000년 12월 16일	단편소설	매매혼인	강친회 창간호	강친회
2001년 1월 30일	단편소설	모시고 잡아오다	성보 제9집(교지)	성보여자고등학교
2001년 5월 1일	단편소설	가용차 1	월간 문학세계 5월호	천우
2001년 5월 25일	시	고도제한	비전성남	성남시
2001년 6월 20	장편소설	벗을 수 없는 멍에	정선교 장편소설집(경기도 문진금 수혜)	한누리미디어
2001년 6월 25일	단편소설	금당산 사내	성남문학 제25집	성남문인협회
2001년 7월 20일	꽁트	3류인생과 저택택주인	진천문학 19집	진천문인협회
2001년 9월 1일	단편소설	금지된 사랑	공무원문학 창간호	공무원문인협회
2001년 10월	꽁트	산성동 나비	성남시민글모음집(초대작품)	성남시
2001년 12월 1일	단편소설	멍에를 지고	지구문학 겨울호 제16호	지구문학사
2002년 2월 18일	짧은소설	비장의 모기는 MP3 플레이어	경기예술 제13호	경기예총
2002년 3월 15일	꽁트	급히 끄는 컴퓨터	경기문학 제27호	경기문인협회
2002년 5월 10일	꽁트	애인	재성남강원도민 제창간호	재성남강원도민회
2002년 5월 19일	단편소설	금지된 사랑	주간뉴스(주간지 연재)	주간뉴스신문사
2002년 4월 15일	단편소설	꽃길이	2002성남문학인 작품선집	성남문인협회
2002년 9월 2일	단편소설	아버지의 슬픔	성남문학 제26집	성남문인협회
2002년 10월 25일	단행본	교사 봉달이	정선교 소설집	도서출판 글나무
2002년 12월 1일	단편소설	논골 홍길동	월간문학 12월호 제406호	한국문인협회
2002년 12월	짧은소설	산성동의 밤, 부드러운 속살	성남시민 글 모음집, 향토문인작품	성남시
2003년 1월 27일	꽁트	원조교제	성남예술 제9집	성남예총
2003년 1월 27일	꽁트	원수와의 밤	성보 제10호(교지)	성보여자고등학교
2003년 2월 28일	꽁트	닭대가리	경기문학 제28집	경기문인협회
2003년 3월 1일	단편소설	흡연하는 여자	공무원문학 봄호	공무원문인협회
2003년 9월 30일	장편소설	종이여인	정선교 장편소설집(양장본)	한누리미디어
2003년 11월 22일	꽁트	똥개신세	경기문학 제29집	경기문인협회
2003년 12월 1일	단편소설	반쪽	해동문학 겨울호(통권44호)	해동문학사
2003년 12월 15일	단편소설	벼랑꽃	이 땅을 빛낸 문인들	천우
2004년 2월 17일	단편소설	마지막 시집살이	성남예술 제10집	성남예총
2004년 4월 20일	단편소설	생리중	성남문학인선집	성남문인협회
2004년 6월 1일	단편소설	음악 속에 울음소리	해동문학 여름호(통권46호)	해동문학사

발표년월일	장르	발표작품명	발표지	발행처
2004년 6월 20일	단행본	반쪽	정선교 소설집(경기도 문진금 수혜)	도서출판 문예촌
2004년 9월 1일	단편소설	남편의 여자	해동문학 가을호(통권47호)	해동문학사
2004년 8월 2일	단편소설	재회	성남문학 재28집	성남문인협회
2004년 10월 28일	단편소설	매미와 해당화	평창문학 제15집	평창문인협회
2004년 12월 8일	단편소설	성형	2004 이 땅을 빛낸 문인들	천우
2005년 1월 10일	단편소설	사랑 찾기	참여문학 신년호(제20호)	도서출판 문예촌
2005년 3월 1일	꽁트	의심	경기예술문화 ScoPe	경기예총
2005년 5월 10일	단편소설	도피의 계절	포스트모던 여름호(통권15호)	포스트모던사
2005년 6월 1일	단편소설	잔혹	해동문학 여름호(통권50호)	해동문학사
2005년 6월 1일	단편소설	아파트 여인들	공무원문학 여름호	공무원문인협회
2005년 6월 1일	단편소설	선물	계간소설가 여름호	한국문인협회
2005년 6월 1일	단편소설	사돈	성남문학 제29집	성남문인협회
2005년 7월 30일	단편소설	난동	대한민국공무원문인협회 작품집	도서출판 태극
2005년 10월 5일	단편소설	평창강의 슬픔	평창문학 제16집	평창문인협회
2005년 11월 1일	꽁트	모전여전	경기펜문학 제4호	경기펜클럽위원회
2005년 12월 1일	단편소설	길을 잃은 몸짓	공무원문학 겨울호	공무원문인협회
2005년 12월 23일	단편소설	델리에서 만난 여인	2005' 이 땅을 빛낸 문인들	천우
2006년 3월 1일	단편소설	변질	해동문학 봄호(통권53호)	해동문학사
2006년 3월 1일	단편소설	차가운 음성	포스트모던 봄호	포스트모던사
2006년 5월 12일	장편소설	바람 부는 성남	정선교 장편소설집(성남시 문진금 수혜)	한누리미디어
2006년 6월 1일	단편소설	저주의 딸	월간 문학세계 6월호(통권143호)	천우
2006년 7월 1일	단편소설	여심	세계뉴스문학 7월호	뉴스문학사
2006년 9월 1일	단편소설	후회	아세아문예 가을호(창간)	아세아문예사
2006년 9월 1일	단편소설	혼자서는 자리	해동문학 가을호(통권55호)	해동문학사
2006년 10월 13일	단편소설	평창장마	평창문학 제17집	평창문인협회
2006년 9월 1일	단편소설	창녀점보	한국문학세상	한국문학세상
2006년 12월 1일	단편소설	차기의 남자	공무원문학 겨울호	공무원문인협회
2006년 12월 11일	단편소설	캠프 화이어	한국을 빛낸 문인들 명작선	도서출판 천우
2007년 3월 1일	단편소설	미친 갱이	해동문학 봄호(통권57호)	해동문학사
2007년 4월 1일	단편소설	혼돈	월간 문학저널(통권44호)	문학저널사
2007년 4월 7일	단편소설	콩가루 집안	한국문학정신 봄호	도서출판 들뫼
2007년 5월 1일	단편소설	지뢰를 밟은 사람	월간 문학세계 5월호	천우
2007년 5월 5일	단행본	길 잃은 몸짓	정선교 소설집	도서출판 태극

성남비타美

발표년월일	장르	발표작품명	발표지	발행처
2007년 6월 1일	꽁트	초보엄마	한국문학정신 여름호	도서출판 들뫼
2007년 9월 1일	단편소설	낯설은 전화	해동문학 가을호(통권59호)	행동문학사
2007년 10월 1일	꽁트	운전면허	한국문학정신 가을호	도서출판 들뫼
2007년 10월 5일	단편소설	생일선물	평창문학 제18집	평창문인협회
2007년 12월 1일	단편소설	산행	한국문학세상 겨울호	한국문학세상
2007년 12월 12일	장편소설	동거	정선교 장편소설집	한국문학세상
2007년 12월 1일	단편소설	출두	포스트모던 겨울호	포스트모던사
2008년 1월 1일	중편소설	모던 걸	창조문학신문(1천만원 고료 신춘문예)	창조문학신문사
2008년 3월 1일	단편소설	허무	해동문학 봄호(통권61호)	해동문학사
2008년 3월 1일	단편소설	웃음	월간문학 3월호(통권469)	한국문인협회
2008년 3월 1일	단편소설	가면	공무원문학 봄호	공무원문인협회
2008년 3월 25일	단편소설	깨달음	2007 명작선 한국을 빛낸 문인들	도서출판 천우
2008년 4월 1일	단편소설	브레이브 걸	문학저널 4월호(통권55호)	문학저널사
2008년 5월 30일	장편소설	탄천	정선교 장편소설집	도서출판 천우
2008년 6월 1일	단편소설	처제의 고백	계간 문학의 봄 여름호	예지사
2008년 9월 1일	단편소설	신통력	월간 문학세계 9월호	천우
2008년 9월 1일	단편소설	아버지 여자	해동문학 가을호(통권63호)	해동문학사
2008년 10월 1일	단편소설	서영의 눈물	계간 문학의 봄 가을호	예지사
2008년 10월 1일	단편소설	털복숭이	평창문학 제19집	평창문인협회
2008년 10월 20일	중편소설	부탁	한국소설창작연구회 소설집(부탁)	한국소설창작연구회
2008년 12월 20일	단편소설	대리운전	한국문학세상 겨울호	한국문학세상
2009년 3월 1일	장편소설	미움과 정	성동일보(종이신문 연재 시작)	성동일보사
2009년 3월 1일	단편소설	시방지	해동문학 봄호(통권65호)	해동문학사
2009년 3월 1일	단편소설	족쇄	계간 문학의 봄 봄호	예지사
2009년 3월 25일	장편소설	무지개 그늘	한국문학세상 봄호(연재 2010 겨울호까지)	한국문학세상
2009년 4월 1일	단편소설	비애	2008명작선 한국을 빛낸 문인들	도서출판 천우
2009년 8월 8일	단행본	차가운 음성	정선교 소설창작집(성남시 수혜)	한누리미디어
2009년 9월 1일	단편소설	거친 손	해동문학 가을호(통권67호)	해동문학사
2009년 10월 1일	단편소설	망각	평창문학 제20집	평창문인협회
2009년 12월 1일	엽편소설	그녀들의 신	시세계 겨울호	천우
2010년 1월 10일	단편소설	Foxy	공무원문학	도서출판 태극
2010년 2월 1일	단편소설	견녀	문학공간 2월호(통권243호)	문학공간사
2010년 2월 20일	단편소설	luck girl	정문문학 제2집	정문문학회

발표년월일	장르	발표작품명	발표지	발행처
2010년 2월 20일	단편소설	비로용담	정문문학 제2집	정문문학회
2010년 6월 1일	단편소설	변신	해동문학 여름호(통권70호)	해동문학사
2010년 3월 12일	단편소설	속인	2009 명작선한국을 빛낸 문인들	도서출판 천우
2010년 6월 21일	단편소설	실어증	한국소설창작 제2호(훔친사랑)	한국소설창작연구회
2010년 7월 24일	단편소설	똥개	문학세계 시세계동인 제1집(하늘비 산방)	문학세계 시세계 동인회
2010년 9월 1일	단편소설	고문	참여문학 가을호(통권43호)	도서출판 문예촌
2010년 10월 1일	단편소설	잔인한 밤	평창문학 제21집	평창문인협회
2010년 11월 1일	단편소설	이니셜	문학세계 11월호(통권192)	천우
2010년 12월 1일	단편소설	어쩔 수 없는 사랑	글의세계 겨울호(제15호)	글의 세계사
2010년 12월 15일	단편소설	이층 여자	성남탄천문학 제3호	탄천문학회
2011년 2월 1일	단편소설	로벨리아 하우스	문학세계 2월호(통권199호)	도서출판 천우
2011년 2월 1일	단편소설	마지막 키스	한맥문학 2월호	한맥문학사
2011년 3월 1일	단편소설	학력	아세아문예 봄호	아세아문예사

정선교 장편소설

성남비타美

·

지은이 / 정선교
펴낸이 / 김재엽
펴낸곳 / **한누리미디어**
디자인 / 지선숙

·

121-840, 서울시 마포구 서교동 395-13 서원빌딩 2층
전화 / (02)379-4514, 379-4519
Fax / (02)379-4516
E-mail/hannury2003@hanmail.net

·

신고번호 / 제300-2006-61호
등록일 / 1993. 11. 4

·

초판발행일 / 2011년 6월 10일

·

ⓒ 2011 정선교 Printed in KOREA

값 15,000원

※잘못된 책은 바꿔드립니다.
※이 책은 성남시 문화예술 발전기금의 지원을 받아 제작되었습니다.

·

ISBN 978-89-7969-391-1   03810